Die Seele der Templer
Gerhard Wegner

Das Buch:
Es beginnt mit einer archäologischen Sensation. Bei Restaurierungsarbeiten im Archiv des Hamburger Senates entdeckt ein Student ein Palimpsest, ein ausradiertes und überschriebenes Dokument aus dem 15. Jahrhundert. Unter der Schrift des Pergaments verbirgt sich ein ausradiertes Gerichtsprotokoll über die Tortur eines Freibeuters – des legendären Klaus Störtebeker.
Neben der historischen Bedeutung des Fundes birgt das Dokument für Eingeweihte noch eine weitere Sensation: die erste Spur des im Jahr 1301 verschwundenen Templerschatzes. Bei der sogenannten *Seele der Templer* handelt es sich nicht um Gold und Silber, sondern um ein legendäres, mystisches Heiligtum, das Grundlage des jahrhundertelangen Siegeszuges des Templerordens sein soll.
Die Nachfahrin eines der letzten Tempelritter beauftragt die Spezialisten der ODYSSEE-Bergungsgesellschaft mit der Suche nach diesem einzigartigen Mysterium. Doch damit öffnet sie die Pforten der Hölle.
Das ODYSSEE-Team wird gejagt. Killerkommandos heften sich an ihre Fersen. Um zu überleben, benötigen Mitch Thromberg und seine Freunde alle ihre Fähigkeiten und teuflisches Glück. Von Helgoland bis zu den dunklen Klippen Schottlands spannt sich die furiose Suche nach dem legendären Erbe der Templer. In einem spannenden Finale wird das Geheimnis endlich enthüllt.
Doch damit beginnt die Geschichte erst.

Der Autor:
Gerhard Wegner hat einiges hinter sich. Er weiß, von was er schreibt, wenn er seine Romanhelden in bedrohliche Situationen bringt. Als Gründer und langjähriger Frontmann einer der weltweit größten Haischutzorganisationen war er unzählige Male in gefährliche Umstände verstrickt - er wurde beschimpft, bedroht, verfolgt, verhaftet und unter Wasser von jeder Menge Zähne erwartet.
Diese Erfahrungen und seine Begeisterung für das Meer ziehen sich wie ein roter Faden durch alle seine Bücher. Faszinierende Erlebnisse unter und über Wasser und die Geheimnisse verschollener Schätze haben es dem leidenschaftlichen Abenteurer ebenso angetan, wie die Geschichten, die damit verbunden sind.
In seinem Brotberuf als Inhaber einer großen Werbeagentur kreierte er viele erfolgreiche Kampagnen, bevor er sich 2018 ganz auf das Schreiben konzentrierte.
Insgesamt sind bis heute neunzehn Bücher von ihm erschienen und das in sehr unterschiedlichen Genres, von Kinder- und Sachbüchern über Cartoonbände bis hin zu Abenteuer-Thrillern.

Ausführliche Informationen über den Autor
und seine gesamten Werke finden Sie unter:

WWW.GERHARD-WEGNER.DE

Impressum

ISBN: 978-3-96698-698-4

Die Seele der Templer
Das ODYSSEE-Team 3

(c) 2020 Verlag Gerhard Wegner, Offenbach
Alle Rechte vorbehalten. Vervielfältigung, auch auszugsweise, nur mit schriftlicher Genehmigung des Verlages.
www.gerhard-wegner.de
info@gerhard-wegner.de

Lektorat/Korrektorat:	Ute Köhler
Covergestaltung:	Hannes Klein
Satz:	Kia Kahawa
Kapitelbilder:	iStock und shutterstock
Bestellung und Vertrieb:	Nova MD GmbH, Vachendorf

Gedruckt in Deutschland auf Recyclingpapier

GERHARD WEGNER

DIE SEELE DER TEMPLER

ROMAN

INHALTSVERZEICHNIS

1. Prolog	9
2. Der Laird of Domhnall	23
3. Der Kodex des Templers	31
4. Kriegsrat	51
5. Störtebekers Vermächtnis	55
6. Der Überfall	65
7. DerKreis schließt sich	77
8. Die Wächter	91
9. Der Schleier lüftet sich	111
10. London	123
11. Über den Wolken	151
12. Das Institut	163
13. Die LONGIMANUS	167
14. Das Störtebeker-Protokoll	179
15. Gekapert	191

16. Am nächsten Morgen	199
17. Fosetesland	213
18. Die Sprengung	223
19. Der Schatz	235
20. Die Bergung	255
21. Die Kette der Templer	271
22. Die Spur	289
23. Domhnall Castle	297
24. Der Druide	309
25. Die Bundeslade	325
26. Die Seele der Templer	339
27. Die Entscheidung	357
28. Dem Drachen die Zähne ziehen	363
WAHR? UNWAHR? ERFUNDEN?	384
Danke	398

1. PROLOG

Der Scharfrichter hieß sich Rosenfeld,
er hieb so manchen stolzen Held
mit also freiem Mute;
er stand in seinen geschnürten Schuh`n
bis an die Knöchel im Blute.

Aus dem Störtebeker-Lied[1]

Als die Knochen aus den Gelenken sprangen, rissen auch die brutal überdehnten Sehnen und Bänder. Die schrillen Schmerzensschreie des Gefolterten, die mühelos die dicken Mauern des Kerkers durchdrungen hatten, brachen abrupt ab.

In seiner Einzelzelle stöhnte Klaus Störtebeker verzweifelt auf. Er wusste: Er sollte das Grauen hören. Was man den Männern antat, galt nur ihm. Die Folterung seiner Mannschaft sollte seinen Willen brechen. Das war der einzige Sinn.

Er hatte den Bürgermeister herausgefordert und die Anordnung der Tortur war dessen Rache. Nur wenn er auf die Forderungen des Senats eingınge, könnte er die Qual seiner Männer beenden.

---

[1] Quelle: Volksliederarchiv: Das Lied bezieht sich auf die legendenumwobene Hinrichtung von Klaus Störtebeker (1402), stammt etwa von 1550 und knüpft an ältere, nicht überlieferte Fassungen an.

Mühsam richtete er sich von dem verdreckten Strohlager auf. Das Klirren der schweren Ketten schreckte einige Ratten auf, die nervös in Spalten und Löcher flüchteten.

So weit es seine Fesseln zuließen, schlurfte er mit unsicheren Schritten zur Tür. Schmierige Lumpen umhüllten seinen ehemals muskulösen Körper, aus dem jetzt nach vier Monaten Kerkerhaft, die einzelnen Rippen weit hervorstanden. Nur sein eiserner Wille hielt ihn noch aufrecht und die Hoffnung, irgendwann wieder die Freiheit zu erlangen.

Doch dafür musste er jetzt etwas tun.

«Meister Rosenfeld», stöhnte er und hieb seine Fäuste kraftlos gegen die Kerkertür. «Ich möchte mit Meister Rosenfeld sprechen!»

Das Scharren von Soldatenstiefeln vor seiner Zelle verriet, dass ihn die Wachen gehört hatten. Schritte entfernten sich.

Seine Beine zitterten. Die vielen Wochen Kerkerhaft forderten ihren Tribut. Schwärze umfing ihn. Bewusstlos sackte er zu Boden.

«Was wollt ihr von mir Störtebeker?» Ein Schwall Wasser und die kalte Stimme des Henkers holten ihn wieder in die Realität zurück.

Er schlug die Augen auf und sah Rosenfeld in der offenen Kerkertür stehen. Die Fackeln der Wachen warfen einen flackernden Lichtschein in die Zelle.

Geblendet schloss Störtebeker die Augen. Er war nicht fähig, aufzustehen.

Der Henker gab einem der hinter ihm stehenden Wachsoldaten einen Wink. Daraufhin kniete der sich missmutig nieder und hielt ihm einen großen Humpen Bier an die Lippen.

Gierig nahm Störtebeker ihm den Krug aus den Händen und stürzte den Inhalt, ohne innezuhalten, seine Kehle hinunter.

Unter Stöhnen zwang er sich dann auf die Beine. Wenn er schon aufgeben würde, dann nicht im eigenen Dreck liegend. Sein Blick suchte den des Henkers. Resigniert sagte er: «Sagt dem Bürgermeister, er hat gewonnen. Er bekommt, was er will!»

«Ich werde es ausrichten», sagte Rosenfeld. Dann bekam sein Blick etwas Lauerndes. «Ich hoffe, Ihr habt genug zum Verhandeln. Die Geduld des Senates ist am Ende.»

«Seid sicher, es wird genug sein», antwortete Störtebeker leise.

Rosenfeld überlegte kurz, dann nickte er. «Gut, ich werde Euch holen lassen.»

Auf einen Wink verschlossen die Wachen die Tür und der Kerker versank wieder in tiefer Dunkelheit.

Störtebeker tastete sich an seinen Ketten zu seinem Strohlager zurück.

Fluchend verscheuchte er einige Ratten. Dann ließ er sich auf die verdreckte Matte fallen. Bald würde es sich entscheiden, ob er und seine Männer auf dem Richtplatz enden oder als Schützlinge des Herzogs von Holland anerkannt würden. Alle Argumente dafür hatte er auf seinem Schiff – dem Roten Teufel - das als Kriegsbeute im Hafen lag.

Doch seine Geduld wurde auf eine harte Probe gestellt. Niemand kam, um ihn abzuholen. Störtebeker verbrachte eine unruhige Nacht, voller kurzer, heftiger Albträume, in denen er alle Formen der Folter durchlitt.

Erst zur Prim – der Zeit der Morgendämmerung – hörte er endlich Schritte. Schlüssel klirrten und knarrend öffnete sich die Kerkertür. Geblendet schloss er die Augen. So erkannte er erst nach einem Moment, dass nicht die Wachen des Bürgermeisters seine Ketten aufschlossen. Entsetzt starrte er die Männer an. Es waren die Gehilfen des Henkers, die Knechte, die für die Folterungen zuständig waren. Das konnte nur eines bedeuten!

Er wollte nicht mit! Mit aller Kraft bäumte er sich auf, hatte jedoch in seinem geschwächten Zustand keine Möglichkeit, sich gegen die kräftigen Männer zu wehren. Grob wurden ihm die Arme auf den Rücken gefesselt, bevor ihn die Henkergehilfen auf die Beine zogen und in den Gang entlang zum Folterkeller zerrten.

Zahlreiche Fackeln erhellten das fensterlose Gewölbe der Folterkammer. Der Geruch von Blut und Verzweiflung, der wie eine Dunstglocke über dem Raum hing, weckte noch einmal seine Kräfte. Er bäumte sich auf und trat wild um sich. Überrascht lockerten die Knechte ihren Griff. Aber dann rangen sie ihn zu Boden und schlugen mit Fäusten auf ihn ein. Halb besinnungslos von den brutalen Schlägen konnte Störtebeker nicht verhindern, dass sie ihn auf die Streckbank hoben.

Während zwei Henkersknechte ihn festhielten, schlangen ihm die anderen die ledernen Spannseile um Knöchel und Handgelenke. Dann begannen sie mit der Folter. Mit jedem Klacken des Zahnrades wurden seine Arme und Beine weiter gestreckt. Störtebeker stöhnte vor Schmerzen. Als er meinte, es nicht mehr aushalten zu können, hielten die Folterknechte jedoch inne.

«Es reicht, lasst jetzt nach dem Bürgermeister rufen.» Der Henker selbst hatte den Befehl gegeben. Meister Rosenfeld! Unbemerkt von Störtebeker hatte er den Raum betreten und die Folterung rechtzeitig abgebrochen, bevor die Gelenke aus den Pfannen sprangen.

Trotzdem waren Störtebekers Arme und Beine bereits weit überdehnt. Stöhnend vor Schmerz drehte er den Kopf, bis er den Henker erkennen konnte.

«Warum lasst Ihr mich foltern? Ich hatte Euch doch gesagt, dass der Bürgermeister gewonnen hat und ich ihm die Schätze der Vitalienbrüder übergebe?», stieß er schnaufend hervor.

«Der Richteherr hat es so befohlen», antwortete Rosenfeld mit unbeteiligter Stimme. «Er meinte, Ihr solltet Euch darüber klar werden, dass Euch jetzt nur noch die unbedingte Wahrheit retten kann.»

Störtebeker schwieg und schloss die Augen. Er konnte nur warten. Doch die Verzweiflung und der permanente Schmerz überwältigten ihn schließlich. Er wurde ohnmächtig.

Ein kurzes Klacken und ein unbeschreiblicher Schmerz in den Beinen und Armen weckten ihn. Unwillkürlich schrie er laut auf.

«Lockert die Spannung wieder etwas», hörte er eine befehlsgewohnte Stimme. Sofort ließ der Schmerz nach.

Störtebeker versuchte, den Kopf zu heben. Doch seine Kraft reichte nicht.

«Nun sagt, was Ihr zu sagen habt, Störtebeker.» Kersten Miles, der Bürgermeister und Richteherr Hamburgs war endlich gekommen.

Verzweifelt versuchte Störtebeker, seine Gedanken zu sammeln. Er wusste: Von seinen Worten hing es jetzt alles ab. «Ihr wollt den Schatz der Vitalienbrüder?», fragte er mit schwacher Stimme.

«Hört auf, meine Zeit zu verschwenden», sagte Miles mit kalter Stimme. «Ihr wisst sehr genau, was Hamburg will - als Ersatz für die unzähligen Männer und die Vermögen, die die Hanse durch Euch und Eure Kumpane verloren haben. Sagt mir, was Ihr uns anbieten könnt, oder schweigt für immer.»

«Lasst mich erst von der Streckbank befreien», bot Störtebeker an, um zu feilschen.

Statt einer Antwort klackerte jedoch wieder das Spannrad. Ein unbeschreiblicher Schmerz durchzuckte ihn.

Die Stimme von Kersten Miles drang nur undeutlich durch den Schmerznebel zu ihm durch.

«Ich werde jetzt gehen und Euch Rosenfeld überlassen. Wenn es Sext schlägt, komme ich wieder. Bis dahin solltet Ihr Euch entschieden haben.»

«Wartet!», rief Störtebeker verzweifelt und versuchte, gegen den Schmerz anzukämpfen. «Wartet!»

Miles beugte sich zu ihm herunter.

«Ich habe lange genug gewartet», flüsterte er. «Und Ihr hattet hinreichend Zeit, Euch zu entscheiden. Jetzt ist es zu spät!»

Bevor die Spannräder wieder angezogen wurden, gab Störtebeker auf. «Wartet! Schickt Eure Männer zum Roten Teufel und lasst dort den Mastschuh aufbrechen. Da findet Ihr das, was Ihr sucht». Seine Stimme brach.

Kersten Miles überlegte einige Augenblicke. Dann beugte er sich nochmals zu Störtebeker hinunter. «So sei es. Aber Ihr bleibt hier auf der Streckbank, bis meine Wachen wieder zurück sind», drohte er mit leiser Stimme. «Und wehe, wenn Ihr versucht, mich zu betrügen.» Mit diesen Worten verließ er die Folterkammer.

Auf einen Wink Rosenfelds lockerten die Knechte die Seile, ließen jedoch noch genug Spannung, sodass Störtebekers gefesselte Arme und Beine lang ausgestreckt blieben.

Einige endlose, schmerzhafte Stunden später, es musste bereits zur Vesper geläutet haben, kam der Bürgermeister endlich wieder. Er war nicht allein. Eine kleine verschrumpelte Gestalt huschte mit ihm in die Folterkammer und stellte mithilfe der Knechte ein Tischchen mit Stuhl neben der Streckbank auf.

«Weidenbaum ist mein persönlicher Schreiber», erklärte Miles und legte eine Hand auf die Schulter seines Untergebenen. «Er wird unser Gespräch für den Senat protokollieren.»

Mit lautem Stöhnen versuchte Störtebeker, den Kopf zu heben, um die Miene von Miles zu deuten. Doch er schaffte es nicht. Kraftlos fiel er wieder in seine Fesseln zurück.

Miles trat zur Streckbank und beugte sich hinunter. «Ihr habt Glück, Störtebeker. Wir haben das Versteck unter dem Mastschuh gefunden.»

«Dann lasst mir jetzt endlich die Fesseln abnehmen», stöhnte Störtebeker erleichtert auf.

Mit einem höhnischen Grinsen schüttelte Miles den Kopf. «Nicht so schnell, Pirat», sagte er stattdessen. «Für ein Lösegeld reicht das noch lange nicht aus.»

Störtebeker schloss verzweifelt die Augen. «Aber das war die Abmachung: Ich übergebe Euch das Gold und den Kaperbrief und im Gegenzug lasst Ihr mich und meine Mannschaft frei.»

«Ihr täuscht Euch», entgegnete Miles und richtete sich wieder zu voller Größe auf. «Mit Euren Kaperfahrten habt Ihr die Hamburger

Kaufleute über Jahre geschädigt. Rechnet man dazu die Ausgaben für die Friedeschiffe und die Soldaten, die notwendig waren, um Euch gefangen zu nehmen, hat der Hamburger Senat ein Lösegeld von weiteren zehntausend Gulden festgelegt. Andernfalls, so der Beschluss, werdet Ihr und Eure Mannschaft weiterhin so lange gefoltert, bis Ihr uns das Versteck des Schatzes der Vitalienbrüder verraten habt.»

Störtebeker geriet außer sich vor Enttäuschung. Voller Wut wand er sich in seinen Fesseln und verfluchte Miles und den Hamburger Senat, doch als die Henkersknechte wieder am Spannrad drehten, verwandelte sich sein Fluchen in schrille Schmerzensschreie.

«Gehabt Euch wohl, Störtebeker», sagte Miles und wandte sich zum Gehen. «Ihr wisst, wie Ihr mich rufen könnt, solltet Ihr wieder verhandlungsbereit sein. Und gestattet mir einen guten Rat: Entscheidet Euch schnell, wenn Ihr Eure Arme und Beine noch gebrauchen wollt.»

Ein weiteres Klacken des Stellrades begleitete seine Worte. Ein unbeschreiblicher Schmerz tobte durch Störtebekers Gelenke.

«Wartet!», schrie er seine Angst hinaus. «Wartet. Ihr sollt das Gold haben!»

Die Stricke wurden sofort wieder gelockert, so als ob die Henkersknechte nur darauf gewartet hätten.

«Nun?» Miles beugte sich über ihn. «Was habt Ihr Hamburg anzubieten?»

«Viel mehr als zehntausend Gulden», stöhnte Störtebeker. «Ich biete Hamburg eine Kette aus goldenen Ringen, so lang, dass sie einmal um den Hamburger Dom reicht.»

«Ihr lügt, um Euer Leben», sagte Miles höhnisch und richtete sich auf. «Niemand auf der ganzen Welt hat so viel Gold.» Damit wandte er sich zum Gehen. «Henkersknechte, waltet Eures Amtes.»

«Wartet», flehte Störtebeker. «Ich lüge nicht. Das Gold ist von den Tempelrittern. Befreit mich und ich erzähle Euch alles.»

Als die Henkersknechte seine Fesseln lösten und ihn brutal auf die Beine zogen, umfing ihn schwarze Nacht.

Festgebunden auf einem bequemen Stuhl, kam er wieder zu sich. Ein warmes Feuer brannte im Kamin und vor ihm auf dem Tisch stand ein Krug Bier und frisches Brot.

Nichts hätte Störtebeker lieber getan, als sich daran zu laben, doch die Fesseln ließen ihm keinen Spielraum. Dazu tobten unbeschreibliche Schmerzen durch seine Arme und Beine, wenn er versuchte, die überdehnten Muskeln und Gelenke zu bewegen.

«Da seid Ihr ja wieder, Störtebeker», hörte er eine Stimme hinter sich. Miles kam in sein Blickfeld und klopfte ihm im Vorbeigehen auf die Schulter, was ihn vor Schmerzen aufschreien ließ.

«Kommt hier nach vorne und nehmt Platz, Weidenbaum», befahl Miles, ohne Störtebeker anzusehen.

Mit einem nervösen Seitenblick huschte der Schreiber an ihm vorbei und nahm auf der anderen Seite des Tisches Platz. Mit gesenktem Kopf breitete er sein Pergament aus und stellte Schreibfeder und Tintenfass auf den Tisch.

Miles setzte sich auf einen der Stühle daneben. Er zog sich den Bierkrug heran und nahm zunächst einen tüchtigen Schluck, bevor er begann: «Lasst uns nochmals die Bedingungen unseres Vertrages festhalten: Nach Zahlung des Lösegeldes wird der Senat von Hamburg anerkennen, dass Ihr und Eure Mannschaft keine Piraten seid, sondern als Soldaten mit einem Kaperbrief des Herzogs Albrecht von Holland gekapert habt. Ihr seid somit als Kriegsgefangene und nicht als Piraten zu behandeln.»

Störtebeker schaute Miles erleichtert an. «Ihr habt also den Kaperbrief des Herzogs von Holland unter dem Mastschuh gefunden, so wie ich es Euch gesagt habe?»

Bürgermeister Miles nickte nur und Störtebeker atmete vor Erleichterung tief durch.

Dann fuhr Miles fort: «Bis das Lösegeld bezahlt ist, seid Ihr und Eure Mannschaft von der Tortur befreit, und werdet auf freien Fuß gesetzt, sobald das Lösegeld in die Hamburger Schatzkammer geliefert ist. Sind wir uns so weit einig?»
Störtebeker nickte.
Miles befahl dem Schreiber, die Punkte des Gesprächs festzuhalten. Während Weidenbaums Feder über das Pergament kratzte, stand Miles auf und setzte den Bierkrug an Störtebekers Lippen. Völlig ausgedörrt trank er den Krug in einem Zug leer.
«Jetzt weiß ich, woher Ihr Euren Spitznamen habt. Stürz den Becher passt gut zu Euch.» Lachend stellte der Bürgermeister den Krug ab.
Nach einem Seitenblick auf den emsig arbeitenden Schreiber wandte er sich neugierig an Störtebeker. «Und nun zu dem Hauptteil der Vereinbarung. Ihr sagt, die Goldkette, die Ihr als Lösegeld Hamburg überlassen wollt, stammt von den Tempelrittern? Woher wollt Ihr das wissen? Es ist über hundert Jahre her, dass die Ritter mit dem Tatzenkreuz herrschten, woher habt Ihr die Kette?»
«Es ist die Beute einer Kaperfahrt», entgegnete Störtebeker und schielte durstig nach dem leeren Krug. «Die Kette besteht aus ineinander verflochtenen goldenen Wappenringen. Auf der Vorderseite ist das Siegel der Tempelritter eingraviert und in jedem der Ringe steht der Name eines Ritters.»
Miles schüttelte ungläubig den Kopf. «Ihr müsst mir gleich die ganze Geschichte erzählen. Aber bis dahin lasse ich noch nach einem frischen Krug Bier schicken.»
Als er aufstand, hielt ihn Störtebeker zurück. «Der Schatz unter dem Mastschuh ist der Anteil der Mannschaft an den Kaperfahrten. Um die Beute besser aufteilen zu können, habe ich dafür einige Ringe von der Kette abgelöst. Wenn Ihr diesen Teil der Tempelritterringe sehen wollt, schickt am besten nach allen Ringen, die sich bei dem von Euch geholten Gold befinden. Da könnt Ihr sie selbst sehen.»

«Am besten gehe ich die Ringe selbst aus der Schatzkammer holen», entgegnete Miles, der offensichtlich niemandem traute, wenn so viel Gold im Spiel war. «Ihr wartet hier.»

Mit diesen Worten ging er nach draußen und ließ seinen Schreiber mit Störtebeker zurück.

«Beschreibt mir die Kette», sagte Weidenbaum, der zwischenzeitlich den ersten Teil der Vereinbarung auf das Pergament gepinselt hatte. «Das kann ich schon in den Vertrag einfügen, bis der Bürgermeister wieder kommt.»

Störtebeker nickte bereitwillig und beschrieb die restliche Kette, die sich noch in seinem Geheimversteck befand, auf das Genaueste.

«Die Goldkette ist etwa zwei Schiffspfund schwer und über zweihundert Faden lang», erklärte er gerade dem staunenden Weidenbaum, als die Tür hinter ihm mit einem heftigen Schwung aufgerissen wurde.

Erschrocken sah der Schreiber auf.

Störtebeker, der immer noch gefesselt war, versuchte, über die Schulter zu schielen. Aber die Person schien direkt hinter ihm zu stehen. Er sah nichts, hörte nur schweres Atmen.

«Was ist los?», fragte er, da traf ihn schon der erste Schlag. Voller Pein schrie er auf. Immer wieder wurde auf ihn eingeschlagen und der Schläger wusste scheinbar genau, wohin er zielen musste. Die Prügel mit einem Holzknüppel prasselten nur so auf seine Arme und Schultern nieder. Als einer der Schläge zum wiederholten Male genau das überdehnte Schultergelenk traf, war es zu viel für seinen malträtierten Körper. Er sank ohnmächtig in seinen Fesseln zusammen.

Als er aufwachte, blickte er in das grimmige Gesicht von Bürgermeister Miles. Erschrocken sah er daneben die Gestalt von Rosenfeld, der ihn nicht minder erbost anstarrte.

«Was ist los?», fragte Störtebeker und versuchte, seinen schmerzenden Körper wieder aufzurichten. Der Bürgermeister reichte nur stumm den Holzprügel an Rosenfeld weiter, der nun an Miles Stelle auf ihn einschlug. Erst auf einen Wink hin hörte er auf.

«Was ... was ist passiert?», stammelte Störtebeker. «Wollt Ihr die Goldringe nicht mehr haben?»

Rosenfeld holte erneut mit dem Knüppel aus, aber Miles gebot ihm Einhalt.

«Seht Ihr das?», fragte er und hob einen goldenen Wappenring hoch. «Dieser Ring war bei Eurer Beute.»

«Wir haben viele Ringe erbeutet», flüsterte Störtebeker unter Schmerzen. «Ich kann nicht jeden kennen.»

«An diesen solltet Ihr Euch aber erinnern», sagte Miles und schloss die Augen. «Er gehörte meinem Sohn, den ich in unserem Londoner Kontor glaubte. Aber nun weiß ich, dass er ermordet wurde, von Euch und Euren Leuten.»

Störtebeker schaute erschreckt auf. Er wusste, jetzt gab es nur noch eine Möglichkeit. Er musste alle seine Trümpfe gleichzeitig ausspielen.

«Denkt an das viele Gold», sagte er. «Mehr Gold, als Ihr alle je gesehen habt. Und es ist nahe. Viel näher, als Ihr glaubt! Und Ihr könnt alles haben, wenn ich frei bin.»

«Nehmt diesen Abschaum mit in die Folterkammer», befahl Miles und wandte sich an Rosenfeld. «Ich will ihn nicht mehr wiedersehen!»

Doch der Henker zögerte. «Wenn er so viel Gold verspricht, kann ich meinen Leuten nicht vertrauen», sagte er zu Miles.

«Wollt Ihr Euch meinen Befehlen widersetzen?», drohte der Bürgermeister und machte Anstalten, seinen Dolch zu ziehen.

Rosenfeld hob abwehrend den Arm. «Nein, natürlich nicht. Aber lasst es mich auf meine Art machen. Ich bin gleich wieder hier. Behaltet den Dolch solange in der Hand.»

Während der Henker den Raum verließ, versuchte es Störtebeker nochmals. Verzweifelt wandte er sich an den Richteherrn. «Wollt Ihr wirklich auf das Gold verzichten? Es wartet auf Euch im Reich der

Vitalienbrüder. Dort im uralten Tempel des Fosete, direkt neben der verschwundenen Quelle der Göttin habe ich es versteckt. Gold, das Euch unermesslich reich machen wird. Schon morgen kann alles Euch gehören.»

Miles starrte ihn nur stumm an.

Mit einem lauten Knarzen glitt die Feder Weidenbaums über das Pergament. Noch immer schrieb er alles mit.

Der Bürgermeister schrak hoch und schaute seinen Schreiber drohend an. Doch bevor er etwas sagen konnte, flog die Tür auf und Rosenfeld kam zurück. Störtebeker schrie vor Entsetzen und wand sich in seinen Fesseln, als er die große Zange in Rosenfelds Hand entdeckte.

Doch der Henker hielt ihn mühelos fest. Ohne auf das Schreien Störtebekers zu achten, tastete er mit der Zange brutal in seinem Mund, bis er die Zunge erwischt hatte. Er zog das Stück Fleisch heraus und wandte sich an Miles. «Jetzt kommt mit Eurem Dolch oder wollt Ihr, dass er uns mit seinem Goldversprechen alle Henkersknechte versaut?»

Miles zögerte keinen Augenblick.

Nachdem es getan war, befahl Rosenfeld seine Henkersknechte herein, die vor der Tür gewartet hatten.

«Ab mit ihm in die Folterkammer», ordnete er an. «Die Streckbank wartet auf ihn.»

Kurz hob Weidenbaum seinen Kopf, nachdem Rosenfelds Männer mit dem hilflos stammelnden Gefangenen gegangen waren. Als der Henker sich wieder an Miles wandte, senkte Weidenbaum sich wieder ergeben über das Dokument und notierte jedes Wort.

«Was machen wir mit den übrigen Piraten?», fragte Rosenfeld. «Rund sechzig sind noch am Leben.»

«Tötet alle heimlich in der Folterkammer», befahl Miles. «Und seid so grausam wie möglich. Ich möchte, dass alle vor Schmerz und Pein wahnsinnig werden.»

«Was sage ich dem Senat?», fragte Rosenfeld.

«Ich bin der Richteherr», sagte Miles nur. «Beruft Euch auf meinen Befehl».

Rosenfeld nickte stumm und wandte sich zum Gehen.

«Wartet.» Miles zeigte auf die Zange mit Störtebekers Zunge. «Überlasst mir das.»

Weidenbaum traute sich nicht, aufzublicken. Zu schrecklich waren die letzten Minuten gewesen. Fieberhaft schrieb er, um das Gespräch so festzuhalten, wie es der Bürgermeister gefordert hatte.

Da klatschte ein blutendes Stück Fleisch auf sein Pergament. Störtebekers Zunge. Entsetzt zuckte er zurück und ließ vor Schreck die Schreibfeder fallen.

«So ergeht es allen, die zu viel reden», zischte Miles. «Ich hoffe, du verstehst, was ich damit meine. Lass dieses Pergament spurlos verschwinden und wenn du ein Wort über die Vorkommnisse in diesem Raum verlierst, findest du dich in der Folterkammer wieder. Verstehen wir uns?»

Zitternd nickte Weidenbaum und packte fieberhaft seine Schreibutensilien zusammen. Dann floh er regelrecht aus dem Zimmer.

Bürgermeister Miles blieb allein zurück. Wie in Trance drehte er den Wappenring seines Sohnes in der Hand.

Er hatte nur einen Trost. Die Mörder seines Sohnes würden einen fürchterlichen Tod sterben.

Und niemand würde sich je an sie erinnern.

2. DER LAIRD OF DÒMHNALL

Hamburg, Jetztzeit, Zentrale der ODYSSEE-Forschungsgruppe

Michel Thromberg bewunderte noch einmal den kunstvoll gestalteten Briefkopf des Schreibens, das er vor wenigen Tagen erhalten hatte. Der Laird of Dòmhnall, ein schottischer Adliger, bat darin um einen Termin zwecks einer wichtigen Sache. Normalerweise hätte er nicht darauf reagiert. Solche Schreiben erhielt er in der Funktion als Chef der ODYSSEE-Bergungsgesellschaft regelmäßig. Aber der Laird hatte eine Fürsprecherin, der Mitch, wie ihn seine Freunde nannten, nichts abschlagen konnte. Doktor Claire Menzies, eine Rechtsanwältin von Jersey. Mit ihr und dem Team der ODYSSEE hatte er erst vor wenigen Monaten eine europaweite Terrorverschwörung aufgedeckt. Dass dabei halb Jersey in die Luft geflogen war, hatte die Funken zwischen ihnen eher verstärkt. Mitch schüttelte sorgenvoll den Kopf, als er an dieses Abenteuer zurückdachte. Er hoffte nur, der böse Geist der Lienhards bliebe ein für alle Mal verschwunden. Die Leichen von Brunhild und ihrem Sohn Hans waren immer noch nicht gefunden worden. Sie wurden in der Gruft vermutet, einem Tunnelbauwerk aus dem Zweiten Weltkrieg, verschüttet von den Resten eines ganzen Berges.

Ein schneller Blick auf die Uhr. Es blieb noch genügend Zeit, Claire anzurufen, bevor der Termin mit dem Laird anstand.

«Hallo Claire, ich musste gerade an dich denken. Ich hoffe, du hast einige Minuten Zeit?»

«Das muss Gedankenübertragung sein», antwortete Claire. «Ich habe sensationelle Neuigkeiten.»

«Fordert die Regierung von Jersey uns jetzt als Sprengexperten an?», sagte Mitch und musste grinsen, als er ihr glockenhelles Lachen vernahm.

«Besser. Die Leichen der Lienhards sind bei den Bergungsarbeiten gefunden worden.»

Mitch wurde schlagartig ernst. «Lagen sie da, wo wir sie vermutet hatten?»

«Ja – sie haben ihr Kommandozentrum nie verlassen. Und das heißt, es gibt noch viel bessere Nachrichten.»

Jetzt war Mitch wirklich gespannt.

Claire fuhr fort. Die Erleichterung war ihrer Stimme deutlich anzumerken. «Die Bergungstrupps fanden in der Gruft genügend Material, um unsere Anklage gegen die Lienhards zu bestätigen. John Needles, der neue Polizeichef, hat mich extra angerufen, um mir das mitzuteilen.»

«Das heißt, alle Anklagen gegen uns fallen damit weg?», fragte Mitch gespannt. Es waren heftige Aktionen auf Jersey gewesen, angefangen vom Auffinden des Nazigoldes bis zum Sprengen des Munitionsdepots, dazu viele Tote und Verletzte. Die Liste der möglichen Anklagen gegen das Team der ODYSSEE füllte einen ganzen Ordner.

«Sagen wir es so», antwortete Claire nach kurzer Pause. «Nach den jetzigen Informationen sehe ich gute Chancen, die meisten Anklagen schon im Vorfeld abzuschmettern. Dazu kommt, dass sich hier niemand mit den Helden der ODYSSEE anlegen will, die ein internationales Nazi-Terrornetzwerk zerschlagen haben. Also bleib ganz ruhig.»

«Ich bin ganz ruhig», sagte Mitch. «Wir haben uns nichts vorzuwerfen. Im Gegenteil.»

«Trotzdem solltest du die nächsten Monate einen großen Bogen um Jersey machen.» Claire lachte erneut. «Es gibt hier einige Bürger, die keine Grundstücke mehr haben, weil ihr sie weggesprengt habt. Die sind nicht gut auf die ODYSSEE zu sprechen. Und es gibt außerdem eine Frau, die sauer ist, weil sie so lange nichts von dir gehört hat.»

«Lass uns über den Laird of Dòmhnall reden», versuchte Mitch, abzulenken.

«Ist er schon da?»

«Nein, er muss aber jede Minute kommen. Woher kennst du ihn und warum hast du ihn mir so überschwänglich empfohlen?»

«Lass dich überraschen!», antwortete Claire und lachte wieder. «Er wird dir gefallen. Ich kenne ihn seit meiner Zeit im Internat und meine Empfehlung kommt von Herzen. Es gibt niemanden, der geradliniger und ehrlicher ist, als der Laird.»

Mitch wollte gerade antworten, als es an der Tür läutete. Parallel flammte sein Monitor auf dem Schreibtisch auf und zeigte den Besucher.

«Eine Frau?», sagte Mitch erstaunt. «Der Laird kommt gar nicht persönlich?»

«Sei nicht so ein Macho», antwortete Claire. «Der jetzige Laird ist eine Frau. Ich habe dir gesagt, es ist eine Überraschung. Viel Erfolg mit dem Termin. Ich hoffe, du kannst meiner Freundin Abygail helfen. Sag ihr einen Gruß.»

Bevor Mitch noch etwas erwidern konnte, hatte sie schon aufgelegt. Mitch schüttelte den Kopf und steckte den Hörer ebenfalls wieder in die Ladestation. Dabei meinte er, aus dem Augenwinkel eine Bewegung vor dem Fenster zu sehen. Ehe er nachschauen konnte, öffnete sich die Tür und Johanna brachte seine Besucherin herein.

«Herzlich willkommen», sagte Mitch und stand auf, um sie zu begrüßen. Währenddessen musterte er den Laird von Kopf bis Fuß. Es lohnte sich. Eine überaus attraktive Frau. Elegant gekleidet mit einem dunkelblauen Hosenanzug, der aber ihre sanften Kurven eher betonte als verbarg. Am auffallendsten waren ihre roten Haare, die in einem modernen Pagenschnitt ihr Gesicht umschmeichelten. Damit ähnelte sie auf frappierende Weise ihrer Freundin Claire. Die Adlige verabschiedete sich gerade von Johanna und wandte sich ihm dann zu. Ihre blitzenden grünen Augen musterten ihn ebenfalls aufmerksam.

«Sollten wir die Fleischbeschau jetzt nicht beenden? Ich gebe Ihnen gerne meinen Ausweis, wenn Sie noch mein Alter und mein Gewicht wissen möchten.»

Mitch zuckte erschrocken zusammen. Hatte er sie wirklich so intensiv gemustert?

Verlegen setzte er sich wieder auf seinen Stuhl. Mit einer Geste bedeutete er seiner Besucherin, auf dem Sessel vor seinem Schreibtisch Platz zu nehmen.

Er wartete, bis Johanna mit einem unterdrückten Lachen den Raum verlassen hatte. Kopfschüttelnd sah er ihr hinterher.

Dann räusperte er sich. «Verzeihung, wenn ich Sie beleidigt haben sollte», sagte er nun ernst werdend. «Ich hatte nur einen echten englischen Adligen erwartet und nicht eine so gut aussehende Frau wie Sie. Das muss mich kurz aus der Fassung gebracht haben.»

«Ah, hat Sie Claire nicht informiert?», setzte die Besucherin mit einem strahlenden Lächeln nach. «Oder haben Sie grundsätzlich ein Problem mit Frauen?»

Mitch holte tief Luft. Die Frau machte es ihm nicht leicht. «Wollen wir den Kleinkrieg nicht lassen?», sagte er und musterte sein Gegenüber mit ernster Miene. «Sie wollen etwas von mir. Darauf sollten wir uns beschränken. Also lassen Sie uns jetzt zum Grund Ihres Besuches kommen. Wie darf ich Sie denn nennen? Laird of Dòmhnall oder Lady?»

«Am besten Abygail.» Sie lächelte ihn an. «Alles andere macht mich so alt.»

Jetzt musste Mitch doch grinsen. Claire hatte recht gehabt. Der Laird of Dòmhnall begann, ihm zu gefallen.

«Okay, dann nennen Sie mich Mitch. Das tun die meisten meiner Freunde», sagte er immer noch lächelnd. Ernst werdend fügte er hinzu: «Gut, Abygail. Was können ich und mein Team für Sie tun?»

«Ich möchte Ihnen etwas zeigen.» Abygail hob einen mitgebrachten Trolley auf Mitchs Schreibtisch.

Mitch konnte gerade noch verhindern, dass die Metallkanten des Trolleys über seine wertvolle Schreibtischplatte schrammten, indem er mit beiden Händen das Gewicht unterstützte. «Der Tisch ist aus Planken eines alten Schiffswracks gefertigt und sehr empfindlich», sagte er kopfschüttelnd und stellte den Trolley behutsam ab. «Bitte versuchen Sie, etwas vorsichtiger zu sein».

«Sind Ihnen alte Planken wichtiger als ein einzigartiges sechshundert Jahre altes historisches Tagebuch?», entgegnete Abygail und öffnete ihren Trolley. Vorsichtig hob sie ein kleines Paket heraus.

Mitchs Interesse war eindeutig geweckt, als sie ein kleines Buch in einem uralten Ledereinband aus den Schutzhüllen wickelte.

«Bitte nehmen Sie Handschuhe», sagte er nervös und reichte ihr ein Paar weiße Baumwollhandschuhe aus einer Schublade. «So ein alter Kodex ist überaus empfindlich.»

«So wie Sie», antwortete Abygail kopfschüttelnd und legte die Handschuhe mit einem verächtlichen Blick zur Seite.

Mitch ließ sich tief atmend auf seinen Stuhl zurücksinken. Diese Frau machte ihn noch verrückt.

In dem Moment schlug der stille Alarm in seinem Büro an. Die Bildschirme auf seinem Schreibtisch flammten auf und zeigten die Umgebung des Hauses. Parallel fuhren die schweren gepanzerten Rollläden automatisch an den Fenstern und Eingangstüren herunter. In Sekundenschnelle war das Haus von der Außenwelt abgeriegelt. Ein Stromgenerator im Keller sprang zusätzlich an, um die elektrischen Anlagen in Betrieb zu halten. Darunter auch die automatische

Kommunikationseinheit, die jedes Zimmer im Haus miteinander verband.

«Was ist passiert?», rief Mitch in den Raum hinein.

Nach kurzer Pause antwortete ihm Francis Ryan, der Sicherheitschef der ODYSSEE, der in der Etage unter ihm sein Büro hatte. «Die Sensoren haben eine Drohne entdeckt, die genau vor deinem Fenster schwebte, und Alarm ausgelöst.»

«Was ist mit der Drohne?»

«Ich habe ihre Lenksignale gestört und unsere automatische Drohnenabwehr hat sie dann vom Himmel geholt.»

«Okay», sagte Mitch und musterte die Umgebung des Hauses auf den Bildschirmen. «Hast du weitere Eindringlinge entdeckt? Irgendwelche Personen auf dem Grundstück?»

«Nein», antwortete Francis nach kurzem Zögern. «Hier ist alles sauber. Außerdem ist die Polizei alarmiert und wird gleich eintreffen. Sobald sie hier sind, werde ich hinausgehen und die Drohne untersuchen. Ich melde mich, wenn ich Ergebnisse habe.»

«Claire hat mir ja einiges über Sie erzählt.» Abygail schüttelte den Kopf. «Aber das hier übertrifft wirklich alles. Ich hoffe, Sie haben das jetzt nicht alles gemacht, um mich zu beeindrucken?»

«Sie überschätzen sich, Abygail», sagte Mitch. «So etwas passiert bei uns häufiger. Da müssen wir nicht auf Sie warten.»

Dann kratzte er sich jedoch nachdenklich am Kopf. «Vielleicht haben Sie aber auch recht. Möglicherweise sind Sie wirklich die Ursache.»

Verwirrt musterte ihn Abygail, bevor sie das kleine Buch weiter auspackte.

«Lassen Sie das jetzt bitte sein», rief Mitch und nahm ihr hastig das kleine Paket aus der Hand. «Wir warten erst einmal, bis die Polizei eingetroffen ist, und dann ziehen Sie sich gefälligst Handschuhe an. Ich kann nicht mehr zuschauen, wie Sie diesen wertvollen Kodex behandeln.»

Zum ersten Mal schien Abygail sprachlos. Ohne Widerstand ließ sie sich das Buch aus den Händen nehmen.

3. DER KODEX DES TEMPLERS

Mitch musterte das ODYSSEE-Team. Nach Ende des stillen Alarms hatten sie sich in seinem Büro versammelt.

Das Team saß vollzählig vor ihm. Johanna und ihr Mann Thomas, die sich zusammen die Funktion des Projektleiters für die archäologische Forschung teilten, dann Rajesh, das Computergenie, dessen Lebensmittelpunkt sich um Computer und Schaltkreise drehte, und der mit seinen Recherchen für ihre Arbeit unentbehrlich war.

Daneben saß Samson, ein Jugendfreund Mitchs, der seine fast zwei Meter Größe und einhundertzehn Kilo kompakte Muskelmasse in einen schmalen Sessel gezwängt hatte. Mitchs Fachmann für alles, was sich bewegte. Vom Bagger bis zum Flugzeug. Es gab nichts, was Samson nicht auseinandernehmen, fahren oder fliegen konnte. Dazu war er einer der stärksten Männer, die Mitch kannte.

Ein starker Typ war auch das jüngste Mitglied. Francis war erst vor einigen Monaten zum Team gestoßen. Seine militärische Erfahrung bei der SAS Boat Squadron, den britischen Elite-Kampfschwimmern, hatte ihnen in den vergangenen Monaten mehrfach den Hals gerettet. Ihm oblag jetzt die Sicherheit des Teams.

Zusammen waren sie ODYSSEE. Offiziell eine einfache Bergungsgesellschaft, aber in der Welt der Archäologie eine Legende. Das Wikingergrab bei Haithabu, der Kodex des Quetzalcoatl und der Fund des Nazigoldes im Ärmelkanal hatten sie berühmt gemacht.

Nicht nur unter Fachleuten. Nein, die Abenteuer der ODYSSEE waren international das Thema unzähliger Fernseh- und Zeitungsberichte gewesen.

Nicht unbedingt eine optimale Voraussetzung zur geheimen Bergung von Schätzen. Deshalb hatte Mitch ihnen allen eine Pause verordnet. Sie wollten erst einmal etwas Gras über die letzten Ereignisse wachsen lassen, bevor sie ihre normale Arbeit wieder aufnähmen.

Aber jetzt war Abygail gekommen – der Laird of Dòmhnall - seine geheimnisvolle Besucherin. Mitch müsste sich schwer täuschen, wenn der alte Kodex nicht erneut Riesenärger bedeutete. Wenn Abygails Anliegen einfach zu lösen wäre, hätte sich Claire nicht so ins Zeug gelegt. Sie wusste nämlich genau, wie das ODYSSEE-Team arbeitete und wie sie anzulocken waren. Es waren Geheimnisse der Geschichte, unentdeckte archäologische Schätze, die dafür sorgten, dass das Team um Mitch zur Höchstform auflief.

Rajesh hielt eine große Flugdrohne in der Hand. Mitch erteilte ihm als Erstem das Wort.

«Ja, Leute, das hier ist ein Wunderwerk der Technik, eine hochmoderne Spionagedrohne», ließ sich Rajesh nicht lange bitten und hob das Fluggerät hoch.

«Das heißt, wir wurden abgehört?», fragte Mitch.

«Abgehört mit einem Lasermikrofon und gefilmt mit einer Präzisionskamera», ergänzte Rajesh.

«Kann man den Absender der Drohne irgendwie identifizieren?», fragte Samson.

Rajesh schaute Francis an.

Der wiegte nachdenklich den Kopf. «Schwierig», sagte er. «Bereits gesendete Funkwellen lassen sich nicht zurückverfolgen und die Polizei hat keine verdächtigen Personen in der Nachbarschaft finden können.»

«Das heißt, wir wissen nichts?», warf Johanna ein.

«Das will ich so nicht sagen», erwiderte Francis. «Die Drohne ist eine Spezialanfertigung. So etwas kann man nicht einem Technikladen kaufen. Ich denke, wenn ich sie auseinandernehme, werde ich herausfinden können, wo sie hergestellt wurde und wer der Auftraggeber war.»

«Sei bloß vorsichtig dabei», sagte Mitch. «Ich kann mir nicht vorstellen, dass der Absender die Drohne nicht genau gegen so etwas gesichert hat.»

«Samson wird mir helfen», sagte Francis gelassen. «Und bis dahin habe ich alle Funk- und Fernsteuersignale hier im Haus gestört. Es wird keine Überraschungen mehr geben.»

Mitch nickte befriedigt. Samson und Francis gemeinsam würden das Geheimnis der Drohne schon lösen. «Lasst uns zum Thema kommen», sagte er dann und deutete auf Abygail. «Diese junge Frau hat uns um Hilfe gebeten. Sie ist eine enge Freundin von Claire, die sie zu uns geschickt hat. Sie wollte mir gerade einen Kodex zeigen, als der Alarm ausgelöst wurde. Ich befürchte, ihr Besuch war der Grund für den Drohnenangriff.»

«Das kann ich mir nicht vorstellen», widersprach Abygail und stand auf. «Niemand außer Claire weiß, dass ich hier bin, und ich denke, ihr können wir blind vertrauen.»

«Vielleicht wird ihr Telefon ja abgehört», warf Francis nachdenklich ein.

Verunsichert blickte ihn Abygail an.

«Ich denke, Sie sollten uns jetzt erst einmal erzählen, warum Sie unsere Hilfe brauchen. Dann sehen wir vielleicht klarer», sagte Mitch und sah Abygail auffordernd an.

«Ja, das sollte ich wohl», resignierte Abygail. «Ich mache es kurz. Mein Name ist Abygail Kincaid und ich bin die letzte Nachfahrin eines Ritters, der Anfang des 14. Jahrhunderts den schottischen Thronanwärter Robert the Bruce in seinem Kampf unterstützte. Er lebte auf dem Stammsitz unserer Familie in der Nähe von Aberdeen, genauer gesagt auf Dòmhnall Castle, einer uralten Burg auf der Insel Dòmhnall.»

«Daher auch Ihr Adelstitel Laird of Dòmhnall?», fragte Mitch.

«Genau genommen ist Laird kein Adelstitel, weshalb ich bitte, dass wir uns duzen.»

Mitch nickte. «Gerne. Aber erzähl bitte weiter.»

«In Schottland bezeichnet man so den Besitzer eines großen Stück Landes. Deshalb ist der Titel auch nicht an Geschlechter gebunden wie zum Beispiel Lord oder Earl. Diese Titel werden in der britischen und schottischen Hermitage nur an männliche Nachkommen vererbt. Aber trotzdem ...», Abygail rang nach Worten, « ... hatte mein Vater in seinem Testament zunächst meinen Bruder als Erben und nächsten Laird vorgesehen.»

Nach diesen Worten übermannten sie die Gefühle und dicke Tränen liefen ihr über die Wangen.

Spontan sprang Johanna auf und umarmte sie. «Ich hole dir jetzt erst einmal einen Tee», sagte sie und ging zur Tür. «Die Herren hier werden wohl noch etwas warten können, oder?»

Betreten blickten sich Mitch, Rajesh, Thomas, Samson und Francis an.

Besonders Mitch fühlte sich den Tränen von Frauen hilflos ausgeliefert. «Lass mich den Tee machen», sagte er, um ein bisschen Abstand zu gewinnen. «Und für uns Männer bringe ich etwas Härteres mit. Ich denke, das haben wir verdient.»

«Ich hätte lieber einen schottischen Whisky statt eines Tees», bat Abygail, die sich offensichtlich wieder gefangen hatte.

«Okay, dann Whisky für alle.» Mitch stand auf und wandte sich an seinen Freund: «Samson hilfst du mir mit den Gläsern?»

Als die Gläser zu gut einem Drittel mit der bernsteinfarbenen Flüssigkeit gefüllt waren, nippte Abygail prüfend daran, bevor sie einen kleinen Schluck nahm. Dann erzählte sie weiter: «Leider ist mein Bruder letztes Jahr überraschend verstorben. Ein Autounfall.

Da er nicht verheiratet war, gingen Dòmhnall Castle und all die dazugehörigen Ländereien an mich über.»

Sie nahm einen tüchtigen Schluck. «Es war keine leichte Entscheidung für mich, das Erbe anzunehmen. Ich war glücklich in London, stand kurz vor meiner Verlobung und hatte nur noch ein Jahr Studienzeit vor mir.»

«Was hast du studiert?», fragte Samson.

«Literatur und Geschichte», antwortete Abygail. «Mein Traum war es, Kinder zu unterrichten, am liebsten in London und ich überlegte kurz, das Erbe auszuschlagen. Aber die tausendjährige Familiengeschichte, die mit Dòmhnall Castle verbunden ist, war stärker. So sitze ich jetzt allein in einer uralten Burg und versuche, das Anwesen, so gut es geht, zu verwalten.»

«Ist dein Verlobter nicht mitgegangen», fragte Johanna mitleidig.

«Er hatte keine Lust, das Londoner Leben gegen eine zugige Burg einzutauschen», antwortete Abygail kurz angebunden. Sie warf energisch die Haare zurück und wandte sich dann an Mitch: «Ich brauche jetzt das Buch.»

«Nenn es bitte nicht Buch. Es ist ein Kodex. Handgeschrieben. Sei bitte äußerst vorsichtig damit», sagte Mitch widerstrebend und reichte ihr das Buch erst, nachdem sie sich Handschuhe übergestreift hatte.

Abygail schnaufte nur. Dann öffnete sie den Kodex an einer bestimmten Stelle und zog einen gefalteten Zeitungsausschnitt heraus, der ihr als Buchzeichen gedient hatte.

«Kannst du das bitte einmal vorlesen», bat sie und gab den Zeitungsausschnitt an Johanna weiter.

Die nahm das Papier und klappte es vorsichtig auseinander. «*Störtebekers Vermächtnis?* Das ist eine Zeitungsmeldung vom letzten Monat», sagte sie und blickte Abygail neugierig an. «Den Artikel kennt jeder von uns. Das Thema beherrscht gerade hier in Hamburg seit Wochen alle Schlagzeilen.»

«Lies es trotzdem vor», bat Abygail.

«*Störtebekers Vermächtnis*», las Johanna vor. «*Im Archiv des Hamburger Senates wurde bei Restaurierungsarbeiten ein aufsehenerregendes Palimpsest aus dem 14. Jahrhundert entdeckt. Dabei handelt es sich um die ausradierten bzw. abgeschabten Ursprungstexte, die sich in der Struktur des Pergaments erhalten und mit moderner Multispektralfotografie wieder sichtbar gemacht werden können. Im Mittelalter war es üblich, auf diese Art das wertvolle Pergament zu recyceln und wieder zu verwenden.*»

«Komm doch bitte zum Punkt», wandte sich Mitch ungeduldig an Abygail. «Wie Johanna schon sagte, kennen wir die Geschichte.»

«Dann lies nur den Textteil mit der Goldkette», gab Abygail nach. «Darum geht es.»

Johanna suchte im Text und las weiter laut vor: «*In dem überschriebenen Dokument wird die Gerichtsverhandlung gegen den legendären Seeräuber Klaus Störtebeker protokolliert. Eine Sensation, denn bisher gab es keine Papiere, die seine Existenz beweisen. Insofern wird die wissenschaftliche Auswertung mit Spannung erwartet. Wie die Redaktion exklusiv vorab erfuhr, wird in dem schon restaurierten Teil das ebenso bisher als Legende angenommene Angebot Störtebekers erwähnt, der Stadt Hamburg eine Kette aus Goldringen anzubieten, so lang, dass sie um den Hamburger Dom reichen sollte. Das restaurierte Pergament mit dem kompletten Text des Protokolls soll am zwanzigsten Oktober, dem angeblichen Todestag des Piraten, der Öffentlichkeit vorgestellt werden. Hamburg erwartet zu diesem Zeitpunkt den Beginn einer Störtebeker-Mania. Das Hamburg Dungeon hat bereits die Eröffnung einer Störtebeker-Abteilung zu diesem Zeitpunkt angekündigt ...*»

«Was denkt ihr darüber?», unterbrach Abygail und wandte sich an das Team. «Ist eine solche Goldkette realistisch?»

Rajesh tippte bereits in sein Tablet, ohne das er nirgendwo hinging. «Hier haben wir es schon», sagte er nach einigen Sekunden. «Lass es mich zusammenfassen. Das Palimpsest soll aus dem 14. Jahrhundert stammen. In diesem Jahrhundert hatte der historische Hamburger Dom zwei Baustufen. Eine dreischiffige Basilika, die 1329 geweiht wurde. Und zum Ende des Jahrhunderts kamen zwei Schiffe dazu. Der Dom wandelte sich zu einer sogenannten Hallenkirche. Nehmen wir die mal als Beispiel.»

Rajesh tippte wieder. «Tja», sagte er dann widerstrebend. «Jetzt können wir leider nur noch schätzen. Über die genauen Maße des damaligen Doms ist wenig bekannt. Nehmen wir deshalb als Beispiel das in etwa ebenso alte Stift Heiligenkreuz im Wienerwald. Hier sind hundert Meter Länge und fünfzig Meter Breite überliefert. Damit hätten wir einen Gesamtumfang von dreihundert Metern. Ein Kettenglied hat zwei bis fünf Zentimeter Durchmesser. Das ergäben sechstausend bis fünfzehntausend Ringe. Bei einem Goldgewicht von zwanzig oder fünfzig Gramm pro Ring wäre das ein Gesamtgewicht für die Störtebeker-Kette von rund dreihundert Kilo. Das entspricht – warte kurz – einem aktuellen Marktwert von über sechzehn Millionen US Dollar.»

«Danke Rajesh», unterbrach Mitch die Ausführungen. Amüsiert beobachtete er dabei, wie Abygail ungläubig den Kopf schüttelte. Rajesh hatte sie scheinbar sehr beeindruckt. Mitch dagegen war nicht überrascht. Er kannte die Recherchefähigkeiten des Computergenies seit vielen Jahren.

Thomas hob die Hand. «Der Templerorden hat knapp zwei Jahrhunderte existiert und war der größte Ritterorden seiner Zeit», überlegte er laut. «Wenn wir eine Generation, also zwanzig Jahre als Einheit nehmen, wären das bei fünfzehntausend Ringen in einer Generation nur tausendfünfhundert Ritter. Das erscheint mir sehr wenig, für den größten Ritterorden seiner Zeit.»

Rajesh nickte. «Das ging mir auch gleich durch den Kopf. Aber die Templerhierarchie unterteilte grob in zwei Rangordnungen. Der Ritter unter Waffen bildete dabei nur die Spitze der ausführenden

Hierarchie. Darunter kamen die dienenden Brüder, die Knappen, Ritter auf Zeit und natürlich Verwaltungsdienste und Knechte. Die Masse der Templer war also in den unteren Rängen vertreten. Das lässt vermuten, dass die Ringe nur für die Führungselite der Templer angefertigt wurden.»

«Tausendfünfhundert Führungskräfte in einer Generation. Das klingt wie ein multinationales Großunternehmen», sagte Johanna.

«Das waren die Templer ja auch», bestätigte Rajesh trocken, während er gleichzeitig in sein Tablet tippte.

Offensichtlich befriedigt vom Ergebnis, schaute er in die Runde. «Aber bleiben wir einmal bei nur fünfzehntausend Ringen und der Glaubwürdigkeit der Legende. Allein vom Goldwert her ergeben sich da einige Fragen. Dreihundert Kilo Gold ... das ist mehr als unrealistisch. Gold war damals, im Gegensatz zu Silber, sehr selten. Man geht davon aus, dass zwischen dem 6. und 15. Jahrhundert insgesamt nur fünftausend Tonnen Gold gefördert wurden. Dazu kommt, dass das meiste Gold damals zu Münzen verarbeitet wurde, nur etwa zwanzig Prozent zu Schmuck.»

Kopfschüttelnd legte er das Tablet zur Seite. «Lasst uns logisch sein», sagte er abschließend. «Kein vernünftiger Mensch des Mittelalters hätte fünfzehntausend Goldringe produziert und zu einer Kette zusammengeschmiedet. Das Störtebeker-Dokument ist damit nach meiner Sicht ad absurdum geführt. Eine mittelalterliche Fake News, sozusagen.»

«Oder auch nicht!», wandte Abygail ein, die bisher aufmerksam den Ausführungen des ODYSSEE-Teams zugehört hatte.

Ihre Bemerkung schlug wie eine Bombe ein. Schlagartig wurde es still im Raum.

Abygail hielt den Kodex hoch. «Dieses Tagebuch ist von meinem Vorfahren, dem vorhin erwähnten Ritter. Er war ein geflohener Templer, der in Schottland Schutz vor der Verfolgung suchte. Das ist in unserer Familie bekannt, aber die Umstände seiner Flucht lagen im Dunkeln. Zumindest bisher. Denn erst vor Kurzem fanden meine Arbeiter bei Restaurierungsarbeiten zufällig ein zugemauertes Geheimfach. Darin lag dieses Buch. Es ist ein Tagebuch, in dem mein Vorfahre über seine Erlebnisse schreibt. Und was er geschrieben hat, lässt das Störtebeker-Dokument in einem anderen Licht erscheinen.»

Thomas starrte Abygail ungläubig an. Dann sprang er auf, streifte sich die Baumwollhandschuhe über, die er zuvor ausgezogen hatte, und nahm ihr den Kodex mit vorwurfsvollem Blick aus der Hand. «Ich fasse es nicht. Das ist ein einzigartiges Dokument, das du einfach so in deinem Trolley hierhergebracht hast», sagte er und schüttelte den Kopf. «Ist dir eigentlich klar, welche Kostbarkeit du hier hast?»

Vorsichtig legte er den Kodex auf Mitchs Schreibtisch. «Das Pergament muss sofort säurefest und lichtdicht verpackt werden», sagte er an Mitch gewandt. «Wir können nur hoffen, dass das Material nicht schon irreparablen Schaden genommen hat.»

«In welcher Sprache ist es verfasst?», fragte Johanna, um die peinliche Pause nach Thomas' Ausbruch zu überbrücken. «Mein Fachgebiet sind mittelalterliche Sprachen. Vielleicht kann ich helfen?»

Abygail ging zu ihrem Trolley, der noch immer auf Mitchs Schreibtisch lag, und holte eine dünne Mappe heraus.

«Hier», sagte sie und reichte die Mappe an Johanna. «Du findest darin den Originaltext in einer Mischung aus lateinischen Worten und einem mittelalterlichen Französisch geschrieben und direkt dahinter die Übersetzung.»

«Wer hat den Kodex übersetzt?», fragte Francis und richtete sich alarmiert auf.

Abygail musterte ihn irritiert. Dann verstand sie seine Besorgnis und lächelte beruhigend. «Ich habe einen guten Freund gebeten, mir den Text zu übersetzen», sagte sie. «Und sei unbesorgt. Er ist mir sehr verbunden und verschwiegen.»

Francis ließ sich wieder auf seinen Sessel zurückfallen. Seine Stirn lag sorgenvoll in Falten.

Johanna hatte zwischenzeitlich die Übersetzung überflogen. Mit vor Aufregung blitzenden Augen senkte sie die Mappe auf ihren Schoß. «Das ist nach dem Quetzcoatl-Kodex die aufregendste Geschichte, die ich bisher gelesen habe», seufzte sie und hatte sofort die Aufmerksamkeit aller Anwesenden.

«Lass hören», sagte Mitch und beugte sich gespannt vor.

Johanna schüttelte den Kopf. «Ich bin viel zu nervös. Hier», sie hielt Thomas das Dokument hin, «lies du.»

Er blickte Abygail fragend an und, als die nickte, begann er, die Übersetzung laut vorzulesen.

18. November, im Jahr des Herrn 1314.

Der König hat mir die schlimme Nachricht gerade selbst überbracht.

Ich kann es kaum glauben, obwohl seit der Auflösung des Templerordens durch den verräterischen Papst Clemens V alles möglich schien.

Jacques de Molay, unser Großmeister wurde in Paris am 18. März 1314 als Ketzer verbrannt. Ausgerechnet de Molay, der einer der großherzigsten und mutigsten Männer war, die je als Großmeister einen Templerorden geführt hatten.

Es ist nur eine Frage der Zeit, bis die Häscher auch mich in meinem schottischen Versteck gefunden haben. Denn, wenn de Molay in der Folter gesprochen hat, was ich vermute, schließlich kann niemand einer Tortur widerstehen, dann suchen sie jetzt mich, mit allen ihren Kräften.

Besser gesagt, suchen sie das, was ich im Auftrag des Tempels vor ihrem Zugriff gerettet habe. Nur sie wissen nicht, wo sie mich suchen sollen.

Zumindest hoffe ich das. Denn wenn sie mich finden, werden sie mich so lange foltern, bis ich rede und ihnen das Versteck verrate. Das darf nicht geschehen. Zu wichtig ist es für unseren Orden.

Deshalb werde ich mich jetzt auf den Stammsitz meiner Familie zurückziehen und meine Burg nicht mehr verlassen. Sie ist uneinnehmbar und wird mir Zuflucht geben für die restlichen Jahre meines Lebens. Robert de Bruce hat mir seinen Schutz zugesichert. Doch falls es meinen Feinden trotzdem gelingen sollte, mich zu fangen, gelobe ich hiermit, zu schweigen, mögen sie mich quälen und foltern. Sie werden das Geheimnis von mir nicht erfahren.

Aber der Auftrag gilt noch immer. Da es keine Tempelbrüder mehr gibt, denen ich mein Geheimnis anvertrauen könnte, bringe ich meinen Auftrag jetzt zu Papier und übergebe das versiegelte Testament dem König. Er wird es für meinen Sohn aufbewahren, bis dieser das Mannesalter erreicht hat.

Meinem Sohn, den ich im Zweitnamen nach Robert I benannt habe, wird es dann obliegen, den Auftrag zu erfüllen. Gelingt es ihm nicht, soll der Auftrag nach meinem Willen auf seinen Sohn übergehen. So lange, bis der Auftrag endlich erfüllt ist und der Templerorden wieder neu erblüht.

Doch nun zu dem, was ich zu sagen habe.
Ich wurde geboren als dritter Sohn von Conchobhar Kincaid, dem Herrn der unbezwingbaren Burg Dòmhnall. Schon früh gab mich mein Vater in die Erziehung der Templer. In der schottischen Komturei von Baile nan Trodach wurde ich wegen meiner Begabung für Zahlen als Tressler berufen. Dort lernte ich auch Jacques de Molay kennen. Die Begegnung mit meinem Mentor bestimmte mein weiteres Leben. Er holte mich zur Pariser Komturei, dem Mittelpunkt unseres Ordens unterstellt. Nach der Wahl von de Molay zum Großmeister wurde ich zu einem seiner engsten Vertrauten. Dank seiner Fürsprache wurde ich nach dem Tod des Amtsträgers im Jahr des Herrn 1298 zum Großkomtur des Ordens ernannt. Seit dieser Zeit war ich zuständig für die Bewahrung all unserer Schätze und Geheimnisse.

Als einziges Mitglied des Großkapitels bin ich dem Verrat von Clemens V und Philipps IV entkommen. Wir haben ihre Entschlossenheit unterschätzt. Wir hatten bereits im September des Jahres durch unsere Spione von den Vorbereitungen für die Verhaftungen erfahren. Aber niemand von uns konnte sich vorstellen, dass es diesmal tatsächlich passieren würde. Schon oft war versucht worden, unsere Macht zu brechen, und immer war der Orden stärker daraus hervorgegangen.

So schätzten wir es auch dieses Mal ein. Trotzdem wurde beschlossen, den Schatz vorsichtshalber in Sicherheit zu bringen.

Das war meine Aufgabe. Zwei Wochen vor dem Fest der Kreuzerhöhung brach ich mit insgesamt sieben Wagenladungen auf. Unter dem Schutz bewaffneter Brüder verstauten wir die Ladung auf mehreren gemieteten Flussschiffen und fuhren die Seine hinunter. Im Hafen von La Rochelle verluden wir unsere Fracht auf drei große Templerschiffe, die uns dort erwarteten.

Danach kreuzten wir in der Bucht und warteten. Falls, wie erwartet, der König und der Papst den Mut verlören, sollte ich den Schatz wieder zu seinem ursprünglichen Aufbewahrungsort im Pariser Tempel zurückbringen. Ein Bote wartete in La Rochelle, um uns sofort zu unterrichten.

Doch es kam anders. Dieses Mal hatte wohl die finanzielle Verzweiflung Philipp IV über dessen Feigheit gesiegt. Die Nachricht war schlimmer als alles, was ich mir je hätte vorstellen können. Alle meine Brüder waren verhaftet und die Häscher suchten in der ganzen Stadt nach dem verschwundenen Schatz der Templer.

Gott lobe die Voraussicht unseres Großmeisters. Ich handelte deshalb weiter nach seinem Plan. De Molay hatte mir vor der Abreise einen Freibrief ausgestellt und mich damit offiziell aus dem Dienst der Templer entlassen. Als Grund war der Tod meines Bruders genannt. Als sein Erbe wurde ich damit zum nächsten Laird of Dòmhnall. Dorthin war ich jetzt auch unterwegs.

Wind und Wetter waren uns anfangs gnädig. Doch kurz vor dem Ziel erfasste uns ein ungeheurer Sturm. Er wütete so arg, als ob die alten Götter meines Geschlechtes persönlich gegen uns kämpfen würden. So, als wollten sie verhindern, dass die Seele und die heiligen Reliquien der Templer Schottland erreichten. Doch sie siegten nur zum Teil. Die Fiacail dhràgoin fraßen zwar zwei meiner Schiffe mitsamt der Besatzung und ihrer wertvollen Ladung, aber mein Schiff mit den wichtigsten Schätzen und der Seele an Bord entkam ihnen und erreichte die Bucht von Dòmhnall. Hier waren die Reliquien sicher. Einen besseren Ort zur Aufbewahrung als Dòmhnall Castle mit seinen uralten Geheimnissen war sicher auf der ganzen Welt nicht zu finden.

«Was bedeutet *Fiacail dhràgoin*?», unterbrach Samson.

«Keine Ahnung.» Thomas zuckte die Schultern. «Vielleicht ein Synonym für Meer oder Sturm? Ich weiß im Moment noch nicht einmal, welche Sprache das ist. Aber ich werde das noch herausfinden.»

«Lasst uns lieber auf die Templerkette konzentrieren», sagte Mitch. «Die ist es schließlich, die wir suchen. Alles andere sollten wir momentan vernachlässigen.»

«Heißt das, der legendäre Templerschatz ist mit den zwei Schiffen irgendwo gesunken?», fragte Johanna fassungslos.

«Nicht der ganze Schatz», entgegnete Mitch. «Das eigene Schiff mit den wichtigsten Artefakten ist ja angekommen. Aber hören wir erst einmal weiter zu. Vielleicht gibt es noch einen relevanten Hinweis.»

Thomas nickte zustimmend und fuhr fort:

Nachdem meine Begleiter fast alle den Tod im Sturm gefunden hatten, musste ich Robert de Bruce, um Schutz und Hilfe bitten. Er hatte sich letztes Jahr mit der Bitte um Beistand bei seinem Thronanspruch an den Orden gewandt und wir hatten sie ihm zugesagt.

Ich brachte ihm nun diese Unterstützung in Form von Gold für seine Kriegskasse. Zwar weniger als gedacht, aber immer noch genug, um seinen Herrschaftsanspruch durchzusetzen.

Durch seine Hilfe wird es mir gelingen, die Ehre und den Besitz des Ordens wieder herzustellen.

Die Mittel dafür befinden sich in meinem Besitz. Richtig angewendet können sich kein Papst und kein anderer kirchlicher Würdenträger ihrer Macht widersetzen. Deshalb wird das Mysterium auch fieberhaft gesucht. Der verräterische Papst Clemens V wollte es ebenso haben, wie der französische König es noch immer will und den der Aussatz auffressen soll, für das, was er uns angetan hat.

Ich muss jedoch warten, bis ein neuer Papst gewählt wird. Einer, der die Templer nicht so hasst, wie Clemens V. Mit de Molay hatte ich alles im Vorfeld besprochen. Unser Problem ist die Abhängigkeit des Papstes von der Gnade des französischen Königs. Erst wenn das Papsttum kein französisches Lehen mehr ist, kann ich handeln. Im Gegenzug muss der neue Papst den Templerorden wieder erheben.

De Molay hat mir freigestellt, die Bruderkette so zu verwenden, wie es der Sache dienlich ist. In die Glieder sind die Ritternamen graviert. Für jeden Namen ein goldener Ring, und alle Ringe zu einer langen Kette verbunden. Ein Sinnbild für unseren Ritterorden, wie es besser nicht sein kann.

Die Kette wird den Papst überzeugen, dass er mit einem wirklichen Vertreter der Templer spricht.

Bis dahin werde ich den Schatz in ein neues, sicheres Versteck überführen, das nur ich öffnen kann. Wenn, was Gott verhüten möge, mir es während meiner Lebenszeit nicht gelingt, eine Vereinbarung mit dem Papst zu treffen, werde ich einen Schlüssel für meine Nachkommen schaffen. Einen ganz besonderen Ring, den ich als Teil der Templerkette habe schmieden lassen. Er ist der Schlüssel, aber auf eine Art, dass er nur mithilfe des Alten Volkes benutzt werden kann.

Möge Gott mir erlauben, meinen Nachkommen diese Last ersparen zu können, und ich derjenige sein darf, der die Templer wieder zu alter Größe führt.

Olaf, Laird of Dòmhnall

Als Thomas den Text beendete, herrschte Stille im Raum. Überwältigt hatten Mitch und die anderen zugehört.

«Was denkt ihr über den Text? Könnte er echt sein?», fragte Thomas nach einer Weile und schaute dabei seine Frau an, die als anerkannte Wissenschaftlerin für mittelalterliche Sprachen und Kodizes galt.

«Ich weiß es nicht», antwortete Johanna zögernd und warf einen sehnsüchtigen Blick zu dem Kodex, der auf Mitchs Schreibtisch lag. «Ich müsste es überprüfen. Aber es ist auf jeden Fall keine wissenschaftliche, sondern eine umgangssprachliche Übersetzung. Mit all den Fehlerquellen, die damit verbunden sind. Deshalb ist Vorsicht sicher angebracht.»

«Was ist die *Seele der Templer*, die mein Vorfahre erwähnt?», warf Abygail ein, ohne auf Johannas Einwand zu achten. «Ich habe in der Literatur keine Hinweise darüber gefunden.»

«Eine Legende», antwortete Mitch leise und fand mühsam seine Sprache wieder. «Die *Seele der Templer* war bisher nur eine Legende.»

Es hielt ihn nicht mehr im Sessel. Aufgeregt sprang er auf und rieb sich über das Kinn.

Dozierend begann er, im Zimmer herumzuwandern. «Nehmen wir einmal die bekannten Fakten: Fakt ist, dass der sagenumwobene Schatz der Tempelritter nie aufgetaucht ist, obwohl viele danach gesucht haben. Nach der Legende befand sich darunter ein Mysterium, das die Gründer des Ordens aus dem Jerusalemer Tempel entwendet hatten. Was das war, darüber gehen die Meinungen auseinander. Die einen sprechen von der Bundeslade, die anderen vom Heiligen Gral und wieder andere von Baphomet, einem sprechenden Kopf. Was auch immer man glauben mag, diese Reliquie hat den einzigartigen und beispiellosen Aufstieg der Templer begründet. Die Macht dieses Mysteriums hat den Papst gezwungen, jede ihrer Forderungen zu erfüllen.»

«Du meinst, die *Seele der Templer* gibt es wirklich?», fragte Abygail mit bebender Stimme.

«Hättest du mich gestern danach gefragt, hätte ich dich ausgelacht», sagte Mitch ernst und suchte dabei ihre Augen. «Aber da kannte ich das Tagebuch deines Ahnherrn noch nicht.»

«Und es sieht so aus, als ob wir den Schlüssel dazu hätten», sagte Johanna leise. «Wir müssen nur den Ring finden.»

«Langsam, langsam», warf Francis ein, dem alles anscheinend viel zu schnell ging. «Das ist alles über sechshundert Jahre her und nur ein Text aus einem Buch. Mit so etwas wollt ihr die ganze Weltgeschichte auf den Kopf stellen?»

«Bücher verändern die Welt», antwortete Abygail und stand auf. «Besonders, wenn sie nicht alleine sind.» Mit diesen Worten schritt sie zu ihrem Trolley, streifte sich, mit einem Lächeln zu Mitch, erneut die Handschuhe über und holte nacheinander weitere vier Bücher heraus.

Fassungslose Stille breitete sich aus.

Das Team drängte sich um Mitchs Schreibtisch. Keiner traute sich, die neuen Bücher anzufassen.

«Was steht darin?», unterbrach Johanna die Stille.

«Ich weiß es nicht!», antwortete Abygail schulterzuckend. «Ich habe die Bücher noch nicht übersetzen lassen. Nach dem brisanten Inhalt des ersten Buches schien es mir sinnvoll, professionelle Hilfe in Anspruch zu nehmen.»

«Das heißt?» Mitch sah sie mit hochgezogenen Augenbrauen an.

«Das heißt», antwortete Abygail und ließ ihren Blick über das versammelte ODYSSEE-Team schweifen: «Das heißt, dass ich euch gerne beauftragen möchte, die *Seele der Templer* zu suchen und ihrer Bestimmung zuzuführen.»

Tiefe Stille breitete sich im Raum aus. Alle Blicke suchten Mitch. «Das müssen wir im Team besprechen», sagte er schließlich und versuchte, eine ernste Miene zu wahren. «Lass uns etwas Zeit. Dein Auftrag ist sicherlich mehr als spannend, aber nach den letzten Abenteuern sind wir alle angeschlagen und nicht bereit für neue Herausforderungen.»

Ungläubig sahen sich Johanna, Thomas, Samson, Rajesh und Francis an.

«Das sagt tatsächlich der Mann, der – ohne nachzudenken – in ein Tunnelsystem der Nazis eindringt und danach ihre ganze Festung in die Luft sprengt», meinte Johanna schließlich und rollte mit den Augen.

«Das sagt tatsächlich der gleiche Mann, der - ohne irgendeine Risikoabwägung – mitten in der Nacht ein U-Boot durch einen fulminanten Sturm steuert», setzte Samson noch einen darauf.

«Der gleiche Mann, der für ein solches Abenteuer alles stehen und liegen lässt und für den Vorsicht ein Fremdwort ist.» Rajesh prustete vor Lachen.

Alle fielen darin ein, bis Mitch nicht anders konnte, als auch mitzulachen.

«Okay, okay», sagte er dann immer noch lachend und wandte sich an Abygail. «Du siehst, das ODYSSEE-Team nimmt deinen Auftrag an. Wir wären wahnsinnig, es nicht zu tun.»

Abygail konnte nur den Kopf schütteln.

Francis hatte als Einziger geschwiegen.

Mitch ging auf ihn zu. «Was ist mit dir, Francis? Bist du auch dabei?»

Francis antwortete nicht gleich. Nachdenklich rieb er sich über den Dreitagebart. «Natürlich bin ich dabei», sagte er schließlich. «Aber ich habe vorher noch eine Frage an Abygail.» Damit wandte er sich an sie direkt. «Was du uns hier anbietest, ist ein überaus wertvolles Geschenk für jeden Schatzsucher. Für ein solches Geheimnis wird gemordet. Ich muss deshalb nochmals nachfragen. Bist du dir sicher, dass dein Übersetzer nicht geplaudert hat?»

«Also, ähm ... eigentlich schon ...» Sie hob die Hände, sah Hilfe suchend zu Mitch.

Francis nickte nur und machte sich eine Notiz.

Mitch wusste, Francis würde den Studienfreund von Abygail und Übersetzer des Kodexes als Erstes unter die Lupe nehmen. Von irgendjemandem mussten die Hintermänner des Lauschangriffs von dem Templerschatz gehört haben. Es war nur eine Frage der Zeit, bis er herausbekommen würde, wer dahintersteckte.

«Okay Leute», sagte Mitch und holte die Whiskyflasche, um die Gläser nochmals zu füllen. «Dann ist das hier ab sofort ein Kriegsrat, denn ich befürchte, ein Krieg steht uns jetzt bevor.»

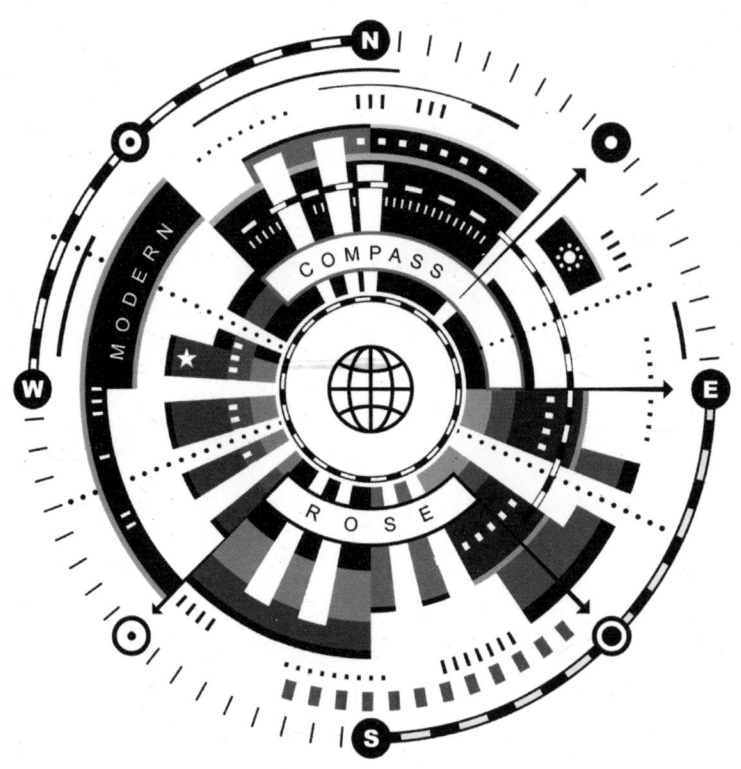

4. KRIEGSRAT

Nach einem tüchtigen Schluck Whisky wandte sich Mitch an Abygail. «Lass uns mit der Spurensuche beginnen. Du bist zu uns gekommen, weil du der Überzeugung bist, die Bruderkette aus dem Kodex wäre die gleiche wie die, die Störtebeker dem Hamburger Senat als Lösegeld angeboten hat?»

Abygail nickte bestätigend. «Ihr habt vorhin selbst gesagt, dass es eine solche Kette eigentlich nicht geben kann. Aber mit dem Tagebuch haben wir zwei Quellen, die das Gegenteil sagen.»

«Wie auch immer», wandte Samson ein. «Das hilft uns nicht weiter. Die Kette von Störtebeker mit dem Ring, der das Versteck der *Seele* zeigt, ist wahrscheinlich längst eingeschmolzen. Sonst hätte im Laufe der Jahrhunderte irgendjemand davon berichtet. Und damit ist Spur kalt.»

«Falsch», warf Rajesh ein. «Wir haben einige Anhaltspunkte. Da sind zunächst die restlichen vier Tagebücher, die Abygail mitgebracht hat. Die müssen sofort übersetzt werden. Vielleicht ist darin ein entscheidender Hinweis versteckt.»

«Das übernehme ich mit Thomas», sagte Johanna und blinzelte ihrem Mann zu.

Er nickte. «Ihr kennt mich. Ich platze fast vor Neugierde, herauszufinden, was er alles aufgeschrieben hat. Das ist pure Geschichte zum Anfassen, einfach unglaublich.»

«Okay, ihr beiden», stimmte Mitch zu. «Aber vorab bitte nur eine Übersicht über den Inhalt. Für die richtige Übersetzung lassen wir uns Zeit und holen notfalls professionelle Hilfe. Johanna, du kannst dich parallel darum kümmern, wer dafür infrage kommt.»

Aber Mitch hatte selbst auch noch einen Punkt. «Denkt an das Palimpsest, das Protokoll mit Störtebekers Vermächtnis. Wir kennen nur einen kleinen Textteil daraus. Vielleicht ist das genau die Spur, die wir suchen. Darum werde ich mich kümmern.»

«Ich fliege nach London, um mit Abygails Freund zu sprechen», sagte Francis. «Er ist das logischste Informationsleck. Ich hoffe, von ihm zu erfahren, mit wem er über den Kodex gesprochen hat. Es macht mich nervös, nicht zu wissen, wer noch im Spiel ist.»

«Da helfe ich gerne von hier aus mit», warf Rajesh ein. «Außerdem werde ich versuchen, mehr über die *Seele der Templer* herauszufinden.»

«Dann übernehme ich die Drohne», sagte Samson. «Mal sehen, was ich darüber herausfinden kann.»

«Was kann ich tun?», fragte Abygail und schaute hilflos in die Runde.

Mitch vermutete, sie fühlte sich unnütz in einem so eingespielten Team. «Du kannst mir bei dem Störtebeker-Pergament helfen», sagte er und lächelte ihr zu. «Die Hamburger Bürokratie zur Hilfe zu bewegen, wird ein hartes Stück Arbeit werden. Dabei kann ich jedes Gramm Charme brauchen.»

«Oder du fragst deine Mutter», warf Johanna ein.

«Gehört die auch in euer Team?» Abygail sah Mitch fragend an.

«Nicht wirklich. Hat dir Claire nichts erzählt?»

Abygail schüttelte den Kopf.

«Gut, dann die Kurzversion. Meine Mutter, Christa Thromberg, ist die Vorstandsvorsitzende des Thromberg-Konzerns, einem der weltweit führenden Technikunternehmen mit über dreißigtausend Mitarbeitern. Nach dem Tod meines Vaters wollte sie mich überreden, ins Unternehmen einzusteigen. Zu dem Zeitpunkt hatte ich mich aber bereits vollends der Archäologie verschrieben. Irgendwann hat meine Mutter sich damit abgefunden, dass ich den Chefsessel nicht platt sitzen werde, und hat selbst den Posten übernommen.»

«Und sie ist mittlerweile richtig stolz auf dich», sagte Johanna.

«Das ist sie bestimmt zu Recht.» Abygail lächelte Mitch an. «Aber, warum meint dann Johanna, du sollst sie fragen?»

Mitch trank sein Glas aus. «Mutters politische Kontakte, die sich durch ihren Posten ergeben haben, haben der ODYSSEE in der Vergangenheit schon mehrfach genutzt. Sie ist außerdem eine persönliche Bekannte des Hamburger Oberbürgermeisters. Ich werde gleich mal anrufen.»

5. STÖRTEBEKERS VERMÄCHTNIS

«Gottes Freund, der Welt Feind»

Wahlspruch der Vitalienbrüder

«Wir haben einen Termin mit Professor Tiefenbach», sagte Mitch zu dem Pförtner im Hamburger Rathaus. «Würden Sie ihm bitte Bescheid sagen?»
«Zuerst Ihre Namen», schnauzte der Pförtner zurück, ohne aufzuschauen.
«Doktor Michel Thromberg und ...» Mitch schaute Abygail unschlüssig an.
«Und Abygail Kincaid», ergänzte Abygail, die den Pförtner mit ihrem Titel nicht überfordern wollte.
Überrascht sprang der Pförtner von seinem Stuhl «Oh, Doktor Thromberg! Verzeihung, dass ich Sie nicht gleich erkannt habe. Herzlich willkommen», sagte er diensteifrig und reichte Mitch seine Hand. «Ihr Besuch wurde uns schon angekündigt. Einen Moment bitte.»
Hastig begann er, zu wählen.
Abygail und Mitch schauten sich amüsiert an.
«Ich denke, ich möchte deine Mutter gerne kennenlernen», flüsterte Abygail ihm zu. «Imponiert mir, wie sie mit Männern umgeht.»

«Der Professor holt Sie persönlich ab», sagte der Pförtner schließlich, nachdem er den Hörer aufgelegt hatte. Er deutete eifrig auf einige Sessel, die nicht weit entfernt aufgestellt waren. «Nehmen Sie gerne noch Platz. Der Professor wird in wenigen Minuten da sein. Wenn Sie irgendetwas brauchen, sagen Sie mir einfach Bescheid. Ich werde mich sofort darum kümmern.»

«Doktor Thromberg, was für eine Ehre ...», rief es da schon von hinten. Tiefenbach musste geflogen sein.

Fast erweckte es den Anschein, der Professor wollte Mitch umarmen, so wie er seine Arme hob. In letzter Sekunde entschied er sich offensichtlich um, denn er schüttelte Mitch die Hand. Das aber gründlich. Da er deutlich kleiner war als Mitch, wirkte es so, als wenn er mit aller Kraft eine große Handpumpe bedienen würde.

«Was für eine Ehre für mich, Sie hier begrüßen zu dürfen Doktor Thromberg», rief er so laut, dass sich alle Besucher in der Rathaushalle umdrehten. Dabei schüttelte er Mitch unentwegt weiter die Hand. «Ich habe alle Fernsehberichte über Sie verfolgt und die Quetzalcoatl-Ausstellung gleich mehrfach besucht. Versprechen Sie mir, wenn Sie das nächste Mal so eine außergewöhnliche Schatzsuche unternehmen, dass Sie mich mitnehmen.»

«Wir werden sehen.» Mitch versuchte, seine Hand zu lösen, was aber nicht gelang, weil der Professor nicht losließ. Hilfe suchend sah er zu Abygail, die ihr Lachen kaum unterdrücken konnte. Er konnte sie sogar verstehen. Das Bild, das er und der Professor abgaben, musste auch einfach zu komisch wirken. Noch ein Mal versuchte er, seine Hand zu befreien, hatte aber keine Chance. Er schüttelte erstaunt den Kopf. Man sah seinem Gegenüber nicht an, welche Kraft in dessen Händen steckte. Im Gegenteil, Tiefenbach war im Grunde das Idealbild eines Forschers, der seit Jahrzehnten im einsamen Archiv eines Rathauses uralte Dokumente überprüfte. Mager, mit schmalen Schultern, nur noch spärlichen mausgrauen Haaren auf dem Kopf und einem struppigen Bart, wirkte er auf Mitch ein wenig wie ein Zwerg. Jedoch ein Zwerg mit einer Riesenkraft

Noch ein Mal versuchte er vergebens, seine Hand aus dem Klammergriff des Professors zu befreien, erreichte aber damit nur, dass Abygail inzwischen aus vollem Herzen lachte.

Mitch blitzte sie böse an und beschloss, sie dafür büßen zu lassen. Mit seiner freien Hand deutete er auf sie. «Das ist übrigens Abygail von Kincaid. Sie ist von altem schottischen Adel und interessiert sich sehr für Ihre Arbeit über Palimpseste. Sie ist nur wegen Ihnen nach Deutschland gekommen.»

Jetzt war es an Mitch, breit zu grinsen, als Tiefenbach abrupt seine Hand losließ und Abygail überrascht betrachtete.

«Oh, das ist selten», sagte er wohlwollend. «Eine junge Frau, die sich für so für alte Schriften interessiert. Dann kommen Sie einmal mit. Ich werde Ihnen alles zeigen, was Sie wissen wollen.» Damit packte er Abygail am Arm und zog sie mit. Mitch musste sich beeilen, um hinterherzukommen.

«Wenn Sie etwas brauchen, rufen Sie mich einfach an», rief ihm der Pförtner noch hinterher.

Aber Mitch hatte keine Zeit mehr, sich umzudrehen. Er hob nur kurz die Hand, als Zeichen, dass er verstanden hatte.

Tiefenbach lotste sie im Eiltempo durch eine unscheinbare Tür im Hintergrund. Eine schmale Treppe führte direkt ins Kellerarchiv des Rathauses.

Als sie den Fuß der Treppe erreichten, schaute Mitch sich überrascht um. Endlos scheinende Gewölbe erstreckten sich von dem Gang aus nach beiden Seiten. Scheinbar war das ganze Haus unterkellert und diente als Gesamtarchiv.

Immer noch mit Abygail im Schlepptau steuerte der Professor auf eine Edelstahltür zu, die mit mehreren Schlössern gesichert war.

«Die Klimakammer», erklärte der Professor nur kurz, öffnete die Tür und ließ sie eintreten. Vor ihnen erstreckte sich ein schlauchartiger Gewölbekeller. Als Erstes fiel Mitch die kalte und trockene

Luft auf, die hier herrschte. Eine ideale Umgebung zur Lagerung alter Dokumente.

Und die lagerten hier in Massen. Der klimatisierte Gewölbekeller war rundum mit Metallregalen ausgestattet, auf denen sich Bücher und Pergamentrollen stapelten.

Der an sich schon düstere Raum wurde noch dunkler, als Tiefenbach die Tür hinter ihnen wieder schloss. Als einzige Lichtquellen standen mitten im Zimmer mehrere Schreibtische, deren Arbeitsplatten von innen heraus leuchteten.

«Ich wusste nicht, dass das Hamburger Rathaus eine Dokumentenkammer besitzt», sagte Mitch.

«Exakt zwanzig Grad Celsius und konstante Luftfeuchtigkeit von fünfundvierzig Prozent», antwortete der Professor automatisch und deutete rundum. «Schließlich lagern hier unten über eintausendzweihundert Jahre Hamburger Geschichte.»

«Und hier haben Sie zufällig das Störtebeker-Vermächtnis gefunden», fragte Abygail, um das eigentliche Thema ihres Besuches voranzutreiben.

«Falsch, zwei Mal falsch», dozierte der Professor und zerrte Abygail zu einem der Leuchttische. «Zunächst habe nicht ich das Dokument gefunden, sondern einer meiner Assistenten, und zweitens war der Fund in keiner Weise zufällig.»

«Wie meinen Sie das?», fragte Mitch aufmerksam geworden.

«Interessiert Sie, welcher meiner Assistenten das Dokument entdeckt hat, oder wollen Sie wissen, weshalb es nicht zufällig war?»

«Das Zweite», antwortete Mitch und grinste. Der kleine Professor begann, ihm zu gefallen.

«Schauen Sie Lady», erwiderte der Professor, ohne Mitchs Frage zu beantworten, und trat zu einem der Leuchttische, auf dem verstreut einige beschriebene Pergamentbögen lagen. Er reichte Abygail ein paar dünne weiße Baumwollhandschuhe und zog sich selbst welche an. Als Abygail ihre übergestreift hatte, gab er ihr eines der Blätter in die Hand. «Fühlen Sie, versuchen Sie, das Material zu verstehen.» Abygail ließ das Pergament vorsichtig durch die Finger gleiten. «Fühlen heißt fühlen und nicht streicheln», brummte der Professor und demonstrierte an einem anderen der Dokumente, was er meinte. Er drückte die Ecken, bog das Pergament leicht nach hinten, rieb es zwischen Daumen und Zeigefinger und beobachte aufmerksam, wie sich das Material verhielt. «Vergleichen Sie beide Dokumente und sagen Sie mir, was Sie fühlen», sagte er und übergab Abygail den zweiten Bogen.

Sie schaute Mitch Hilfe suchend an, aber er zuckte nur mit den Schultern. Also tat sie, um was sie der Professor gebeten hatte.

«Und», fragte er gespannt nach einer Weile.

«Der Bogen, den Sie mir zuletzt gegeben haben, ist etwas steifer und rauer», sagte sie. «Wahrscheinlich eine andere Qualität.»

«Falsch.» Er nahm ihr das Dokument aus der Hand. «Beide Pergamente sind Pergamentum Abortivum, also höchste Güteklasse.»

Mit blitzenden Augen deutete er mit der anderen Hand darauf. «Was Sie gerade gefühlt und als andere Qualität beschrieben haben, bedeutet, dass dieses Pergament hier schon einmal abgeschabt und bearbeitet wurde. Es ist nichts anderes als ein über sechshundert Jahre altes Palimpsest.»

Erschrocken legte Abygail den anderen Pergamentbogen auf den Tisch zurück.

«Um nun auf Ihre Frage zu kommen, Doktor Thromberg», sagte Tiefenbach und schob das Palimpsest in ein Gerät, das entfernt einem großen Scanner ähnelte. «Wir suchen hier unten bewusst nach solchen Auffälligkeiten in den archivierten Dokumenten. Also war der Fund nicht zufällig.» Während er das Computersystem einschaltete und es klackend zum Leben erwachte, kicherte er laut in sich hinein. «Obwohl ich zugeben muss, dass das sogenannte Störtebeker-Vermächtnis auch bei mir und meinen Mitarbeitern für ziemlich viel Adrenalinausstoß gesorgt hat.»

«Dürfen wir die Störtebeker-Dokumente einmal sehen, Herr Professor», fragte Abygail. «Ich würde mir nichts sehnlicher wünschen, als es einmal berühren zu können.»

«Sie hatten es gerade in Hand, kleine Lady.»

Mitch und Abygail sahen sich schockiert an.

Tiefenbach kicherte und klatschte sich vor Freude auf den Schenkel. «Bleiben Sie cool», sagte er. «Pergament ist nach Stein das langlebigste Material, das Menschen je zum Beschreiben entwickelt haben, und bei richtiger Lagerung fast unzerstörbar. Und dazu noch mehrfach recycelbar. Wenn man das alte Pergament abschabte, ließ sich das kostbare Material neu nutzen. Die meisten der Pergamentrollen und Bücher hier unten bestehen aus Palimpsesten. Das kommt übrigens von dem griechischen Wort Palimpsestos und bedeutet Abschaben.»

«Trotzdem bin ich doch etwas überrascht, dass ein Dokument von einer solchen Bedeutung hier einfach frei herumliegt», rief Mitch, der fassungslos zugehört hatte.

«Immer noch cool bleiben», sagte der Professor unbeirrt. «Natürlich ist das Dokument unter normalen Umständen sicher im Tresor untergebracht. Ich hatte es nur speziell für Sie und die junge Lady aus dem Tresor geholt, weil mich Ihre Mutter darum gebeten hatte. Es sollte eine Überraschung sein.»

Mitch und Abygail schauten sich betreten an, während Tiefenbach weiter an der Computerapparatur herumfummelte. Es dauerte eine ganze Weile, bis alle Einstellungen zu seiner Zufriedenheit waren.

«So», sagte er. «Ich bin bereit, wenn Sie es auch sind».

Als Mitch und Abygail nickten, schaltete er das System ein. Mehrfarbiges Licht drang flackernd aus der seitlichen Öffnung des Scanners, während sich auf dem Computermonitor langsam ein Bild aufbaute.

«Sehen Sie», sagte Tiefenbach und deutete auf erste erkennbare Schriftzeichen. «Das hier ist die letzte Farbschicht, das heißt, wir sehen nun die Schrift, die neu auf dem vorher abgeschabten Material aufgetragen wurde.»

Dann schaltete er auf ein Bedienfeld um und gab neue Daten ein. «Jetzt lassen wir diese Schicht beiseite und gehen mit unserer Kamera etwas tiefer in das Material hinein.»

Langsam bauten sich vereinzelte blaue Flecken und Punkte auf. «Früher hat man zum Durchleuchten einfaches UV-Licht verwendet, doch das ist zu grob», dozierte der Professor. «Wir verwenden ein neu entwickeltes Multispektralverfahren. Dabei wird das Pergament mit Licht verschiedener Wellenlängen bestrahlt und die Absorption in einzelnen Aufnahmen festgehalten. Fügen wir alle Bilder später im Computer zusammen, bekommen wir ein unglaublich detailliertes Bild der verschiedenen Farbschichten. Auf deutsch, wir können plötzlich die Schrift unter der Schrift sehen.»

Wie durch Zauberhand setzten sich aus den einzelnen Farbflecken, Zeichen und Wörter zusammen.

«Ich dachte, die alte Schrift wurde abgeschabt», fragte Abygail, die wie Mitch der Vorführung des Professors fasziniert gefolgt war. «Wie kann ich etwas sehen, was weg ist?»

«Die Schrift ist zwar abgeschabt, aber mikroskopische Farbreste verbleiben im Pergament. Im Computer verbinden wir diese Punkte dann zu Schriftzeichen.» Der Professor stockte und sah sie misstrauisch an. «Aber ich wundere mich ein wenig über Ihre Frage. Ich dachte, Sie studieren Palimpseste, da müsste Ihnen das doch alles nicht neu sein?» Sein Blick irrte verunsichert zwischen Mitch und Abygail hin und her.

Mitch sah ihm an, dass er am liebsten den Sicherheitsdienst gerufen hätte. «Sie vermuten richtig, Herr Professor», sagte er schnell, um zu retten, was noch zu retten war. Der Professor war misstrauisch geworden. Jetzt konnte ihnen nur noch Ehrlichkeit helfen. «Es geht uns um den Inhalt des Störtebeker-Vermächtnisses. Deshalb sind wir hier. Lady Abygail sucht darin Hinweise auf eine goldene Kette, die ihrer Familie im 14. Jahrhundert verloren ging. Wahrscheinlich handelt es sich dabei um die Kette, die im bisher einzigen veröffentlichten Pressebericht über den Inhalt des Störtebeker-Dokumentes erwähnt wurde. Sie hat das ODYSSEE-Team dafür um Hilfe gebeten. Deshalb sind wir hier.»

«Interessant, sehr interessant», sagte der Professor nach einer Weile, während er Mitch und Abygail stumm gemustert hatte. «So interessant, dass ich mich entschlossen habe, mir Ihre Geschichte anzuhören. Danach werde ich entscheiden, ob unser Gespräch beendet ist oder nicht.»

«Gut, ich bin froh, dass wir dieses Versteckspiel hinter uns haben», sagte Abygail sichtlich erleichtert. «Aber ich schlage vor, wir setzen uns. Es könnte etwas dauern.»

6. DER ÜBERFALL

Professor Tiefenbach atmete tief durch. Die Geschichte, die ihm Abygail erzählt hatte und die auf dem entdeckten Tagebuch beruhte, ging ihm offensichtlich durch und durch. Er räusperte sich. «Ich muss gestehen, bisher dachte ich, mit dem Störtebeker-Vermächtnis meine Lebensaufgabe gefunden zu haben, aber das hier ist um ein Vielfaches größer und bedeutender.» Er ging vor dem Scanner auf und ab. «Sie müssen wissen, der Templerorden und dessen Geheimnisse begleiten und begeistern mich schon mein ganzes Forschungsleben.»

Mitch legte sein Smartphone beiseite, mit dem er während Abygails Erzählung über den Professor recherchiert hatte. Er musterte den kleinen Wissenschaftler nachdenklich. Dann traf er eine Entscheidung.

«Außer Ihrer Forschungsarbeit hier im Stadtarchiv sind Sie Professor an der Hamburger archäologischen Fakultät mit dem Fachbereich Mittelalter?», fragte er. Als Tiefenbach nickte, fuhr er fort: «Und Sie haben über die Geschichte des Templerordens promoviert und später verschiedene wissenschaftliche Forschungsarbeiten darüber veröffentlicht?»

Tiefenbach nickte nochmals. Verwirrt blickte er Mitch an.

«Hätten Sie Lust, uns bei diesem Projekt als wissenschaftlicher Berater zu begleiten?» Mitch schmunzelte, als er sah, wie der Professor die Augen vor Überraschung weit aufriss. «Sie wären damit offizieller Mitarbeiter des ODYSSEE-Teams bei einer der spannendsten

Schatzsuchen, die wir je durchgeführt haben. Sie müssen nur ja sagen. Um alles andere, wie auch Ihre Freistellung an der Fakultät, kümmern wir uns.»

Tiefenbach knetete seine Hände. «Das klingt mehr als verlockend», sagte er schließlich. Nach einigem Zögern setzte er nach: «Ab wann haben Sie sich eine Zusammenarbeit vorgestellt?»

«Ab sofort», antwortete Mitch.

Dem Professor war anzusehen, dass es intensiv in ihm arbeitete. «Da ist noch meine Arbeit am Störtebeker-Vermächtnis. Zum jetzigen Zeitpunkt kann ich sie nicht unterbrechen.»

«Brauchen Sie nicht», sagte Mitch. «Ich denke, ein Anruf meiner Mutter beim Bürgermeister genügt und der Forschungsauftrag für das Störtebeker-Vermächtnis geht an die ODYSSEE beziehungsweise an Sie über.»

«Und meine ganze Technik?»

«Wir werden sie adäquat ersetzen.»

«Dann auf eine gute Zusammenarbeit», antwortete der Professor trocken.

In diesem Moment ertönte von Mitchs Telefon ein Alarmsignal, eine spezielle Tonfolge, die der Filmmelodie zu JAWS nachempfunden war. «Das Netz ist weg», sagte er überrascht, nachdem er einen kurzen Blick auf den Bildschirm geworfen hatte.

«Das ist merkwürdig», erwiderte der Professor und zog sein Handy aus der Tasche. «Bei mir auch. Das ist tatsächlich komisch. Normalerweise haben wir hier unten einen speziellen Verstärker. Einen Komplettausfall gab es noch nie. Aber Sie können das Festnetz verwenden, wenn Sie anrufen möchten.»

«Nein danke, wir sind ja nicht zum Telefonieren hier, sondern um Sie als neues Teammitglied zu gewinnen.»

«Darauf sollten wir einen trinken», sagte Abygail, die lächelnd zugehört hatte, und zog eine flache Flasche mit Whisky aus ihrer Handtasche.

«Purer Alkohol aus der Flasche, pfui Teufel», erwiderte Professor Tiefenbach ironisch, setzte sich an den Tisch und wählte eine Nummer. «Ich bestelle lieber Gläser und Soda beim Empfang.»

Nach einigen Minuten des Wartens legte er kopfschüttelnd wieder auf. «Es nimmt niemand ab», sagte er. «Merkwürdig. Aber ich versuche es gleich noch einmal.»

In diesem Moment klackte die Tür zur Klimakammer auf. Stimmen war zu hören.

«Meine Assistenten kommen zurück», erklärte Tiefenbach und schmunzelte. «Ich habe sie vorhin in eine lange Pause geschickt, damit ich Sie ganz für mich alleine habe. Aber ich denke, jetzt wollen alle dem Chef der ODYSSEE die Hand drücken. Sie müssen nämlich wissen, Doktor Thromberg, dass Sie und Ihre Firma in unserer Fakultät das Image eines Indiana Jones haben. Im Gegensatz zu mir. Ich gelte unter meinen Studenten als alter seniler Knacker. Die werden sich wundern, wenn sie die Neuigkeit hören.»

Er kicherte vor sich hin, während er Scanner und Computer ausschaltete. Dann stand er auf, um seine Mitarbeiter zu begrüßen.

Doch statt der erwarteten Kollegen stürmten zwei dunkel gekleidete Männer in das Dokumentenarchiv, mit schwarzen Skimasken über dem Gesicht und Pistolen mit Schalldämpfern in der Hand.

Instinktiv reagierte Mitch und warf sich hinter den Schreibtisch auf den Boden. Noch im Fallen riss er Abygail mit sich. Dabei wurde der Scanner vom Schreibtisch gerissen und landete schmerzhaft auf Abygails Rücken.

Nur der Professor stand noch. Überrascht starrte er den heranstürmenden Maskierten entgegen.

«Was wollen Sie hier», hörte Mitch ihn energisch fragen. «Verlassen Sie sofort das Archiv, sonst muss ich den Wachdienst rufen.»

«Halt die Schnauze, du Zwerg», höhnte einer der Männer.

Mitch horchte auf. Der Verbrecher sprach zwar deutsch, aber es war deutlich zu hören, dass es sich dabei nicht um seine Muttersprache handelte. Den gleichen Zungenschlag hörte er auch bei dessen Kumpan. Unbemerkt war dieser um den Schreibtisch herumgekommen und befahl Abygail und Mitch, aufzustehen.

Schweigend half Mitch ihr auf die Füße. Doch sie riss sich los und bückte sich nochmals, um ihre große Handtasche aufzuheben und auf den Schreibtisch zu stellen.

«Vergebene Liebesmühe, du wirst deine Tasche nicht mehr brauchen», flüsterte der Mann kalt und schoss ohne Vorwarnung. Abygail schrie auf und taumelte nach hinten, bis die Kante des Schreibtischs sie aufhielt. Ohne nachzudenken, sprang Mitch zu ihr, um ihr zu helfen.

«Wenn ich sie jetzt schon hätte töten wollen, hätte ich das getan», höhnte die Stimme des Gangsters in seinem Rücken. «Es ist nur ein Streifschuss. Eine freundliche Warnung, wenn ihr so wollt.»

Mitch wirbelte voller Wut herum, erstarrte jedoch, als die Pistole auf seinen Kopf zielte. Zornbebend verharrte er.

«Ganz ruhig, Thromberg», flüsterte der Maskierte. «Kümmere dich lieber um die Lady, sonst verblutet sie uns noch, bevor wir bekommen, was wir wollen.»

Wieder war da der fremde Zungenschlag, der Mitch bekannt vorkam. Doch er hatte jetzt andere Probleme, als über die Herkunft der Männer nachzudenken. Besorgt wandte er sich wieder Abygail zu, aber sie stoppte ihn mit einer Handbewegung. «Halb so schlimm», flüsterte sie und richtete sich auf.

«Alles okay, kleine Lady?», fragte der Professor von der anderen Seite.

«Keine Sorge», antwortete Abygail und ließ trotz ihrer Schmerzen eine leichte Ironie in ihrer Stimme mitklingen. «Man hat nur das erste Mal in meinem Leben auf mich geschossen und ich weiß nicht warum.»

«Ihr wisst genau, warum wir hier sind», sagte der Gangster vor ihnen.

«Und du wirst es uns jetzt geben», beendete sein Kumpan auf der anderen Seite seinen Satz. Dabei zielte er mit der Pistole auf den Professor.

«Nur um sicherzugehen», sagte der Professor. «Könnten Sie ihre Forderung eventuell genauer definieren?» Er wirkte erstaunlich gelassen, angesichts einer auf ihn gerichteten Waffe und Verbrechern, die bereits bewiesen hatten, wie skrupellos und brutal sie vorgingen.

Die Antwort war ein Schuss, der den alten Steinfußboden vor Professor Tiefenbachs Füßen zersplittern ließ.

Der Querschläger raste heulend durch das Archiv und blieb mit einem lauten Plopp in einem der Pergamentstapel in den Wandregalen stecken.

Wütend sah der Professor von der Wand auf den Gangster vor sich. «Wissen Sie, was Sie da getan haben», rief er zornbebend. «Die Kugel hat wahrscheinlich gerade ein einzigartiges Dokument zerstört.»

«Das ist meine kleinste Sorge», sagte der Mann unbeirrt, hob die Pistole und jagte mehrere Kugeln in die Bücher und Pergamentrollen.

Bevor Tiefenbach sich von seinem Schock erholt hatte, zielte der Lauf der Waffe schon wieder auf ihn. «Ganz ruhig, Zwerg.» Er richtete die Pistole nun erneut auf Abygail. «Und jetzt hol uns das Störtebeker-Dokument aus dem Tresor oder die Lady ist Geschichte.» Dabei nickte er in Richtung seines Kumpans.

Mitch stellte sich schützend vor Abygail, wusste aber, dass er gegen eine Pistole keine Chance hatte.

«Latinene loquamur?», rief der Professor plötzlich und blickte zu den Maskierten. Als sie beide verständnislos den Kopf schüttelten, nickte er befriedigt.

«Loquamur, quid nunc?», antwortete Mitch nach einer überraschten Pause. Mit einem schnellen Blick sah er, dass auch Abygail nickte.

«Quis pugnare potest?», fragte der Professor und hob die Mundwinkel, als er Mitchs und Abygails Zustimmung bemerkte.

«Hört sofort auf, in diesem Kauderwelsch zu reden, sonst reißen wir euch die Zungen raus. Und nun los», rief der Gangster und deutete mit dem Pistolenlauf auf den großen Tresor, der einen Teil der Rückwand des Archivs einnahm.

«Das ist kein Kauderwelsch, Sie Banause, das nennt man Latein», sagte der Professor und wandte sich an erneut an Mitch und Abygail: «Ad tres nos defendamus!, wie der Lateiner zu sagen pflegt.» Ein Schuss in die Dokumentenstapel ließ ihn schuldbewusst zusammenzucken. Stumm ging er zum Tresor. Dicht verfolgt von seinem Peiniger.

Dort angekommen, suchte der Professor umständlich nach seiner Brille, beugte sich zum Bedienfeld des Panzerschranks und gab langsam den Sicherheitscode zum Öffnen ein. Jede Zahl kommentierte er laut.

«Zuerst die Drei ... Tres», sagte er und dehnte die Laute überlang. «Dann die Zwei ... Duo.»

«Nun mach endlich», zischte der Gangster und stieß dabei dem Professor die Pistolenmündung auffordernd zwischen die Schulterblätter.

«Unum!», zählte der Professor ruhig. Dann machte er eine kurze Pause, in der er zu Mitch und Abygail herübersah. Als er ihren Blick aufgefangen hatte, schrie er laut: «Nulla!» Gleichzeitig wirbelte er herum. Dabei drehte er seinen Körper so, dass er den Pistolenarm des völlig überraschten Gangsters neben sich hatte. Mit beiden Händen packte er zu, bog den Ellenbogen nach unten und brach das Gelenk mit einem schnellen, kraftvollen Kniestoß.

Aufheulend ließ der Maskierte seine Pistole fallen und griff sich an den gebrochenen Arm. Die Handkante des Professors traf ihn wie ein Hammerschlag. Bewusstlos sackte er in sich zusammen.

Mitch glaubte, seinen Augen nicht zu trauen. Fast hätte er seinen Einsatz verpasst. Abygail war aufmerksamer gewesen. Bei «Unum ... Eins», hatte sie unauffällig nach ihrer Handtasche gegriffen. Als der Professor dann bei «Nulla ... Null» angekommen war, hatte sie die Tasche mit aller Kraft geschwungen. Von der Aktion völlig überrumpelt, taumelte der zweite Mann einen Schritt nach hinten. Mitch, der seine Überraschung über den akrobatischen Einsatz des Professors überwunden hatte, reagierte ebenfalls. Er sprang vor und versuchte, dem Gangster mit einem Ruck die Waffe aus der Hand zu drehen.

Der wehrte sich jedoch und ließ die Pistole nicht los. Das Ringen der beiden wurde erst beendet, als Abygail das zweite Mal mit ihrer schweren Tasche zuschlug. Leider traf sie den Falschen. Der Schlag erwischte Mitch völlig unvorbereitet. Bevor der Angreifer seine Pistolenhand befreien konnte, korrigierte Abygail ihren Fehler. Mit aller Kraft trat sie zu und traf zielgenau die Stelle, die in jedem Selbstverteidigungskurs als empfindlichster Punkt eines Mannes genannt wurde.

Mit hervorquellenden Augen brach der Mann auf die Knie, was Mitch die Gelegenheit gab, ihn mit einer weiteren Drehung des Gelenkes auf die Bauchlage zu zwingen. Mit der anderen Hand entwand er ihm die Pistole. Vor Schmerzen schreiend und unfähig, sich zu wehren, lag der Gangster vor ihnen auf dem Boden.

Der Professor war inzwischen zu ihnen herübergekommen. «Ich wünsche eine gute Nacht», sagte er trocken und trat dem auf dem Boden liegenden Mann mit einem schnellen Fußtritt gegen die Schläfe. Augenblicklich erstarben sein Wimmern und Schreien. Tiefe Stille senkte sich über den Archivraum.

«Mein lieber Schwan», bemerkte Mitch anerkennend und ließ den jetzt schlaffen Arm des Mannes los. «Für einen alten Knacker, wie Sie sich bezeichnet haben, sind Sie aber verdammt gut in Form.»

«Man unterschätzt mich gerne», sagte Tiefenbach zustimmend. «Aber das ist wohl gleichzeitig auch meine Stärke.»

«Sind Sie Judokämpfer?», fragte Abygail, die ihren Blick ängstlich auf den Bewusstlosen gerichtet hielt.

«Eher Karate und das seit meiner Schulzeit», antwortete Tiefenbach und nahm den Telefonhörer auf. «Aber jetzt sollten wir erst einmal den Wachdienst und die Polizei darüber informieren, dass zwei unbefugte Eindringlinge abzuholen sind.»

Mitch ahnte Schlimmes, als der Professor nach einigen Minuten wütend auflegte. «Wenn man in diesem Haus mal Hilfe braucht, sind alle in der Pause. Und eine Leitung nach draußen bekomme ich auch nicht. Diese Telefonanlage sollte schon seit Jahren erneuert werden.»

Dann sah er Mitchs Gesicht. «Oder meinen Sie, die Angreifer waren nicht allein?», fragte er besorgt.

«Das meine ich», sagte Mitch ernst und zog sein Smartphone aus der Tasche.

Trotz des Kellergewölbes hatte es bis zu dem Warnton funktioniert, also müsste er darüber auch den Polizeinotruf erreichen, wenn es nur eine vorübergehende Störung gewesen wäre. Doch er bekam keinen Empfang und die einzige Erklärung war der Einsatz eines Störsenders.

«Lasst uns das Problem zusammenfassen», sagte er stirnrunzelnd. «Der Handyempfang im ganzen Rathaus ist gestört, das Telefon defekt und die Männer sind mit Schlüsseln in den Archivraum eingedrungen. Das heißt, sie müssen entweder die Schlüssel schon gehabt haben oder sie haben sie jemanden abgenommen.»

«Vermutlich meinen Assistenten», bemerkte der Professor stirnrunzelnd.

«Anzunehmen», stimmte Mitch zu und schaute kurz zur Tür des Archivraumes, die nach dem Eindringen der Gangster wieder ins Schloss gefallen war. «Ist die Tür ohne Schlüssel zu öffnen?»

«Nein. Und Schlüssel haben nur ich und meine Assistenten», antwortete der Professor. «Und natürlich die Verwaltung, aber da sind über zweihundert Mitarbeiter beschäftigt. Ich glaube nicht, dass die Verbrecher da eindringen können.»

«Okay», sagte Mitch. «Dann sind wir hier unten vorläufig sicher, aber wir können den Archivraum auch nicht verlassen.» Er sah sich um. «Gibt es etwas, um die Männer zu fesseln, damit sie uns nicht in den Rücken fallen können?»

«Ich habe eine bessere Idee.» Tiefenbach deutete in die Tiefe des Gewölbes. «Dort hinten gibt es eine kleine Toilette. Ohne Fenster und mit einer recht stabilen Metalltür. Da können wir die beiden einsperren.»

Mitch und der Professor zogen die immer noch bewusstlosen Männer in den kleinen Raum, während Abygail mit den beiden Pistolen in den Händen achtgab, falls einer überraschend zu sich käme.

Als der Professor nach seinen Schlüsseln kramte, um die Kammer abzuschließen, stoppte ihn Mitch. «Warten Sie noch eine Minute», sagte er. «Wir wollen doch mal sehen, mit wem wir es zu tun hatten.»

Gründlich durchsuchte er deren Hosentaschen, ohne jedoch irgendwelche Hinweise zu finden. Es waren Profis, die nur den Fehler gemacht hatten, ihre Opfer sträflich zu unterschätzen. Abschließend zog er ihnen die Skimasken vom Kopf.

«Das sind Araber», rief Abygail überrascht.

«Vom Aussehen her könnten sie eventuell aus dem Nahen Osten stammen», berichtigte der Professor.

Mitch nickte nur und schoss mit seinem Handy einige Fotos. Abschließend drückte er noch ihre Fingerkuppen auf die Glasplatte seines Handys.

«Sollten Sie das nicht besser der Polizei überlassen?», fragte Tiefenbach, der Mitchs Detektivarbeit verständnislos zusah.

«Lieber machen wir es doppelt, bevor die Typen irgendwie entkommen», entgegnete Mitch, der schon Einiges in dieser Hinsicht erlebt hatte.

Nachdem die Tür zur Kammer mehrfach verschlossen war, wandte er sich an den Professor. «Wollen Sie eigentlich noch immer bei diesem Projekt mitmischen?», fragte er. «Sie haben gesehen, was hier auf uns und Sie zukommen könnte.»

Professor Tiefenbach hob nur den Daumen als Antwort. «Das werde ich mir auf keinen Fall entgehen lassen», antwortete er.

«Na gut, dann ist das geklärt», sagte Mitch grinsend. «Jetzt sollten wir uns überlegen, wie wir hier unbeschadet herauskommen. Ich bin sicher, die übrigen Gangster erwarten uns in der Eingangshalle.»

«Da habe ich eine Idee», sagte Abygail und deutete auf den Feuermelder, der neben der Tür rot blinkte. «Ich weiß zwar nicht, wie es im Archivraum ist, aber in Dòmhnall Castle sind die Melder über eine eigene Leitung mit der Feuerwehr verbunden. Das gilt auch für die Rauchmelder an der Decke.»

«Ein glänzender Vorschlag», sagte Tiefenbach begeistert.

«Sind die nicht mit einer Löscheinrichtung gekoppelt», warf Mitch ein und musterte dabei besorgt die Regale voller wertvoller Dokumente.

«Überall, nur nicht im Archivraum. Beide Einrichtungen geben nur Feueralarm. Das Löschen obliegt dann der Feuerwehr mit Speziallöschern», antwortete Tiefenbach und klatschte vor Vorfreude in die Hände.

«Wir sollten aber vorsichtshalber das Störtebeker-Dokument an uns nehmen.» Mitch deutete auf den Tresor. «In dem Tumult um den Feueralarm kann alles Mögliche passieren. Die Angreifer werden es bestimmt nicht bei dem einen Versuch belassen. Dafür haben sie jetzt schon zu viel riskiert.»

«Das ist nicht im Tresor», meinte der Professor schmunzelnd. «Ich habe sie vorhin nicht belogen. Sie hatten das Originaldokument wirklich in der Hand.»

Mit diesen Worten kniete er sich nieder, um das Dokument aus dem vorhin heruntergefallenen Scanner zu nehmen.

Er stellte ihn auf den Schreibtisch und öffnete die Scanvorrichtung. Verdutzt sah er auf die leere Fläche und hob dann seinen Blick. «Es ist verschwunden», sagte er besorgt und bückte sich, um auf dem Boden nach dem Pergament zu suchen.

«Bemühen Sie sich nicht», sagte Abygail leise und öffnete ihre Handtasche. Unter den verblüfften Augen von Mitch und Tiefenbach zog sie vorsichtig das Pergament heraus. «Es fiel mir geradezu in den Schoß, als Mitch den halben Schreibtisch umriss», sagte sie entschuldigend.

«Lassen Sie es am besten in Ihrem *Großraumbüro*», antwortete der Professor amüsiert. «Und nehmen Sie die Festplatten bitte auch mit. Aber die sind wirklich im Tresor. Einen Moment bitte.»

Nachdem Tiefenbach die beiden Festplatten gebracht hatte, verstaute Abygail alles sorgfältig in ihrer Tasche.

Mitch fasste nochmals ihren Plan zusammen. «Also, wenn die Feuerwehr kommt und die Tür öffnet, verlangen wir als Erstes nach der Polizei. Ich vermute, dass die Komplizen, die im Empfangsraum lauern, beim ersten Heulen der Sirenen verschwinden. Danach warten wir die Verhaftung der beiden Ganoven ab und lassen uns dann unter polizeilichem Schutz zur Kommandozentrale der ODYSSEE bringen. Dort sind wir und das Störtebeker-Dokument vorerst sicher. Bis wir da sind, gilt es unbedingt, zusammenzubleiben. Niemand und nichts darf uns trennen. Und du Abygail gibst deine Tasche auf keinen Fall aus der Hand. Egal, wer sie dir abnehmen will. Haben wir uns alle verstanden?»

«Na dann», sagte der Professor trocken und drückte den Knopf des Feuermelders.

7. DER KREIS SCHLIESST SICH

Die Vorgänge im Archivraum des Hamburger Rathauses lagen nun vierundzwanzig Stunden zurück. ODYSSEE hatte Alarmstufe III ausgerufen.

Die Kommandozentrale war hermetisch von der Außenwelt abgeriegelt. Schwere Panzerrollläden deckten Türen und Fenster ab und auf dem Gelände patrouillierten bewaffnete Personenschützer einer bekannten Securityfirma.

Mitchs Team hatte aus der Vergangenheit gelernt und nach den beiden jüngsten Vorfällen sämtliche Sicherheitshebel gezogen.

Nun saßen alle in Mitchs Büro, das bei solchen Gelegenheiten als Meetingraum benutzt wurde. Es fehlte nur Francis, der sich noch in London aufhielt. Rajesh hatte ihn jedoch über eine geschützte Live-Videoleitung zugeschaltet. Professor Tiefenbach, als Neuer im Team, fühlte sich bereits sichtlich pudelwohl. Gestern Nacht hatte er mit Samson und Rajesh, Brüderschaft getrunken und die beiden waren immer noch erstaunt über die Trinkfestigkeit des kleinen Professors, wie sie Mitch berichtet hatten.

«Lasst uns noch einmal Revue passieren», sagte Mitch. «Ich mache mir mehr als Sorgen über die schnelle Entwicklung der ganzen Sache. Es ist mir unverständlich, wieso die Situation über Nacht so eskalierte. Die Spionagedrohne ist eine Sache, aber der Überfall hat eine völlig andere Dimension.»

«Gibt es schon Erkenntnisse über die beiden verhafteten Ganoven?», fragte Samson dazwischen.

Mitch verneinte. «Leider nein. Kommissar Leinecker wollte mir Bescheid geben, sobald die beiden identifiziert sind.» Damit wandte er sich an Rajesh: «Hast du etwas erreicht?»

Er schüttelte bedauernd den Kopf. «Leider noch kein Ergebnis», sagte er und wandte sich erklärend an das Team. «Seit gestern scanne ich das gesamte Internet nach ihren Gesichtern ab. Bisher gab es noch keinen Treffer.» Er überlegte ein paar Sekunden, bevor er fortfuhr: «Wie besprochen habe ich die Ermittlung der Fingerabdrücke der Polizei überlassen. Aber nachdem bisher keine Ergebnisse vorliegen, würde ich sie gerne selbst nochmals überprüfen.» Fragend blickte er dabei zu Mitch.

Mitch überlegte. Die Hackerqualitäten von Rajesh hatten ihnen schon mehrmals wichtige Erkenntnisse gebracht. Es gab wenig, was das Computergenie davon abhalten konnte, in fremden Datenbanken zu wühlen. Ob es sich dabei um die Geheimarchive des Vatikans handelte oder um Datenbanken der Polizei. Rajesh konnte so vieles abkürzen, für das Kommissar Leinecker erst einmal Genehmigungen brauchte. Doch es war auch gefährlich.

Mitch gab sich einen Ruck. «Okay Rajesh, starte die Recherche. Aber pass auf, dass es niemand mitkriegt. Wir kommen sonst in Teufels Küche.»

Rajesh nickte nur und machte sich eine Notiz auf seinem Tablet.

«Dann lasst mich mal mit der Drohne beginnen», sagte Samson. «Es handelt sich um die technisch veränderte Ausführung eines handelsüblichen Modells. Besonders interessant ist dabei der eingebaute Hochleistungslaser.»

«Ein Laser?», staunte der Professor.

«Ja», bestätigte Samson. «Damit können Schwingungen einer Fensterscheibe abgetastet werden. So lassen sich problemlos alle Gespräche in einem Raum abhören.»

«Und was hast du darüber herausgefunden», fragte Mitch besorgt. Solche Geräte unterlagen einer strengen Kontrolle und waren extrem teuer. Ihr Gegner wurde ihm immer unheimlicher.

«Der Hersteller ist eine Spezialfirma in Edinburgh, die diese Minilaser an Geheimdienste und ähnliche Institutionen liefert. Rajesh versucht gerade, die Kundendatenbank des Herstellers zu knacken. Die Käufe vergleichen wir anschließend mit den Kennzahlen des Lasers. Dann wissen wir mehr.»

Mitch nickte sorgenvoll. Laserdrohne und ein bewaffneter Überfall? Wie passte das zusammen? «Im Prinzip gibt es nur zwei Möglichkeiten», gab er sich selbst die Antwort. «Entweder handelt es sich um mehrere Gruppen oder es ist etwas geschehen, was unseren Drohnenabsender zum schnellen Handeln zwang. Wer hat eine Idee?»

«Ich kann vielleicht etwas dazu beitragen», meldete sich Francis aus der britischen Hauptstadt.

Gespannt wandten sich alle dem großen Bildschirm zu.

«Ihr wisst, ich bin nach London geflogen, um dort mit Abygails Übersetzer zu sprechen. Nun das war umsonst. George Balliol, so heißt der Mann, ist spurlos verschwunden. Weder Nachbarn noch Freunde wissen, wo er sich aufhält. Meine Kontakte zu Scotland Yard haben jedoch einiges über ihn zutage gefördert, was ihn mehr als verdächtig macht.» Francis blickte kurz in seine Notizen, holte tief Luft. «George Balliol ist ein Mitglied der Freimaurer, und zwar einer ganz speziellen Gruppe, die sich selbst *Strikte Observanz* nennt.»

«Freimaurer?» Abygail schüttelte den Kopf. «Das wusste ich nicht.»

Der Professor hob eifrig die Hand. «Dazu kann ich etwas beitragen», sagte er. Mitch nickte ihm auffordernd zu.

«Die *Strikte Observanz* ist eine spezielle Loge innerhalb der Freimaurer, die sich als legitime Nachfolger der Tempelritter sieht. Das erklärte Ziel der Sekte ist es, den Templerorden wieder aufleben zu lassen. Initiator war ein mysteriöser Tempelritter, genannt *Von der*

Roten Feder, der in Paris dem Freiherrn von Hund den Auftrag zur Gründung der Loge gegeben haben soll.»

«Ziemlich viel Märchen und außerdem lange her», unterbrach ihn Rajesh, der parallel recherchiert hatte. «Hier steht, dass die Sekte nur kurz bestand. 1741 wurde sie gegründet, danach zerbröckelte die Struktur wegen Vorwürfen der Korruption und Scharlatanerie. Im Jahr 1840 schwor die letzte Freimaurerloge der Idee ab. Da gibt es für mich keinen logischen Bezug zu den aktuellen Ereignissen in Hamburg.»

«Das würde ich so nicht unterschreiben», widersprach Francis. «Von meinen Kontakten weiß ich, dass diese Splittergruppe der Freimaurer noch immer aktiv ist. Scotland Yard hat sie auf die Beobachtungsliste für potenzielle terroristische Gruppen gesetzt und so ist auch das kleine Rädchen George Balliol ins Fadenkreuz geraten. Ihr vermutetes Hauptquartier ist identisch mit dem Sitz der Vereinigten Großloge von England.»

«Freemasons' Hall», murmelte Mitch. «Jetzt wird es spannend.»

Professor Tiefenbach räusperte sich. «Vielleicht darf ich nochmals ergänzen, dass ein Angehöriger des schottischen Stewart-Clans verdächtigt wurde, dieser mysteriöse Tempelritter *Von der Roten Feder* zu sein. Eine Theorie besagt auch, dass der Templerorden, der ja in Schottland nie verboten wurde, in den schottischen Clanfamilien aufging. Auf dieser Grundlage hatte es Freiherr von Hund auch so leicht, viele bekannte Menschen seiner Zeit für die Idee zu begeistern. Also weit von einem Märchen entfernt.» Strafend blickte der Professor seinen neuen Freund Rajesh an.

«Lieber Gerry, das ist mir eindeutig zu viel Dan Brown. Du willst doch nicht wirklich behaupten, dass an dieser ganzen Geschichte etwas dran ist?», gab Rajesh streitlustig zurück.

«Gerry?», fragte Johanna.

«Seit gestern Abend», antwortete der Professor verlegen. «Und bevor Sie nachbohren, Gerry ist nur ein Spitzname.»

«Okay, dann beruhigen wir uns jetzt erst einmal alle wieder», sagte Mitch und hob die Hände. Er schmunzelte. «Und ich schlage vor, dass wir alle bei dem Du bleiben und Professor oder Gerry sagen. Das macht die Diskussion viel einfacher.»

Tiefenbach lächelte breit. «Gerne.»

Mitch blickte zum Monitor hinüber. «Du bleibst am besten in London, Francis. Nutze alle deine Kontakte und engagiere notfalls noch einige Privatdetektive. Wir müssen mit George Balliol reden.»

Francis hob den Daumen und nickte.

Mitch wandte sich wieder dem Rest des Teams zu. «Jetzt sollten wir uns als Erstes mit der Verbindung zwischen Abygails Vorfahren und Störtebeker beschäftigen. Falls es da überhaupt einen Zusammenhang gibt.»

Abygail wollte aufbegehren, doch Mitch stoppte sie mit einer Geste. «Alles gut, Abygail. Wir alle sind deiner Meinung, aber wir brauchen Fakten.»

Sein Blick schwenkte zum Professor. «Das ist jetzt dein Part», sagte er. «Was kannst du uns über die Erwähnung der goldenen Kette im Störtebeker-Vermächtnis erzählen? Könnte es sich dabei um die Bruderkette der Templer handeln?»

Tiefenbach strich sich mit beiden Händen durch seinen Bart, der danach noch zerzauster als sonst aussah. «Lasst mich zuerst ein paar Punkte zu Palimpsesten erklären», sagte er langsam. Dann stand er auf und begann, wie in seinem Vorlesungssaal hin und her zu wandern. «Entgegen der landläufigen Meinung gibt es Palimpseste zuhauf. Nach Schätzungen von Experten sind gut zwei Drittel aller alten Pergamente ein oder mehrmals überschrieben worden.» Mit einer dramatischen Geste stoppte er und hob einen Finger. «Das ist gleichzeitig auch das Problem. Dazu musste nämlich die alte Schrift abgeschabt, mit Bleichmittel behandelt oder mit Zitronensäure abgerieben werden. Oftmals sogar alles zusammen. Die Reste der alten Schrift erhalten sich so sehr unterschiedlich. So sind auch die Ergebnisse. Mit UV-Licht können wir etwa fünfzehn Prozent der alten Schrift wieder lesen, mit der von mir verwendeten Multispektraltechnik mit Glück circa sechzig Prozent.»

«Klingt nicht verheißungsvoll», unterbrach Johanna. «Was heißt das konkret für das Störtebeker-Dokument?»

«Nun da gibt es eine gute und eine schlechte Nachricht», antwortete Tiefenbach gedehnt. «Die gute ist, mit dem Multispektralverfahren konnten wir etwa die erwähnten sechzig Prozent des Dokumentes wieder sichtbar machen. Im Umkehrschluss heißt das jedoch auch, dass vierzig Prozent unlesbar bleiben. Zumindest mit der Technik, die wir verwendet haben.»

«Das bedeutet, das Störtebeker-Vermächtnis kann uns nicht weiterhelfen?», fragte Abygail enttäuscht.

«Das will ich so nicht sagen», antwortete der Professor abwehrend. «Aber es gibt leider nicht viel mehr, als in der Pressemeldung schon veröffentlicht wurde. Nach der Analyse des lesbaren Teils handelt es sich bei dem sogenannten Störtebeker-Vermächtnis um ein Protokoll oder besser um die Mitschrift eines Gesprächs zwischen dem Piraten Klaus Störtebeker und dem damaligen Hamburger Ratsherrn Miles. Damit ist klar, dass Störtebeker tatsächlich gelebt hat. Eine Sensation aus wissenschaftlicher Sicht. Eine weitere Sensation ist dabei auch das Protokoll über die goldene Kette, denn es bestätigt die Echtheit des Tagebuchs von Abygails Vorfahren.»

Samson nickte zustimmend. «Wir haben somit zwei Quellen, die eine goldene Kette aus Ringen erwähnen.»

«Was wurde aus der Kette?», fragte Abygail. «Ist darüber irgendwas in deinem Dokument erwähnt?»

«Leider nein», antwortete der Professor und hob bedauernd die Hände. «Zumindest nicht in dem lesbaren Teil.»

Abygail ließ die Schultern sinken. Auch die übrigen Mitglieder des Teams sahen sich resigniert an. Damit war ihr wichtigster Anhaltspunkt gestorben.

«Aber das Gold der Kette stammt eindeutig von den Templern», sagte der Professor und schaute triumphierend in die Runde.

Jetzt redeten alle durcheinander.

Mitch hob die Hände. «Ruhig, seid bitte einmal ruhig. Kannst du das nochmals wiederholen», bat er.

Der Professor nickte. «Also in dem lesbaren Teil des Dokumentes gibt es eine Textpassage, in der Miles, der Ratsherr, Störtebeker der Lüge bezichtigt, da es nach seiner Meinung so viel Gold, wie Störtebeker verspricht, nicht gibt. Und darauf antwortet Störtebeker, dass die Goldkette von den Templern stammt.»

Mitch strahlte Abygail an. «Das heißt, wir haben eine Verbindung und die Kette ist noch irgendwo versteckt.»

Abygail schaute ihn verwundert an.

«Ist doch ganz einfach», erläuterte Mitch. «Rajesh hat ja schon berechnet, dass die Kette etwa dreihundert Kilogramm wiegt. Und nun wird klar, dass Störtebeker und seine Piraten sie nicht dabeihatten. Sonst hätte Miles sie ja nicht als Lösegeld gefordert. Auch hätte niemand die Ringe mit dem Symbol der Templer einfach eingeschmolzen. Dazu waren die Tempelritter selbst einhundert Jahre nach ihrem Ende noch zu berühmt. Irgendetwas wäre davon überliefert worden und übrig geblieben.»

«Das heißt ...», flüsterte Abygail.

«Das heißt, wir müssen das Versteck nur finden», sagte Johanna und strahlte.

«Was wir nicht können, da das Protokoll nicht lesbar ist», brummte Samson resigniert.

Doch Mitch gab nicht auf. Eine Bemerkung des Professors von vorhin ließ ihm keine Ruhe. «Professor. Als du erwähnt hast, ein Teil sei unlesbar, hast du das in einem Nebensatz eingeschränkt. Du sagtest: Zumindest mit der Technik, die wir verwendet haben. Im Umkehrschluss bedeutet das, es gibt eine andere technische Lösung für unser Problem. Stimmt das?»

Der Professor blickte überrascht auf. «Stimmt. Neben dem UV-Licht und dem Multispektralverfahren gibt es aktuell eine ganz neue computergestützte Technologie aus den USA, die deutlich bessere Ergebnisse erzielen soll. Wenn ich mich richtig erinnere, werden dabei auf Grundlage der lesbaren Schrift Algorithmen entwickelt, mit denen sich winzige Farbreste wieder in Buchstaben und Sätze verwandeln. Aber es handelt sich nur um einen experimentellen Ansatz», dämpfte er sofort die erwartungsvollen Mienen aller.

«Nicht mehr lange», widersprach Mitch. «Samson, du wirst dich zusammen mit dem Professor mit dem Entwicklungslabor in Verbindung setzen. Wir brauchen so eine Einheit, und zwar so schnell wie möglich.»

Samson nickte nur, schließlich kannte er solche Eskapaden von Mitch. Professor Tiefenbach nicht. Der klappte seinen Mund erst zu, als ihn Samson sanft anstieß.

Jetzt war es an Mitch, aufzustehen und herumzuwandern. Er überlegte. Vor Johanna und Thomas blieb er stehen. «Nun seid ihr dran», sagte er. «Ihr habt die anderen Bücher von Abygails Vorfahren gelesen. Ich hoffe, ihr habt eine zeitliche Verbindung gefunden, die das Auftauchen der goldenen Kette einhundert Jahre später in Hamburg erklären kann.»

«Das haben wir. Und wie gewünscht, in Kurzform», sagte Johanna und blickte danach ihren Mann auffordernd an. Der sendete von seinem Tablet einige vorbereitete Charts auf das Aktiv-Matrix-Display, dessen miteinander gekoppelte Flachbildschirme die ganze seitliche Wand in Mitchs Arbeitszimmer einnahmen.

Rajesh drehte die Kamera, damit Francis das Board ebenfalls im Blick hatte. Das Blatt der vorliegenden Übersetzung verwandelte sich mit animierten Strichen, Kreisen und Anmerkungen in einen Korrekturbogen.

«Als Erstes haben wir die Übersetzung von Olafs Kodex geprüft, die Abygail in Auftrag gegeben hatte», begann Thomas. «Im Großen und

Ganzen ist sie richtig. Alle wesentlichen Teile sind sinngemäß korrekt übersetzt. Wir haben also keine bewusste Falschübersetzung.»

Die Projektion wechselte und zeigte nun die Bücher, die Abygail nachträglich aus ihrem Trolley geholt hatte. «Dann haben wir die weiteren vier Bücher zeitlich geordnet. Die Kodexe umfassen die Geschichte der Lairds of Dòmhnall von 1307 bis zu 1400, also Sohn, Enkel und Urenkel von Olaf Kincaid.»

Mit einem Klick wurde der erste Band größer, während die nächsten drei verblassten. Die Fotografie der Anfangsseite mit dem Namen des Verfassers erschien. Thomas umrandete ihn elektronisch.

«Der erste Band davon wurde geschrieben von Logan Kincaid, dem Sohn von Olaf. Es beginnt mit dem Bericht über den Tod seines Vaters in der Schlacht von Bannockburn und beschreibt in der Folge, wie Logan als der neue Laird versucht, nach dem Tod von Papst Clemens V, mithilfe von Robert de Bruce, der als Robert I den schottischen Königsthron einnahm, anonym Kontakt zum neu ernannten Papst aufzunehmen.

Da der Papstthron über zwei Jahre unbesetzt blieb, musste der Laird bis zum Jahr 1317 warten. Dann schickte er über seinen eingeweihten König ein anonymes Angebot an den Papst. Es war einfach und direkt: Die *Seele der Templer* gegen die Wiedereinsetzung des Templerordens und seine nachträgliche Ehrsprechung.

Doch der neu ernannte Papst war ebenfalls nur eine Marionette des französischen Königshauses. Und noch immer suchten beide Parteien nach dem Schatz der Templer. Im Tagebuch beschreibt Logan Kincaid, dass der Papst nach Erhalt des Templerangebotes sofort Häscher und Sonderbotschafter nach Schottland schickte. Sie sollten den schottischen König überzeugen, den Absender des Angebotes zu verraten. Doch Robert I widersetzte sich, selbst bei Androhung eines erneuten Kirchenbanns. Als wieder Ruhe eingekehrt war, entschloss sich Logan, abzuwarten, bis ein Papst in Rom einziehen würde, der unabhängig und gerecht wäre.»

Wieder wechselte das Bild auf der Matrix. Nun vergrößerte sich das zweite Buch. Der Name des Verfassers wurde erneut elektronisch hervorgehoben.

Mitch hob ungeduldig seine Hand. «Sorry Thomas, aber müssen wir wirklich alle Tagebucheinträge durchgehen? Das ist sicherlich von geschichtlichem Interesse, aber uns interessiert im Grunde nur, ob es einen Zusammenhang mit Störtebeker gibt.»

Thomas nickte zustimmend. «Richtig, doch diese Einträge sind wichtig für das weitere Verständnis. Ich werde die Geschichte jedoch abkürzen.»

Mitch hob ergeben die Hände.

Thomas sah noch einmal kurz in seinen Unterlagen nach, bevor er fortfuhr. «Der Verfasser des zweiten Buches ist Kyle Kincaid, der Sohn Logans. Seine Einträge umfassen die Zeit der Päpste Clemens VI, Innozenz VI und Urban V. Alles Päpste aus französischer Gnade. Kyle schreibt in seinem Tagebuch, dass die Zeit der Templer leider noch nicht gekommen ist und sein Sohn die Mission weiterführen muss.»

Thomas projizierte eine einzelne Seite des Tagebuches auf die Matrix. Als er sich der Aufmerksamkeit aller Anwesenden sicher war, umrandete er in einem Absatz den Namen *STEWART*.

«Er schreibt, dass der schottische König, die Schutzherrschaft über die Mission der Lairds of Dòmhnall, 1357 an seinen Verwandten Robert Stewart übergab. Kyle Kincaid erwähnt außerdem, wie er Stewart die Mission seines Großvaters persönlich erklärte und sich danach mit einem Eid dessen Schutz versicherte. Das war politische Voraussicht, den 1371 wurde Stewart der nächste König von Schottland und damit ein mächtiger Beschützer der *Seele*. Mit seinem Tod 1390 endet auch dieses Buch. In seiner Regentschaft gab es keinen Kontaktversuch zu den amtierenden Päpsten.»

Johanna nickte und übernahm wieder die Präsentation. «Dies ist aber auch kein Wunder, denn von 1378 bis 1417 war Europa im

Würgegriff des Großen Abendländischen Schismas. Es war eine Zeit, in der Päpste und Gegenpäpste um die Kirchenherrschaft rangen. Zeitweilig gab es sogar drei Päpste gleichzeitig im Rennen um die Macht.

Der Laird of Dòmhnall musste also warten. Andererseits: Wenn mehrere Parteien nach der Macht streben, konnte der Besitz des legendären Templer-Mysteriums der ausschlaggebende Punkt sein. Für die Mission der Templer ergaben sich dadurch völlig neue Chancen. Das wusste auch der neue Laird, derjenige, der die Mission seiner Ahnen jetzt zum Abschluss bringen wollte.»

Thomas hatte die volle Aufmerksamkeit, als er die Animation des letzten Buches auf der Matrix zeigte und das Gespräch wieder übernahm.

«Das letzte Tagebuch wurde verfasst von Nial Kincaid, dem Urenkel des entflohenen Tempelritters. Er sah die Chancen, wurde jedoch an einer Kontaktaufnahme gehindert, da sein königlicher Vermittler im Jahr 1390 überraschend verstarb. Dessen Nachfolger war ein schwacher König, krank und ohne Macht. Nach seinem Tod begann eine Zeit der großen Unsicherheit in Schottland. Die Mission der Lairds of Dòmhnall war in Vergessenheit geraten. Nial Kincaid entschloss sich deshalb im Jahr 1400 direkt mit dem Papst von Rom, Bonifatius IX, Kontakt aufzunehmen. Den Gegenpapst in Avignon, Benedikt XIII, wollte er danach aufsuchen und schrieb ihn ebenfalls an.

Bonifatius war begeistert und wünschte sofort ein Treffen in Rom, um die Echtheit des Angebotes zu prüfen.

Nial sagte zu. Seine Aufzeichnungen darüber enden jedoch im Juni des Jahres 1400. Er schreibt noch, dass er mit dem Schiff nach Rom reisen wollte. Als Beweis für den Papst, im Namen des Templerordens zu verhandeln, wollte er die Bruderkette mit dem Schlüsselring mitnehmen. Die *Seele* mit den restlichen Reliquien sollte in ihrem Versteck ausharren, bis die Vereinbarung mit Bonifatius IX getroffen wäre. Das alles haben wir seinen Aufzeichnungen entnehmen können.»

Alle Anwesenden waren still. Die Brisanz des eben Gehörten hallte noch in ihren Köpfen nach.

Nur Abygail hielt es nicht auf ihrem Stuhl. Begeistert sprang sie auf: «Es ist unglaublich, die Geschichte meiner Vorfahren auf eine so lebendige Art zu hören», rief sie. «Ich kenne natürlich den Stammbaum meiner Familie, aber noch nie waren mir meine Vorfahren und ihre Mission so nahe wie heute.»

Mitch schnaufte tief durch. «Damit schließt sich der Kreis», sagte er ergriffen. «Das Störtebeker-Dokument stammt aus dem Jahr 1401, dem Jahr seiner vermutlichen Hinrichtung in Hamburg. Es spricht also alles dafür, dass das Schiff von Nial Kincaid von den Piraten gekapert wurde. Dabei kam wohl die Bruderkette der Templer in Störtebekers Besitz.»

«Nun müssen wir sie nur noch finden. Es liegen ja nur sechshundert Jahre dazwischen», warf Samson ironisch ein.

«Seid wann bist du so ein Pessimist?», spottete Rajesh. «Wir wissen heute sehr viel mehr, als noch zu Anfang und wir haben noch nicht einmal richtig angefangen, zu suchen.»

Samson winkte entschuldigend mit den Händen.

«Wie sicher seid ihr mit der Übersetzung?», wandte sich Mitch an Johanna und Thomas.

Beide blickten sich kurz an, bevor Johanna antwortete: «Im Grunde sehr sicher. Wir haben es immer doppelt überprüft, aber natürlich gibt es noch die eine oder andere Korrektur, wenn wir die Texte akkurat übersetzen und nicht nur so drüber fliegen.»

«Gut», sagte Mitch. «Dann nehmt den Professor als Verstärkung dazu und Abygail. Sie kann ihr Wissen über die Familiengeschichte beisteuern. Das Wichtigste ist jedoch das Störtebeker-Dokument. Hier brauchen wir Klarheit über den unlesbaren Teil. Das übernehmt ihr als Team. Besorgt euch die neueste Technik, egal, was es kostet.

Der vollständige Text des Dokumentes ist unsere heißeste Spur. Und nun lasst uns anfangen, es gibt verdammt viel zu tun. Ich würde vorschlagen, dass wir uns in zwei Tagen zum nächsten Meeting treffen. Ich werde die Koordination übernehmen. Wichtige Zwischenergebnisse deshalb bitte sofort an mich.»

Er schaute erfreut zu, wie alle ihre Unterlagen zusammenpackten und dann laut miteinander plaudernd den Meetingraum verließen.

Sein Team hatte wieder mal jeden Grund zufrieden zu sein. Für die kurze Zeit hatten sie schon viel erreicht.

Wenn sie nur wüssten, mit wem sie es auf der Gegenseite zu tun hatten. Ein unbekannter Gegner war immer auch besonders gefährlich. Mitch hoffte, dass sie hier bald Klarheit bekämen.

In dem Moment meldete sich sein Handy mit einem vertrauten Klingelton.

8. DIE WÄCHTER

Das schwere Metalltor war geschlossen und die Sicherheitspoller ausgefahren, als Mitch spätabends an der Zufahrt zum Thrombergischen Familiensitz ankam. Es war eine mondlose Nacht und das Licht der Straßenlaternen reichte nicht aus, um die Dunkelheit mehr als ein paar Meter zu durchdringen.

Der Chauffeur zog sein Smartphone aus der Tasche und tippte einen Code ein. Gleich darauf flammte der Bildschirm auf und das Gesicht von Christa Thromberg erschien. Stumm reichte der Fahrer das Handy an Mitch weiter.

«Oh, schön, dass du kommen konntest», sagte Mitchs Mutter, ohne ein Wort darüber zu verlieren, dass sie es gewesen war, die ihn regelrecht herzitiert hatte.

«Bis gleich», antwortete Mitch und lächelte seine Mutter kurz an, bevor er das Handy zurückgab.

Mit einem leisen Brummen fuhren die Poller in ihre Gehäuse zurück und das schwere Metalltor schwang automatisch auf.

Der Wagen rollte langsam durch den weitläufigen Park. Bewegungsgesteuerte LED-Bodensteine illuminierten den gesamten Weg bis zur Villa. Doch Mitch hatte kein Auge dafür. Das Telefonat von vorhin hing ihm immer noch nach. Seine Mutter hatte auf einem sofortigen Treffen bestanden und war auf seine Bedenken, das Treffen wegen der aktuellen Sicherheitslage zu verschieben, nicht eingegangen. Ihr einziges Zugeständnis waren die beiden bewaffneten Securitymitarbeiter als Begleitung und die gepanzerte

Limousine, die ein bekannter deutscher Autobauer speziell für sie als Chefin des Thromberg-Konzerns konstruiert und gebaut hatte. Das alles zeigte zumindest, dass seine Mutter die aktuelle Gefahr für das gesamte Team der ODYSSEE nicht vollends ignorierte.

Mitch konnte nicht verhehlen, dass er neugierig war. Er kannte seine Mutter gut genug, um zu wissen, sie würde ihn nicht grundlos einem Risiko aussetzen.

Doch gleich würde er alles erfahren. Der Wagen hatte inzwischen vor der breiten Treppe angehalten, die zum Eingang der Villa führte. Mitch bedankte sich bei seinen Begleitern und öffnete die Autotür.

Kaum war er ausgestiegen und hatte den ersten Schritt Richtung Treppenaufgang gemacht, erfolgte der Überfall. Seit Betreten des Grundstückes hatten unsichtbare Schatten den Wagen nicht aus den Augen gelassen. Sie waren auf den Mann trainiert und mit jeweils fast fünfzig Kilo Kampfgewicht rissen sie Mitch schon beim ersten Angriff zu Boden.

Erschrocken schrie Mitch auf und versuchte instinktiv, die Angreifer von sich wegzustoßen, doch die sabbernden Zungen waren stärker.

«Hannibal, Lektor, Frankenstein – lasst los», erklang eine befehlsgewohnte Stimme vom Eingang und sofort ließen die Doggen von ihrem Opfer ab. Hechelnd standen sie da und blickten zwischen Christa Thromberg und Mitch auf dem Boden hin und her.

Immer noch erschrocken richtete Mitch sich auf und wischte sich geistesabwesend über die feuchten Wangen. Doch nach einem Blick auf die Hunde lächelte er und warf sich ohne Warnung auf die Tiere. Gemeinsam tollten sie über den Rasen des Parks, bis ein Ruf seiner Mutter das Treiben stoppte.

«Ihr könnt euch später noch ausführlich begrüßen», sagte sie und auf einen kurzen Befehl von ihr ließen die Hunde von Mitch ab, blieben jedoch in der Nähe.

«Eine kleine Warnung wäre angebracht gewesen», sagte Mitch und klopfte sich Erde und Rasenstücke von seiner Kleidung, während er seine Mutter vorwurfsvoll ansah. «Wieso sind die Jungs denn heute hier? Ich dachte, sie bewachen dein Landhaus.»

«Das wird renoviert. Deshalb sind sie ab jetzt wieder hier. Für die Begrüßung kann ich nichts», entschuldigte sie sich. «Da kannst du aber mal sehen, wie selten du zu Besuch kommst. Deine Jungs vermissen dich eben, genauso wie ich. Aber sei froh, dass sie im Frieden-Modus waren.»

Mitch nickte. Nachdem seine Mutter die Leitung des Unternehmens übernommen hatte, erhielt die Familie viele Drohungen. Er selbst hatte damals vorgeschlagen, Wachhunde zu kaufen, und mit ihnen trainiert. Um zu verhindern, dass die Tiere tagsüber zur Gefahr für Mitarbeiter wurden, gab es zwei antrainierte Schlüsselworte, die ihr Verhalten steuerten. Das waren *Frieden* und *Krieg*, jeweils deutlich den Hunden vorgesprochen. Im Frieden-Modus verhielten sich die Tiere friedlich. *Krieg* hingegen bedeutete das Signal für Kampf gegen jeden, der sich dem Haus näherte. Ausnahmen waren dabei nur Mitch, seine Mutter und ihr Hundetrainer. In diesem Modus wurden aus den Hunden mörderische Kampfmaschinen, die mit ihren fast fünfzig Kilo Muskelmasse und ihren rasiermesserscharfen Zähnen vor keinem Gegner Angst hatten.

«Frieden!», rief Mitchs vorsichtshalber nochmals und schmunzelte, als die Hunde in den Park rannten. Dann wandte er sich seiner Mutter zu.

Kopfschüttelnd musterte sie seine ramponierte Erscheinung. «So kann ich dich nicht vorzeigen», sagte sie und fügte hinzu: «Wo dein Zimmer ist, wirst du ja wohl noch wissen. Dort findest du deine alten Sachen.» Demonstrativ hielt sie ihm die Eingangstür auf.

Mit einer alten, an den Knien zerrissenen Jeans und einem schwarzen Totenkopf-T-Shirt des FC St. Pauli bekleidet, öffnete Mitch die Tür zur Bibliothek.

Bei seinem Anblick griff sich seine Mutter resigniert an den Kopf und wandte sich dann seufzend ihrem Besucher zu. «Es tut mir leid, Eure Eminenz», sagte sie. «Aber, wie Sie wissen, war die passende Bekleidung noch nie die Stärke meines Sohnes».

«Kardinal Mandoli?» Mitch starrte den Gast seiner Mutter verblüfft an. «Sie hätte ich hier am allerwenigsten erwartet.» Freudig ergriff er die Hand des Kardinals, die dieser ihm zum Ringkuss entgegenstreckte, und schüttelte sie herzhaft. «Schön, Sie wiederzusehen». Dabei warf er seiner Mutter einen fragenden Blick zu. Sie hätte ihn zumindest vorwarnen können.

Eminenz Luigi Kardinal Mandoli war ein alter Freund seines Vaters gewesen. Als Mitchs Vater noch lebte, hatte er sie oft besucht. Doch in den letzten Jahren waren seine Besuche immer spärlicher geworden. Soweit Mitch wusste, hatte der Kardinal Karriere innerhalb des Vatikans gemacht, aber genau konnte er es nicht sagen. Der Kontakt bestand auch eher zu seiner Mutter als zu ihm. Mit Kirche hatte er wenig am Hut. Mitch wunderte sich noch immer, warum er herbestellt worden war.

«Kardinal Mandoli hatte mich um ein Treffen mit dir gebeten», sagte seine Mutter und kam damit seiner Frage zuvor. «Und es sollte im Geheimen stattfinden», fügte sie entschuldigend hinzu.

«Aber lasst uns zuerst setzen.» Der Kardinal wies auf die Sitzecke vor dem Kamin.

Mitch hasste es, so überrascht zu werden, besonders, wenn er keine Ahnung hatte, um was es überhaupt ging. Doch die Präsenz der katholischen Kirche, in Person des Kardinals, stellte seinen inneren Alarm auf Rot. Der Besuch zum aktuellen Zeitpunkt war garantiert kein Zufall.

Dies bestätigten auch die ersten Worte seiner Mutter. «Der Kardinal hat mich dringend gebeten, seine Anwesenheit heute Abend bis jetzt auch vor dir geheim zu halten», sagte sie entschuldigend. «Und seine Gründe waren mehr als stichhaltig».

Mitch wandte sich dem Kardinal zu. Er spürte, etwas Entscheidendes würde gleich geschehen.

Kardinal Mandoli griff neben sich und stellte eine prall gefüllte Aktentasche auf den Sessel an seiner Seite.

Mit ruhigen Fingern ordnete er seine schwarze Soutane, die mit ihrem roten Nahtbesatz und den gleichfarbigen Knöpfen auf seinen Kardinalsrang verwies. Dazu trug er ein rotes Zingulum um die Hüften und einen ebenfalls roten Piledus auf dem Kopf. Es hätte nicht das goldene Kreuz und den Kardinalsring gebraucht, um auf den ersten Blick zu erkennen, dass diese Person einen hohen Rang in der katholischen Kirche einnahm.

«Du wirst dich sicherlich fragen, was der Grund meines überraschenden Besuchs ist», begann der Kardinal die Unterredung.

Mitch machte sich nicht die Mühe, zu antworten.

Nach einem langen Blick zu Mitch und seiner Mutter fuhr der Kardinal im ernsten Ton fort. «Was ich jetzt erzähle, ist streng geheim. Die Lage erfordert es jedoch und ich habe für das Treffen heute eine spezielle Genehmigung des Papstes.»

Er öffnete seine Aktentasche und zog ein einzelnes Dokument heraus, das er zuerst an Mitchs Mutter gab.

Sie las es mit aufgerissenen Augen und reichte es dann mit ernster Miene an Mitch weiter.

Er überflog die wenigen Zeilen und schnaufte, als er das Siegel darunter erkannte. «Eine Anweisung des Papstes, mir und dem ODYSSEE-Team alle Geheimnisse der *Seele* zu offenbaren», flüsterte Mitch ungläubig, während er das Dokument an den Kardinal zurückgab.

«Der Ernst der Lage erfordert ebenso ernste Maßnahmen», entgegnete der Kardinal. «Aber lasst mich bitte beginnen. Seit vielen Jahrhunderten gibt es innerhalb der Kirche eine verborgene Abteilung. Eine Abteilung, die nur einem Ziel dient und der ich seit jetzt nunmehr zehn Jahren vorstehe.»

«Die Inquisition!», flüsterte Mitch.

«Nur fast richtig», erwiderte der Kardinal. «Meine Abteilung ist der Glaubenskongregation zwar verwandt, die die Kirche allgemein vor Häresien und Anfeindungen schützen soll, mein Bereich dient jedoch nur einem einzigen Zweck und nur der Papst weiß von unserem Dasein.»

Mitch schaute Mandoli ungläubig an. «Steckt etwa die Kirche hinter den Anschlägen gegen mein Team?»

Der Kardinal schüttelte den Kopf. «Nein. Entgegen der Meinung vieler Buchautoren verfügt die Kirche in der aktuellen Zeit über keine Soldaten mehr, die für sie morden und entführen. Unsere Mittel sind heute subtiler. Das ist auch der Grund meines Besuches. Nach Hunderten von Jahren ist durch die ODYSSEE etwas Gewaltiges in Bewegung geraten. Der Papst ist darüber mehr als besorgt.»

Mitch neigte sich in seinem Sessel gespannt nach vorne. «Wieso vermuten Sie das alles?»

Kardinal Mandoli hob seinen Kopf und blickte Mitch starr in die Augen. «Weil die Kirche die Lairds of Dòmhnall seit Jahrhunderten überwacht. Wir wissen, dass die Sippe der Kincaids die Hüterin der *Seele* ist.»

Völlig überrascht blickte Mitch sein Gegenüber an. «Woher wollen Sie das wissen?», fragte er schließlich.

«Das war nicht schwierig», erwiderte der Kardinal trocken. «Olaf Kincaid, der erste Hüter, war davor Großkomtur des Pariser Ordens und damit verantwortlich für die Schätze der Templer. Er ist kurz vor der Verhaftungswelle gegen die Templer aus dem Orden ausgetreten und hat seinen Besitz in Schottland übernommen. Zur gleichen Zeit ist der Schatz der Templer spurlos verschwunden.» Mit seinen Fingern zählte er weitere Punkte der Indizienkette auf. «Nur wenige Jahre danach im Jahr des Herrn 1317 erreichte den neu ernannten Papst Johannes XXII ein Schreiben des schottischen Königs Robert I, der dem Papst die *Seele* anbot. Der Preis sollte die

Wiedereinsetzung der Templer in ihre alten Rechte sein. Da war es nicht schwierig, eins und eins zusammenzuzählen.»

Kardinal Mandoli griff wieder in seine Tasche und zog einen weiteren Stapel Dokumente heraus. «Hier hast du die Unterlagen dazu. Kopien des damaligen Schriftwechsels zwischen Robert I und Papst Johannes XXII und die spätere Anweisung des Papstes für die Überwachung der Kincaids.»

Mitch nahm die Papiere ungläubig entgegen.

Mandoli nickte ihm ernst zu. «Du siehst, es ist der Kirche daran gelegen, das ODYSSEE-Team auf unsere Seite zu ziehen. Ihr seid unsere einzige Chance, die *Seele der Templer* wieder in den Besitz der Kirche zu bekommen.»

«Um was geht es hier? Was ist die *Seele* wirklich?», fragte Mitch. Seine Stimme zitterte vor Anspannung. Würde sich das Rätsel um die geheimnisvolle Reliquie der Templer jetzt lösen?

Stumm suchte der Kardinal in seiner Tasche und zog eine Mappe mit dunkelrotem Ledereinband hervor. Nach einem fast unmerklichen Zögern reichte er sie an Mitch weiter.

«Hier sind unsere ältesten Unterlagen zu der *Seele*. Zum einen ein Protokoll des Konzils von Troyes vom 13. Januar 1129 zum anderen ein internes Protokoll von Bernhard von Clairvaux und dem Erzbischof Reinald von Reims über ein persönliches Gespräch mit dem Templeroberen Hugo von Payns und Andreas von Montbard während dieses Konzils, das in Ansätzen das Wesen der *Seele* beschreibt.»

Mitch schluckte vor Aufregung, als er die Papiere entgegennahm.

Doch Mandoli war noch nicht fertig. «Als letzten Teil der Dokumente findest du eine Kopie der Bulle *Omne Datum optimum* von 1139, in der die Templer für alle anderen Kirchenfürsten überraschend direkt dem damaligen Papst Innozenz II unterstellt wurden. Die Mönchsritter schuldeten damit nur dem Papst Rechenschaft und erhielten beispiellose Freiheiten, die den Orden der Tempelritter zur stärksten Macht des Mittelalters machen sollten.»

«Das muss ich erst einmal verdauen», sagte Mitch. Es konnte nicht mehr still sitzen und stand auf. In seinen Händen hielt er von der Kirche über Jahrhunderte geheim gehaltene Unterlagen, für deren Besitz ihn sämtliche Wissenschaftler der Welt wahrscheinlich ermorden würden. Zitternd blätterte er in den Dokumenten. Dabei wanderte er unbewusst in der Bibliothek auf und ab. Vor einem der deckenhohen Fenster blieb er stehen und überflog eines der Papiere, als ihm eine merkwürdige Bewegung im nächtlichen Park auffiel.

Im Licht, das durch das Fenster nach draußen drang, sah er die Wachhunde, die dicht vor dem Haus herumsprangen, als würden sie spielen. Vor seinen Augen sprangen sie hoch und schnappten in die Luft, so als versuchten sie, einen Vogel zu fangen. Der zweite Blick zeigte ihm jedoch, dass es sich dabei um keinen Vogel handelte. Er erkannte das Objekt sofort. Es war eine Überwachungsdrohne desselben Typs, wie er sie bereits einmal gesehen hatte.

Langsam drehte er sich um und legte einen Finger vor die Lippen. In Ermangelung eines anderen Papiers nahm er das Dokument des Papstes und schrieb auf den Rand einige kurze Sätze. Das Papier gab er an seine Mutter weiter, die es nach dem ersten Lesen sofort dem Kardinal reichte.

Wir werden abgehört. Saferoom - Alarm - Überfall?

«Wollen wir nicht etwas trinken, bevor wir weitermachen?», sagte seine Mutter und ging mit ruhigem Schritt zu der Bar, die sich in einem der Bücherregale befand.

Dort drückte sie auf eine Taste, die eine Klappe über einer Tastatur hochfuhr. Unbemerkt gab sie einen Code ein, worauf sich unsichtbar von außen ein Teil der Bücherwand öffnete und den Blick auf eine gepanzerte Tür freigab. Mit einem satten Schmatzen glitt sie auf und Mitchs Mutter trat schnell ein.

Mitch und Kardinal Mandoli folgten auf dem Fuß. Im letzten Augenblick schnappte sich der Kardinal noch seine Aktentasche, die er in der Aufregung beinahe vergessen hätte. Dann schloss sich hinter ihnen die Panzertür und die automatische Beleuchtung des Saferooms flammte auf.

Sie beleuchtete einen fast gemütlich anmutenden Raum, mit bequemen Sesseln und einem Schreibtisch. Zwei Wände waren mit Bildschirmen übersät, die Mitchs Mutter alle einschaltete. Sie zeigten mit draußen unsichtbaren Infrarotlampen den jetzt komplett ausgeleuchteten Park. Diese ganze Einrichtung inklusive des Saferooms war ein Zugeständnis auf die Sicherheitssituation eines der weltweit wichtigsten Industriemagnaten, der Vorstandsvorsitzenden des Technologiekonzerns Thromberg AG.

Auf dem Schreibtisch legte Mitch die Dokumente ab, die er vom Kardinal bekommen hatte, und verriegelte dann schnell die Panzertür von innen, wodurch sich automatisch in der Bibliothek auch die Bücherwand und die Vorrichtungen für die Codeeingabe schlossen. Für einen Eindringling, der von dem Saferoom nichts wusste, waren der Kardinal und die beiden Thrombergs von einem Augenblick auf den anderen einfach verschwunden.

«Sechs von ihnen kommen durch den Park. Sie wollen uns von allen Seiten umzingeln», sagte seine Mutter mit angespannter Stimme und deutete auf die Monitore der Wärmebildkameras, wo rote, wabernde Schatten die Eindringlinge auf ihrem Weg zur Villa zeigten.

Gleichzeitig drückte sie auf die Alarmtaste, die zum einen die Security und parallel die nächstgelegene Polizeistation alarmieren sollte. Doch nichts passierte. Mitchs Mutter betätigte irritiert noch einmal die Taste. Aber wieder vergeblich. Der Alarm war nicht aktiv, obwohl er über eine eigene Leitung verfügte und als sabotagesicher galt.

Der Kardinal hielt ihr sein Handy entgegen, doch sie schüttelte nur den Kopf. «Keine Chance, der Saferoom ist komplett abgeschirmt. Ein Handy ist hier drinnen vollkommen nutzlos.»

«Wir brauchen jedoch Hilfe», sagte Mitch entschlossen. «Es ist anzunehmen, dass unsere Gegner von dem Saferoom wissen, und, wenn sie nicht gestört werden, sprengen sie den Raum einfach auf. Das würden wir nicht überleben.»

«Aber warum?», stammelte der Kardinal, dem offensichtlich alles über den Kopf wuchs.

«Die haben bestimmt mitbekommen, dass ich Sie nach der *Seele* gefragt habe», sagte Mitch, der gerade einen der Schränke aufschloss und eine Pistole herausnahm. «Und danach haben Sie mir die Dokumente gegeben. Ich bin sicher, die Angreifer sind hinter den Papieren her.»

Mitch beobachtete aufmerksam die Geschehnisse auf den Bildschirmen. Nach wenigen Sekunden nickte er befriedigt. «Mir bleiben noch einige Minuten, bis sie bei der Villa angekommen sind. Das müsste eigentlich reichen.»

Er nahm sein Handy, entsicherte die Pistole und öffnete kurz entschlossen die Panzertür. «Bitte hinter mir wieder schließen. Ich hole nur schnell die Kavallerie», sagte er. Mit einem letzten, ermutigenden Blick zu seiner Mutter wand er sich durch die offene Panzertür und verschwand in der Bibliothek.

Hinter ihm schloss sich die Tür und die Regalwand glitt davor. Mitch stand alleine in der Bibliothek. Er drückte sich dicht an die Bücherwand, weil er nicht wusste, ob die Spionagedrohne eventuell auch über eine Kamera verfügte. Dann versuchte er, sein Handy zu betätigen, gab jedoch nach einigen ergebnislosen Versuchen leise fluchend auf. Außer den Anfangstakten von JAWS, die das Fehlen eines Funknetzes anzeigten, blieb sein Handy tot. Die Verbrecher mussten zusätzlich die gesamte Kommunikationseinrichtung gestört haben. Auf diese Art war an Hilfe nicht zu denken. Mitch dachte voller Besorgnis an die Menschen im Haus, die völlig ahnungslos waren. Selbst wenn einer der Securityleute den Ausfall der Kommunikation bemerkte, könnten sie nicht schnell genug reagieren, dafür waren die Angreifer schon zu nahe. Da sich alle im hinteren Flügel des Hauses aufhielten, blieb ihm selbst auch keine Zeit, sie zu warnen. Ihm blieb nur der Angriff – in einem solchen Fall die beste Verteidigung. Aber dazu brauchte er Hilfe. Er hoffte, dass die Angreifer nichts von den Hunden wussten.

Sein schriller Pfiff schallte durch den ganzen Park. Sofort ließen die drei Doggen von der Drohne ab und hetzten zur Villa. Mitch hatte inzwischen das Licht in der Bibliothek gelöscht und eine der raumhohen Terrassentüren geöffnet. Augenblicklich drängten die Hunde herein und hechelten ihm ins Gesicht.

«Na, dann mal los, Jungs», sagte er und streichelte den Kampfhunden noch einmal kurz über die Köpfe. «An uns liegt es, den Gangstern da draußen Mores zu lehren. Ab jetzt sind wir im *Krieg.*»

Schnell schnappte er sich noch einen der langen Kavalleriesäbel, die seit den Zeiten seines Vaters als Dekoration an der Wand hingen. In der rechten Hand die entsicherte Pistole in der anderen den blanken Säbel trat er durch die halb geöffnete Terrassentür. Direkt hinter ihm drängten die Hunde heraus und nahmen Witterung auf.

«Stopp, bei Fuß», befahl Mitch flüsternd. «Wir nehmen uns die Eindringlinge zusammen vor. Einen nach dem anderen.»

Als Erstes rannte er über die Rasenfläche direkt auf die Drohne zu, die noch immer in etwa drei Meter Höhe vor der Bibliothek schwebte.

Unerreichbar für einen springenden Hund, aber nicht unerreichbar für einen langen Kavalleriesäbel. Ein kurzer Sprung samt kräftigem Hieb, und die Drohne fiel in zwei Teilen zu Boden. Augenblicklich stürzten sich die Hunde knurrend darauf. Doch ein leiser Befehl Mitchs stoppte die gut dressierten Tiere. Er deutete auf die vorderste Baumreihe und sofort hetzten die Kampfmaschinen los. Im Dunkel der Bäume warteten sie gehorsam auf weitere Befehle.

Die gab es, als hinter ihnen im Park die ersten Äste brachen. Die Eindringlinge auf ihrer Seite kamen näher. Mitch schlich in den dunklen

Wald hinein und duckte sich nach einigen Schritten im Schutz eines großen Busches. Seine Hunde drängten sich dicht an ihn.

Schon bald sah er den Lichtschein einer Taschenlampe näher kommen. Der Eindringling blieb am Rand der Baumreihe stehen und beobachtete aufmerksam die stille Villa. Dass er längst entdeckt war und einer ihrer Bewohner sich hinter ihm versteckte, konnte er nicht ahnen. Mitch hörte, wie er über ein Headset seine Komplizen informierte. Dann rückte er weiter vor. Mitch erkannte in dessen Händen eine kurzläufige Maschinenpistole, auf der eine Taschenlampe montiert war. Er ging davon aus, dass alle Angreifer genauso ausgestattet wären. Mitch musste äußerst vorsichtig sein.

Flüsternd gab er den Hunden Anweisungen und lautlos wie Schatten verschwanden sie im Park. Zuerst schrie einer der Gangster auf, als ihn einer der Hunde angriff. Doch dessen Schrei verstummte rasch in einem Gurgeln. Dann begann ein anderer der Eindringlinge, zu schießen. Auch das dauerte nur einige Sekunden, bevor ihm aus dem Dunkel des Parks fünfzig Kilo Muskelmasse in den Rücken flog und sein Nacken unter einem brutalen Biss zerbarst. Der dritte Hund fand ebenfalls sein Opfer und verschwand nach dem Überfall wieder in der Deckung.

Die Verbrecher, die sich dem Haus von der Rückseite her näherten, sprachen aufgeregt über die Headsets miteinander, wie Mitch aus einem neben dem Opfer liegenden Gerät hören konnte. Von dem Angriff der Hunde auf ihre Komplizen hatten sie nichts mitbekommen und wunderten sich wahrscheinlich nur, weil keine Antwort mehr kam.

Die Hunde hatten die Villa im Schutz der Baumreihen umrundet und griffen nun die Eindringlinge auf der Rückseite an.

Schon wurde der erste Gangster umgeworfen und zappelte unter dem Gewicht des Kampfhundes. Der zweite wirbelte herum und begann überhastet auf die Schatten zu schießen, die auf ihn zu rannten. Bevor er jedoch einen der Hunde erwischte, traf ihn Mitchs Kugel in die Stirn. Im Schutz des Waldes hatte er ebenfalls das Haus umrundet und rechtzeitig eingegriffen. Sein Schuss hatte ihn allerdings verraten.

Der letzte überlebende Verbrecher konzentrierte sein Feuer nun auf ihn. Mitch warf sich hinter einen der uralten Bäume, dessen Holz unter dem Maschinenpistolenfeuer in tausend faserige Teile zerfetzt wurde. Es war nur eine Frage der Zeit, bis ihn eine Kugel erwischen würde.

Doch urplötzlich verstummten die Schüsse und nur ein tiefes Knurren drang zu Mitch. Seine Hunde hatten auch den letzten Schützen erledigt.

Eine tiefe Stille senkte sich über den Park. Doch sie blieb nicht von langer Dauer. Aufgeregte Schreie vom Haus her zeigten ihm, dass die Schüsse die Security aufgeschreckt hatten.

Mitch verharrte auf dem Boden liegend. Er hatte keine Lust, in letzter Minute von den eigenen Wachleuten erschossen zu werden. Das galt auch für seine Hunde. Mit einem leisen Pfiff und einem Frieden-Befehl rief er sie zu sich und befahl ihnen, sich neben ihn zu legen.

Sie warteten geduldig, bis die ersten Polizeiwagen vor der Villa eintrafen. Erst als seine Mutter die Polizisten beiseite drängte und panisch seinen Namen in den Park rief, stand er langsam auf und schritt mit erhobenen Händen auf die Villa zu. Die Hunde folgten ihm friedlich. Nur ihre blutigen Schnauzen bewiesen, wie grausam sie unter den Eindringlingen gewütet hatten.

Während SEK-Trupps den nächtlichen Park zur Sicherheit nochmals durchkämmten und andere bewaffnete Polizisten die Villa bewachten, saßen Mitch, seine Mutter und der Kardinal in der Bibliothek zusammen. Vor jedem stand ein gewaltiges Glas Cognac. Mitchs Mutter hatte entschieden, das stünde ihnen nach dem Abenteuer mehr als zu.

«Es tut mir leid, was ich mit meiner Einladung angerichtet habe», sagte sie zu Mitch. «Ich hätte niemals gedacht, dass es so weit kommen könnte.»

«Ich bin auch mehr als überrascht», warf der Kardinal ein. «Niemand wusste von meinem Besuch und diesen Dokumenten, die ich mit mir tragen würde.»

«Die Angreifer sind überaus gut informiert und organisiert», sagte Mitch nachdenklich. «Sie müssen überall ihre Augen und Ohren haben.»

Dann wandte er sich direkt an den Kardinal. «Sie wissen, wer dahintersteckt!», stellte er mehr fest, als er fragte.

Der nickte. «Sagen wir, ich vermute es», flüsterte er und griff seine Aktentasche. Langsam zog er eine weitere Mappe heraus und gab sie an Mitch. «Und du hast mehr als recht, diese Gruppe zu fürchten.»

Mitch nahm die Aktenmappe so vorsichtig entgegen, als wüsste er, was sie enthielt.

«Die Nephilim», las er den Titel vor und blickte den Kardinal fragend an. «Sind das nicht irgendwelche bösartigen Riesen aus der Bibel?»

«Das ist eine falsche Überlieferung», antwortete der Kardinal und offenbarte damit ein weiteres Geheimnis der Kirche. «Besser erklärt das die altgriechische Übersetzung des Wortes Nephilim. Sie lautet Egregoroi und bedeutet Wächter.»

«Wächter von was?»

«Die Nephilim sehen sich als Bewahrer der uralten Traditionen des jüdischen Glaubens. Die Sekte besteht seit Tausenden von Jahren. Heute ist sie stärker denn je und hat viele Mitglieder unter den ultraorthodoxen Israelis. Dazu gehören auch viele Politiker und andere Staatsbeamte. Wir befürchten, dass sogar ein Teil des Mossad inzwischen unter dem Einfluss der Nephilim steht.»

«Eine ultraorthodoxe jüdische Sekte, die uns nach dem Leben trachtet? Warum? Was haben wir getan?», fragte Mitch erstaunt.

«Du musst fragen, was denen die Templer damals angetan haben», antwortete der Kardinal leise. «Beziehungsweise, was sie glauben, was ihnen von den Templern angetan wurde.»

«Können Sie bitte Klartext sprechen, Eminenz?», warf Mitchs Mutter energisch ein. «Es reicht jetzt mit dem Rumeiern. Was zum Teufel wollen diese selbst ernannten Wächter von meinem Sohn und warum überfallen sie mein Haus?»

Mitch sah, wie der Kardinal schluckte. Einen solchen Ton war er anscheinend nicht gewöhnt. Aber im Grunde musste er Mitchs Mutter verstehen, denn in ihrer Welt gab es nur klare, übersichtliche Fakten.

«Der Ursprung der aktuellen Ereignisse liegt weit in der Vergangenheit. Deshalb ist es leider notwendig, manches Mal etwas weiter auszuholen», entschuldigte er sich. «Aber ich verstehe Sie liebe Christa. Ich werde versuchen, mich ab sofort kürzer und prägnanter zu fassen.»

Mitchs Mutter nickte nur ungeduldig, während er seinen Blick nicht von dem Kardinal lösen konnte. Er brannte regelrecht darauf, endlich zu erfahren, was es mit der legendären *Seele der Templer* auf sich hatte.

«Alles begann im Jahr 1118 im christlichen Königreich Jerusalem», setzte der Kardinal seine Erzählung fort. «Dort gründete der christliche Ritter Hugo von Payns zusammen mit acht weiteren französischen Rittern einen neuen Orden. Der König von Jerusalem, Balduin II, überließ den Rittern Gebäude seines ehemaligen Palastes auf dem Tempelberg, der über den Grundmauern des salomonischen Tempels erbaut war. Von da an nannte sich der Orden *Arme Ritter Christi und des Tempels von Salomon zu Jerusalem*. Abgekürzt Tempelritter, Templerorden oder Templer.»

«Und was hat das alles mit diesen Wächtern zu tun?» Mitchs Mutter konnte ihre Ungeduld nicht mehr zügeln.

«Alles und nichts!», antwortete der Kardinal. «Fakt ist, dass die selbst ernannten Tempelritter die ersten fünf Jahre ihrer Ordenstätigkeit das Gebäude kaum verließen.»

«Das ist doch bloß eine Legende», unterbrach Mitch.

Doch der Kardinal winkte ab. «Das ist keine Legende, das ist ein Fakt», sagte er und zog ein weiteres Dokument aus seiner Tasche. «Hier ist ein Bericht, den König Balduin II anforderte, dem das Treiben des Ordens mehr und mehr missfiel.»

«Und was haben sie in dem Gebäude gemacht?», fragte Mitchs Mutter.

«Gegraben», antwortete der Kardinal trocken und hielt den Bericht von Balduin II hoch. «Unentwegt gegraben. Nach diesem Dokument sollen sie die halben Grundmauern des salomonischen Tempels durchwühlt haben.»

«Und ...?» Mitchs Mutter rutschte auf dem Sessel nach vorne.

«Und dabei haben sie wohl so mancherlei gefunden.»

Jetzt platzte Mitch ebenfalls der Kragen. «So kommen wir nicht weiter, Eure Eminenz», rief er aufgebracht. «Kommen Sie doch bitte zum Punkt.»

Der Kardinal seufzte tief auf. Dann ließ er endlich die Katze aus dem Sack. «Wir haben keine Ahnung, was die ersten Templer in den verschütteten Kellern des Tempels wirklich gefunden haben. Wir wissen nur, dass es so überaus wichtig für die Kirche war, dass der Papst den Orden unter seinen persönlichen Schutz stellte und die Templer machen durften, was sie wollten.»

«Das heißt, sie haben da unten irgendetwas entdeckt, mit dem sie die Kirche erpressen konnten», fasste Mitchs Mutter zusammen.

«Oder, das so wichtig für die Kirche war, dass sie zu seinem Schutz eine eigene Armee schufen», warf Mitch mit ein.

«Wahrscheinlich treffen beide Vermutungen zu», erwiderte der Kardinal. «Leider sind die Erwähnungen in den Dokumenten nebulös und mehrdeutig. Das ist auch der Grund für all die Probleme, die sie aktuell haben.»

«Bitte?» Mitch hatte mehr Fragen als Antworten.

«Nun ganz einfach», sagte der Kardinal, «Die Nephilim vermuten, die Templer hätten die Bundeslade gestohlen und als Teil des Templerschatzes aufbewahrt. Die Lade ist für sie das ultimative Symbol ihres Glaubens. Seit dem Verschwinden des Templerschatzes im Jahr 1307 suchen sie verzweifelt nach einer Spur ihres Heiligtums.»

«Und wie kommen sie auf uns?», fragte Mitch. «Wir wissen selbst erst seit einigen Tagen, dass das Störtebeker-Dokument ein Schlüssel zu dem Schatz sein könnte. Und für meine Leute lege ich meine Hände ins Feuer.»

«Ganz einfach», sagte der Kardinal trocken. «Sie haben es gemacht wie wir und den Laird of Dòmhnall überwachen lassen. Wenn der vermutete Hüter des Schatzes plötzlich die Hilfe einer professionellen Schatzjäger-Gruppe sucht, schreckt das alle auf, die selbst schon seit Jahrhunderten auf der Suche nach dem Schatz sind.»

«Sie meinen, nicht nur die Kirche, sondern auch diese Nephilim haben Abygail ausspioniert und vor ihr alle ihre Vorfahren?»

«Nicht nur das», antwortete der Kardinal. «Wir befürchten, dass die Mitglieder der Wächter auch für den Tod von Abygails Bruder verantwortlich sind. Auf jeden Fall sind am Körper des Toten massive Spuren gefunden worden, die auf keinen Fall von seinem Unfall herrühren können.»

Mitch hielt es nicht mehr in seinem Stuhl. «Und was ist mit diesen Freimaurern von der *Strikten Observanz*? Wir vermuteten eigentlich sie hinter den Anschlägen.»

«Das ist gut möglich», erwiderte der Kardinal trocken. «Das ist die weitere Gruppe, die hinter der *Seele* her ist. Für sie ist die *Seele* ein anderer Ausdruck für das geheime Heiligtum der Templer, den Baphomet, der dreigesichtige Gott, den manche auch Teufel mit Ziegenkopf nennen, andere wiederum sehen darin die Verbindung von Gut und Böse in einem göttlichen Kontext. Es gibt viele Deutungen.»

«Baphomet, ich glaube es nicht. Und vermutlich haben sie Abygail auch deswegen überwacht?», sagte Mitch mit leichter Ironie in der Stimme.

«Mit höchster Wahrscheinlichkeit», bestätigte der Kardinal, was bei Mitch heftiges Kopfschütteln auslöste.

«In was sind wir nur hineingeraten?», seufzte er. «Das ist ja ein noch schlimmeres Hornissennest, als das Hitlervermächtnis. Für das mussten wir halb Jersey in die Luft sprengen. Das wird hier wohl nicht reichen.»

«Nein», sagte der Kardinal. «Das reicht dafür nicht. Aber der Papst und ich sind der Meinung, dass nur die ODYSSEE eine reale Chance hat, die verlorene *Seele*, was auch immer es sein wird, wieder aufzufinden.»

«Jetzt kommen Sie wohl zum Grund Ihres heutigen Besuches», warf Mitchs Mutter ein.

Der Kardinal fingerte unschlüssig an seiner Aktentasche herum. Dann schloss er sie mit einem Seufzer und übergab sie mit den ganzen restlichen Dokumenten an Mitch.

«Das ist für dich und dein Team», sagte er. «Du wirst sehen, der Vatikan hat seine Archive für dich geleert. Und solltest du noch irgendwelche Informationen brauchen, ein Anruf genügt.»

«Und was wollen Sie dafür?», fragte Mitch gespannt.

«Nur den ersten Zugriff auf die *Seele*», erwiderte der Kardinal ernst. «Und keine Angst, wenn wir feststellen, dass es sich um keine Häresie oder Bedrohung unseres Glaubens handelt, darfst du damit tun, was du willst.»

Mitch hatte noch eine Frage, von der er nicht wusste, ob die Antworten in den überlassenen Dokumenten standen. «Wenn die Templer so wichtig für den Schutz der *Seele* waren, weshalb wurde der Orden dann zerschlagen? Das macht doch keinen Sinn.»

«Es lag nicht im Interesse der Kirche», erwiderte der Kardinal ernst. «Hier ging es um ganz banale menschliche Eifersucht. Der französische König war der einzig Schuldige und hat Clemens V brutal erpresst. Der Papst hat jedoch darauf bestanden, dass seine Abgesandten als Erste die Schatzkammer der Templer durchsuchen durften.»

«Aber als sie kamen, war die *Seele* schon mitsamt dem Schatz verschwunden», ergänzte Mitch flüsternd.

Der Kardinal nickte nur.

9. DER SCHLEIER LÜFTET SICH

«Ich bin verwirrt», gab Mitch offen zu. «Ich weiß nicht, welche Gruppe hinter welcher Attacke steht. Gehört der Einsatz der Drohne jetzt zu den Wächtern oder zu der Freimaurersekte? Wer ist für den Überfall gestern Abend verantwortlich?»

«Dann lass uns doch einmal versuchen, gemeinsam die Fakten zu klären», sagte Rajesh und schaltete das Aktiv-Matrix-Display ein, um alle Punkte übersichtlich darstellen zu können.

Mitch hatte das ganze Team einen Tag nach dem Treffen mit dem Kardinal zu diesem Krisenmeeting geladen. Alle saßen im Raum, bis auf Francis, der noch immer in London weilte, um weiter nach einer Spur von George Balliol zu suchen.

Bisher hatten sie Mitchs Erzählung über die Ereignisse des gestrigen Abends sprachlos zugehört. Nur Professor Tiefenbach hatte nichts davon mitbekommen. Er war in die Dokumente vertieft, die der Kardinal Mitch übergeben hatte. Immer wieder schüttelte er fassungslos den Kopf, ordnete das gelesene Papier dann in einen der zahllosen Stapel, die inzwischen den Tisch vor ihm bedeckten. Danach nahm er sich sofort das nächste Dokument vor. Dabei brabbelte er die ganze Zeit vor sich hin und brach ab und zu in laute Begeisterungsschreie aus.

Schließlich konnte Mitch sein Verhalten nicht mehr negieren. «Professor, kannst du die Lektüre der Papiere nicht bis nach unserem

Meeting verschieben? Die Kernpunkte, die darin stehen, habe ich ja vorhin zusammengefasst.»

«Äh, was? Ah ja, natürlich», schrak der Professor aus seiner Tätigkeit auf und blickte entschuldigend in die Runde. «Es geht mir nicht um die Dokumente, auch wenn es für mich unglaublich ist, so etwas jemals in Händen halten zu können. Ich suche Hinweise auf die *Seele*.»

«Wie meinst du das?», fragte Mitch, der sich aus dem Gebaren des Professors keinen Reim machen konnte.

«Nun, du hast vorhin erzählt, niemand wüsste, was die geheimnisvolle *Seele der Templer* überhaupt ist. Deshalb sind unterschiedliche Gruppen aus unterschiedlichen Gründen hinter der *Seele* her oder dem, was sie dafürhalten. Solange wir nicht wissen, um was es eigentlich geht, können wir auf diese Bedrohungen auch nicht reagieren. Ich habe deshalb alle Hinweise in den Papieren auf die geheimnisvolle *Seele* zusammengetragen», erwiderte der Professor eifrig und nahm einen der Dokumentenstapel an sich. Dann wandte er sich an Rajesh: «Könntest du bitte die Fakten in Stichworten mitschreiben und auf der Matrix ordnen, damit es alle sehen können?», bat er.

Rajesh nickte bestätigend.

Der Professor sammelte sich kurz. Dann nahm er das erste Papier in die Hand und wandte sich direkt an Mitch. «In den Dokumenten, die der Kardinal dir gegeben hat, ist auch die Kopie eines Briefes von 1124, den Hugo von Payns, der Gründer und erste Großmeister des Templerordens, an seinen Freund und Förderer Bernhard von Clairvaux geschrieben hat. Dieser Brief ist eine Sensation. Sein Inhalt löst viele der Rätsel über die Gründung der Templer.»

Voller Begeisterung stand er auf und hielt den Brief in die Höhe.

Mitch bat ihn mit einer Geste, fortzufahren.

Mühsam beruhigte sich der Professor. «Wie ich schon sagte ...», fuhr er fort, «... löst der Brief einige der Rätsel um die Templer. Hugo von Payns beschreibt hier im Detail, wie er und seine Mitbrüder über fünf Jahre lang den Untergrund des Salomonischen Tempels durchsucht haben. Im Jahr 1124 war es dann so weit.»

Der Professor legte eine rhetorische Pause ein und Mitch musste an sich halten, ihn nicht zu schütteln. Er schnaufte tief und sah den Professor auffordernd an.

«Im Jahr 1124, nach fünf Jahren graben, fanden sie es dann.»

«Was?», fragten Mitch und einige Teammitglieder wie aus der Pistole geschossen. «Was haben sie gefunden?»

«Das steht hier nicht», erwiderte der Professor trocken. «Nur, dass Hugo von Payns deswegen um ein dringendes Treffen mit Bernhard von Clairvaux und hohen Kirchenvertretern bat. Es ginge um die Zukunft der Kirche, schreibt er noch.»

Rajesh hatte parallel zu dem Bericht des Professors einen Zeitstrahl auf das Board gezeichnet und das Jahr 1124 eingetragen. Darunter schrieb er drei Punkte:

Fünf Jahre Suche
Fund
Dringendes Treffen

«Weshalb hat der Templer nicht direkt an den Papst geschrieben?», wandte Abygail ein, die dem Vortrag bisher atemlos gefolgt war. «Das wäre doch viel einfacher gewesen?»

«Gute Frage», antwortete Johanna anstelle des Professors.« Aber das Papsttum von 1124 ist nicht mit unserer heutigen Kirchenhierarchie zu vergleichen. Es gab zu dieser Zeit einen ziemlichen Wirrwarr in der Kirche mit Papst und Gegenpapst. Es dauerte einige Zeit, bis sich die ganze Angelegenheit wieder geordnet hatte. Ich vermute, dass Bernhard von Clairvaux, der als einer der einflussreichsten Kirchenleute seiner Zeit galt, sich deshalb zunächst nur politisch für die Templer einsetzte.»

Der Professor nickte bestätigend. «Das stimmt. In den Jahren nach dem Brief tat sich Bernhard von Clairvaux als wortgewaltiger Unterstützer des neuen Ordens hervor. Er gilt auch als der geistige Vater des Templerordens. Aus seiner Feder stammt unter anderem das *Lob der neuen Ritterschaft,* eine Art Rechtfertigungsschrift für die neuen Mönchsritter, die Eingang in die Ordensregeln fand.»

«Ich würde vorschlagen, wir bleiben beim Thema *Seele*», klang Francis ungeduldig über den Lautsprecher. «Dieser Bernhard ist doch eher ein unwichtiger Teil des Geschehens, oder?»

«Nicht ganz», widersprach der Professor energisch. «Bernhard von Clairvaux ist viel eher der geheime Steuermann der *Seele*. Mit seinem Einfluss auf Papst und Kirche hat er die Tempelritter zu den Hütern der *Seele* gemacht und ist damit verantwortlich für ihren kometenhaften Aufstieg während der folgenden zweihundert Jahre. Die nächste Erwähnung der *Seele* fand ich nämlich in den Unterlagen des Konzils von Troyes im Jahr 1129. Zu dem hatte der päpstliche Legat auch die Templer Hugo von Payns und Andreas von Montbard eingeladen. Selbstverständlich kam auch der mächtige Erzbischof Reinald von Reims und Bernhard von Clairvaux, von dem in einigen Quellen behauptet wird, er hätte seinen Einfluss beim Papst geltend gemacht, um das Konzil einzuberufen. In den Dokumenten fand ich das teilweise Protokoll eines Gespräches zwischen den vier Personen. Die *Seele* wird darin nur indirekt erwähnt, nämlich, dass der Erzbischof bei der Erzählung Hugo von Payns völlig außer sich geriet und entschied, das Treffen ohne Protokoll fortzusetzen. Das ist der nächste Hinweis auf einen außergewöhnlichen Fund der Templer.»

Rajesh hatte während des Vortrags bereits die neuen Fakten auf der Matrix ergänzt. Unter 1129 schrieb er:

Erstes Treffen mit Kirche
Schock bei Kirchenfürst

«Das Treffen und alles andere soll Bernhard von Clairvaux nur aufgrund eines einzigen Briefes initiiert haben?», warf Thomas ein, der bisher stumm zugehört hatte. «Das kann ich mir fast nicht vorstellen.»

«Hat er auch nicht», erwiderte der Professor und wühlte in den Unterlagen. «Entschuldigt, das habe ich ganz vergessen, weil es nur ein Verdacht ist. Aber in einem der Dokumente wird nebenbei erwähnt, dass Bernhard von Clairvaux, König Balduin II im Jahr 1125 getroffen hat.»

Der Professor schaute triumphierend in die Runde. «Da dieser sein Königreich jedoch nie verlassen hat, muss Bernhard ihn in Jerusalem besucht haben. Dabei hat er sich garantiert auch mit Hugo von Payns, dem Absender des Briefes, getroffen.»

«Das würde zum Ablauf passen», rief Johanna aufgeregt dazwischen. «Natürlich hätte er sehen wollen, was die Templer so Aufregendes gefunden haben.»

«Und danach hat er dafür gesorgt, dass schnellstmöglich ein Konzil einberufen wird, um dem Templerorden seine umfassende Macht zu verleihen», ergänzte Thomas.

Der Professor nickte bestätigend. «So muss es gewesen sein.»

Rajesh ergänzte den Zeitstrahl.

Doch der Professor war schon bei dem nächsten Dokument. «Wie Johanna es gerade gesagt hat, wurde der Templerorden auf dem Konzil offiziell anerkannt und bekam mit der Unterstützung Bernhard von Clairvauxs und dem Segen der mächtigsten Kirchenfürsten die Freiheiten, die ihn zur stärksten Macht des Mittelalters machen sollten. Hier habe ich eine Abschrift der berühmten Bulle *Omne Datum optimum*, die Innozenz II im Jahr 1139 erließ und die den Templerorden direkt dem Papst unterstellte und den Templern nicht nur komplette Steuerfreiheit gewährte, sondern zudem das Recht, selbst Steuern zu erheben. Etwas Vergleichbares hatte es in der gesamten Kirchengeschichte noch nicht gegeben.»

«Bis dahin alles gut», stoppte Mitch den Professor, der gerade nach dem nächsten Dokument greifen wollte. «Wir wissen also, dass die Gründer des Templerordens in einer verschütteten Kammer im Untergrund Jerusalems etwas Mysteriöses gefunden haben. Etwas so Beeindruckendes, dass die Kirche bereit war, die Templer überaus reich zu belohnen. Wir haben jedoch keine Ahnung, auf was sie gestoßen sind. Oder gibt es in den restlichen Dokumenten darüber noch irgendwelche näheren Informationen?»

Der Professor schüttelte nur stumm mit dem Kopf. Verlegen schaute er in die Runde.

«Dann sollten wir lieber zum nächsten Thema kommen», erklang die Stimme von Francis aus den Lautsprechern. «Gibt es schon irgendwelche Erkenntnisse über die toten Gangster aus dem gestrigen Überfall?»

Mitch schaute kurz zu Rajesh, der aber mit dem Kopf schüttelte.

«Leider nein», sagte Mitch. «Die deutsche Polizei sucht noch nach den Identitäten. Wegen der Drohne vermute ich jedoch die gleiche Gruppe, die es mit dem Lauschangriff auf uns versucht hat.»

«Wir haben also keine Ahnung, ob es sich dabei um die Nephilim oder die Typen von der *Strikten Observanz* gehandelt hat?», ließ Francis nicht locker.

«Nein, leider», erwiderte Mitch. Wütend werdend fuhr er fort: «Wir wissen nur, dass sie über modernste Technologie verfügen, keine Rücksicht kennen und schwer bewaffnet sind.»

«Es könnte aber auch sein, dass die Drohne und der Überfall gar nichts miteinander zu tun haben?», wandte Samson ein, der bisher stumm zugehört hatte.

Alle sahen ihn an.

«Na ja», verteidigte er sich. «Beim ersten Mal war es nur eine Spionagedrohne, beim zweiten Mal dagegen ein recht brutaler Überfall im Archiv und beim dritten Mal wieder eine Drohne und dazu aber ein brutaler Überfall. Das macht eigentlich keinen Sinn.

Entweder wollten sie Mitch belauschen oder überfallen. Stellen wir uns doch nur einmal vor, dass zum Beispiel diese Freimaurersekte recht vorsichtig die Drohnen einsetzt und die Wächter gewaltbereit sind. Gestern Abend sind sie sich gegenseitig in die Quere gekommen. Das würde doch einiges erklären.»

Mitch knetete unbewusst seine Hände. Eine Angewohnheit, wenn er intensiv nachdachte.

«Ich gebe Samson recht», mischte sich Francis von London aus ein. «Wir sollten uns nicht vorschnell auf etwas festlegen. Nicht, bevor wir nicht mehr Informationen haben.»

«Okay», nahm Mitch das Heft wieder an sich. «Akzeptiert! Aber wo bekommen wir mehr Informationen her? Fangen wir mit den Nephilim an.» Damit wandte er sich an Rajesh. «Kannst du versuchen, mehr über diese Gruppierung herauszufinden?»

Rajesh nickte nur.

«Und was ist mit dieser Freimaurersekte? Wenn wir Abygails Übersetzer nicht finden können, muss es doch eine andere Möglichkeit geben, die Gruppierung abzuklopfen?»

«Ich habe mir darüber schon Gedanken gemacht», sagte Francis. «Wie wäre es mit einer direkten Attacke?»

Mitch sah ihn fragend an.

«Ganz einfach», erwiderte Francis. «Laut Aussage meiner Kontakte von Scotland Yard soll der Freimaurer John Stewart der Anführer der *Strikten Observanz* sein. Offiziell ist er Leiter der Öffentlichkeitsarbeit in Freemasons' Hall, dem Sitz der Vereinigten Großloge von England. Eine ideale Position, um seiner eigentlichen Aufgabe als geheimer Logenmeister nachzugehen. Wir könnten einfach einen offiziellen Termin vereinbaren und ihm dabei auf den Zahn fühlen.»

«Das ist so etwas, wie Löwen füttern», wandte Samson besorgt ein.

«Stimmt», bestätigte Francis. «Wir dürfen die *Strikte Observanz* nicht unterschätzen. Laut Scotland Yard soll die Gruppierung militant organisiert sein und wird deshalb auch überwacht. Ich spreche aber auch nicht von einem mitternächtlichen Treffen im nebligen London, sondern von einem offiziellen Besuch während der Geschäftszeiten. Täglich besichtigen Hunderte von Touristen Freemasons' Hall. Ein solcher angekündigter Besuch bei John Stewart sollte ungefährlich sein.»

«Gut, mach das», sagte Mitch kurz entschlossen zu Francis. «Abygail und ich werden John Stewart treffen und du wirst uns absichern.»

Francis nickte und machte sich eine Notiz.

«Weiter im Text.» Mitch wandte sich an Rajesh und den Professor. «Wie weit seid ihr mit der neuen Technik für das Störtebeker-Dokument gekommen?»

«Ein voller Erfolg», sagte Rajesh mit einem Seitenblick auf Professor Tiefenbach, der offensichtlich immer noch wegen seiner unterbrochenen Ausführungen zu dem Wesen der *Seele* niedergeschlagen zu Boden blickte. «Der Hersteller aus den USA hat ein System der neuesten Generation aktuell im …», Rajesh klickte sich blitzschnell durch sein Tablet, « … warte, damit ich nicht Falsches sage, … im Wiener Haus-, Hof- und Staatsarchiv im Einsatz. Sie sind dort auf Einladung der Restaurierwerkstätte der Nationalbibliothek. Und da kein fester Endtermin dahinter steht, wären sie bereit, uns das System mit allen Technikern für zwei Wochen zur Verfügung zu stellen.»

«Okay», stimmte Mitch zu, ohne nach den Kosten zu fragen. Zu wichtig war die weitere Aufarbeitung des Dokumentes. «Aber sie müssen zu uns kommen. Bei der aktuellen Sicherheitslage können wir das originale Störtebeker-Dokument nicht aus dem Haus geben.»

«Ich hätte einen anderen Vorschlag», wandte Rajesh ein. «Hier im Haus wird es zu eng und zu laut, wenn noch fünf Techniker und ein komplettes Computerlabor mit untergebracht werden müssen. Für die Arbeit am Dokument benötigen wir eine völlig ungestörte Umgebung, die zudem leicht abgesichert werden kann.»

«Du denkst an die LONGIMANUS», stellte Johanna fest und nickte dabei zustimmend.

«Ja», bestätigte Rajesh. «Unser Forschungsschiff liegt zurzeit im Hafen und verfügt über genügend Platz und wissenschaftliche Ausrüstung für diese Aufgabe.»

«Und es ist mit einer Handvoll Männer perfekt abzusichern», ergänzte Samson.

«Besonders, wenn wir dabei auf der Nordsee unterwegs sind», stimmte ihm Rajesh zu und blickte Mitch fragend an.

Er wog kurz Für und Wider ab, dann gab er seine Zustimmung. Die weitere Organisation war schnell abgeklärt. Schon am nächsten Tag sollte ein Firmenjet der Thromberg AG die US-Technik von Wien nach Hamburg transportieren, von wo sie unter höchster Sicherheitsstufe auf die LONGIMANUS gebracht werden sollte. Der Professor mit Johanna und Thomas würde alles auf dem Schiff vorbereiten und die Forschungsarbeiten begleiten.

Rajesh wollte über die Nephilim recherchieren und Abygail und Mitch flögen nach London, sobald Francis ihnen den Termin bei John Stewart in der Freemasons' Hall besorgt hätte. Ihre Sicherheit läge dabei in den Händen von Francis und Samson, der die beiden auf ihrer Reise begleiten würde.

Damit beendete Mitch die Zusammenkunft.

Doch eine wichtige Frage war in der ganzen Hektik noch offengeblieben.

«Wartet einen Moment», sagte Mitch deshalb, als das Team den Konferenzraum verlassen wollte. «Wir müssen noch diskutieren, wie wir uns im Falle, dass wir die *Seele* finden, der Kirche gegenüber verhalten sollen. Wenn das Templer-Heiligtum nicht die Bundeslade oder der Heilige Gral ist, sondern stattdessen etwas, was der Kirche extrem schaden könnte, wie sollen wir damit umgehen? Übergeben wir die *Seele* dem Kardinal?»

Alle blickten sich etwas ratlos an.

In der folgenden Diskussion hielt sich zunächst das Für und Wider die Waage, bis Johanna es auf den Punkt brachte. «Wenn die *Seele* tatsächlich eine solche Häresie wäre, durch die die Kirche bei einer Veröffentlichung Schaden nehmen würde, bin ich der Meinung, dass wir eine Verpflichtung den Millionen von Gläubigen gegenüber haben. Falls es etwas gibt, was ihren Glauben erschüttern könnte, dann ist es Aufgabe der Kirche, sie in Kenntnis zu setzen, denn nur sie kann es in einen Kontext bringen. Das würde nicht funktionieren, wenn wir ungefiltert die Öffentlichkeit informieren und möglicherweise ein Entrüstungssturm über uns als Überbringer der Botschaft hereinbricht. Wir sollten deshalb auf den Vorschlag des Kardinals eingehen und der Kirche den ersten Blick zugestehen. Aber wie es dann weitergeht, sollten wir gemeinsam entscheiden, zu dem Zeitpunkt, wenn wir wissen, um was es sich handelt.»

Mitch nickte zustimmend. «Ich werde das so an seine Eminenz weitergeben», sagte er lächelnd. «Ich denke, mehr will er nicht von uns hören.»

Zögernd hob der Professor eine Hand. Sein abgebrochener Vortrag über die Dokumente des Vatikans machte ihm anscheinend immer noch zu schaffen.

«Professor?»

«Wenn wir also nicht gegen die Kirche sind, dann müsste doch der Vorschlag des Kardinals weiterhin gelten, vollen Zugriff auf die Archive des Vatikans zu haben?»

«Ich denke schon», meinte Mitch und schmunzelte. Er ahnte, was der Wissenschaftler vorhatte.

«Dann sollten wir das auch annehmen», antwortete der Professor eifrig. «In den Unterlagen klaffen noch große Lücken und ich denke, irgendwo da schlummern wichtige Hinweise.»

«Gut», stimmte Mitch zu. «Ich werde Kardinal Mandoli informieren, dass du berechtigt bist, im Namen der ODYSSEE weitere Unterlagen anzufordern.»

Nach einem heimlichen Augenzwinkern zum Team fügte er hinzu: «Es wäre nur schön, wenn du uns immer über deine Ergebnisse informieren würdest. Und dieses Mal bitte in Kurzfassung.» Mit einem breiten Lächeln nahm er selbst seiner letzten Bemerkung die Schärfe.

Am Abend dieses an Entscheidungen reichen Tages saß Mitch immer noch an seinem Schreibtisch. Müde stand er auf und ging zur Bar hinüber, um sich zum Abschluss des Tages einen doppelten Whisky mit Wasser zu gönnen, als es klopfte.

«Ist offen», rief er und goss sich einen tüchtigen Schluck ein.

«Darf ich auch ein Glas haben?»

Überrascht drehte Mitch sich um. «Abygail? Was verschafft mir die späte Ehre?»

Sein Blick huschte dabei instinktiv über die attraktiven Rundungen seiner Besucherin, die durch den engen Hosenanzug noch betont wurden. Als ihm seine Reaktion bewusst wurde, überzog eine leichte Röte sein Gesicht.

Doch Abygail bemerkte es nicht. Sie hatte offensichtlich ganz andere Probleme.

«Er hat mich gerade angerufen», flüsterte sie. «Und er will mich treffen.»

«Wer? Wer hat dich angerufen», schreckte Mitch aus seinen Tagträumen auf.

«George. George Balliol hat mich auf dem Handy erreicht und gesagt, wir müssten uns dringend sehen. Er hätte wichtige Informationen für mich.»

Abygail sah Hilfe suchend zu Mitch auf und fasziniert bemerkte er zum ersten Mal, wie meergrün ihre Augen waren.

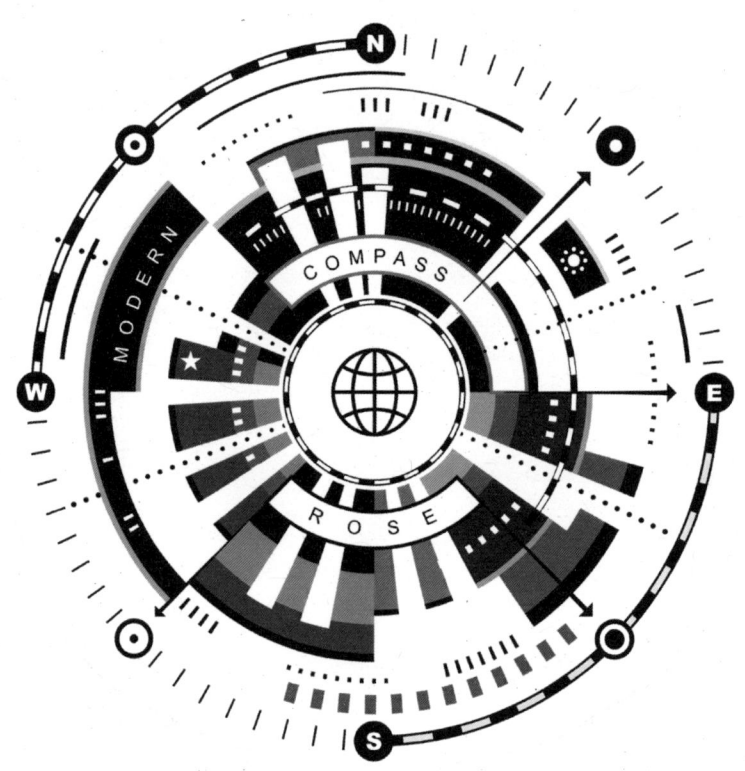

10. LONDON

Den Termin mit John Stewart zu vereinbaren, war Francis wider Erwarten schnell und problemlos gelungen. Nicht so einfach hingegen gestaltete sich, das Treffen mit George Balliol zu verabreden. Als Abygail ihn gemeinsam mit Mitch noch am gleichen Abend zurückrief, bestand er darauf, sich nur alleine mit ihr treffen zu wollen, was Mitch jedoch kategorisch ablehnte. Daraufhin hatte Abygails Bekannter einfach aufgelegt und sein Handy ausgeschaltet.

Aber auch ohne einen Termin mit George Balliol waren Mitch, Abygail und Samson am nächsten Tag nach London unterwegs. Das Treffen mit John Stewart war zu wichtig. Mitch hatte auf einen sicheren Privatflug bestanden. Er hoffte, dass ihre Verfolger, darauf nicht so schnell reagieren konnten.

Am frühen Morgen waren sie aufgebrochen, begleitet von einer ganzen Armada von Security. Nur dreißig Minuten später schwebten sie bereits in der Luft.

Die Sicherheitsbeamten hatten sie am Flughafen zurückgelassen. Francis erwartete sie in London, um für ihre weitere Sicherheit zu sorgen.

Sicherheit war überhaupt das große Thema. Die halbe Nacht hatten sie gemeinsam darüber diskutiert, welche Gefahren die Reise barg und ob sie nicht zu viel riskieren würden. Doch der Wunsch, endlich mehr Klarheit über ihre Verfolger zu erlangen, hatte schlussendlich überwogen.

Abygail ertappte sich dabei, wie sie die beiden Männer, die ihr im Flugzeug gegenübersaßen, intensiv musterte. Unterschiedlicher konnten Männer nicht sein, dachte sie. Da war Samson, ein wahrer Hüne, der mit seinen knapp zwei Meter Muskelmasse den gesamten luxuriösen Sitz des Privatjets. Kaum zu glauben, dass er so geschickt mit allem sein sollte, was man fliegen oder fahren konnte. Zumindest hatte ihr das Claire erzählt.

Neben ihm Michel Thromberg. Abygail musste Claire zustimmen, dass Mitch ein wirklich faszinierender Mann war. Da hatte ihr Claire nicht zu viel versprochen. Michel Thromberg, Chef der legendären ODYSSEE-Bergungsgesellschaft und Erbe eines der größten Familienunternehmen der Welt. Und ein Mann, dem die Frauenherzen nur so zuflogen. Abygail musterte ihn unauffällig. Er war schlank, muskulös und hatte tiefbraune Augen, die sanfte Friedfertigkeit versprachen, bis man den leuchtenden, azurblauen Ring um die Pupillen bemerkte, der je nach Erregungszustand schmäler oder größer wurde. Ein Zeichen, welche Energie und Tatkraft in diesem Mann steckte.

Die beiden Männer waren Freunde und Kern eines Teams, das in den letzten Jahren die Welt der Archäologie verändert hatte. Mithilfe der ererbten Thromberg-Millionen konnte die ODYSSEE-Bergungsgesellschaft modernste Technik einsetzen. Dazu kamen die genialen, unterschiedlichen Fähigkeiten des Teams. Aus all dem war die erfolgreichste Schatzsucher-Firma der Welt geworden. Abygail seufzte unwillkürlich auf. Hätte sie ohne die ODYSSEE und vor allem Michel Thromberg überhaupt eine Chance, die Mission ihrer Vorfahren zu erfüllen? Auf keinen Fall, gestand sie sich ein.

«Abygail, schläfst du?» Mitchs Frage ließ sie aus ihren Tagträumen aufschrecken.

«Nein, ich war nur in Gedanken», antwortete sie verlegen. «Ich habe mir gerade vorgestellt, was ich ohne euch machen würde. Ich wäre vollkommen überfordert mit der ganzen Sache.»

«Das ist aber auch ein großes Ding», sagte Samson, ohne aus seinem Flugmagazin aufzuschauen.

Mitch warf einen Seitenblick auf seinen Freund und schmunzelte. «Größer als der goldene Kodex von Quetzalcoatl?», fragte er.

«Viel größer», antwortete Samson ernst und legte das Magazin zur Seite. «Ich glaube, sollten wir mit der Suche Erfolg haben, wird das die gewaltigste Aktion, die wir je durchgeführt haben.»

«Wenn wir es alle überleben», flüsterte Abygail, die plötzlich Angst bekam. Ihre Schultern zitterten und erste Tränen rannen ihre Wangen hinab.

«Keine Sorge», erwiderte Mitch, stand auf und zog sie in seine Arme. «Wir passen auf dich auf.»

Es dauerte eine Weile, bis Abygail sich wieder beruhigt hatte. Verlegen löste sie sich aus Mitchs Umarmung und wischte sich die Tränen aus dem Gesicht.

«Tut mir leid», flüsterte sie. «Das ist normalerweise nicht meine Art, aber seit Tagen schlafe ich kaum, weil ich Angst habe, dass einem von uns etwas Schreckliches passiert.»

«Wenn wir unsere Feinde kennen, haben wir das Schlimmste geschafft», sagte Mitch. «Und deshalb sind wir jetzt unterwegs.»

«Bitte wieder anschnallen. Wir landen in wenigen Minuten in London Heathrow», erklang da die Stimme des Piloten.

Schnell nahm Abygail wieder ihren Platz ein. Die siebenhundertfünfundvierzig Kilometer zwischen Hamburg und London waren im wahrsten Sinne des Wortes wie im Flug vergangen.

Vor der Treppe erwartete sie Francis mit zwei gepanzerten Limousinen. Nach einer kurzen Begrüßung fuhren die Fahrzeuge los.

«Geht es nicht zum Terminal?», fragte Mitch, der aus dem Fenster sah.

«Nein», antwortete Francis trocken. «Wir nehmen den direkten Weg.»

Schon nach wenigen Minuten erreichten sie den Heliport des Flughafens, wo bereits ein sechssitziger Business-Hubschrauber des Typs Agusta 109 S mit laufenden Rotoren auf sie wartete.

Kaum hatten sie in den Ledersitzen des VIP-Shuttles Platz genommen, hob der Helikopter schon ab und nahm Kurs auf London.

Abygail schaute fasziniert aus dem Fenster. «Wieso fliegen wir immer genau über der Themse?», fragte sie neugierig. Samson zeigte ihr, wie sie die Lautstärke ihres Mikrofons einstellen konnte, bevor er antwortete.

«Da London der Regierungssitz ist, hat jeder hier Angst vor Terrorakten aus der Luft. Deshalb sind auf fast allen Regierungsgebäuden Luftabwehrsysteme installiert. Unser Pilot muss einer vorher festgelegten Route folgen, wenn er nicht abgeschossen werden will.»

Abygail lehnte sich erschrocken zurück.

«Keine Angst», sagte Francis beruhigend. «Wir haben einen genehmigten Kurs und wir landen ganz in der Nähe unseres Hotels.»

«Wo sind wir untergebracht?», fragte Mitch.

«Im Shangri-La», erwiderte Francis. «Bedauerlicherweise ist London aktuell fast komplett ausgebucht, aber ich habe noch vier Suiten für uns reservieren können. Leider in zwei verschiedenen Stockwerken. Doch ich denke, für heute haben wir unsere Feinde abgehängt und morgen, nach dem Termin mit John Stewart, sind wir schon wieder weg.»

Abygail streifte Mitch mit einem besorgten Blick. Es machte ihr Angst, getrennt voneinander untergebracht zu sein. Aber der lächelte nur beruhigend.

Zwischenzeitlich hatte der Helikopter zur Landung angesetzt. Bevor noch die Rotoren zum Stillstand kamen, fuhr eine Limousine vor, die sie direkt zum Hotel bringen sollte. Nach einer kurzen Fahrt durchquerten sie im Rotherhithe Tunnel die Themse und erreichten ihr Hotel in insgesamt nur dreißig Minuten. Für Londoner Verhältnisse extrem schnell.

An der VIP-Rezeption erledigten sie rasch die Formalitäten, stellten ihr Gepäck in die jeweilige Suite und trafen sich anschließend in Mitchs Zimmer.

Francis hatte für alle ein Geschenk mitgebracht. Aus einer Aktentasche zog er drei kleine Juwelierschachteln heraus.

Abygails Neugier überwog und sie öffnete ihr Etui. «Ist das ein Templerkreuz?», fragte sie atemlos, als sie die Kette mit dem besonderen Anhänger herausnahm.

«Von außen ja. Ich konnte bei der Form nicht widerstehen», erwiderte Francis lächelnd und teilte die Etuis auch an Samson und Mitch aus. «In Wirklichkeit ist das Kreuz aber ein Miniatur-GPS-Überwachungssystem. Es wird mit eurer Körperwärme aktiviert und zeigt immer an, wo ihr gerade seid.»

Er öffnete eine App auf seinem iPad, die eine 3-D-Ansicht von London anzeigte.

Nachdem er eines der Kreuze in seiner Hand erwärmt hatte, pulste plötzlich ein rotes Dreieck auf der Karte auf.

Francis vergrößerte das Bild und deutlich war zu sehen, wo sich der Anhänger im Shangri-La Hotel befand.

«Und das ist nicht alles», sagte er. «Das System zeigt mir auch den Abstand zum Meeresspiegel an. Damit kann ich sogar das Stockwerk bestimmen, in dem sich der Anhänger befindet.»

Staunend schüttelte Samson den Kopf. «Unglaublich, was die Technik heute alles möglich macht», sagte er und streifte sich die Kette über den Kopf.

Mitch und Abygail taten es ihm gleich und nach wenigen Sekunden pulsten drei unterschiedliche Symbole in Francis' Karte auf. Jeweils eines für jeden Träger des Ortungssystems.

«Ihr tragt das bitte ab sofort. Ich verspreche, das System nur zu aktivieren, wenn etwas passiert ist. Ansonsten seid ihr komplett anonym unterwegs», sagte Francis schmunzelnd und schaltete sein iPad aus.

Mitch warf einen prüfenden Blick auf seine stählerne Armbanduhr. «Es ist erst zehn Uhr morgens. Wir haben noch den ganzen Tag vor uns, bevor wir morgen früh John Stewart treffen. Was haltet ihr davon, wenn Abygail und ich uns Freemasons' Hall schon einmal anschauen?»

Abygail versteifte sich vor Nervosität. Sie hatte zwar zugestimmt, bei dem Treffen dabei zu sein, aber jetzt, so kurz davor, bekam sie doch Angst. Instinktiv fasste sie nach Mitchs Hand. Er erwiderte ihren Händedruck und fügte schnell hinzu: «Keine Angst, nichts Offizielles. Wir werden uns einfach unter eine der Touristengruppen mischen, die das Freimaurerhaus besichtigen. Unter all den Menschen fallen wir nicht auf und bekommen schon einmal einen Vorgeschmack dessen, was uns morgen früh erwartet.»

«Das ist gefährlich», sagte Francis zögernd und gab damit Abygails schlechtem Vorgefühl recht.

«Mit dir und Samson als Back-up und den Kreuzen kann uns doch nichts passieren und John Stewart hat keine Ahnung, dass wir schon in London sind», gab Mitch nicht auf.

Francis schaute Samson fragend an. Der hob nur hilflos die Hände. Offensichtlich kannte er die Eskapaden seines Freundes und wunderte sich über nichts.

«Ich gehe mit», gab sich Abygail schließlich einen Ruck und damit war es entschieden.

***

Vom Hotel aus war es bis zum riesigen Gebäudekomplex der Freemasons' Hall mit der Limousine nur ein Katzensprung. Knapp elf Minuten später standen Mitch und Abygail am Besuchereingang. Es herrschte wenig Betrieb. Aber nur einige Schritte weiter vor dem Haupteingang zum Grand Temple drängte sich eine bunt gemischte Menschenmenge. Reiseführer mit hoch emporgehaltenen Schirmen und Fähnchen versuchten, ihre jeweiligen Gruppen zu dirigieren.

«Lass uns zuerst in den Tempel und das Museum gehen», schlug Mitch vor. «Unter all den Menschen fallen wir nicht so auf.»

Abygail nickte nur. Die schiere Größe des Gebäudes hatte ihr offensichtlich die Sprache verschlagen. Aber auch Mitch war mehr als beeindruckt. Der majestätische Baustil von Freemasons' Hall, dem Sitz der Vereinigten Großloge von England, verströmte eine deutlich spürbare Aura von Macht. Die ganze Architektur schien darauf angelegt, den einzelnen Menschen klein und bedeutungslos wirken zu lassen.

Schnell hatten sie sich unter eine der Touristengruppen gemischt. Mitch gab der Fremdenführerin ein großzügiges Trinkgeld, um deren anfänglichen Protest im Ansatz zu ersticken. Dann fädelten sie sich in die Touristengruppe ein und drängelten mit ihr zusammen durch die breiten Bronzetore des Grand Temple. Bald hatten sie jedoch genug von der Führung und begannen, den Tempel auf eigene Faust zu besichtigen. Der kirchenähnliche Versammlungssaal der Freimaurer faszinierte mit seiner schieren Größe und den prächtigen Deckenmosaiken. Beeindruckt musterten sie gerade die maurischen Symbole des Deckenschmucks, als sie plötzlich angesprochen wurden.

«Hallo Miss Kincaid und Mister Thromberg», sagte eine leise Stimme hinter ihnen.

Mitch und Abygail fuhren erschrocken herum. Vor ihnen stand ein lächelnder Mann.

Gekleidet in einen schwarzen Zweireiher mit ebenfalls schwarzer Weste. Nur die Krawatte strahlte in hellem Rot. Ihr Design war durchsetzt mit gestickten Symbolen der Freimaurer. Das schwarze Haar trug er glatt nach hinten gekämmt und ein dünner schwarzer Schnurrbart vervollständigte den Auftritt eines Mannes, der bis auf die auffällige Krawatte problemlos als Leichenbestatter durchgehen könnte.

«Wenn ich gewusst hätte, dass Sie die Geschichte Freemasons' Hall interessiert, hätte ich Ihnen eine Privatführung organisiert», sagte der Mann. Dann, so als ob ihm sein Versäumnis gerade eingefallen wäre, fügte er hinzu: «Oh, ich habe ganz vergessen, mich vorzustellen. Mein Name ist John Stewart, ich bin der Leiter der Öffentlichkeitsarbeit. Der Mann, mit dem Sie morgen Vormittag einen Termin haben.»

«Schön, Sie jetzt schon kennenzulernen», erwiderte Mitch und versuchte, gelassen zu wirken.

«Wie haben Sie uns erkannt?», fragte Abygail nervös dazwischen. «Wir haben uns doch noch nie getroffen?»

«Nun, wenn ein so bekannter Wissenschaftler wie Doktor Thromberg um einen Termin bittet, zusammen mit dem amtierenden Laird of Dòmhnall, da macht man sich so seine Gedanken und informiert sich ausführlich über die Besucher», erwiderte Stewart. Dann deutete er mit der Hand auf zwei ebenfalls schwarz gekleidete Männer, die sie aus einiger Entfernung beobachteten. «Als Sie vorhin den Grand Temple betraten, haben meine Mitarbeiter Sie zufällig erkannt und mich informiert.»

Dann brach er ab und musterte seine Besucher nachdenklich. «Was ist eigentlich der Grund Ihres Besuches?», fragte er. «Ihr Mitarbeiter, dieser Rajesh Sing, hat sich ja sehr mysteriös ausgedrückt. Wenn er nicht gleich zu Anfang auf Ihr Unternehmen verwiesen hätte, hätte ich sofort aufgelegt.»

«Danke, dass Sie uns trotzdem empfangen», sagte Mitch, der inzwischen seine Fassung wieder gefunden hatte.

Er beschloss, aufs Ganze zu gehen und Stewart seinerseits herauszufordern. «Aber es ist gut, dass wir uns heute schon getroffen haben, denn es gibt Ihnen die Möglichkeit, vielleicht für morgen etwas vorzubereiten. Wir erhoffen uns von Ihnen Informationen über eine militante Freimaurersekte mit dem merkwürdigen Namen *Strikte Observanz*.»

Mit diesen Worten blickte er Stewart aufmerksam ins Gesicht. Sofort wurde klar, dass er ins Schwarze getroffen hatte. Der frontale Angriff hatte Stewart sichtlich außer Fassung gebracht. Es dauerte eine ganze Weile, bis er antworten konnte.

«Die *merkwürdige Sekte*, wie Sie sie nennen, ist eine angesehene Loge der Freimaurer und keineswegs eine Sekte», sagte er schließlich mit gepresster Stimme. «Und wieso glauben Sie, die *Strikte Observanz* wäre militant?»

«Nun, Mitglieder oder gedungene Verbrecher dieser *Loge* verfolgen uns, spionieren uns nach und wir sind sicher, dass sie auch hinter zwei Überfällen auf uns stecken», antwortete Mitch in hartem Tonfall.

Stewart schaute ungläubig zwischen Mitch und Abygail hin und her. «Machen Sie jetzt Scherze mit mir?», fragte er leise. «Weshalb sollten Freimaurer so etwas tun?»

«Wegen dieser Frage sind wir hier», erwiderte Mitch ernst. «Und ich hoffe, Sie können uns weiterhelfen.»

«Wieso ich?», fragte Stewart, sichtlich um Beherrschung bemüht. Seine Wut zeigte sich nur am nervösen Zucken seines Mundes.

«Sie sind Leiter der Öffentlichkeitsarbeit und man hat mir gesagt, Sie wären innerhalb der Freimaurer, Fachmann für die *Strikte Observanz*», sagte Mitch lauernd.

«Ich weiß nicht, wer so etwas erzählt», antwortete Stewart mit gepresster Stimme.

«Das wissen wir aus unserer umfangreichen Recherche über die Sekte, Verzeihung: *Loge*», entgegnete Mitch. «Es liegt uns nämlich sehr viel daran, unsere Feinde genauestens zu kennen.»

Stewart sah demonstrativ auf seine Uhr. «Klingt sehr interessant», sagte er sichtlich um Beherrschung bemüht. «Aber ich habe jetzt leider dringende Termine. Wir sehen uns ja morgen Vormittag.»

Er nickte Mitch und Abygail zu und verschwand in der Menschenmenge.

***

«Was war denn das?», fragte Abygail nach einer kurzen Atempause. «Wieso musstest du ihn so reizen? Ich dachte, du willst seine Hilfe?»

«Das hat er schon.» Mitch lächelte ihr zu. «Ein altes Indianersprichwort sagt: Wenn du willst, dass dich keine versteckte Klapperschlange beißt, dann scheuche sie vorher auf.»

«Klapperschlange?», wiederholte Abygail.

«Ja, Klapperschlange», sagte Mitch. «Und jetzt lass uns gehen. Ich habe genug gesehen und gehört für heute.»

Damit drängte er sich durch die Menge nach draußen. Kopfschüttelnd folgte ihm Abygail. Immer wieder wurde sie von Touristen angerempelt, da sie und Mitch entgegen der allgemeinen Laufrichtung unterwegs waren.

«Nicht umdrehen», flüsterte plötzlich eine bekannte Stimme hinter ihr.

«George?»

«Geh einfach weiter und auf keinen Fall umdrehen. Wir werden beobachtet.»

Abygail bemerkte, wie ihr George etwas unauffällig in ihre Jackettasche steckte.

«George?»

Als keine Antwort kam, drehte sie sich trotz der Anweisung um. Doch George Balliol war bereits in der Menge untergetaucht.

Mitch wartete am Eingang und telefonierte schon nach ihrer Limousine. Abygail wollte ihn von dem heimlichen Treffen unterrichten, aber während er noch in sein Handy sprach, überlegte sie es sich anders. Zunächst musste sie wissen, was ihr George zugesteckt hatte.

Sie bat um etwas Geduld und eilte zu den Toilettenräumen des Tempels.

In der Kabine zog sie das Objekt aus ihrer Jackettasche. Es handelte sich um ein zusammengefaltetes Blatt Papier. Aufgeregt las sie die wenigen Zeilen:

> Liebe Abygail,
>
> ich muss Dich unbedingt persönlich treffen – alleine. Ich habe lebenswichtige Informationen für Dich, aber ich riskiere dabei mein eigenes Leben. Warte heute um 15:00 Uhr auf der Straße vor dem Hotel auf mich.
> Und komm alleine. Ich werde kein Risiko eingehen.
>
> Dein Freund George.

Abygail rätselte, während sie die Spülung betätigte. Sollte sie Mitch und das ODYSSEE-Team informieren und riskieren, dass George nicht zu dem Treffen erscheinen würde, oder sollte sie sich wirklich allein mit ihm treffen?

Sie entschloss sich, die Entscheidung auf später zu vertagen. Bis zum Nachmittag blieb ihr noch genügend Zeit.

Zurück im Hotel wurde ihr die Entscheidung jedoch abgenommen. Sie hatten sich alle wieder in Mitchs Suite versammelt, um das Treffen mit John Stewart zu besprechen, als Mitchs Handy klingelte. Der Klingelton verriet, dass der Anruf von Rajesh kam.

Mitchs Gesicht wurde todernst, als er dem Computergenie der ODYSSEE zuhörte.

«Was haben sie gestohlen?», fragte er nur, doch die Antwort schien ihm nicht zu gefallen.

Er beendete das Telefonat. Dann holte er tief Luft. Sein Blick wanderte von Samson zu Francis und blieb schließlich bei Abygail hängen.

«Sei uns nicht böse», sagte er und sah ihr entschuldigend in die Augen. «Aber ich muss dringend alleine mit Samson und Francis reden. Ich würde sagen, du machst eine Pause und wir treffen uns heute Abend um zwanzig Uhr zum Abendessen. Was meinst du?»

Abygail fühlte sich zurückgesetzt und reagierte patzig. «Ich dachte, ich gehöre mit zum Team?», sagte sie, stand aber automatisch auf und ging zur Tür. «Mal sehen, ob ich heute Abend Lust auf Essen habe.»

Sofort sprang Mitch auf. Kurz vor der Tür holte er sie ein und hielt sie an der Schulter zurück.

«So war das nicht gemeint», sagte er abbittend. «Du kannst natürlich auch bleiben, wenn du willst.»

Abygail holte tief Luft, aber bevor sie etwas sagen konnte, klingelte Mitchs Handy ein zweites Mal. Es war wieder Rajesh und er hatte scheinbar noch weitere schlechte Nachrichten.

Es war nur ein kurzes Telefonat. Danach ging Mitch aufgeregt in der Suite auf und ab. Das Gespräch musste ihm tief unter die Haut gegangen sein.

Nach einem fragenden Blick zu Francis und Samson, die jedoch beide nur mit den Schultern zuckten, wandte sich Abygail direkt an Mitch. «Was ist passiert?»

Mitch stoppte abrupt seine Wanderung und sah Abygail irritiert an. Erst langsam klärte sich sein Blick wieder.

«Es ist ihnen gelungen, in unser Computersystem einzudringen», sagte er. Die Besorgnis in seiner Stimme war nicht zu überhören. «Rajesh konnte die Attacke zwar abwehren, aber er weiß noch nicht, ob Dateien heruntergeladen wurden.»

«Das heißt ...?», fragte Samson und stand ebenfalls auf.

«Genau das müssen wir besprechen», sagte Mitch und setzte sich wieder in einen der Sessel. «Wir müssen alle Eventualitäten durchgehen. Rajesh macht gerade noch einen Kontrollcheck und wird sich dann zu unserem Gespräch dazu schalten.»

Abygail stand immer noch an der Tür. Sie horchte der Diskussion eine Weile zu. Als sie merkte, dass sie nichts zur Lösung des Problems beitragen konnte, öffnete sie leise die Tür und ging zu ihrem Zimmer. Mitch hatte recht. Sie wäre keine Hilfe dabei und eine kleine Pause würde ihr sicherlich guttun.

Als sie ihre Jacke auszog, fiel ihr wieder Georges Notiz ein. In der ganzen Aufregung hatte sie vollkommen vergessen, Mitch Bescheid zu sagen. Aber das würde sie nachher machen, beruhigte sie sich selbst. Bis zu dem von George vorgeschlagenen Treffen vor dem Hotel blieben ihr noch gut zwei Stunden. Zeit genug für einen kurzen Mittagsschlaf. Sie programmierte vorsichtshalber den Wecker auf ihrem Handy und legte sich auf das breite Bett. Das Kingsize-Doppelbett machte dem 5-Sterne-Komfort des Shangri-La alle Ehre. Sofort fiel sie in einen erholsamen Schlummer.

Die sanfte Melodie des Weckers durchdrang langsam ihr Bewusstsein. Träge öffnete sie ein Auge, um die Uhrzeit zu kontrollieren.

Kurz vor fünfzehn Uhr? So spät?

Sie musste den Wecker falsch programmiert haben! Abygail schoss aus dem Bett hoch, schlüpfte in die Schuhe und zog im Gehen ihre Jacke an.

Es blieb ihr keine Zeit mehr, Mitch und die anderen zu informieren. Sie würde eben besonders vorsichtig sein, nahm sie sich vor.

Punkt fünfzehn Uhr stand sie vor dem Shangri-La.

Aufmerksam beobachtete sie die Menschen und den Verkehr auf der geschäftigen Straße vor dem Hotel.

Die St Thomas Street war eine typische Londoner Seitenstraße mit breiten Fußwegen. Eingeklemmt dazwischen eine schmale Fahrbahn ohne Markierungen. An dieser alten Straße standen mehrstöckige Backsteinhäuser, die viele kuriose, kleine Shops beherbergten. Der hypermoderne Glas- und Betonturm des Shangri-La wirkte in dieser Umgebung wie ein Fremdkörper.

Abygail wartete direkt vor dem Hoteleingang neben einer breiten Taxizufahrt. Von dort aus konnte sie die Straße in beide Richtungen überblicken.

Nervös schaute sie auf ihre Armbanduhr. George war schon seit über fünfzehn Minuten überfällig. Gerade hatte sie sich entschlossen, wieder zurück ins Hotel zu gehen, als plötzlich ein altes Londoner Taxi direkt neben ihr stoppte. So nah, dass es ihr beinahe über die Füße gefahren wäre.

Erschrocken trat sie einige Schritte zur Seite und wollte gerade den Fahrer beschimpfen, als sie hinter der Fondscheibe Georges Gesicht bemerkte. Hektisch öffnete er die Taxitür und bedeutete ihr, einzusteigen. Abygail zögerte einen Moment zu lange.

Enttäuscht schaute er sie an, dann schlug er die Tür zu und gab dem Taxifahrer den Wink, loszufahren. Bevor der jedoch Gas geben konnte, riss Abygail kurz entschlossen die Tür auf und ließ sich neben George auf einen der Fondsitze fallen.

«Bist du alleine gekommen?», fragte er statt einer Begrüßung und beobachtete dabei sichtlich nervös ihre Umgebung.

Als Abygail bestätigte, gab er dem Fahrer das Zeichen, loszufahren. Schweigend verbrachten sie die nächsten Minuten, während sich das Taxi durch den dichten Londoner Verkehr quälte.

«Wohin fährst du mit mir?», wollte Abygail schließlich wissen, die ihren Entschluss, George heimlich zu treffen, inzwischen heftig bereute.

«An einen sicheren Ort, an dem wir reden können», antwortete George mit leiser Stimme. Nervös schaute er sich immer wieder nach einem etwaigen Verfolger um. Erst als er endgültig sicher schien, dass Abygail wirklich alleine gekommen war, ließ er die Maske fallen.

Sanft griff er zu ihr herüber und strich ihr über die Haare.

«Ich freue mich, dass du gekommen bist», sagte er. «Wir waren uns ewig nicht mehr so nah.»

«George, lass uns über deine Informationen sprechen», widersetzte sie sich seinen Annäherungsversuchen. «Die Zeit, in der wir ein Paar waren, ist lange vorbei.»

Vergeblich versuchte sie, ihre Haare aus seinem Griff zu lösen.

«Viel zu lange», flüsterte George. An den Haaren zerrte er ihren Kopf herunter auf seinen Schoß.

Aus dem Augenwinkel sah Abygail, wie der Taxifahrer George einen Wattebausch reichte. Sie konnte das Chloroform schon riechen. Sinnlos, während der Fahrt zu versuchen, jemanden auf der Straße auf ihre Notlage aufmerksam zu machen. Ihre Hand ging zum Türgriff, die ihr George grob wegschlug. Dann kratzte und schlug sie um sich, aber gegen die Kraft des Mannes und das Betäubungsmittel hatte sie keine Chance. Schon bald umfing sie eine tiefe Ohnmacht.

Als Abygail wieder erwachte, hingen ihre Augenlider zunächst schwer nach unten und sie stöhnte vor Kopfschmerzen. Erst langsam wurde ihr ihre Lage bewusst.

Entsetzt riss sie die Augen auf. Sofort wünschte sie sich, es nicht getan zu haben.

Sie war nackt.

Auf einen Stuhl gefesselt.

Ihre Arme waren straff hinter der Stuhllehne zusammengebunden, sodass ihr Oberkörper weit nach hinten überstreckt wurde.

Direkt vor sich sah sie die Augen eines Mannes, der spielerisch die Finger seiner linken Hand um eine ihrer Brustwarzen kreisen ließ. In der anderen Hand hielt er ein gefährlich aussehendes, unterarmlanges Messer.

«Herzlich willkommen zurück», flüsterte der Mann und kniff ihr dabei brutal in die Brust.

«Finger weg!», stöhnte sie unwillkürlich auf. «Oder du wirst es bereuen.»

«Stell dich nicht so an.» Der Mann grinste schmierig. «Früher oder später mache ich sowieso mit dir, was ich will.»

«Ist sie schon wieder wach?», fragte eine Stimme von der Tür her. Abygail erkannte sie sofort wieder. Stewart!

Kurz darauf trat er in ihr Blickfeld. Er hatte noch jemanden dabei, den sie jedoch im Dunkel nicht erkennen konnte. Erst jetzt fiel Abygail auf, dass es schon Abend oder gar Nacht sein musste. Der Raum wurde nur durch eine trübe Stehlampe notdürftig erhellt. Trotz ihrer rasenden Kopfschmerzen versuchte sie, das Zimmer, in dem sie gefangengehalten wurde, mit ihren Augen zu erfassen. Doch hinter dem Schein der Stehlampe blieb alles schwarz.

«Willkommen auf Freemasons' Hall», sagte Stewart und beugte sich mit einem anzüglichen Grinsen zu ihr herab. «Ich hoffe, Sie fühlen sich wohl in meinem Büro?»

Sein Blick brannte wie Feuer auf ihrer nackten Haut. Sie musste an sich halten, um nicht laut loszuschreien.

«Wenn ich Sie so sehe, beneide ich Malcolm ein wenig um seine Aufgabe», flüsterte Stewart an ihrem Ohr. «Aber vielleicht komme ich später wieder, um ihm ein bisschen zu helfen.»

«Was wollen Sie von mir?», rief Abygail verzweifelt und versuchte vergeblich, zumindest ihren Oberkörper von dem Sektenführer wegzudrehen.

«Ganz einfach», erwiderte Stewart und zog sich einen Stuhl heran. Wieder glitt sein Blick dabei über ihren nackten Körper. «Ich möchte alles wissen, was Sie und die ODYSSEE über die *Seele* herausgefunden haben.»

Erst jetzt erkannte Abygail den Mann, der mit Stewart in dessen Büro gekommen war und nun in den Lichtschein trat.

«George», flüsterte sie. «Warum hast du mir das angetan?»

«Weil er ein gehorsamer Angehöriger der *Strikten Observanz* ist», antwortete Stewart an Georges Stelle. «Und weil wir ihn schon seit Ihrer Studienzeit auf Sie angesetzt hatten.»

Abygail sah erschrocken auf und versuchte, Georges Blick zu erhaschen, aber der blickte nur verlegen zur Seite.

«Es wird Zeit, Sie ein wenig aufzuklären», erklang wieder die Stimme von Stewart. «Haben Sie wirklich geglaubt, als Nachfahrin des Hüters der *Seele*, ein selbstbestimmtes Leben führen zu können? Tut mir leid, wenn Sie das gedacht haben, aber wir überwachen die Lairds of Dòmhnall von Anfang an.»

Ein lauter Donnerschlag von draußen unterstrich seine Worte und ließ Abygail zusammenschrecken.

«Nur ein Gewitter. Da wir uns hier schon so nahe sind, schlage ich vor, wir lassen die Förmlichkeiten.» Er grinste süffisant.

Am liebsten hätte sie ihm ins Gesicht gespuckt. Einen Teufel würde sie tun, diesen Widerling zu duzen.

«Wenn du bereits davon Angst bekommst, dann weißt du noch nicht, was wir mit dir vorhaben.» Stewart beugte sich ein wenig nach vorne. «Die Zeit ist gekommen, die alten Hüter abzulösen und die letzten Kincaids auszulöschen. Und wir, die *Strikte Observanz*, werden die Nachfolge antreten. Doch vorher benötigen wir noch ein paar Informationen von dir.»

«Was haben Sie vor?», fragte Abygail entsetzt.

«Was wir vorhaben?», antwortete Stewart und zog George Balliol zu sich heran. «Ganz einfach, wir werden Dòmhnall Castle übernehmen. Du wirst heute nämlich noch heiraten. Der Priester und ein Londoner Standesbeamter, beide Freunde unserer Organisation, warten schon unten. Wenn wir von dir alles erfahren haben, wirst du George Balliol offiziell heiraten. Noch heute Nacht werdet ihr euch auf Hochzeitsreise begeben, bei der du leider einen bedauernswerten Unfall erleiden wirst. Danach wird George dein Erbe als Laird of Dòmhnall antreten und die *Strikte Observanz* wird zum neuen Hüter des Grals werden.»

«Sie sind verrückt!», rief Abygail. «Michel Thromberg und sein Team werden das nicht zulassen.»

«Sie werden!», sagte Stewart bestimmt. «In deiner Suite liegt ein Brief, in dem du ihnen von deiner Liebe zu George erzählst und deine baldige Hochzeit ankündigst. Den Rest übernehmen dann wir.»

Abygail ließ den Kopf sinken. Doch nach einem Moment hob sie ihn wieder. «Und wie wollen Sie an die *Seele* kommen?», fragte sie und zwang sich zur Ruhe. «Ohne die Ressourcen der *ODYSSEE* haben Sie keine Chance, den Schatz der Templer zu finden.»

«Zum einen wirst du uns sicherlich gleich erzählen, was das Team herausgefunden hat, und zum anderen haben wir auch unsere eigenen Quellen.» Mit diesen Worten deutete Stewart zu einem dicken Stapel alter Dokumente auf seinem Schreibtisch.

«Was ist das?», fragte Abygail.

«Was ist denn das?», antwortete Stewart mit einer Gegenfrage und griff ihr zwischen die Brüste.

Angeekelt zuckte sie vor seiner Berührung zurück. Doch der Sektenführer hatte es nur auf ihr Medaillon abgesehen.

Neugierig drehte er das goldene Templerkreuz in seinen Fingern. «Ein Templerkreuz», flüsterte er erstaunt. «Damit hätte ich jetzt wirklich nicht gerechnet.» Mit diesen Worten zog er ihr die Kette über den Kopf und schaute die Juweliersarbeit bewundernd an. Dann öffnete er sein Hemd und legte sich die Kette selbst um.

«Das ist bei mir besser aufgehoben. Ich möchte nämlich nicht, dass es Schaden nimmt, wenn sich Malcom um dich kümmern wird», sagte er teuflisch grinsend. «Keine Angst, er wird dich in einem Stück lassen oder zumindest das Stück von dir so groß lassen, damit es noch zum Heiraten reicht. Aber er wird dir Schmerzen zufügen. So lange, bis du redest. Und reden wirst du, das verspreche ich dir.»

Mit diesen Worten stand er auf und gab den Blick frei auf seinen Folterknecht, der im Hintergrund gelauert hatte.

Abygail schrie unwillkürlich auf, als der sein langes Messer hervorzog und die Schärfe der Klinge mit seinem Daumen prüfte.

Sie wusste, das Einzige, was sie jetzt noch tun konnte, war Zeit zu gewinnen. Mitch und seine Leute mussten sie doch schon längst vermissen. Solange Stewart das Medaillon trug und sich mit ihr im gleichen Raum aufhielt, stiegen ihre Chancen auf Rettung. Abygail biss sich auf die Lippe, denn sie musste sich eingestehen, dass dies alles davon abhing, ob Mitch die Echtheit des Briefs, den er in der Suite fände, anzweifeln würde. «Sie können überhaupt keine eigenen Quellen haben», rief sie Stewart herausfordernd hinterher, der gerade sein Büro verlassen wollte. «Meine Vorfahren waren überaus vorsichtig.»

Tatsächlich ließ sich Stewart von den Worten beeinflussen und stoppte den Folterknecht mit einem kurzen Wink.

«Wenn du dich da mal nicht täuschst, meine Gnädigste», scherzte er mit eiskalter Stimme. Damit trat er zu seinem Schreibtisch und zog eines der Dokumente heraus.

«Hier zum Beispiel ist der Brief von Robert I, den dieser im Auftrag von Olaf Kincaid an den damaligen Papst schicken sollte. Hier ist von deinem Vorfahren ausdrücklich die *Seele* erwähnt und dabei kann es sich nur um den Heiligen Gral handeln. Als eine der heiligen Reliquien, für die der Vatikan die Ehre der Templer wieder herstellen sollte.»

«Wie kommen Sie an diesen Brief?», wollte Abygail wissen und fragte sich, wieso Stewart so überzeugt war, es handelte sich bei der *Seele* um den Heiligen Gral, denn in den Dokumenten, die ihnen Kardinal Mandoli übergeben hatte, war die *Seele* nicht näher beschrieben.

«Aus dem Erbe des Königs. Schließlich hat einer meiner Vorfahren nach dem Tod seines Sohnes, die Regentschaft übernommen. Den Brief hat Robert I nie losgeschickt. Er war selbst scharf auf den Heiligen Gral. Das Gleiche gilt auch für viele andere Briefe, die meine Vorfahren zurückgehalten haben. Seit dieser Zeit sind wir Stewarts auf der Suche nach dem Schatz der Templer und vor allem nach dem Heiligen Gral.»

«Das haben meine Vorfahren nie bemerkt?», fragte Abygail fassungslos.

«Doch», antwortete Stewart trocken. «Sie haben sich deshalb sogar eine Zeit lang vor den Stewarts verschanzt. Aber das hat uns nicht abgehalten.»

«Abgehalten, von was?»

Stewart suchte in den Unterlagen auf dem Tisch offensichtlich nach einem bestimmten Dokument. Als er es gefunden hatte, hielt er es ihr vor die Nase.

«Dies ist eine Abschrift des Tagebuches von Olaf Kincaid, dem früheren Schatzmeister des Templerordens. Wir wissen alles über die Bruderkette und den darin versteckten Hinweis auf die *Seele*.»

Abygail hielt erschrocken die Luft an. «Wie sind Sie an dieses Buch gekommen?», stieß sie schließlich mit gepresster Stimme hervor.

«Wir hatten zu allen Zeiten unsere Spione in Dòmhnall Castle», erwiderte Stewart. Der Triumph in seiner Stimme war nicht zu überhören. «Wir wissen fast alles über die Geheimnisse deiner Vorfahren.»

Abygail schwieg betroffen und wandte ihren Kopf ab.

Doch Stewart war nicht zu bremsen. Er packte sie unter dem Kinn und zwang sie, ihn wieder direkt anzusehen. «Alle unsere Hinweise deuten darauf hin, dass der Gral irgendwo in Dòmhnall Castle verborgen liegt. Uns fehlt nur noch der letzte Hinweis. Die Versuche meiner Ahnen, einen der Kincaids in unsere Folterkammern zu bekommen, scheiterten leider. Dazu war es meinen Vorfahren nicht möglich, Dòmhnall-Castle zu erobern.»

«Die Stewarts werden auch jetzt wieder verlieren», sagte Abygail, mit aller Ruhe, die sie in ihrer Lage noch aufbringen konnte. Sie reizte ihn bewusst.

Jede Minute Zeitgewinn war unendlich kostbar.

Doch sie hatte ihren Peiniger falsch eingeschätzt. Kalt lächelnd zog er sich einen Stuhl heran und setzte sich ihr genau gegenüber. Seine Hände packten sie an den nackten Schultern und begannen sie zu streicheln.

Angewidert wand sie sich in ihren Fesseln, um seinen Berührungen auszuweichen. Doch vergeblich.

Seine Hände wanderten ihren Körper hinab. Als er brutal ihre Brüste packte, schrie sie vor Angst.

«So ist es richtig», flüsterte Stewart mit schwer werdendem Atem und streichelte über die Gänsehaut, die ihre Brüste überzog. «Angst solltest du haben. Und zwar richtige Angst. Dann macht es erst richtig Spaß.»

Abygail schluchzte vor Verzweiflung. Ihr war klar, dass Stewart sie jetzt gleich vergewaltigen würde. Und sie konnte nichts tun, um ihn aufzuhalten.

Die anderen Männer waren näher herangerückt. Auch ihr Atem war schwerer geworden.

Aber Stewart rückte plötzlich von ihr ab. «Wir haben noch keine Zeit füreinander», sagte er bedauernd. «Ich muss noch deine Hochzeit vorbereiten. Aber ich weiß dich ja in bester Gesellschaft.»

Er gab Malcolm einen Wink, der jetzt mit einem schmalen Grinsen vortrat.

Voller Panik schrie Abygail auf. Verzweifelt wand sie sich in ihren Fesseln.

Stewart beugte sich nochmals zu ihr hinunter. «Hast du noch einen letzten Wunsch?», fragte er leise. «Wenn ja, solltest du dich damit beeilen.»

Abygail versuchte verzweifelt, ihre Panik in den Griff zu bekommen. Sie wusste, das war ihre letzte Möglichkeit, um Zeit für ihre Freunde zu gewinnen.

Schluchzend versuchte sie, eine Frage zu formulieren. «Steckt Ihre Sekte hinter den Überfällen auf das ODYSSEE-Team?», brachte sie schließlich stockend heraus.

Stewart lachte und zog seinen Stuhl wieder heran. «Ich verzeihe dir, weil du uns schon wieder Sekte nennst, denn das ist eine interessante Frage», erwiderte er nachdenklich. «Wir wollen zwar wissen, was das ODYSSEE-Team vorhat, und wir haben auch keine Bedenken, Waffen einzusetzen, aber was sollten uns die Überfälle zu dem Zeitpunkt bringen? Nein, mit den Überfällen auf das Archiv und die Villa haben wir nichts zu tun. Wir versuchen immer noch, herauszufinden, wer uns da in die Suppe gespuckt hat.»

«Da kann ich weiterhelfen», sagte Abygail, die ihre Chance sah.

«Guter Versuch.» Stewart lachte auf. «Aber ich denke, du wirst sowieso bald reden, wie ein Wasserfall.» Mit diesen Worten stand er auf und machte den Weg für Malcolm frei.

Erschrocken zuckte Abygail zusammen. Da fiel ihr der Anruf von Rajesh heute Nachmittag ein. Wenn sie schon sterben sollte, dann wollte sie wenigstens Klarheit haben.

«Also stecken die Freimaurer auch hinter der Cyberattacke auf das Computersystem der ODYSSEE?», rief sie Stewart hinterher.

«Nicht die Freimaurer», antwortete Stewart von der Tür aus. «Wir waren es, die Strikte Observanz. Unsere Spezialisten konnten die Firewall knacken und hätte uns dieser Inder nicht gestoppt, wären alle Geheimnisse der ODYSSEE jetzt in unseren Datenbanken.»

Erleichtert atmete Abygail auf. Zumindest das hatten ihre Feinde nicht erreicht. Doch dann wurde ihr Malcolms Nähe bewusst. Er hatte sich Stewarts Stuhl herangezogen und nahm nun hautnah vor ihr Platz.

Wollüstig ließ er seinen Blick über ihren Körper wandern, bevor er sein Messer hervorzog und ihr die Klinge an die Kehle setzte. «Die Spielregeln vorab», sagte er mit leiser Stimme, während George und Stewart das Büro verließen. «Ich werde dir so lange Schmerzen zufügen, bis du redest. Dann höre ich auf. Es kann aber sein, dass du vorher einige Körperteile verlierst, wie zum Beispiel eine deiner Brustwarzen.» Dabei fasste er an ihre Brust und kniff brutal in das weiche Fleisch.

Abygail schrie. Sie schrie nicht nur den Schmerz hinaus, vielmehr ihre nackte Angst.

Ungeachtet ihres Schreis nahm ihr Folterknecht sein Messer von ihrem Hals und ließ die Spitze die Formen ihres Körpers hinabgleiten. Die rasiermesserscharfe Klinge hinterließ dabei eine dünne, blutende Linie auf ihrer Haut.

«Die einzige Beschränkung, die mir John Stewart gegeben hat, ist ...», fuhr er fort und grinste. «..., dass du nach meiner Behandlung noch lebend die Heiratsurkunde unterschreiben kannst. Ansonsten darf ich mir dir machen, was ich will. Doch dafür brauche ich dich in einer anderen Position.»

Mit diesen Worten trat er hinter sie und schnitt ihre Arm- und Fußfesseln auf. Von der Aktion gehandicapt durch die lange Fesselung, konnte sie sich kaum wehren. Das nützte Malcolm aus, um sie einfach nach vorne aus dem Stuhl zu kippen. Danach fesselte er ihr mit den Resten des Strickes wieder die Hände auf dem Rücken.

Als sie wehrlos vor ihm auf dem Bauch lag, kniete er sich gierig lachend zwischen ihre Beine. Mit brutaler Kraft zwängte er ihre Schenkel auseinander. Doch als er seine Hose öffnen wollte, traf ihn ein vernichtender Schlag von hinten.

Bewusstlos kippte er nach vorne und lag wie ein Sack auf Abygail. Sie zappelte verzweifelt, um sich von ihrer Last zu befreien, und schrie um Hilfe. Und die war nicht weit. Malcolms schwerer Körper wurde hochgewuchtet und wie eine Puppe in eine der Ecken des Büros geschleudert.

Samsons Gesicht war wutverzerrt und Francis hatte offensichtlich alle Mühe, den Hünen zu beruhigen.

«Mitch, Samson, Francis!» Abygail schluchzte vor Erleichterung, als sie erkannte, wer ihr in letzter Minute zu Hilfe gekommen war.

Mitch hatte schon seinen Pullover ausgezogen und half Abygail, ihre Nacktheit zu bedecken, während er dabei ihre Fesseln löste.

«Wir sollten sofort verschwinden», flüsterte Francis mit einem nervösen Blick zur Tür. «Der Lärm, den Samson gemacht hat, ist bestimmt nicht unbemerkt geblieben.»

«Welcher Lärm», brummte Samson immer noch von kalter Wut erfüllt. «Du solltest mich mal erleben, wenn ich wirklich Lärm mache.»

«Okay», sagte Mitch und zog Abygail auf die Beine. «Alle raus.»

In diesem Moment wurde die Tür aufgerissen und John Stewart stand auf der Schwelle.

Überrascht starrte er auf die Szene in seinem Büro. Doch dann reagierte er blitzschnell. Bevor sich Samson auf ihn stürzen konnte, hatte er die stabile Tür wieder zugeworfen und den von außen steckenden Schlüssel herumgedreht.

«Welch nette Überraschung», hörten sie seine Stimme gedämpft durch die dicke Tür. «Alle meine Lieblinge beisammen.»

«Öffnen», befahl Mitch und Samson nahm einen kurzen Anlauf. Doch bis auf ein leises Splittern im Holz blieb die Tür stabil.

«Der Schreibtisch», sagte Francis und gemeinsam mit Samson und Mitch benutzten sie den schweren Mahagonitisch als improvisierten Rammbock. Nach wenigen Versuchen gab die Tür nach und der Eingang war frei.

«Jetzt schnell», rief Mitch und schob Abygail durch den zersplitterten Rahmen. «Ich denke, hier wird gleich die Hölle los sein.»

Tatsächlich hörten sie im Treppenhaus schon Stewarts Alarmschreie und die ersten aufgeregten Stimmen.

«Wartet noch eine Sekunde.» Abygail rannte noch mal in das Büro zurück. Mit einem dicken Stapel Dokumente trat sie wieder in den Gang. «Jetzt können wir gehen», sagte sie.

Doch an der Treppe zögerte sie und auch Mitch, Samson und Francis verharrten. Von unten hörten sie bereits die Stimmen ihrer Verfolger. Abygails Angst kehrte zurück. Auf diesem Weg entkämen sie nicht aus Freemasons' Hall.

«Andere Richtung», sagte Mitch trocken und deutete nach oben.

Sie rannten los. Immer weiter im Treppenhaus nach oben. Als Abygail nach Luft rang, packte Samson sie und warf sie sich einfach über die Schulter.

Abygail presste die Dokumente seitlich fest an ihren Körper, während Samson weiterlief.

Außer Atem kamen sie auf dem Dach an, mitten in einem starken Gewitter. Samson stellte Abygail wieder auf die Füße.

Es goss in Strömen und Blitze zuckten wie Flammenspeere über das Häusermeer Londons. Die Gischt des auf das Dach platschenden Regens verringerte die Sicht auf wenige Meter.

Ratlos sah Abygail ihre Freunde an, die gerade die Tür zum Treppenhaus mit einer langen Eisenstange verriegelten.

«Und was jetzt?», fragte sie.

Ohne seine Tätigkeit abzubrechen, deutete Samson auf das Flachdach. Mitch packte Abygail an der Hand und tauchte mir ihr in den Wassernebel ein. Sie folgte blind, nur geführt von seiner Hand. Nach wenigen Augenblicken sah sie den Hubschrauber vor ihnen auf dem Dach stehen.

«Schnell», rief Mitch. «Hinein mit dir.»

Kaum hatte Abygail sich gesetzt, kamen Samson und Francis angehastet. Noch während des Anschnallens startete Samson die Rotoren des Helikopters. Angespannt sah er dabei immer wieder in die Richtung, aus der ihre Verfolger kommen müssten, sobald sie die Blockade der Dachtür durchbrochen hätten.

Mit einem Ruck hob der Hubschrauber ab, gewann unmittelbar an Höhe und Erleichterung machte sich in Abygail breit. Doch der Sturm packte sofort den Helikopter und schwang ihn hin und her, bis Samson ihn wieder gefangen hatte.

«Vorsicht», rief Mitch über die Kopfhörer. «Denk an die Höhe.»

«Tiefflug», bestätigte Samson brummend. «Aber nur noch mal fürs Protokoll: Ich hasse Tiefflug, besonders bei Sturm und Regen.»

Gekonnt zwang er den Helikopter in die enge Straßenschlucht der Great Queen Street, die parallel zum Grand Temple verlief. Er ließ den Hubschrauber absacken, bis auf wenige Meter über der Straße. Dann flog er vorwärts. Mit vollem Risiko durch die schmale

Straße, anschließend an der deutlich breiteren A 4200 scharf rechts bis zur nächsten Rechtskurve zur A4 und über den Strand zur Waterloo-Bridge.

Bis dahin flog Samson nur knapp über Bushöhe die Straßen entlang und verursachte helle Aufregung unter den wenigen nächtlichen Autofahrern, wie Abygail aus dem Fenster sehen konnte. Ab der Waterloo-Bridge ließ Samson den Helikopter noch weiter absacken und ging bis kurz über den Wasserstand der Themse herunter. Das Gewitter sorgte dafür, dass nur vereinzelte Schiffe unterwegs waren und sie fast unbemerkt durchkamen. Samson folgte den lang gezogenen Windungen der Themse bis zum Hampton Court Palace. Dort zog er die Maschine wieder auf Straßenniveau und landete nur wenige Minuten später auf dem Heliport von Heathrow. Durch Vermeidung aller offiziellen Stellen saßen sie bereits nach einer Viertelstunde gemeinsam im Jet Richtung Hamburg.

«Wie habt ihr das alles nur geschafft?», fragte Abygail, die sich inzwischen wieder etwas angezogen hatte. Selbst die Koffer aus dem Hotel hatte Mitch noch vor der Rettungsaktion bereits zum Jet bringen lassen und auch die anderen waren mittlerweile in trockene Kleidung geschlüpft. Obwohl sie vollkommen übermüdet war, zitterte sie innerlich immer noch wegen Stewarts Übergriff und auch ein wenig wegen des schweißtreibenden Hubschrauberfluges.

«Als wir den Brief in deiner Suite fanden, dass du mit George Balliol durchbrennen willst, wurden wir sofort misstrauisch», sagte Mitch und goss sich einen riesigen Whisky ein. «Dein Auftreten bei uns und wie du von George erzählt hast, passten nicht zu einer überstürzten Heiratsentscheidung. Darüber waren wir uns einig.»

«Und dann mussten wir dich nur noch finden und befreien», ergänzte Samson und hielt Mitch sein Glas hin.

Francis schüttelte nur den Kopf und schob Mitch sein leeres Glas hinüber.

11. ÜBER DEN WOLKEN

«Damit werden wir nicht davonkommen», sagte Abygail zaghaft. Bis zum Start hatte sie ängstlich aus dem Fenster nach Polizeiautos Ausschau gehalten, die das Flugzeug in letzter Minute stoppen würden. Als geborene Engländerin kannte sie die Effizienz der englischen Polizei zur Genüge. «Den Hubschrauberpiloten, der den halben Londoner Verkehr lahmgelegt hat, sucht wahrscheinlich schon die gesamte Polizei. Die Beamten werden schon bald wissen, dass wir dahinterstecken.»

«Ganz ruhig», sagte Mitch und legte ihr tröstend eine Hand auf die Schulter. «Es ist alles in Ordnung.»

Zweifelnd blickte Abygail zu ihm auf.

Mitch deutete auf Francis, der zwei Reihen vor ihnen saß. «Du weißt, dass Francis der Sicherheitsexperte unseres Unternehmens ist?», fragte er.

Abygail nickte.

«Hast aber keine Ahnung, warum, oder hat dir Claire von ihm erzählt?»

Als Abygail verneinte, fuhr er mit seiner Erklärung fort. «Francis Ryan hat eine militärische Vergangenheit. Über zwölf Jahre war er ein Mitglied der SAS Boat Squadron.»

Sie holte tief Luft, denn sie wusste, was das hieß. Die Kampfschwimmer der britischen Marine gehörten zu den bestausgebildeten Kämpfern der Welt. Von der Regierung wurden sie überall da eingesetzt, wo Terroristen gegen britische Interessen verstießen.

Kein Wunder, dass die ODYSSEE Francis mit Handkuss als Sicherheitsexperten eingestellt hatte.

«Francis hatte in der Vergangenheit mehrere Übungseinsätze in London und kennt die Verteidigungsmaßnahmen und ihre Schwächen zur Genüge. Dazu kommen seine Kontakte zur Scotland Yard, insbesondere zu der Abteilung für Terrorismusbekämpfung, die ja die Mitglieder der *Strikten Observanz* schon seit Jahren beobachtet.»

Abygail verstand allmählich, wieso der Hubschrauber so ungefährdet durch Londons Straßen hatte fliegen können. Aber Mitch war noch nicht zu Ende.

«Als klar wurde, dass die Eingänge zur Freemasons' Hall intensiv bewacht werden, blieb uns nur der Weg durch die Luft. Im Namen der ODYSSEE charterten wir deshalb einen kleinen, wendigen Helikopter. Die Charterfirma wollte uns zwar zuerst keine Maschine mitten in der Nacht anvertrauen, da ein starkes Gewitter angesagt war, aber Samsons Pilotenerfahrung überzeugte sie schließlich.»

Mitch machte eine Pause und stand auf. Die Erinnerung an das überstandene Abenteuer ließ ihm offensichtlich auch keine Ruhe.

«Zunächst folgten wir der freigegebenen Route über der Themse, doch in Höhe der Royal Festival Hall meldeten wir einen Motorschaden und drehten in Richtung des Convent Garden ab. In der Radarüberwachung muss es ausgesehen haben, als wenn der Pilot verzweifelt versuchen würde, den Hubschrauber wieder in seine Gewalt zu bekommen. Doch dann tauchte Samson in die Straßenschluchten ein, weit unterhalb der Radarmessungen. Über die Long Acre flogen wir direkt auf Freemasons' Hall zu. Erst kurz davor zog Samson die Maschine hoch und landete unbemerkt auf dem Dach des Gebäudes, das uns die GPS-Ortung deines Anhängers anzeigte.»

Abygail schüttelte ungläubig den Kopf. «Aber spätestens da hätten euch die Luftabwehrraketen doch erreichen können.»

Mitch grinste Francis an, der inzwischen zu ihnen herübergekommen war.

«Ich hatte selbstverständlich meine Kontakte bei Scotland Yard verständigt, dass es im Londoner Luftraum zu merkwürdigen Vorkommnissen kommen könnte», warf Francis ein. «Und eine Order des zuständigen Abteilungsleiters hat dafür gesorgt, dass wir zunächst unbehelligt blieben.»

«Das galt natürlich nur für den Hinflug», fuhr Mitch fort. «Der Rückflug gestaltete sich etwas schwieriger. Spätestens da waren alle Flugabwehreinrichtungen scharf geschaltet. Deshalb waren wir gezwungen, die ganze Strecke bis nach Heathrow unterhalb der Radarerfassung zurückzulegen.»

«Das hieß, nie höher als zehn Meter über dem Boden», sagte Francis mit schiefem Lächeln. «Und dabei ist mir mehr als einmal schlecht geworden.»

Mitch nickte nur bestätigend und wischte sich theatralisch den nicht vorhandenen Schweiß aus dem Gesicht.

«Feiglinge», grollte Samson aus seinem Sitz heraus. Der Rest seines Brummelns war nicht mehr zu verstehen.

Besorgt blickte Mitch zu Abygail, denn sie hatte Hilfe suchend nach seiner Hand gegriffen.

«Ich bin euch so dankbar, dass ihr noch rechtzeitig gekommen seid», sagte sie mit stockender Stimme.

«Deine Entführung wird Stewart den Hals brechen und hoffentlich auch der Freimaurersekte», sagte er tröstend.

Doch Abygail plagten im Moment ganz andere Sorgen. Ihre Schultern sackten nach vorne.

Zur Ablenkung griff Mitch mit der freien Hand nach den Dokumenten, die Abygail aus Stewarts Büro mitgenommen hatte.

«Erzähl uns von Stewart. Hat er dir etwas verraten, das wir noch nicht wussten?»

Abygail nickte entschlossen und richtete sich mühsam in ihrem Sitz auf.

***

Ihre Erkenntnisse ließen Mitch keine Wahl und er berief eine sofortige Konferenzschaltung mit dem ODYSSEE-Team ein. Hier wiederholte er in die sichtlich verschlafenen Gesichter noch einmal die wesentlichen Punkte, die Abygail von Stewart erfahren hatte: «Also wir können festhalten, dass die *Strikte Observanz* auf eigene Rechnung arbeitet. Sie sind überzeugt, es handelt sich bei der *Seele* um den Heiligen Gral, und verwenden die Hinweise aus dem Brief Roberts I, den dieser im Auftrag von Olaf Kincaid verfasst hat, für ihre Suche. Durch Spione wissen sie von der Bruderkette und dem darin versteckten Schlüssel. Weiterhin vermuten sie den Schatz in Dòmhnall Castle. Wie sie darauf kommen, müssen wir dringend überprüfen. Die Dokumente aus Stewarts Büro sind bereits eingescannt und auf dem Weg zu Rajesh und der LONGIMANUS. Durch die Entführung Abygails ist nun auch hinreichend bewiesen, wie gewaltbereit die Gruppe ist. Interessant ist, dass sie laut Abygail nicht für die Angriffe im Archiv und in der Villa meiner Mutter verantwortlich sind, allerdings sehr wohl Spezialisten haben für eine Cyberattacke, und sind damit insgesamt ein ernst zu nehmender Gegner. Doch wir müssen unbedingt herausfinden, ob diese Wächter hinter den anderen Angriffen stecken.»

«Das mit dem Heiligen Gral ist Quatsch», mischte sich der Professor ein. «Der Gral ist nichts weiter als eine Legende.»

«Das ist wahrscheinlich so», antwortete Mitch. «Aber können wir uns da wirklich sicher sein?»

«Todsicher!», wiederholte der Professor und fing an, seine Gründe dafür aufzuzählen: «Es gibt keinerlei Beweise, dass Jesus wirklich gelebt hat, dementsprechend sind auch das letzte Abendmahl und die Kreuzigung, bei der mit dem Kelch sein Blut aufgefangen worden sein soll, schlussendlich nichts weiter als Märchen. Und wieso sollte irgendjemand den Trinkbecher eines verurteilten, jüdischen Revolutionärs ausgerechnet in einer verborgenen Kammer unter dem Tempel Salomons aufbewahren?»

«Du hast wahrscheinlich recht», sagte Mitch nachdenklich. «Bleibt nur die Frage, wieso die *Strikte Observanz* davon überzeugt ist?»

Der Professor konnte sich überhaupt nicht beruhigen und spie eine Theorie nach der anderen aus.

«Ich denke, wir sollten uns an Fakten halten und solche Spekulationen aufschieben, bis wir die *Seele* gefunden haben», schloss Mitch die Diskussion. «Aber zur Sicherheit müssen wir die Dokumente Stewarts nochmals genau überprüfen.»

Damit wandte er sich direkt an Johanna, die zusammen mit Thomas und dem Professor von dem Forschungsschiff zugeschaltet war. «Da wir gerade bei Fakten sind, wie weit seid ihr mit der Entzifferung des Palimpsests inzwischen gekommen?»

«Die US-Technik ist auf der LONGIMANUS installiert und die ersten Testläufe wurden kurz nach Mitternacht abgeschlossen. Heute gegen Abend können wir mit der Untersuchung des Dokumentes beginnen», antwortete Johanna.

«Zu spät», entgegnete Mitch. «Das Störtebeker-Dokument ist unser einziger Vorsprung. Ihn müssen wir ausbauen. Das heißt, ihr legt euch jetzt noch ein wenig aufs Ohr und startet anschließend direkt mit den Scans. Vielleicht haben wir dann am Abend schon die ersten Ergebnisse.»

Johanna wusste, wann es sinnlos war, mit ihm zu streiten. So bestätigte sie nur kurz die Anweisung. Dass sie danach stumme Flüche ausstieß, ignorierte Mitch.

«Rajesh», griff Mitch seine Bedenken wieder auf, «gibt es schon etwas Neues über diese selbst ernannten Wächter?»

«Jede Menge. Ich weiß schon gar nicht mehr, wohin mit all den Datensätzen. Die Nephilim sind eine ultraorthodoxe jüdische Sekte, die sich die Wiederauferstehung der alten jüdischen Größe als Ziel gesetzt hat. Seit der Gründung des Staates Israel wird sie immer mächtiger und soll bereits die wichtigsten politischen Parteien und Ämter infiltriert haben. Namen der Mitglieder der Sekte oder gar des Führungskreises werden jedoch streng geheim gehalten. Die Nephilim agieren ausschließlich aus dem Verborgenen heraus.»

«Wir können also davon ausgehen, dass hinter der Gruppe sehr viel Geld und Macht stehen?»

«Und sie sind nicht zu greifen», bestätigte Rajesh. «Ich hätte geschworen, die Wächter würden hinter der Cyberattacke auf unser System stecken, und war ganz überrascht, dass die *Strikte Observanz* auch über solche Spezialisten verfügt.»

Stille folgte auf seine Worte.

«Das reicht jetzt», sagte Mitch eisig. «Ich habe keine Lust mehr, der Spielball unserer Feinde zu sein. Ab sofort drehen wir den Spieß um. Rajesh, du aktivierst deine Hackerfreunde. Am einfachsten können wir im Augenblick gegen die Freimaurer vorgehen. Bringt sie zum Schwitzen, koste es, was es wolle. Und du Francis, aktiviere deine Kontakte zu Scotland Yard. Wir müssen Stewart und seine Kumpane aus dem Spiel bringen.»

Rajesh nickte nur.

«Um die Nephilim kümmere ich mich selbst», fuhr Mitch nach kurzem Überlegen fort. «Ich werde meine Mutter bitten, ihre Kontakte in Israel zu nutzen, um ihnen Knüppel zwischen die Beine zu werfen. Keine Ahnung, ob das funktioniert, aber eine andere Möglichkeit sehe ich im Moment nicht.»

Nachdem alle Aufgaben verteilt waren, schalteten sich die Konferenzteilnehmer einer nach dem anderen ab.

«Habe ich noch irgendwas vergessen», fragte Mitch in die Flugzeugrunde.

«Wenn die Freimaurer den Schatz in Dòmhnall Castle vermuten, sollten wir die Burg sichern», sagte Francis nachdenklich. «Sonst riskieren wir, dass Stewart sie inzwischen auseinandernimmt.»

«Okay», Mitch stimmte sofort zu. Doch ohne die Einwilligung der Burgherrin wollte er keine Entscheidungen treffen.

«Was meinst du Abygail?»

Erschrocken bemerkte er ihren leeren Blick.

«Abygail, was ist los?», rief er und eilte zu ihr hinüber.

Doch sie konnte nicht antworten. Ihr Geist reagierte offensichtlich zeitverzögert auf den Stress der letzten Stunden.

Erst als Mitch sie tröstend an sich zog, brach der Bann. Mit einem Weinkrampf sank sie an seiner Brust zusammen.

Gemeinsam mit Samson bettete Mitch die junge Frau auf einen Flugzeugsessel, den er zuvor in Schlafposition gebracht hatte. Geduldig wartete er bei ihr, bis sie sich etwas beruhigt hatte und eingeschlafen war.

Er haderte mit sich, weil er den Stress der Situation, in der sich Abygail befunden hatte, so unterschätzt hatte. Entführt, gefoltert, fast vergewaltigt und dann noch ein extrem gefährlicher Hubschrauberflug, und er war einfach zu Routine übergegangen. Was Abygail jetzt benötigte, war psychologische Hilfe oder eine Freundin.

Das war es! Mitch schüttelte über sich selbst den Kopf. Was Abygail brauchte, war ein Gespräch mit ihrer engsten Freundin Claire. Und das konnte er arrangieren.

Ein kurzer Blick auf seine Uhr zeigte ihm, dass sie schon die halbe Strecke nach Hamburg zurückgelegt hatten. Doch es half nichts. Der Pilot musste den Kurs korrigieren und nochmals umdrehen. Schnell nahm er sein Handy heraus, um im Vorfeld mit Claire die Details zu besprechen.

Doktor Claire Menzies, war nicht nur eine Schulfreundin Abygails, sondern auch eine der besten Rechtsanwältinnen Jerseys. Bei der Lienhard-Affäre um das Vermächtnis Adolf Hitlers hatte sie gemeinsam mit Mitch einige haarsträubende Abenteuer erlebt. Letztendlich war sie es gewesen, die ihrer Freundin die ODYSSEE empfohlen hatte. Zwischen Mitch und ihr hatte es im Verlauf des

Abenteuers heftig geknistert, aber am Ende waren sie sich beide darüber klar geworden, dass sie im Grunde nicht zueinanderpassten.

Auf den Kanalinseln gehörte sie zur politischen Prominenz und war eng mit dem Chiefminister verbunden. Dieser Verbindung hatten sie auch die Sondergenehmigung für eine frühmorgendliche Landung auf Jersey Airport zu verdanken, der normalerweise während der Nacht geschlossen war.

Als der Jet gegen vier Uhr morgens landete, wartete Claire mit ihrem schwarzen MINI Cooper schon neben der Landebahn. Wie eine Fackel leuchtete ihr rotes Haar in der Beleuchtung des Flughafens.

Nach einer kurzen aber herzlichen Begrüßung packte sie ihre Freundin am Arm und schob sie auf den Beifahrersitz.

«Können wir noch etwas tun?», fragte Mitch hilflos.

«Uns alleine lassen», antwortete Claire burschikos. «Abygail braucht jetzt vor allem Ruhe.»

Als Francis erneut die Sicherheitslage besprechen wollte, winkte sie nur ab. «Keine Sorge», beruhigte sie ihn. «Wir sind im Landhaus meiner Cousine untergebracht. Niemand ahnt, dass Abygail auf Jersey ist, und selbst wenn, wird er niemals herauskriegen, wo wir uns versteckt haben. Und vergesst nicht, Jersey ist eine Insel, hier weiß jeder, wenn ein Fremder auf die Insel kommt. Abygail ist auf meiner Insel sicherer als sonst irgendwo auf der Welt.»

Mitch schwieg bedrückt. Mit Jersey verbanden ihn ganz andere Erinnerungen. Beim Anflug waren sie auf seinen Wunsch über die Portelet Bay geflogen und er hatte die Verwüstungen ihrer Aktion von damals von oben gesehen. Die Sprengung des Munitionsdepots hatte den Berg wie eine reife Apfelsine aufplatzen lassen und die einzelnen Stücke ins Meer geschleudert. Von dem einstmals malerischen Sandstrand der Portelet Bay war nur ein kleiner Fleck übrig geblieben und die Verwüstungen reichten fast bis zu Janvrin`s Tomb, der winzigen, vorgelagerten Felseninsel mit dem Wachturm aus napoleonischen Zeiten.

«Stimmt. Jersey haben du und Francis euren eigenen Stempel aufgedrückt», sagte Claire, die das Mienenspiel von Mitch richtig gedeutet hatte. «Deshalb solltet ihr jetzt besser wieder von hier verschwinden, bevor einer der Einheimischen von eurer Zwischenlandung Wind bekommt und seine Flinte lädt.»

Mitch grinste gequält, war aber noch nicht fertig: «Du denkst daran, dass Abygail noch ihre Aussage vor der Polizei machen muss?», fragte er und musterte besorgt die junge Frau, die zusammengesunken im Autositz saß.

«Ich weiß», bestätigte Claire und schloss die Beifahrertür. «Und am besten werde ich die Anzeige gegen Stewart und die *Strikte Observanz* ebenfalls von Jersey aus erstatten. Immerhin gehört die Insel ja verwaltungstechnisch zu Großbritannien.»

«Ja, gute Idee.» Mitch grinste. «Leider blieb uns in London keine Zeit mehr dafür, wie du weißt.»

Claire rollte mit den Augen. «Schauen wir mal, ob ich die Anzeigen, die es sicherlich in London gegen euch gehagelt hat, damit zumindest etwas abschwächen kann. Ansonsten wandert ihr dieses Mal garantiert ins Gefängnis.»

Mitch lachte unbesorgt, während er wieder ins Flugzeug stieg. Er hatte die Fähigkeiten der Rechtsanwältin schätzen gelernt und wusste Abygail und die ODYSSEE bei ihr in den besten Händen.

Kaum befand sich die Maschine in der Luft, wandte er sich an Francis. Doch der winkte nur ab. Er ahnte sofort, was Mitch beschäftigte. «Keine Sorge», sagte er ernst. «Sobald die Anzeige vorliegt, werde ich meine Kontakte bei Scotland Yard informieren. Die Verhaftung John Stewarts und der gesamten Terrorzelle ist dann nur noch eine Frage der Zeit.»

«Und hoffentlich auch die Bedrohung durch die *Strikte Observanz*», ergänzte Mitch sorgenvoll.

Eine Flugzeit von knapp zwei Stunden bis Hamburg lag vor ihnen. Mitch war gespannt, ob das Wissenschaftsteam der LONGIMANUS dann bereits Ergebnisse vorweisen konnte. Bisher hatten ihn Johanna und Thomas nie enttäuscht.

Gähnend stellte er seinen Sitz in die Schlafposition. Dann, als ihm sein Versäumnis eingefallen war, richtete er sich nochmals auf und griff nach seinem Handy. Eines blieb noch zu tun.

Er wählte die Nummer seiner Mutter. Ihre internationalen politischen Verbindungen waren seine wirksamste Waffe gegen die Nephilim.

Nach dem Gespräch schlief er ein. Die letzten Stunden waren auch für ihn mehr als aufreibend gewesen.

12. DAS INSTITUT

Der zentrale Nachrichten- und Sicherheitsdienst des Staates Israel, kurz Mossad – das Institut genannt, hatte seinen Sitz im Hadar-Dafna-Gebäude in Tel Aviv-Jaffa.

Nach der CIA bildete das Institut mit siebentausend operativen Mitarbeitern die größte Geheimdienstorganisation der Welt. Nur ein kleiner Teil davon waren Agentenführer, die sogenannten *Katsas*. Ergänzt wurde deren Arbeit durch ein breites, internationales Netz an freiwilligen Helfern, den *Sayanim*. Dabei handelte es sich überwiegend um Angehörige des jüdischen Glaubens oder auch jüdische Sympathisanten, die unauffällig in ihren jeweiligen Ländern lebten.

Der derzeitige Leiter des Mossad war Aaron Katz, ein ehemaliger General der Panzertruppen und nationaler Kriegsheld. Das verband ihn mit dem aktuellen Ministerpräsidenten des Landes Doktor Gideon Levi. Während des Jom-Kippur-Kriegs 1973 hatten die beiden Militärs entscheidenden Anteil daran gehabt, dass die arabischen Angreifer im letzten Augenblick hatten gestoppt werden können.

Doch beiden war durch diesen Konflikt auch klar geworden, wie nah der Staat Israel vor der völligen Vernichtung gestanden hatte. Eine schwache Führung und die fehlerhafte Arbeit ihrer Geheimdienste waren die Hauptursache gewesen.

Das sollte nie wieder geschehen hatten sich beide vorgenommen. Und sie wollten ihren Teil dazu beitragen.

Levi entschied sich für eine Karriere in der Politik, Katz für den Geheimdienst. Heute verantworteten sie die Politik Israels. Als

Patrioten beobachteten sie die aktuelle Entwicklung ihres Landes mit großer Sorge. Auf der einen Seite die anhaltenden Spannungen zwischen Arabern und Juden. Und auf der anderen Seite die zunehmenden Konflikte zwischen ultraorthodoxen Juden, die ihren Gott und seine uralten Glaubenssätze über alles stellten und damit über all die anderen israelischen Bürger, die ein modernes, selbstbestimmtes Leben führen wollten.

Beide Politiker waren inzwischen über siebzig Jahre alt und am Zenit ihrer Karriere angekommen. Bald würden sie ihre Verantwortung abgeben müssen. Doktor Levi hatte sich entschieden, bei der Knessetwahl im nächsten Jahr nicht mehr anzutreten, und der Nachfolger von Katz wurde bereits eingearbeitet. Ihnen war bewusst, dass ihre Zeit tickte. Wenn sie ihren Nachfolgern eine saubere Bühne hinterlassen wollten, dann mussten sie jetzt handeln, jetzt oder nie.

Der Anruf von Christa Thromberg bei Doktor Levi hatte wie ein lauter Alarm gewirkt. Ein Signal, das die aktuell laufenden, weltweiten Aktionen des Staates Israel im höchsten Maße gefährdete. Für die beiden Politiker war es der sprichwörtliche Tropfen, der das Fass endgültig zum Überlaufen brachte.

In einem fast eine Stunde dauernden Telefonats hatten die beiden alten Freunde ihr weiteres Vorgehen abgesprochen.

Das Überleben des Staates Israel durfte in keiner Sekunde gefährdet werden, auch wenn dazu jetzt Mittel eingesetzt werden mussten, die das Licht des Tages ansonsten scheuten.

Aaron Katz nahm den Hörer des altertümlich anmutenden Wähltelefons auf seinem Schreibtisch wieder auf, um einen internen Anruf zu tätigen. Er vergaß dabei nicht, parallel den roten Knopf für die Gesprächsverschlüsselung zu betätigen. Dieses Telefonat musste streng geheim bleiben.

Die wichtigste Abteilung des Mossad war die *Metsada* und zuständig für alle paramilitärischen Operationen im In- und Ausland. Obwohl es sich bei allen Mitarbeitern des Mossad ansonsten um reine Zivilisten handelte, die keinen militärischen Rang hatten, galt dies nicht für die Angehörigen der *Metsada*. Hier arbeitete niemand, der nicht eine Offizierslaufbahn beim israelischen Militär oder im militärischen Nachrichtendienst hinter sich hatte. Das verband und schaffte zugleich eine starke Abgrenzung zu den anderen Abteilungen.

Der ehemalige General Katz gehörte zu den wenigen, die die *Metsada* uneingeschränkt akzeptierte. So wurden die kurzen Befehle, die Katz dem Leiter der *Metsada* gab, auch ohne Fragen sofort umgesetzt.

Oberst Yossi Offenbach, nahm die Verantwortung für seine Abteilung sehr ernst. Gehörten doch zu seinen Aufgaben nicht nur paramilitärische, verdeckte Operationen, sondern die Tötung von Zielpersonen. Diese mussten jedoch einzeln vom Ministerpräsidenten genehmigt werden. Ein sofortiges Direkttelefonat mit Doktor Levi bestätigte die Anweisung von General Katz.

Die streng geheime Operation ODYSSEE lief an. Oberst Offenbach alarmierte seine *Kidon*-Schwadronen, ausgesuchte Elitekiller, die unter der höchsten Geheimhaltungsstufe operierten. In einem ausführlichen Briefing überreichte er ihnen eine dicke Faktenmappe, die ihm zuvor von General Katz persönlich übergeben worden war. Die Bilder von Christa Thromberg und den Mitgliedern der ODYSSEE prangten auf der Vorderseite.

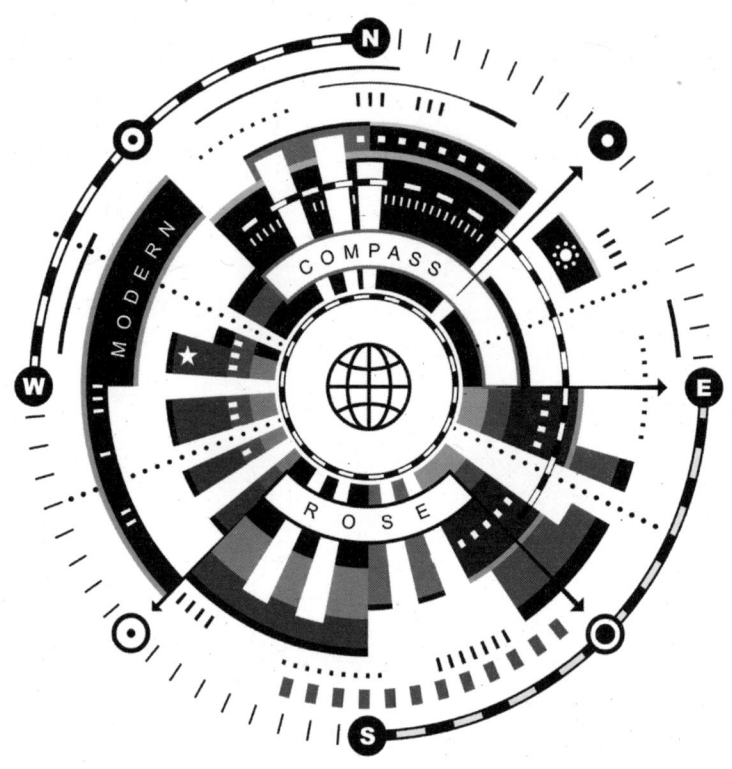

13. DIE LONGIMANUS

Die LONGIMANUS hatte an der Hamburger Überseebrücke angelegt, direkt gegenüber dem Museumsschiff *San Diego*. Die beiden Schiffe trennte nur ein schmaler Pier.

Johanna stand an Deck und sah die Menschen, die an diesem schönen Morgen für eine Besichtigung der *San Diego* Schlange standen. Einige blickten neugierig auf die bewaffneten Wachen, die vor dem Übergang und auf dem Deck der LONGIMANUS patrouillierten. Aufdringliche Touristen, die sich davon nicht abhalten ließen, wurden freundlich aber sehr bestimmt abgewiesen. Auf Johannas Anordnung hin war die LONGIMANUS hermetisch abgeriegelt worden. Zu wichtig waren die Forschungsarbeiten in den Laboren des Schiffes.

Auf Mitchs Anweisung hatte sie die Spezialisten des US-Technologieanbieters bereits gegen fünf Uhr geweckt. Inzwischen hatten sie sich im Hauptlabor breitgemacht. Alle Steckdosen des rund siebzig Quadratmeter großen Labors waren belegt und die einzelnen Computerarbeitsplätze durch dicke Kabelbündel auf dem Boden miteinander verbunden. Dazwischen wuselten gefühlt unzählige Spezialisten und Wissenschaftler herum, justierten an Computereinstellungen und diskutierten über mehrere Arbeitsplätze hinweg miteinander.

Das Herzstück der Anlage, ein ultramoderner Multi-Scanner und ein Hochleistungscomputer, dessen Leistung selbst Rajesh höchsten Respekt abforderte, war im etwas kleineren Nachbarlabor untergebracht. Hier liefen die Ergebnisse der verschiedenen Rechner zusammen. Nur der Professor, Thomas und natürlich sie selbst hatten hier Zugang.

Johanna nickte der Wache an der Tür zum Labor zu und klopfte einen bestimmten Takt gegen das Metall der Tür.

Kurz darauf wurde die Tür von innen aufgeschlossen. Thomas schaute fragend durch einen Spalt, riss die Tür jedoch sofort weit auf, als er seine Frau erkannte. Johanna schlüpfte hinein und sah zu, wie die Metalltür hinter ihr wieder sorgfältig abgeschlossen wurde.

Die Sicherheitsmaßnahme war notwendig, da aus Geheimhaltungsgründen, ausschließlich der zentrale Rechner in diesem Labor das Ergebnis der gesamten Forschungsarbeit kannte. Die internen Speicher der anderen Rechner hatte Rajesh selbst verändert, um jeden Versuch von Spionage schon im Ansatz zu stoppen. Keiner der Techniker und Spezialisten im Hauptlabor wusste, was sie mit ihrer gemeinsamen Arbeit im Endeffekt herausgefunden hatten.

Thomas hatte sich nach dem Öffnen der Tür wieder zu dem Professor gesellt, der Johannas Eintreten überhaupt nicht zur Kenntnis genommen hatte. Gebannt starrte er auf den Ausdruck, den der Computer gerade ausgespuckt hatte. Er unterstrich einige Zeilen und reichte das Papier dann an Thomas weiter. Bald war er mit Johannas Mann wieder in eine intensive Diskussion vertieft, die scheinbar schon lange vorher angefangen hatte. Johanna hörte eine kurze Weile interessiert zu, dann riss ihr der Geduldsfaden.

«Mitch wird gleich in Hamburg landen», rief sie laut, um sich bemerkbar zu machen. «Und ihr wisst, er erwartet Ergebnisse bis heute Abend. Wie weit sind wir inzwischen gekommen?»

Den vorwurfsvollen Augenaufschlag ihres Mannes ob der Störung ertrug sie noch, nicht aber das völlige Desinteresse des Professors.

Sein Blick klebte mittlerweile regelrecht auf dem Bildschirm vor ihm, so als wenn er sie überhaupt nicht gehört hätte. Fasziniert schüttelte er immer wieder den Kopf.

«Professor?», rief Johanna ungeduldig.

Der Kopf des Professors ruckte hoch. Es dauerte einen Moment, bis sich sein Blick geklärt hatte und er Johanna erkannte. Immer wieder sah er jedoch zum Bildschirm zurück.

«Es ist unglaublich», stammelte er. «Unglaublich, was die neue Technik leistet. Schon in den ersten Stunden haben wir damit einige Sätze des bisher unleserlichen Teils des Palimpsests sichtbar gemacht. Ein echtes Wunder.»

«Und was sagt dieses Wunder?»

«99,3%!», erwiderte der Professor und ruderte vor Begeisterung wild mit seinen Händen und Armen. «Das musst du dir vorstellen, Johanna, wenn es so weitergeht, werden wir unglaubliche 99,3% lesen können.»

«Wir können dann also fast das gesamte Dokument lesen?»

«Sagte ich doch», rief der Professor und schüttelte den Kopf, als stünde eine begriffsstutzige Studentin vor ihm.

«Kannst du bis heute Abend eine Zusammenfassung des Textes schreiben?», fragte Johanna. Sie bekam aber keine Antwort, da der Professor sich schon wieder abgewandt hatte.

Johanna wollte gerade wütend werden, als sie jedoch Thomas' verschmitztes Lächeln sah, beruhigte sie sich wieder.

«Keine Sorge, der Professor übersetzt schon die ersten Sätze», sagte er und deutete auf Tiefenbach, der völlig gebannt den Bildschirm betrachtete und dabei lautlos seine Lippen bewegte.

«Ich verlasse mich darauf», antwortete Johanna zögernd. «Du weißt, wie wichtig dieser Text ist.»

«Ich weiß. Wir werden am Abend fertig sein.»

Johanna schloss die Labortür hinter sich. Für einen winzigen Augenblick genoss sie die Ruhe im Gang, bevor sie nervös auf ihre Uhr blickte und ihr Handy hervorzog.

Sie musste Rajesh noch informieren, dass das Palimpsest entschlüsselt war. Aus Sicherheitsgründen hatte er nicht nur die

Speicherung der Daten zentralisiert, sondern die LONGIMANUS zusätzlich komplett vom Internet abgekoppelt und alle WLAN-Möglichkeiten gekappt. Wie in den Anfangszeiten der Computertechnologie war ein Zusammenspiel der Rechner danach nur über Kabel möglich. Eine Cyberattacke, wie sie vor einigen Tagen das Computernetz der ODYSSEE getroffen hatte, war damit vollkommen unmöglich geworden. Der Nachteil des Systems war jedoch ein fehlendes Gesamt-Back-up der Ergebnisse, wie es ansonsten automatisch über eine bestehende Cloud angelegt worden wäre. Rajesh hatte deshalb noch gestern Abend einen Raid direkt am Zentralrechner angeschlossen, der mit allen Rechnern verbunden war und die riesigen Datenmengen auf mehreren SSD bündelte. Die unglaubliche Gesamtmenge der Daten entstand durch die Vielzahl der verschiedenen Untersuchungsmethoden und die Anzahl der angeschlossenen Rechner, jeweils multipliziert mit den unterschiedlichen Algorithmen. Zwanzig Terabyte pro Dokumentenseite waren der Normalfall.

Nur die Telefonfunktion hielt noch die Verbindung zur Außenwelt und Johanna rief Rajesh an, der zusagte, die Datenträger noch vor dem Meeting zu sichern und danach im Tresor der Zentrale zu lagern. Johanna beendete das Gespräch und ging nach oben zum Steuerhaus.

Sie suchte nach dem Kapitän und dem Leiter der Security um die Landung von Mitchs Hubschrauber auf dem Landedeck des Schiffes vorzubereiten. Mitten im Hamburger Hafen zog das einen Rattenschwanz an Bürokratie nach sich, selbst wenn der Passagier Doktor Michel Thromberg hieß und einer der Ehrenbürger der Stadt war. Trotz aller Überredungskunst bedurfte es eines zusätzlichen Anrufs von Christa Thromberg beim Regierenden Bürgermeister, um die notwendige Sondergenehmigung zu bekommen.

Mitchs Mutter versprach am Telefon ebenfalls, rechtzeitig zu der Präsentation an Bord zu sein. Befriedigt legte Johanna auf und informierte den Hubschrauber-Piloten, dass die Start- und Landegenehmigung vorlag.

Erst eine knappe halbe Stunde vor dem Eintreffen der ODYSSEE-Teammitglieder startete der Helikopter. Sein Ziel war der Privatflughafen Hamburg-Hartenholm, fast sechzig Kilometer vom Hamburger Hafen entfernt. Der Securitychef der Thromberg AG hatte den Privatflughafen kurzfristig aus Sicherheitsgründen als neues Ziel für den Business-Jet bestimmt.

Johanna entschloss, die Wartezeit bis zum Eintreffen von Mitch, Samson und Francis zu nutzen, um nochmals im Hauptlabor nach dem Rechten zu sehen. Sie kam rechtzeitig, um eine lautstarke Diskussion zwischen ihrem Mann und dem Professor über die richtige Übersetzung einer Textzeile mitzuerleben.

Eine Weile hörte sie interessiert zu, bevor sie sich bemerkbar machte. Ihr Mann sah zu ihr hin und zeigte grimmig das Victoria-Zeichen. Johanna grinste nur. Aus vielen Jahren Zusammenarbeit mit ihrem Mann wusste sie die Zeichen richtig zu deuten. Es war offensichtlich nicht einfach, aber er hatte alles im Griff. Bevor sie den Raum wieder verließ, deutete sie nur vielsagend auf ihre Uhr, was ein heftiges Augenrollen sowohl bei Thomas als auch dem Professor zur Folge hatte.

Vor sich hin schmunzelnd ging sie weiter zum großen Meetingraum, den das Personal gerade für die spätere Versammlung vorbereitete. Auch hier war alles in Ordnung. Ein neuer Blick auf die Uhr zeigte ihr, dass der Hubschrauber mit ihrem Chef bald eintreffen würde. Höchste Zeit, um nochmals die Sicherheitsmaßnahmen an Bord zu kontrollieren. Schnell eilte sie nach oben zum Steuerhaus, von wo sie das gesamte Schiffsdeck inklusive dem Pier überschaute. Soweit sie sehen konnte, war hier alles in Ordnung. Nur die Schiffsseite zur Elbe hin erschien ihr zu nachlässig bewacht. Es schien zwar mehr als unwahrscheinlich, dass sich Feinde über die stark befahrene Elbe unbemerkt annähern konnten, aber sicher war sicher.

Über ihr Sprechfunkgerät verständigte sie den Leiter der Security und der schickte sofort zusätzliches Personal auf die Wasserseite des Forschungsbootes.

«Wie Fort Knox», murmelte Johanna und meinte es auch so. Die LONGIMANUS war so sicher, wie es nur möglich war. Dazu kam die exponierte Lage an der Überseebrücke. Inmitten von Hunderten Schaulustigen war eine heimliche Attacke wie bei der Thromberg-Villa oder im Stadtarchiv nicht möglich. Außerdem befand sich die Hafenpolizeiwache 2 direkt gegenüber und die alarmbereite SEK-Truppe hatte in der nahe gelegenen Davidwache Station bezogen. Johanna war überzeugt: Die Verlagerung der Palimpsest-Forschung in die Labors der LONGIMANUS war strategisch die richtige Entscheidung gewesen. Hier konnte das Team ungestört arbeiten und forschen.

Der Kapitän hätte sie nicht extra auf die Annäherung des Hubschraubers aufmerksam machen müssen. Das lauter werdende Flappen war nicht zu überhören.

Johanna wartete ab, bis der Helikopter aufgesetzt hatte, dann öffnete sie das Außenschott zum Heliport des Schiffes und winkte Mitch zu, der eben die Tür aufschob. Hinter ihm auf dem Pilotensitz sah sie Samson, der die Instrumente des Bordhubschrauber Bölkow Bo 105 abschaltete. Natürlich hatte er es sich nicht nehmen lassen, die paar Minuten von Hartholm bis zum Forschungsschiff selbst das Steuer zu übernehmen.

Johanna musterte ihn besorgt und hoffte, dass er sich nicht schon zu viel zugemutet hatte. Sein Höllenflug durch London war ja eine extrem belastende Aktion gewesen. Aber das laute Lachen von Samson, das sogar den Lärm der auslaufenden Rotoren übertönte, zeigte mehr als alles andere, wie fit ihr Freund bereits wieder war.

Mitch und Francis waren inzwischen gebückt zu ihr hergehastet. Johanna zog aufatmend das Schott hinter ihnen zu. Sie war froh, ihre Freunde wieder bei sich zu haben.

Als Samson den Helikopter ordnungsgemäß festgezurrt hatte, kam er ebenfalls ins Steuerhaus. Vorher hatte er sich noch mit einem kräftigen Handschlag von dem Piloten verabschiedet, der den gesamten Flug schlafend auf der hinteren Sitzreihe verbracht hatte.

Nach einer kurzen Begrüßung packte er Johanna mit beiden Händen um die Taille und hob sie spielerisch hoch.

«Oh, bist du in der Zwischenzeit etwa gewachsen?», flachste er und musterte sie grinsend.

«Blödmann», erwiderte Johanna und schlug ihm leicht auf die breiten Schultern. «Lass mich sofort runter, bevor du dir einen Bruch holst.»

Samson setzte sie schmunzelnd wieder auf den Boden.

Ihr Kopf reichte ihm jetzt nur noch bis zu den Ellenbogen.

«Oder bist du etwas geschrumpft?», fragte er erstaunt und konnte sich gerade noch in Sicherheit bringen.

«Genug der Scherze über Kleinwüchsige», meinte Mitch und unterbrach damit das Geplänkel zwischen den beiden. «Johanna, klappt das bis heute Abend mit der Entzifferung?»

«Um es mit den Worten des Professors auszudrücken», erwiderte Johanna und ahmte mit heftigen Ruderbewegungen ihrer Hände und Arme die Begeisterung des zwergenhaften Wissenschaftlers nach. «99,5 Prozent, ich sage nur unglaubliche 99,5 Prozent!»

«Falsch», unterbrach sie eine Stimme von der Tür her. «Ich sagte, 99,3 Prozent und das ist nur eine Hochrechnung der bisherigen Ergebnisse.»

Der Professor war zusammen mit Thomas ebenfalls nach oben gekommen, um Mitch und offensichtlich vor allem auch seinen neuen Freund Samson willkommen zu heißen. Beleidigt sah er jetzt Johanna an.

Mit betretener Miene blickte sie zu Boden. Es hatte nicht in ihrer Absicht gelegen, den Professor zu beleidigen.

«Egal, wie viele Prozente», mischte sich Samson ein, um die Situation zu retten. «Wichtig ist doch nur, was drinsteht, oder Gerry?» Der Professor nickte und die Begeisterung über das Störtebeker-Dokument packte ihn erneut.

Doch Mitch stoppte ihn - gerade noch rechtzeitig, bevor er wieder einen seiner gefürchteten Hörsaal-Vorträge halten konnte.

«Lasst uns das aufheben für unser Meeting heute Abend. Bis dahin haben wir doch ein fast vollständiges Dokument?»

Widerstrebend nickte der Professor.

«Gut», sagte Mitch und gähnte herzhaft. «Sehr gut sogar. Dann würde ich vorschlagen, ihr begebt euch alle wieder an eure Arbeit.»

Erneut musste er gähnen. «Ich denke, dass Francis, Samson und mir nach dem Londoner Abenteuer einige Stunden Schlaf sehr guttun werden. Also treffen wir uns hier wieder um neunzehn Uhr. Wenn es irgendwo brennt, erreicht ihr mich in meiner Kabine.»

Damit drehte er sich um und ging, gefolgt von Francis und Samson in den Kabinenbereich des Forschungsschiffes.

Johanna stand in der Tür und beobachtete, wie der Professor ihnen sprachlos hinterher sah. Dann schüttelte er den Kopf und stürmte wütend in sein Labor. Sie wusste, er zumindest hätte bis heute Abend noch tüchtig zu tun.

***

Kurz vor neunzehn Uhr kam Johanna ins Labor, als der Professor seine Unterlagen zusammenpackte und sie mit befriedigtem Lächeln in seine Aktentasche steckte. «Hallo Professor, alles bereit?»

Er nickte ihr zu. «Die Zeit ist wie im Flug vergangen, aber das Ergebnis wird alle vom Hocker hauen. Mehr verrate ich noch nicht.» Er grinste sie breit an.

Johanna hielt ihm die Tür auf und gemeinsam verließen sie das Labor.

Als das ODYSSEE-Team im Meetingraum versammelt war, wollte Tiefenbach sofort das Wort ergreifen.

Aber Mitch stoppte ihn mit einer kurzen Handbewegung.

«Sorry, Professor. Wir sind noch nicht vollständig.» Fragend wandte er sich an Johanna. «Wo sind meine Mutter und Rajesh? Sie wollten doch beide unbedingt mit dabei sein.»

«Richtig», erwiderte Johanna und hielt ihr Smartphone hoch. «Eigentlich hatte ich beide schon vor einer Stunde erwartet, aber, wie sie gerade per SMS schreiben, stecken sie mit ihren Autos im Berufsverkehr fest. Es wird wohl später werden.»

«SMS?», fragte Mitch.

Johanna nickte. «Ohne WLAN, das Rajesh uns aus Sicherheitsgründen blockiert hat, fallen wir zurück in die Steinzeit der Kommunikation.»

«Dann warten wir auf ihn», entschied Mitch und fügte hinzu. «Ich habe auch einen Bärenhunger. Da können wir die Wartezeit doch perfekt für ein frühes Abendessen nutzen, was meint ihr?»

Der Professor verstand anscheinend die Welt nicht mehr, denn entgeistert sah er dem Team hinterher, das jetzt den Raum einer nach dem anderen wieder verließ.

Johanna wusste, wie er sich fühlen musste. Erst hatten er und das ganze Technikerteam vom frühen Morgen an durcharbeiten müssen und nun waren dem ODYSSEE-Team irgendwelche fettigen Kalorien wichtiger als die sensationellen Informationen, die er vorbereitet hatte.

Frustriert sank er auf seinem Sessel zusammen.

«Lass dich nicht fertigmachen, Professor», sagte Johanna, die zurückgeblieben war, um sich bei dem Wissenschaftler für ihre unziemliche Parodie am Vormittag zu entschuldigen.

Aber nun brauchte er erst einmal anderen Zuspruch.

«Ich kenne Mitch und das Team von Anfang an», sagte sie und ließ sich neben dem Professor auf der Lehne des Sessels nieder. «Und glaub mir, nichts ist ihnen aktuell wichtiger als der Inhalt des Störtebeker-Dokumentes und damit deine Arbeit. Ohne zu erfahren, was in dem Pergament steht, wäre unsere Jagd zu Ende.»

Sie suchte den Blick des Professors und hielt ihn fest. «Aber über allem steht der Zusammenhalt des Teams», sagte sie ernst. «Weil Mitch weiß, wie wichtig es für Rajesh und seine Mutter ist, heute bei der Schlüsselpräsentation dabei zu sein, wartet er ab, obwohl ihn selbst wahrscheinlich die Neugierde innerlich zerfrisst.»

Professor Tiefenbach schaute Johanna aufmerksam an. Dann nickte er.

Allmählich verstand er wohl die Bausteine, die den Erfolg des ODYSSEE-Teams ausmachten, hoffte Johanna. Nicht nur, dass jeder auf seine Weise genial war, es war vor allem das gegenseitige Verständnis, das die unterschiedlichen Fähigkeiten zu einer Einheit formte. Zu einer Waffe, die so stark war, dass sie alle Widerstände überwinden konnte.

Wieder voller Energie erhob er sich aus seinem Sessel. «Danke Johanna. Ich habe das falsch eingeschätzt. Aber ich bin wirklich stolz, ein Teil des Teams zu sein, und freue mich jetzt schon darauf, gleich nachher meine Erkenntnisse allen präsentieren zu können.»

«Und glaub mir, alle werden dir gebannt zuhören», sagte Johanna. «Und bitte entschuldige noch mal wegen vorhin. Ich wollte dich nicht verletzen.» Sie umarmte ihn zur Bekräftigung ihrer Entschuldigung und er ließ es lächelnd zu.

Aber zur Messe des Schiffes wollte er sie nicht begleiten. Er wollte lieber seine Präsentation in aller Ruhe nochmals durchgehen.

14. DAS STÖRTEBEKER-PROTOKOLL

Die Techniker und Spezialisten hatten inzwischen die LONGIMANUS verlassen. Bis zu ihrem Quartier mussten sie nur ein paar Schritte gehen, da sie im Hotelbetrieb des genau gegenüberliegenden Museumsschiffes untergebracht waren. Für sie war dieser Einsatz eine mehr als merkwürdige Erfahrung gewesen. Erstmals seit sie mit ihrer Technik verschwundene Schriften auf Pergamenten sichtbar machten, hatten sie nicht gewusst, um was es eigentlich ging, und hatten sich auf reine Zuarbeit beschränken müssen.

Kein Wunder, dass sie sich freuten, morgen wieder zu ihrer normalen Arbeit nach Wien zurückkehren zu dürfen. Ihre Technik hatten sie bereits größtenteils verpackt. Nur der Zentralrechner war noch im kleinen Labor verblieben, da Rajesh bisher keine Zeit für die Sicherung gefunden hatte. Der Feierabendstau war dieses Mal katastrophal gewesen. Mit einer Stunde Verspätung war er gegen zwanzig Uhr bei dem Landungspier der Überseebrücke angekommen. Immerhin war er damit noch drei Minuten schneller gewesen, als der Fahrer von Christa Thromberg.

Draußen war es bereits dunkel, als schließlich alle im Meetingraum der LONGIMANUS versammelt saßen.

Mitch hielt es bald nicht aus, endlich zu erfahren, was es für Ergebnisse gab. «Können wir anfangen?» Er blickte zu Johanna.

«Einen Moment noch. Hast du die Daten gesichert?», fragte sie Rajesh.

Der schüttelte den Kopf. «Das würde circa eine Stunde dauern. Entscheidet, was wichtiger ist, meine Teilnahme am Meeting oder die Sicherung der Feindaten?»

«Ist das Schiff gesichert?», fragte Mitch an Johanna gewandt.

Johanna nickte. «Das Hauptlabor ist abgeschlossen und die Security auf ihrem Posten.»

«Okay», entschied Mitch. «Dann machen wir weiter. Rajesh kann die Daten später sichern.»

Johanna stand auf, streifte dabei den dicken Papierstapel, der vor dem Professor lag, mit einem misstrauischen Blick.

«Liebe Freunde», begann sie. «Es gibt eine mehr als gute Nachricht. Durch die Unterstützung der US-Technik konnte das Störtebeker-Dokument komplett wiederhergestellt werden.»

«Falsch, nur zu 99,3 Prozent», widersprach der Professor und blätterte, ohne aufzusehen, in seinem Papierstapel.

«Okay», lenkte Johanna nach kurzem Zögern ein. «Also zu 99,3 Prozent konnten wir die ausradierte Schrift des Störtebeker-Dokumentes wieder herstellen. Damit können wir das Dokument lesen.»

«Bis auf die 0,7 Prozent, die unleserlich bleiben», widersprach der Professor erneut.

«Es ist gut Professor», mischte sich Mitch energisch ein. «Wir haben es verstanden, genauso wie wir Johanna verstanden haben. Lass sie jetzt bitte ausreden, sonst kommen wir nie zu dem Inhalt.»

«Danke», sagte Johanna mit einem wütenden Blick zum Professor. «Also, wie ich schon gesagt habe, den - sagen wir – überwiegenden Teil können wir lesen und sind so auf der Suche nach der Bruderkette ein ganzes Stück weitergekommen. Ich habe Thomas und den Professor gebeten, uns einen kurzen Überblick über das Dokument zu geben.»

Damit gab sie das Heft an den Professor weiter. Der blätterte ungerührt noch einige Sekunden in seinem Papierstapel, bis Mitch sich gereizt räusperte.

«Es ist mehr als optimistisch», begann der Professor endlich, «von einem kurzen Überblick zu sprechen.» Dabei richtete er den dicken Papierstapel vor sich aus.

Das ganze Team stöhnte kollektiv auf.

Mitch reichte es jetzt. «Gerry! Professor!», rief er aus. «Wir wollen eine kurze Zusammenfassung, nicht eine stundenlange Vorlesung. Könnten wir uns darauf einigen?»

«Ach so, ihr wollt nur die Kurzfassung», sagte der Professor. «Warum habt ihr das nicht gleich gesagt?» Schmunzelnd zog er zwei einzelne Blätter aus dem Stapel und gab eines davon an Thomas weiter.

Unsicher sah Mitch zu Johanna und dem restlichen Team.

Johanna zuckte nur mit den Schultern.

«War einer seiner Scherze», versuchte Thomas, den schrägen Humor des Professors zu erklären.

«Humor ist wichtig in der Rhetorik», erläuterte der Professor und nickte zustimmend. «Damit öffnet sich der Geist. So halte ich es auch in meinen Vorlesungen. Immer ein kleiner Scherz zu Anfang.»

Mit dem Blatt Papier in der Hand stand er auf. «Ansonsten bin ich Johannas Meinung. Was nicht auf ein Blatt Papier passt, ist unnötig.»

Mitch grinste unverhohlen, während er den Professor beobachtete, der nun begann, dozierend hin und her zu laufen.

«Das Störtebeker-Dokument ist im Grunde ein Protokoll über einen geplanten Deal zwischen dem Piraten Klaus Störtebeker und dem Hamburger Bürgermeister Kersten Miles. Es ging um nichts weniger, als die Höhe des Lösegeldes für die Freilassung der gefangenen Freibeuter.»

Thomas nahm den Faden auf. «Der Verfasser des Dokumentes ist ein gewisser Weidenbaum, wenn wir seine Unterschrift richtig lesen konnten. Er protokollierte das Gespräch im Auftrag des Hamburger Bürgermeisters.»

«Weidenbaum hat auch notiert, dass dem Gespräch eine Folterung Störtebekers und seiner Mannschaft auf der Streckbank vorausging», warf der Professor ein. «Dabei wird der Name des Scharfrichters als Meister Rosenfeld angegeben.»

Thomas nickte. «Der gleiche Rosenfeld übrigens, der in dem alten Störtebeker-Lied auftaucht. Ihr wisst, was ich meine?»

Mitch wusste es nicht und alle anderen sahen ebenfalls ratlos in die Runde, bis Thomas die ersten Takte des uralten Liedes anstimmte:

> Der Scharfrichter hieß sich Rosenfeld,
> er hieb so manchen stolzen Held
> mit also freiem Mute;
> er stand in seinen geschnürten Schuh`n
> bis zu den Knöcheln im Blute.

«Ist das nicht sensationell», rief der Professor begeistert aus. «Wie sich hier Legende und Realität treffen? Und das Dokument bestätigt noch manche andere Störtebeker-Legenden, die einige meiner Kollegen gerne ins Reich der Märchen geschoben haben.»

Doch bevor er weiter ausholen konnte, bemerkte er den Blick, mit dem Mitch ihn musterte.

«Kernpunkt ist das Lösegeld», sagte er deshalb schnell. «Kersten Miles verlangte es im Auftrag des Senats als Ausgleich für die Verluste an Menschenleben und Handelsgüter, die Störtebekers Vitalienbrüder zu verantworten hatten. Störtebeker bot ihm dafür den Mannschaftsanteil der Beute an, der unter dem Mastschuh seines Flaggschiffes versteckt war.»

Thomas hielt es nicht mehr im Stuhl. Er stand jetzt ebenfalls auf. «Bis dahin waren sich Miles und Störtebeker recht einig. Die Piraten hatten einen Kaperbrief des Herzogs von Holland und durften deshalb eigentlich nicht als Piraten und Räuber behandelt werden. Gemäß allgemeinem Kriegsbrauch hätten sie stattdessen als Soldaten inhaftiert werden müssen. Das heißt, keine Folter und das Recht auf Freilassung gegen Lösegeld. Das war der Gegenstand der Verhandlung.»

«Aber Miles, beziehungsweise dem Hamburger Senat reichte der Mannschaftsanteil nicht aus. Sie wollten mehr. Sie wollten den gesamten Schatz der Vitalienbrüder», ergänzte der Professor. «Störtebeker weigerte sich und Miles befahl daraufhin Rosenfeld, den Piraten weiter zu foltern.»

«Und das mit Erfolg», warf Thomas ein und blickte zur Vorsicht nochmals auf seine Notizen. «Jetzt kommt es auf jedes Wort an.» Er sah zum Professor. «Verzeih Gerry, auch wenn unsere Zusammenfassung sicher gelungen ist, ist es wohl besser, den anderen, den genauen Wortlaut vorzulesen.»

Der Professor nickte.

«Dann los», bat Mitch.

Thomas räusperte sich und las vor:

Miles: Nun, was habt Ihr Hamburg anzubieten?
Störtebeker: Viel mehr als die verlangten zehntausend Gulden. Ich biete Hamburg eine Kette aus goldenen Ringen, so lang, dass sie einmal um den Hamburger Dom reicht.
Miles: Ihr lügt, um Euer Leben. Niemand auf der ganzen Welt hat so viel Gold. Henkersknechte, waltet Eures Amtes.
Störtebeker: Wartet. Wartet doch. Ich lüge nicht. Das Gold ist von den Tempelrittern. Befreit mich von der Streckbank und ich erzähle Euch alles.

«Hier klafft jetzt eine zeitliche Lücke im Protokoll», übernahm wieder der Professor die Präsentation. «Durch irgendein Ereignis wurde das Gespräch unterbrochen und erst später am Abend fortgesetzt.

Wahrscheinlich hat Miles sich mit dem Hamburger Senat erst beraten müssen. Aber genau werden wir das nicht herausfinden. Auf jeden Fall wird in einem Entwurf die spätere Vereinbarung festgehalten.»
«Ich lese am besten wieder die Übersetzung vor», sagte Thomas und blickte in seine Notizen.

Miles: Nach Zahlung des Lösegeldes wird der Senat von Hamburg anerkennen, dass Ihr und Eure Mannschaft keine Piraten seid, sondern als Soldaten mit einem Kaperbrief des Herzogs Albrecht von Holland unsere Schiffe gekapert habt. Ihr seid also als Kriegsgefangene und nicht als Räuber und Mörder zu behandeln.

Störtebeker: Ihr habt demnach den Kaperbrief unter dem Mastschuh gefunden, so wie ich es Euch beschrieben habe?

Miles: Bis das Lösegeld in Form der goldenen Kette bezahlt ist, seid Ihr und Eure Leute von der Tortur befreit. Sobald die Kette in die Hamburger Schatzkammer geliefert wird, werdet Ihr auf freien Fuß gesetzt.

Störtebeker: So sei es.

Miles: Ihr sagt, die Goldkette, die Ihr Hamburg als Lösegeld anbietet, stammt von den Tempelrittern? Woher wollt Ihr das wissen? Es ist über einhundert Jahre her, dass die Ritter mit dem Tatzenkreuz herrschten. Woher habt Ihr die Kette?

Störtebeker: Es ist die Beute einer Kaperfahrt.

Thomas machte eine Pause, um die Spannung zu erhöhen. Mitch war fasziniert. So wie ihm erging es auch den anderen Team-Mitgliedern. Das Protokoll einer Verhandlung, die vor über sechshundert Jahren stattgefunden hatte, zog sie noch heute in ihren Bann.

Nachdem Thomas die Pause bis zur Schmerzgrenze ausgedehnt hatte, fuhr er fort:

Störtebeker: Die Kette besteht aus ineinander verketteten, goldenen Wappenringen. Auf der Vorderseite ist das Siegel der Templer eingraviert und auf der Innenseite steht jeweils der Name eines Ritters. Die ganze Kette ist über zweihundert Faden lang und zwei Schiffspfund schwer.

Miles: Habt Ihr die Kette in einem Stück transportiert?

Störtebeker: Die Kette war bereits geteilt und in fünf Fässern untergebracht, als wir das Schiff aufbrachten.

Miles: Ihr müsst mir gleich die ganze Geschichte erzählen. Aber bis dahin lasst uns eine kurze Pause machen. Ihr werdet Hunger und Durst haben, nach Eurer Zeit im Kerker.

Störtebeker: Wartet noch. Der Schatz unter dem Mastschuh, den Ihr bereits an Euch genommen habt, ist der Anteil der Mannschaft an den Kaperfahrten. Um die Beute besser teilen zu können, habe ich dafür einige Ringe von der Kette abgelöst. Wenn Ihr diesen Teil der Tempelritterringe sehen wollt, schickt am besten nach allen Ringen, die sich bei dem von Euch geholten Gold befinden. Da könnt Ihr Euch selbst überzeugen.

Miles: Am besten gehe ich die Ringe selbst aus der Schatzkammer holen. Ihr wartet hier. Ich lasse Essen und Trinken schicken.

«Wieder klafft hier eine zeitliche Lücke im Pergament», unterbrach der Professor die andächtige Stille, die sich nach den Worten von Thomas im Meetingraum ausgebreitet hatte. «Im Dokument selbst findet man einige Berechnungen, als hätte der Schreiber aus Zeitvertreib versucht, zu schätzen, wie viele einzelne Ringe nötig sind, um zwei Schiffspfund Gewicht zu ergeben.»

«Wie viel ist ein Schiffspfund?», fragte Samson neugierig nach. Es war natürlich Rajesh, der die Antwort gab. Blitzschnell hatte er in seinem Laptop nachgeschlagen. «Ein Hamburger Schiffspfund entsprach zwanzig Liesfund, nach heutigem Stand sind das zweihundertachtzig Pfund beziehungsweise einhundertvierzig Kilogramm. Zwei Schiffspfund entsprechen also circa zweihundertachtzig Kilogramm.»

«Also tatsächlich wird unsere Annahme von rund dreihundert Kilogramm bestätigt», sagte Samson.

«Möchte vielleicht jemand wissen, wie es im Protokoll weitergeht?», fragte der Professor dazwischen.

Sofort richteten sich wieder alle Blicke auf ihn.

«Jetzt wird es nämlich mehr als spannend», ergänzte der Professor und gab Thomas einen Wink, fortzufahren.

Der ließ sich nicht lange bitten. «Kurzfassung oder vorlesen?», fragte er. Die Antwort des Teams war eindeutig. Thomas hob den Ausdruck und las weiter vor:

Störtebeker: Da seid Ihr ja wieder, Miles. Ihr wart sehr lange fort, um einige Ringe zu holen? Wen habt Ihr noch mitgebracht? Warum Rosenfeld? Was hat er hier zu suchen?

Miles: Bringt ihn endlich zum Schweigen, Rosenfeld. Ich kann seine Gegenwart kaum noch ertragen.

Störtebeker: Nein, hört auf. Was ist passiert? Wollt Ihr die Kette nicht mehr haben?

Miles: Seht Ihr diesen goldenen Wappenring? Er war unter Eurer Beute.

Störtebeker: Wir haben viele Ringe erbeutet. Ich kann nicht jeden kennen.

Miles: An diesen solltet Ihr Euch erinnern. Er gehörte meinem Sohn, den ich in unserem Londoner Kontor glaubte.

	Aber nun weiß ich, dass er ermordet wurde, von Euch und Euren Leuten.
Störtebeker:	Denkt an das viele Gold. Mehr Gold, als Ihr je gesehen habt. Und es ist nahe. Viel näher, als Ihr denkt.
Miles:	Nehmt diesen Abschaum wieder mit in die Folterkammer, Rosenfeld. Ich will ihn nicht mehr wiedersehen.
Rosenfeld:	Wenn er so viel Gold verspricht, kann ich meinen Leuten nicht vertrauen.
Miles:	Wollt Ihr Euch meinen Befehlen widersetzen?
Rosenfeld:	Nein, natürlich nicht. Aber lasst es mich auf meine Art machen. Ich bin gleich wieder da.

Rosenfeld verlässt den Raum.

Störtebeker: Wollt Ihr wirklich auf das Gold verzichten? Es wartet auf Euch im Reich der Vitalienbrüder. Dort im uralten Tempel des Fosete, direkt neben der verschwundenen Quelle der Göttin habe ich es versteckt. Gold, das Euch unermesslich reich machen wird. Schon morgen kann alles euch gehören.

Rosenfeld kommt wieder mit einer Zange und greift Störtebekers Zunge.

Rosenfeld:	Jetzt kommt mit Eurem Dolch oder wollt Ihr, dass er uns mit seinem Goldversprechen alle Henkersknechte versaut?
Miles:	Bringt ihn in die Folterkammer zurück und lasst ihn dort unter höchster Pein sterben.
Rosenfeld:	Was ist mit seinen Männern? Sechzig leben noch.
Miles:	Tötet sie alle in der Folterkammer. Ich will, dass sie

	leiden, wie noch nie ein Mensch gelitten hat.
Rosenfeld:	Und der Senat?
Miles:	Ich bin der Richteherr. Beruft Euch auf meinen Befehl. Und nun geht. Wartet, lasst mir das Stück Fleisch da, das einmal Störtebekers Zunge war.
Miles:	Und nun zu dir Weidenbaum. Ich hoffe, du weißt, was die Zunge bedeutet? Vernichte sofort dieses Protokoll, sonst …

«Damit endet das Dokument», sagte Thomas und legte den Ausdruck auf den Tisch zurück. Um ihn herum herrschte betretene Stille.

«Was für eine grausame Zeit», flüsterte Mitchs Mutter. «Ein Leben zählte da nicht viel.»

«Das ist heute nicht anders, Mutter», sagte Mitch bitter. «Das Gold der Templer fordert auch heute noch Blut.»

«Ich habe für alle Ausdrucke des Protokolls vorbereitet», sagte der Professor und teilte schmale Mappen aus, die alle schweigend entgegennahmen. Zu tief standen sie noch unter dem Einfluss des alten Dokumentes.

«Nochmals zur Sicherheit», sagte Mitch und durchbrach damit die Stille. «Ihr seid euch sicher, dass niemand außer uns diese Informationen hat?»

«Es gibt nur diese Ausdrucke und die Feindaten des Palimpsests», erwiderte Thomas.

«Das ist der Vorsprung, den wir brauchten. Sehr gute Arbeit», lobte Mitch an Johanna, Thomas und den Professor gewandt. «Vielen Dank, das ist ein gewaltiger Durchbruch.»

«Es war auch die Vorarbeit von Rajesh, die das alles möglich machte», warf der Professor ein. Er erntete dafür einen überraschten Blick des Computergenies.

«Mein Dank gilt allen», ergänzte Mitch. «Die letzten Tage waren wieder eine Glanzleistung der ODYSSEE.»

«Könnten wir als Dankeschön fünf Minuten Pause machen», warf Samson mit leidender Stimme ein. «So viel Grausamkeit schlägt mir auf den Magen.»

Lachend stimmte Mitch zu. «Also gut, zwanzig Minuten Pause. Dann treffen wir uns wieder hier im Meetingraum. Und seid bitte pünktlich, wir haben noch einiges vor uns.»

15. GEKAPERT

Professor Tiefenbach brauchte Ruhe. Alle anderen hatten nach der Präsentation scheinbar einen immensen Gesprächsbedarf. Er hingegen hatte nur die Sehnsucht, einige Minuten alleine zu sein und frische Luft zu schöpfen.

Auf dem nächtlichen Deck angekommen, schaute er sich verwirrt um. Er hatte erwartet, sein Erscheinen vor der Security rechtfertigen zu müssen aber von der ansonsten allgegenwärtigen Wachmannschaft war niemand zu sehen. Das war mehr als merkwürdig.

Nach einigen Schritten über Deck stieß er auf den Grund. Vor ihm lag einer der Mitarbeiter der Securitymannschaft. Als der Professor ihn vorsichtig herumdrehte, entdeckte er den kleinen Pfeil in seinem Hals. Jemand hatte den Wachposten mit einem Betäubungsgewehr ins Nirwana geschickt.

«Die Daten», flüsterte der Professor erschrocken und wirbelte herum, um schnell hinunter ins Labor zu gelangen. Die Bewegung rettete ihn. Der Betäubungspfeil pfiff an seinem Ohr vorbei und prallte mit einem lautem Klack gegen die Schiffsreling. Ohne nachzudenken, ließ sich Tiefenbach auf das Schiffsdeck fallen und robbte blitzschnell in die Deckung der vorderen Ladeluke. Weitere Pfeile zischten wirkungslos über ihn hinweg. Der Professor zog nach kurzem Überlegen seine Schuhe aus und hob einen davon vorsichtig über die Luke. Mit einem leisen Klatschen durchschlug ein Pfeil die Ledersohle. Der Professor ließ den Schuh fallen und schlug mit beiden Händen auf das Deck. Parallel begann er, laut und vernehmlich zu stöhnen, und verstummte dann mit einem geflüsterten Hilferuf. Gleichzeitig streckte er sich lang auf dem Schiffsdeck aus, so als ob der Betäubungspfeil seine Wirkung gezeigt hätte.

Schon nach wenigen Augenblicken hörte er vorsichtige Schritte auf sich zukommen. Der Angreifer wollte sich wohl von der Wirkung seines Schusses überzeugen. Der Professor vernahm dessen befriedigtes Schnaufen, als er den lang gestreckten Körper des Wissenschaftlers vor sich sah. Erst als der Eindringling dicht bei ihm stand, handelte der Professor.

Mit einer Beinschere holte er den Schützen von den Füßen und sprang auf, um sich auf ihn zu werfen. Dieser war zwar erschrocken, reagierte jedoch beängstigend schnell. Noch im Angriff blickte der Professor in den Lauf einer klobigen Pistole, die entfernt an eine Paintball-Waffe erinnerte. Im letzten Augenblick drehte er sich zur Seite. Wirkungslos zischte der Pfeil an ihm vorbei. Doch noch im Drehen schlug er zu. Seine geballten Fingerknöchel trafen genau einen empfindlichen Nerv am Oberarm des Angreifers, sodass diesem die Pistole entglitt.

Fluchend griff der Gangster mit der anderen Hand nach dem Messer, das er am Gürtel trug. Die Chance für Tiefenbach, denn er wurde zeit seines Lebens wegen seiner Körpergröße unterschätzt.

Das täuschte auch den Angreifer. Ein blitzschneller Tritt gegen seinen Oberarm und das Messer flog über das Deck. Dann noch ein rascher Sidekick des Professors an die Schläfe und das war`s für ihn. Bewusstlos sackte der Gangster in sich zusammen.

Nachdem Tiefenbach sich überzeugt hatte, dass der kurze Kampf keinen Alarm ausgelöst hatte, durchsuchte er die Taschen des Bewusstlosen und fand noch ein Etui mit fünf Betäubungspfeilen. Schnell lud er das Magazin der Druckluftpistole.

Nach kurzem Überlegen richtete er die Waffe auf den schlaffen Körper vor ihm.

«Sicher ist sicher», flüsterte er und drückte ab.

Danach huschte er auf Strümpfen zum Schott, das zum Unterdeck führte. Leise öffnete er die Tür und schlüpfte hinein. Vorsichtig tastete er sich durch die menschenleeren Gänge zur Messe des Schiffes. Er musste das Team warnen. Als er jedoch durch das Glasfenster der Messetür schaute, bemerkte er erschrocken die reglosen Gestalten des ODYSSEE-Teams, die verstreut im Raum lagen. Mitch und Francis waren geradezu mit Betäubungspfeilen gespickt. Sie mussten sich bis zuletzt verzweifelt gegen die Angreifer gewehrt haben, denn zwischen ihnen lagen zwei der Verbrecher mit unnatürlich verdrehtem Hals. Sie mussten tot sein.

Hastig betrat Tiefenbach den Raum und fühlte bei den Mitgliedern des Teams den Puls. Schwach, aber sie lebten noch, wobei der Professor nicht wusste, was die Menge des Giftes bei allen anrichten würde. Auf jeden Fall brauchten sie schnell medizinische Hilfe. Doch dazu musste er erst einmal die restlichen Verbrecher finden und unschädlich machen.

«Schauen wir mal, wie viele noch übrig sind», murmelte er, während er durch den Gang zu den Laborräumen schlich.

Die Tür zum Labor stand weit auf und leise Geräusche verrieten ihm, dass die Angreifer darin aktiv sein mussten.

Der Professor legte sich auf den Boden und robbte vorsichtig zur Tür. Das war eine der ersten Taktiken, die er bei seinem Selbstverteidigungstraining gelernt hatte: *Verwirre den Gegner mit allem, was du hast. Und wenn du angreifst, nutze ungewöhnliche Positionen.*

Genau das tat Tiefenbach nun. In Bodenhöhe beobachtete er das Geschehen im Labor. Drei schwarz gekleidete Männer standen fluchend vor dem Zentralrechner und versuchten, den Raid mitsamt den SSDs zu demontieren. Sie hatten sich ihre Gesichtsmasken abgezogen. In Ermangelung eines passenden Werkzeuges schraubten zwei von ihnen mit Messern an dem Rechner herum. Der Dritte, wohl der Wachposten, warf immer mal wieder einen nervösen Blick auf seine Armbanduhr.

«Wir müssen schnell machen», hörte ihn der Professor mahnen. «Wir sind schon lange über der Zeit.»

«Ohne die Daten können wir nicht gehen», erwiderte einer seiner Kumpane. «Stewart würde uns umbringen.»

«Wir haben doch die Mappen mit den Ausdrucken», versuchte es der Erste wieder.

«Wir brauchen die Daten», bekam er als Antwort. «Die Ausdrucke sind nichts anderes als eine freie Übersetzung voller Fehler. Und jetzt schau mal draußen nach dem Rechten. Nicht, dass wir in letzter Sekunde noch überrascht werden.»

Mit einem leisen Fluch wandte sich der Angesprochene zur Tür. Der Professor konnte gerade noch rechtzeitig seinen Kopf zurückziehen. Schnell richtete er sich auf und eilte zur Tür des Zentrallabors einige Meter hinter ihm. Wie erwartet, war die Tür nicht abgeschlossen.

Durch einen Spalt beobachtete Tiefenbach, wie der Mann in den Gang trat, sich prüfend umblickte, bevor er den Weg zum Oberdeck einschlug. Er kam nicht weit. In einer einzigen Bewegung riss der Professor die Tür des Zentrallabors auf, versetzte dem Mann einen gezielten Schlag auf die Halsschlagader und unterbrach so blitzschnell die Blutzufuhr zum Gehirn. Bevor dessen schlaffer Körper auf den Gangboden prallen konnte, fing Tiefenbach ihn ab und zerrte ihn in das leere Labor.

Der Professor verpasste ihm zur Sicherheit noch einen Betäubungspfeil. Dann lud er seine Pistole aus den Taschen des Bewusstlosen nach und schlich wieder zur offenen Tür. Genau rechtzeitig, um die beiden restlichen Männer abzufangen. Sie hatten es in der Zwischenzeit geschafft, die Datenträger auszubauen, und wollten gerade ihrem Kumpan zum Oberdeck folgen, als der Professor in der offenen Tür auftauchte. Bevor die Männer reagieren konnten, hatte er abgedrückt.

Völlig überrascht blickten sie auf die Pfeile in ihrem Körper, bevor sie auf die Knie sackten und umfielen.

Der Professor schnappte sich die Umhängetasche, die einer der Verbrecher getragen hatte, und überprüfte kurz den Inhalt.

«Komplett. Alle Datenträger und alle Ausdrucke», stellte er befriedigt fest.

Voller Sorge dachte er daran, was passiert wäre, wenn ihre Gegner diese Informationen bekommen hätten.

Kurze Zeit später blockierten Dutzende von Einsatzfahrzeugen den Pier vor der LONGIMANUS.

Ihr Blaulicht zuckte weit über die nächtliche Überseebrücke hinaus und lockte viele Nachtschwärmer an.

In einer langen Reihe wurden die betäubten Männer auf Tragen vom Schiff getragen und dann sofort in die umliegenden Krankenhäuser verteilt. Wie die Polizei feststellte, hatten die Piraten das Forschungsschiff über die Wasserseite geentert. Das Schlauchboot, mit dem sie gekommen waren, lag immer noch an der Seite des Schiffes vertäut.

In einem Blitzüberfall hatten sie danach alle fünfzehn Besatzungsmitglieder und die gesamte Wachmannschaft betäubt. Ohne das Eingreifen des Professors wären sie mit den Daten wohl unbemerkt verschwunden, bevor noch irgendjemand den Überfall bemerkt hätte.

Samson und Francis waren gleich nach Eintreffen der ersten Notärzte mit einem Hubschrauber abgeholt worden. Die Ärztin hatte tief Luft geholt, als sie die Betäubungspfeile in ihren Körpern gezählt hatte, und danach sofort die Luftrettung gerufen. Mitch und die anderen befanden sich noch an Bord. Der Professor hatte den Ärzten verboten, die restlichen Teammitglieder zu trennen und in ein unbewachtes Krankenhaus zu bringen. Zu hoch war das Risiko eines erneuten Überfalls. So wurden sie in der Messe des Schiffes behandelt und waren nach den ersten Spritzen bereits auf dem Weg der Besserung.

Morgen früh, so meinte einer der Ärzte, hätten sie nur noch einen gehörigen Kater von dem Betäubungsmittel.

Nachdem alle versorgt waren, hatte sich der Professor sofort mit dem Leiter der Securityfirma verbinden lassen, die für die Bewachung der LONGIMANUS zuständig war, und energisch die Bewachung von Samson und Francis in der Klinik verlangt. Zusätzlich forderte er eine neue Mannschaft an, die die erneute Sicherung des Schiffes übernehmen sollte.

Bis die Wachmannschaft eintraf, übernahm die Polizei die Arbeit und stellte Posten entlang des ganzen Piers auf. Auf der Elbe patrouillierte ein Polizeiboot und verhinderte so weitere unbemerkte Annäherungen von der Wasserseite her.

Alles war wieder sicher, stellte der Professor zufrieden fest und fühlte zum wiederholten Male von außen über die Rundungen der Umhängetasche. Seit der Alarmierung der Polizei hatte er sie nicht aus der Hand gegeben.

Wenn morgen früh alle hoffentlich fit wären, wäre das die Eintrittskarte in die nächste Runde ihrer Suche nach der Bruderkette.

Da er jetzt sowieso nicht schlafen konnte, besorgte er sich eine gute Flasche Rotwein aus der Messe und zog sich in seine Kabine zurück.

Dort angekommen nahm er einen der Ausdrucke und einen seiner geliebten Markierstifte und begann das Protokoll nochmals auf alle wichtigen Hinweise auf den Verbleib der Kette zu durchforsten.

Der Hinweis Störtebekers auf das Versteck des Schatzes beim uralten Heiligtum des Fosete ließ ihm keine Ruhe.

Er aktivierte seinen Laptop. Als er jedoch feststellte, dass noch immer die gesamte Internetverbindung des Schiffes unterbrochen war, suchte er eine bestimmte Telefonnummer auf seinem Handy. Nach einem Blick auf seine Armbanduhr zögerte er kurz.

Doch dann tippte er trotz der fortgeschrittenen Stunde entschlossen die Nummer ein.

«Wäre doch gelacht, wenn die alten Verbindungen nicht schneller sind, als das Internet», murmelte er dabei halblaut vor sich hin.

Ein langer und absolut nicht kindgerechter Fluch schallte ihm aus dem Hörer entgegen. Schmunzelnd wartete der Professor ab, bis sich sein unfreiwilliger Gesprächspartner beruhigt hatte, dann begann er, zu fragen.

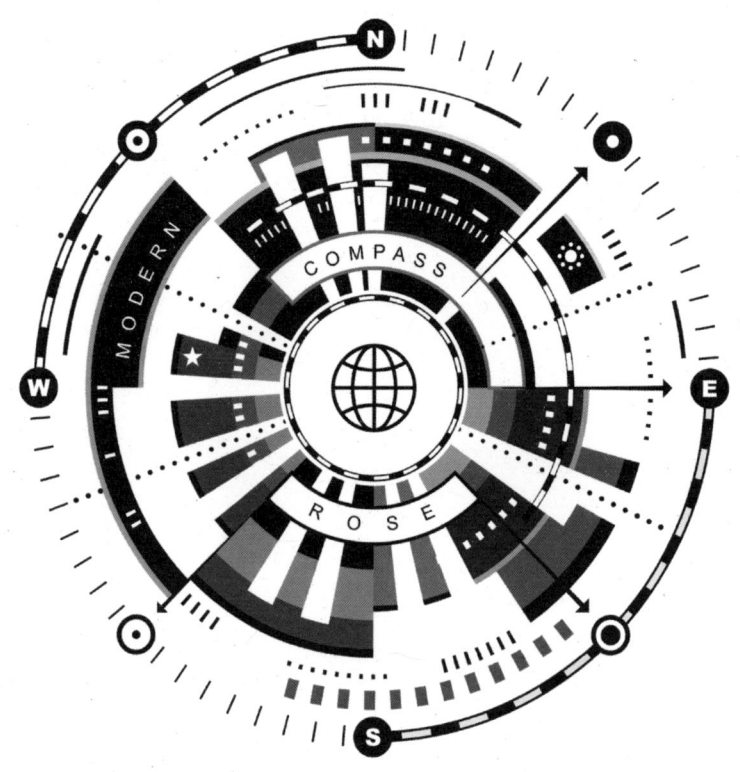

16. AM NÄCHSTEN MORGEN

Als Mitch aufwachte, stöhnte er unwillkürlich laut auf. Sein Kopf dröhnte, als hämmerte ein Presslufthammer auf ihn ein. Nach einigen Augenblicken schaffte er es endlich, die Augen einen Spaltbreit zu öffnen. Verwundert nahm er wahr, dass er in einer der Schiffskabinen lag.

Mit einem Schlag kam die Erinnerung an gestern Abend zurück und nichts hielt ihn mehr in der Koje. Er musste wissen, was passiert war. Doch alleine das Aufrichten im Bett war Schwerstarbeit. Stöhnend schleppte er sich zur Tür und von da weiter zur Messe. Irgendwo da endete seine Erinnerung und dort galt es, wieder an sie anzuknüpfen.

Aus dem Speisesaal schallte ihm fröhliches Gelächter entgegen. Als er mit letzter Kraft die Tür aufstieß, verstummten die Anwesenden erschrocken.

Engel?, dachte Mitch verwirrt. Wo kamen die ganzen weißen Engel her?

Doch bevor er fragen konnte, sprangen zwei der weiß gekleideten Personen auf, halfen ihm, sich auf einen der Stühle zu setzen, und schoben ihm dabei gleichzeitig den Ärmel seines Hemdes hoch.

«Es wird Ihnen gleich besser gehen, Doktor Thromberg», sagte eine Stimme an seinem Ohr. Die Spritze merkte er kaum, da er noch immer damit beschäftigt war, die ganze Situation zu begreifen.

Doch schon nach wenigen Augenblicken spürte er die Wirkung der Injektion. Das Dröhnen in seinem Kopf ließ deutlich nach und er konnte wieder klar denken.

«Das sind nur die Nachwehen der Betäubung», sagte die Stimme zu ihm und jetzt erkannte Mitch, dass es sich um einen Arzt handelte.

«Was ist passiert und wo sind die anderen?», fragte er schwach.

«Sie sind der Erste, der aufgewacht ist», erklärte der Arzt. «Ihre Freunde schlafen noch, aber nachdem sie so früh wach wurden, kontrollieren wir besser gleich deren Zustand.»

Auf seinen Wink hin sprangen einige vom medizinischen Personal auf und verließen eilig die Messe, um nach ihren Patienten zu sehen.

«Was ist passiert?», wiederholte Mitch seine Frage.

«Sie wurden hier auf dem Schiff überfallen und mit Betäubungspfeilen außer Gefecht gesetzt», antwortete der Arzt. «Ein ziemlich übles Zeug, das man normalerweise nur verwendet, um Tiere ruhigzustellen.»

Mitch stöhnte, als plötzlich die Erinnerung wiederkam. Nach der Präsentation waren sie gut gelaunt in der Messe gelandet, da Samson unbedingt eine Pause verlangt hatte. Dann der Überfall der schwarzen Maskenmänner, ein Handgemenge und das Zischen der Betäubungspistolen, die die Gangster benutzten. Alles war wieder da.

«Haben alle überlebt?», fragte er leise und bemühte sich um Beherrschung.

«Alle bis auf die zwei Toten hier in der Messe», sagte der Arzt.

Kalter Schweiß trat Mitch auf die Stirn.

Als der Arzt die Wirkung seiner Worte bemerkte, erschrak er. «Von Ihrem Team haben alle überlebt und sind mehr oder weniger auf dem Weg zur Besserung», berichtigte er seine Aussage sofort. «Bei den Toten handelt es sich um zwei der Angreifer, denen beide im Kampf das Genick gebrochen wurde.»

«Was ist mit Samson und Francis?», fragte Mitch, der sich erinnerte, wie seine Freunde bei dem Überfall zwei der Männer attackierten und von deren Kumpanen mit vielen Betäubungspfeilen niedergestreckt wurden.

«Wenn Sie damit den Riesen und das andere Muskelpaket meinen, die mit dem Hubschrauber in die Klinik geflogen wurden, dann können Sie unbesorgt sein. Meine Kollegen konnten sie noch rechtzeitig behandeln, bevor das Gift seine ganze Wirkung entfalten konnte.»

Ob der vielen guten Nachrichten atmete Mitch tief auf. Doch umgehend wurden ihm die negativen Seiten des Überfalls bewusst.

«Hat die Polizei die Gangster gefasst?», fragte er besorgt.

«Die kam erst, als alles vorüber war.»

Mitch seufzte gequält auf. Das war`s, sie hatten das Dokument verloren und damit den einzigen Vorsprung, den sie vor ihren Gegnern hatten.

«Die Polizisten mussten nur die Überreste der Gangster einsammeln und ins Gefängniskrankenhaus beziehungsweise die Totenhalle bringen.»

Mitch fuhr in seinem Stuhl hoch. Fragend blickte er den Arzt an.

«Ihr Freund hat sie alle niedergestreckt.»

«Und zwar mit Haut und Haaren», erklang eine fröhliche Stimme von der Tür her. «Schön, dass du wieder zu dir gekommen bist.»

Mitch starrte sprachlos Professor Tiefenbach an, der ihm von der Tür her zuzwinkerte und sich sichtlich an seiner Überraschung weidete.

«Und es ist alles noch da», sagte er und zeigte auf die Umhängetasche, die er bei sich trug.

Mitch schüttelte fassungslos den Kopf, wünschte sich aber im gleichen Augenblick, es nicht getan zu haben.

«Soll ich Ihnen noch eine Spritze geben?», fragte der Arzt.

Mitch vermied es, erneut den Kopf zu bewegen. «Nein.»

«Gut.» Der Arzt wandte sich um. «Ich denke, wir sollten Doktor Thromberg erst einmal Ruhe gönnen, bevor wir ihn mit zu viel Information überlasten», sagte der Arzt und bat den Professor, sie alleine zu lassen.

Mitch sah nur noch, wie der Professor widerwillig mit dem Kopf schüttelte. Es schien ihm nicht zu passen, so einfach weggeschickt zu werden. Irgendetwas lag ihm sichtbar auf dem Herzen, aber Mitch hatte im Moment ganz andere Probleme, als sich mit dem Seelenleben des Professors zu beschäftigen. Sein Mageninhalt hatte beschlossen, sich selbstständig zu machen. Nachdem er schließlich alles ausgewürgt hatte, war der Professor gegangen.

«Ich gehe wieder in meine Koje», stöhnte Mitch und ließ sich von dem Arzt aufhelfen. «Sagen Sie bitte allen anderen, dass wir uns heute um fünfzehn Uhr im Meetingraum treffen.»

«Heute Abend wäre besser», erwiderte der Arzt trocken. «Sie sollten die Nachwirkungen des Giftes nicht unterschätzen.»

«Heute Abend», gab Mitch ihm recht und wankte mithilfe des Mediziners zu seiner Kabine zurück. «Neunzehn Uhr, sagen Sie das bitte den anderen.»

Zweifelnd nickte der erfahrene Arzt und Mitch nahm ihm die Unsicherheit nicht übel, schließlich konnte der noch nicht einmal erahnen, was das Team der ODYSSEE auch in solchen Situationen zu leisten imstande wäre.

***

Wie es Mitch gewünscht hatte, fand die Versammlung pünktlich um neunzehn Uhr im großen Meetingraum der LONGIMANUS statt. Das Team war fast vollständig versammelt. Als Mitch gegen Nachmittag wieder zu sich gekommen war, hatte er alle besucht beziehungsweise kontaktiert. Selbst Samson und Francis waren anwesend. Zwar gegen den Widerstand ihrer Ärzte, aber beide betonten, dass sie bereits voll einsatzfähig seien. Nur Abygail fehlte, war jedoch zusammen mit Claire per Videoleitung von Jersey aus zugeschaltet. Schließlich ging es um nichts anderes, als um die bisher heißeste Spur ihrer Suche.

Der Professor hatte einen Ehrenplatz direkt neben Mitch und genoss es sichtlich.

«Ohne den Professor hätten wir alles verloren», sagte Mitch zu Beginn und legte dem Wissenschaftler freundschaftlich eine Hand auf die Schulter. «Ich habe keine Ahnung, wie du das gemacht hast, Gerry. Zuerst vier Piraten kampfunfähig gemacht und dann noch die Daten vor ihrem Zugriff gerettet. Das ist großes ODYSSEE-Kino.»

Alle klatschten.

Der Professor grinste wie ein Honigkuchenpferd. Dankend verbeugte er sich im Sitzen.

Dann stand er auf und legte Mitch seinerseits einen Arm um die Schulter.

«Das beste hast du aber vergessen. Während ihr alle geschlafen habt, habe ich das Rätsel um das Versteck des Schatzes gelöst.»

Sprachlos ließ sich Mitch in seinen Sessel zurückfallen.

Tiefe Stille breitete sich im Raum aus, die nur vom Wissenschaftler selbst unterbrochen wurde. «Ihr erinnert euch, was ich über rhetorische Scherze zu Anfang einer Präsentation erzählt habe?» Kichernd sah er in die Runde.

Als ihn alle irritiert ansahen, fügte er ernst werdend hinzu: «Nun, das war aber keiner davon. Ich habe nämlich tatsächlich eine heiße Spur zum Störtebeker-Schatz gefunden.»

«Okay, Gerry.» Mitch versuchte, sein Grinsen zu unterdrücken. Nach der Aktion gestern Abend konnte sich der Professor alles bei ihm erlauben. «Allmählich gewöhnen wir uns an deinen Humor.»

«Wie gesagt, es ist kein Scherz.»

«Das heißt was?»

«Ich sagte es doch. Ich habe den Schatz gefunden. Beziehungsweise ...»

«Beziehungsweise?»

«Nun», erwiderte der Professor etwas kleinlauter. «Eigentlich habe nicht ich den Schatz gefunden, sondern ein alter Freund von mir.»

Mitch fuhr erschrocken auf. «Du hast einem Fremden Informationen weitergegeben?»

Der Professor hob beschwichtigend die Hände. «Kein Fremder, keine Informationen. Professor Wechtermann ist ein pensionierter Kollege von mir. Seit vier Jahren leitet er das Museum auf Helgoland. Ich habe ihn auf einige Parameter des Störtebeker-Protokolls angesprochen, ohne ihm jedoch zu erklären, wie das alles zusammenhängt. Also nur ein kleiner Freundschaftsdienst unter ehemaligen Kollegen.»

«Wie kommst du auf Helgoland?», fragte Samson.

Statt einer Erklärung teilte der Professor die Mappen aus, die er den Piraten wieder abgenommen hatte. Einige der Textstellen in den Ausdrucken des Protokolls hatte er mit Markern versehen.

«Lasst uns die entscheidenden Aussagen von Störtebeker zum Versteck des Schatzes doch einmal zusammen anschauen, dann werdet ihr verstehen, wieso Helgoland die logische Wahl ist.»

Der Professor trat an das Flipboard neben der Eingangstür und fing an, die Begriffe fein säuberlich untereinanderzuschreiben:

- *Es ist nahe.*
- *Viel näher, als du denkst.*
- *Im Reich der Vitalienbrüder*
- *im uralten Tempel des Fosete*
- *Direkt neben der verschwundenen Quelle der Göttin*
- *Schon morgen kann es dir gehören.*

Mit einem Stift tippte der Wissenschaftler die einzelnen Punkte an: «Helgoland ist nahe, zur damaligen Zeit mit einer Kogge in einem Tag zu erreichen. Und die Insel zudem ein Zentrum der Vitalienbrüder, wie Störtebekers Piraten sich selbst nannten. Ihr seht, das passt alles.»

«Jetzt Moment mal Gerry», unterbrach ihn Samson. «Behauptest du im Ernst, dass Störtebeker die Bruderkette auf Helgoland versteckt hat?»

«Ja, und da kommt mein Kollege Wechtermann ins Spiel. In seiner Universitätszeit war er Spezialist für die Bronzezeit. Als ich ihm die Begriffe aufzählte, nannte er mir sofort das antike Heiligland, das heutige Helgoland als einzige Möglichkeit.»

«Was hat eine Insel im Meer mit Göttern der Bronzezeit zu tun?», fragte Claire über die Videoverbindung.

«Alles. Laut Wechtermann befand sich auf Helgoland, ein Heiligtum des Gottes Fosete. Die Insel war den damaligen Eingeborenen so heilig, dass sie die Insel auch Fosetesland nannten.»

«Und die Quelle? Helgoland verfügt meines Wissens über kein Süßwasser.»

«Laut Wechtermann ist die Quelle des Fosete mehrfach in alten Schriften erwähnt.» Der Professor hatte für jeden Einwand eine Antwort. «Ihr seht also, Helgoland ist die erste und wohl auch einzige Wahl, wenn wir den Störtebeker-Schatz finden wollen.»

«Dann war`s das mit der Suche», erwiderte Samson und es sah nicht so aus, als ob er einen Scherz machen wollte.

«Warum?», fragte Abygail irritiert. «Das klingt doch alles mehr als logisch!»

«Was Samson meint, ist, dass der Schatz wohl auf ewig verschwunden ist», antwortete Mitch und runzelte besorgt die Stirn.

«Ich verstehe immer noch nicht?»

«Nun Helgoland hat sich extrem verändert, seit den Tagen der Vitalienbrüder», sagte Samson bedauernd.

«In den sechshundert Jahren ist verdammt viel passiert», stimmte ihm Thomas zu. «Der Sockel von Helgoland besteht aus Buntsandstein und Kalkstein. Da haben Wind und Wellen im Lauf der Jahrhunderte extrem viel Fläche abgetragen. Da ist heute nichts mehr, wie es zu Zeiten Störtebekers war.»

«Nicht zu vergessen die Engländer», warf Samson ein.

«Wieso die Engländer?», fragten Claire und Abygail fast gleichzeitig.

«Nach dem Krieg hat die englische Armee die deutschen Militäranlagen auf Helgoland in die Luft gesprengt», erklärte Mitch. «Ich glaube, um die siebentausend Tonnen Sprengstoff wurden dafür verwendet. Das hat die Gestalt der Insel auf immer verändert.»

«Wie ich sagte, das war's mit der Suche», bemerkte Samson abschließend.

«Nicht ganz», warf der Professor ein. «Natürlich habe ich darüber ausführlich mit Kollege Wechtermann diskutiert. Er vermutet das Heiligtum und die Quelle auf der Westseite der Insel.»

«Wie kommt er auf diese Einschätzung?», fragte Samson.

«Ich hatte erklärt, dass Kollege Wechtermann nach seiner Pensionierung jetzt das Museum der Insel leitet. In dieser Funktion ist er auch für archäologische Funde zuständig. Vor drei Jahren hat eine Forschergruppe aus Dänemark unterhalb der Klippen der Westseite Reste einer Siedlung aus der Bronzezeit gefunden.»

«Und?»

«Nun, jeder vernünftige Mensch würde seine Wohnstatt in der Nähe der einzigen Süßwasserquelle aufbauen. Das untermauert wohl Wechtermanns These», erklärte der Professor triumphierend.

«Okay, nehmen wir mal an, dein Kollege hat recht», sagte Samson. «Dann hat aber spätestens die Sprengung der Insel alles platt gemacht.»

«Nicht ganz richtig», widersprach der Professor wieder. «Laut Wechtermann gab es an der Westseite keine Tunnel und Bunker der Nazis. Deshalb wurde auch an dieser Seite nicht gesprengt. Die Explosionen waren konzentriert auf die Nord- und Südseite.»

Samson gab nicht auf. «Es ist aber zu vermuten, dass die Insel komplett durchgerüttelt wurde. Das dürfte keine Höhle überstanden haben.»

«Wieder falsch und wieder Kollege Wechtermann. Die besondere Zusammensetzung des Gesteins hat die Hauptwucht der Explosionen abgedämpft. So sind zum Beispiel auch heute noch einzelne Tunnel und Bunker erhalten geblieben und das sogar in den Gebieten, in denen konzentriert gesprengt wurde.»

Die Laune von Mitch hatte sich während der Diskussion schlagartig verbessert. «Dein Kollege Wechtermann und du, ihr meint also, das Versteck des Schatzes existiert noch, irgendwo auf der Westseite der Insel.»

«Ja», antwortete der Professor ungewohnt kurz.

«Und Professor Wechtermann hat schon eine Ahnung, wo es sein könnte?»

«Von dem Störtebeker-Schatz weiß er nichts», sagte der Professor schnell. «Unsere Unterhaltung drehte sich nur um das verschollene Heiligtum beziehungsweise die Quelle. Aber ja, er hat eine Vermutung.»

«Dann sollten wir ihn umgehend auf die LONGIMANUS holen», sagte Mitch energisch. «Samson bist du fit genug, um mit dem Hubschrauber nach Helgoland zu fliegen?»

Bevor Samson antworten konnte, rief der Professor dazwischen. «Das tut mir leid, aber Wechtermann kriegt niemand in ein Flugzeug und noch viel weniger in einen Hubschrauber. Schon während seiner aktiven Zeit lehnte er jeden Auftrag ab, bei dem er hätte ein Flugzeug besteigen müssen.»

«Gut.» Mitch war schon einen Schritt weiter. «Dann kommen eben wir nach Helgoland. Johanna rufst du bitte den Kapitän an und fragst, wann die LONGIMANUS nach Helgoland ablegen kann.»

«Der ist noch im Krankenhaus», erwiderte Johanna trocken. «Und mit ihm noch die ganze Mannschaft. Du vergisst, dass sie bei dem Überfall auch betäubt wurden.»

«Ruf in der Klinik an, und frag, ob morgen alle wieder einsatzfähig sind», sagte Mitch unbeeindruckt. «Ich gehe aber davon aus, denn wir sind ja auch schon wieder auf dem Damm.» Dann wandte er sich an das Team. «Bis dahin erwarte ich eine Detailplanung, welche technischen Hilfsmittel wir bei der Suche brauchen und wie wir vorgehen. Ihr wisst alle, was ihr zu tun habt. Dazu würde ich vorschlagen, dass wir die LONGIMANUS ab sofort als neue Kommandozentrale betrachten. Lasst euch die nötige Kleidung und Ausrüstung für eine mehrwöchige Expedition an Bord bringen. Morgen wollen wir in Richtung Helgoland unterwegs sein.»

Hastig standen alle auf. Zum einen hatten sie alle jetzt genug zu tun und zum anderen wusste Mitch, dass jeder gerne aus seinem Dunstkreis verschwinden wollte, wenn er in dieser Befehlslaune war.

«Ich verabschiede mich auch besser an dieser Stelle», sagte Mitchs Mutter. «Obwohl ich wissen möchte, wie die Suche ausgeht. Aber für mich war es Abenteuer genug. Da schlage ich mich lieber mit unserem Vorstand herum.»

«Hast du schon was von deinen israelischen Kontakten gehört?», fragte Mitch.

«Machst du Witze?», antwortete seine Mutter mit einer Spur des trockenen Humors, für den sie bekannt war. «Ich wurde betäubt und kaum wach mit rasenden Kopfschmerzen in ein Meeting gezwungen. Wann sollte ich denn deiner Meinung nach, etwas von Doktor Levi gehört haben?»

«Sorry», war alles, was Mitch hervorbrachte. Er vergaß immer wieder, wie allergisch seine Mutter auf Druck von außen reagierte.

«Sobald er sich meldet, wirst du es als Erster erfahren. Auf jeden Fall hat er mir in unserem Gespräch versprochen, sich persönlich um das Problem zu kümmern.»

Mitch sah seiner Mutter hinterher und grinste, als sie Tür lauter hinter sich zuschlug, als sie es hätte tun müssen. Ihre politischen Kontakte hatten sich bisher immer als pures Gold erwiesen. Es blieb ihm nur die Hoffnung, dass der israelische Ministerpräsident ihnen helfen konnte.

«Wir haben auch ein Problem», klang es aus dem Lautsprecher der Videoübertragung. Mitch fuhr überrascht herum. Er hatte Claire und

Abygail, die von Jersey aus zugeschaltet waren, in der ganzen Hektik fast vergessen.

«Wie geht es dir Abygail», fragte er und erschrak, als er ihren leeren Blick sah.

«Schön, dass du auch mal fragst», antwortete Claire anstelle von ihr. «Wie du siehst, ist Abygail noch immer angeschlagen. Dazu hat der Tag, den wir gestern auf der Polizei verbringen mussten, auch noch beigetragen.»

«Habt ihr die Anzeige gegen Stewart auf den Weg gebracht?»

«Hör du uns erst einmal zu», unterbrach ihn Claire wütend. «Wir sind kein Teil deines Teams, das du einfach so herumkommandieren kannst.»

Mitch schwieg überrascht. So hatte er die Rechtsanwältin bisher nicht kennengelernt.

«Natürlich haben wir die Anzeige erstattet. Dazu musste Abygail sich sogar trotz ihres Zustands einem recht heftigen Verhör stellen. Schließlich geht es um eine bekannte Führungspersönlichkeit der englischen Freimaurer, die königliche Fürsprecher haben.»

«Und?»

«Und?», äffte ihn Claire nach. «Abygail hat einen Rückfall und Stewart ist nach eurer Befreiungsaktion spurlos verschwunden. Die Polizei fahndet zwar nach ihm, aber bisher ohne Erfolg. Es ist zu befürchten, dass er die Sekte jetzt aus dem Untergrund leitet. Also keine Entspannung an dieser Front, bevor ihn die Polizei nicht verhaftet hat.»

Abygail riss plötzlich die Augen weit auf. «Er hat das Medaillon um», rief sie und wollte sich von Claire nicht beruhigen lassen. «Ich erinnere mich, dass er mir das Medaillon abgerissen hat und es sich selbst überstreifte.»

«Ich bringe Abygail sofort zu einem Arzt. Die Aufregung reicht für heute», sagte Claire besorgt. «Und du solltest in der Zwischenzeit einmal darüber nachdenken, wie du mit deinem Team umgehst!»

Mitch starrte noch einige Sekunden auf den leeren Bildschirm. Dann setzte er sich in Bewegung. Er musste dringend einen Riesenblumenstrauß auf den Weg bringen und ebenso dringend musste er Francis erzählen, dass Stewart das Medallion trug.

Damit besaßen sie jetzt eine heiße Spur zu dem Gesuchten, die Scotland Yard sicher sehr interessieren würde.

17. FOSETESLAND

Trotz der brennenden Ungeduld von Mitch dauerte es doch noch zwei volle Tage, bis die LONGIMANUS abfahrbereit war. Treibstoff und Vorräte mussten gebunkert werden, es fehlte an technischem Equipment und Ausrüstung für das Team, aber das Hauptproblem war im Endeffekt die Beschaffung des Stepped-Frequency-Radarsystems. Dabei handelte es sich um ein hubschraubergestütztes Georadar, mit dessen Hilfe unterirdische Hohlräume bis in eine Tiefe von fünfzig Metern unter der Oberfläche festgestellt werden konnten.

Das SFR war eine Idee von Samson gewesen. Er wollte damit das infrage kommende Gebiet von der Luft aus erkunden. Bei Mitch hatte er mit dem Vorschlag sofort offene Ohren gefunden. Mitch war deshalb auch bereit gewesen, die Abfahrt des Forschungsschiffes zu verschieben, bis das Gerät endlich vom sächsischen Hersteller geliefert werden konnte.

Seit gestern arbeitete Samson daran, die komplizierte Technik in den bordeigenen Hubschrauber einzubauen. Die gesamte Rücksitzbank hatte er dafür bereits demontiert und die notwendigen Sende- und Empfangsanlagen an der Unterseite ließen den Helikopter inzwischen wie einen überdimensionalen Käfer wirken.

Mitch bewunderte von außen, wie geschickt sich Samson trotz seiner Körpergröße im Inneren des Hubschraubers anstellte.

«Und du meinst, dein Radar findet tatsächlich die Höhle aus der Luft?», fragte der Professor, der von der offenen Tür des Helikopters ebenfalls interessiert zusah.

«Wenn es da einen Hohlraum gibt, finden wir ihn», antwortete Samson sichtlich gereizt.

Mitch ahnte, wie sehr Samson die ewigen Fragen des Professors inzwischen auf den Geist gingen.

«Werden die Radarstrahlen nicht durch die Dichte des Sandsteins behindert?»

Samson schnaufte laut und warf einen finsteren Blick zu dem Wissenschaftler. «Bei elektrisch sehr gut leitendem Gestein kann es zu Problemen bei der Eindringtiefe kommen», bestätigte er nach kurzem Zögern. «Aber Buntsandstein gehört nicht dazu. Und wenn es zu Schwierigkeiten kommt, können wir einfach die Intensität der Strahlen erhöhen oder die Frequenzen wechseln. Also alles im Griff.»

«Und das funktioniert, obwohl sich der Hubschrauber schnell bewegt?»

Bevor Samson den Schraubenschlüssel werfen konnte, rettete Mitch die Situation.

Bisher hatte ihn das Geplänkel zwischen den beiden amüsiert, jetzt jedoch beendete er es lieber. «Gerry, wolltest du nicht deinem Kollegen avisieren, dass die LONGIMANUS heute auf Helgoland ankommt?», fragte er.

Der Professor nickte und verschwand in Richtung seiner Kabine.

«Ich mag ihn und er ist ein echtes Supermännchen», grollte Samson aus der Hubschrauberkanzel heraus. «Aber manches Mal geht er mir unglaublich auf den Keks.»

Mitch grinste nur, nichts konnte seine Laune trüben, jetzt, wo die LONGIMANUS endlich ablegen würde.

«Wie lange brauchst du noch?», fragte er seinen Freund.

«Nicht du auch noch!», schrie Samson und nun flog der Schraubenschlüssel tatsächlich.

«Okay, ich sage dem Kapitän Bescheid, dass er ablegen kann», rief Mitch und floh in Richtung Steuerhaus, bevor sein Freund sich noch weiter aufregen konnte.

Dort erwartete ihn eine schlechte Nachricht. Noch immer war John Stewart auf der Flucht. Die von Francis sofort veranlasste GPS-Ortung des Medaillons war bislang erfolglos geblieben. Entweder trug Stewart das Templerkreuz nicht mehr um den Hals oder die integrierte Batterie schwächelte. Auch die polizeiliche Vernehmung der überlebenden Piraten hatte bisher keine neuen Erkenntnisse ergeben. Die Verbrecher schwiegen beharrlich und verweigerten jede Aussage. So oder so, noch immer musste das ODYSSEE-Team damit rechnen, dass die Freimaurersekte oder die Nephilim jeden ihrer Schritte verfolgten. Umso erleichterter betrachtete Mitch das frühmorgendliche Ablegemanöver vom noch menschenleeren Pier. Ihr Ziel Helgoland kannten nur das Team und der Kapitän. Die Abfahrt des Schiffes zu einem unbekannten Ziel musste ihre Verfolger komplett irritieren. Mitch hoffte, damit einen entscheidenden Vorsprung vor ihnen zu gewinnen.

Rund fünf Stunden langsamer Fahrt lagen jetzt vor ihnen. Davon etwa vierundfünfzig nautische Meilen die Elbe entlang bis zur Nordseemündung und die restlichen siebenundzwanzig Meilen über das offene Meer.

Eine mittelalterliche Kogge hätte bei gutem Wind wohl einen ganzen Tag für die gleiche Strecke gebraucht.

So gesehen war die LONGIMANUS sehr flott unterwegs. Jedoch nicht schnell genug für Mitch. Als endlich die schroffe Silhouette der deutschen Hochseeinsel am Horizont auftauchte, fühlte er sich erleichtert. Zumindest bisher schien ihnen niemand auf den Fersen zu sein. Nachdem die LONGIMANUS im tidenunabhängigen Vorhafen festgemacht hatte, hielt es ihn kaum noch an Bord.

Das Gleiche galt jedoch auch für jeden anderen des ODYSSEE-Teams. Von ihrem Ankerplatz aus konnten sie gut die zwei Kilometer entfernte sogenannte Düne sehen, die unter Touristen beliebte Badeinsel, deren frühere Verbindung zu Helgoland durch eine Sturmflut in der Neujahrsnacht im Jahre 1721 abgerissen worden war. Hinter den Hafengebäuden erhoben sich die steilen Kliffe des Oberlands, an deren westlicher Seite sich laut Professor Wechtermann das verschüttete Heiligtum des Fosete befinden sollte.

Der pensionierte Wissenschaftler erwartete sie schon ungeduldig an der Kaimauer.

Zumindest nahm Mitch an, es müsste sich um Wechtermann handeln. Er sah nämlich nicht so aus, wie man sich einen Professor im Ruhestand und einen der Honoratioren Helgolands vorstellte. Sein schulterlanges, weißes Haar hatte er mit einem Gummiband zu einem Pferdeschwanz gebunden und unter seiner blauen Latzhose lugte ein feuerrotes T-Shirt hervor.

Aber die lauten Begrüßungen, die er schon von Weitem mit Gerry austauschte, ließen keinen Zweifel an seiner Identität. Als das Forschungsschiff vertäut war, eilte er winkend an Bord, wo er von seinem ehemaligen Kollegen gleich herzlich begrüßt wurde. Der Professor ließ es sich danach nicht nehmen, jedem Mitglied des ODYSSEE-Teams, seinen Freund einzeln vorzustellen.

«Herzlich willkommen auf der LONGIMANUS», sagte Mitch zur Begrüßung. «Wir sind Ihnen sehr dankbar für Ihre Expertise.»

Wechtermann schaute ihn listig an, bevor er antwortete. «Wenn Sie mir dankbar sind, dann beantworten Sie mir doch bitte eine Frage, die mich schon seit Tagen beschäftigt. Was suchen Sie wirklich auf Helgoland?»

Mitch tauschte einen schnellen Blick mit Tiefenbach. Als der ihm jedoch zustimmend zunickte, entschloss er sich, die Geheimniskrämerei zu beenden und Wechtermann in ihre Suche einzuweihen.

«Darf ich Sie zu einem Tee einladen?», fragte er den Wissenschaftler. «In der Messe können wir ungestört reden. Und ja, Sie haben das Recht zu erfahren, warum wir alle hier sind.»

Dreißig Minuten später war Wechtermann in die wichtigsten Ereignisse eingeweiht und brannte vor Eifer.

«Tiefenbach, Tiefenbach», sagte er kopfschüttelnd, «Das nehme ich dir übel, dass du mich so benutzt hast.» Ohne die Reaktion seines betreten die Tischplatte musternden Kollegen abzuwarten, wandte er sich dann direkt an Mitch. «Wollen wir heute noch zu der Stelle gehen, wo die Siedlung entdeckt wurde? Ich vermute doch, es eilt.»

Mitch nickte. Der Fairness halber hatte er Wechtermann auch von den Gefahren erzählt, die ihnen von ihren Feinden drohten.

Wenige Minuten später fuhr Wechtermann mit Mitch und Samson mit dem Elektrobus des Museums los. Vom Hafengelände führte eine Fahrstraße ins Oberland. Die Sprengung der Insel durch die Engländer hatte 1947 den gesamten Südhang der Insel abrutschen lassen und die ehemals schroffen Kliffe in einen sanften Hügel verwandelt. Hier hinauf schlängelte sich eine schmale Straße, der sie bis zum Leuchtturm folgten.

Am Leuchtturm stoppte Wechtermann den Bus. «Von hier ab müssen wir zu Fuß gehen. Der Klippenwanderweg ist leider nicht für Autos geeignet.»

«Wie weit ist es noch?», fragte Samson und atmete tief die frische Seeluft ein.

«Nur ein paar Minuten, den Steilhang entlang», sagte Wechtermann und deutete auf den Wanderweg, der von ihrer hohen Position aussah, als würde er direkt im Meer enden. «Die Stelle heißt auf Friesisch *Gröön Hell*, das ist übersetzt *Grüne Hölle*», erläuterte er seinen Gästen und ging voran.

Es war Mittag und die Sonne brannte fast senkrecht über ihnen. Der Weg führte sie dicht an die Klippen heran. Gut dreißig Meter unter ihnen lag friedlich das Meer. Mitch und Samson beobachteten zahlreiche Fischerboote, die sich nahe an die Kliffe heranwagten.

«Die Zeit zwischen Tide und Ebbe», erklärte Wechtermann. «Deshalb ist das Meer so ruhig. Normalerweise donnern die Wellen von der offenen Nordsee direkt hier gegen die Westseite. Wenn es aber ruhig ist, wie jetzt, ist die Seite ideal für unsere Hummerkutter.»

«Hummer», flüsterte Samson und bekam einen schwärmerischen Blick.

Mitch wandte sich grinsend ab.

«Hier sind wir», sagte Wechtermann und zeigte auf eine schroffe Klippe, die dicht vor Helgolands Wahrzeichen, der Langen Anna, ins Meer ragte.

«Wieso *Grüne Hölle?*», fragte Samson neugierig.

«Direkt am Sockel ist eine tiefe Brandungshöhle, wie sie typisch für diesen Teil der Insel ist», erläuterte Wechtermann. «Aber im Gegensatz zu den anderen Höhlen sind die Wände dieser Höhle grün bewachsen.»

Mitch und Samson sahen alarmiert auf. «Was meinen Sie mit grün bewachsen?»

«Ja nun, der Bewuchs reicht einige Meter in die Höhle hinein. Vom Boot aus sieht es eben so aus, als wenn die Höhle danach direkt in die Hölle führt. Deshalb der Name.»

«Hat schon jemand die Höhle untersucht?», fragte Mitch.

«Natürlich», erwiderte Wechtermann und lachte. «Alle Einwohner Helgolands suchen Piratenschätze oder sind auf Hummerfang. Aber in der *Grünen Hölle* gibt es keines von beiden.»

Samson sah Mitch an und nickte.

Wechtermann, der sie aufmerksam beobachtet hatte, schien Mitchs und Samsons Gedanken zu verstehen und fragte: «Ach Sie meinen, der Bewuchs könnte ein Beleg für Süßwasser sein, ein Beweis für die Quelle des Fosete?»

«Wäre möglich», erwiderte Samson.

«Da gibt es noch einen Beweis», sagte Mitch und deutete auf das Meer vor ihnen. Das Wasser quirlte regelrecht, so viele Fische hatten sich hier versammelt.

«Was meinen Sie?»

«Wenn Süßwasser ins Meer fließt, lockt das immer Fische an», erklärte Mitch. «Deshalb sollte man im Meer niemals an Stellen baden, an denen ein Fluss ins Meer mündet.»

Wechtermann schaute Mitch verständnislos an.

«Wo viele Fische sich versammeln, kommen auch Raubfische», erläuterte Samson. Weil der Museumsdirektor offensichtlich immer noch nicht verstand, fügte er mit dramatischer Stimme hinzu: «Haie!»

«Wir haben hier nur Katzenhaie», erwiderte Wechtermann hilflos und kapierte nicht, weshalb Mitch und Samson lauthals lachten.

«Wie kommen wir zu der Höhle hinunter», sagte Mitch, nachdem er sich beruhigt hatte.

«Nur vom Boot aus», erwiderte Wechtermann beleidigt. «Aber wir haben nur kleine Boote. Sie müssen also aufpassen.»

«Auf was?», fragten Samson und Mitch fast gleichzeitig.

«Na auf die Haie», feixte Wechtermann.

Grinsend folgten Mitch und Samson ihrem Führer zurück zum Leuchtturm. Plötzlich blieb Mitch stehen und deutete auf eine Großbaustelle mitten auf dem Plateau des Oberlandes. «Was machen die vielen Bagger dort drüben?»

«Bombenkrater füllen», erwiderte Wechtermann trocken und, als er das verständnislose Kopfschütteln von Mitch und Samson sah, fügte er hinzu. «Bevor die Engländer Helgoland sprengten, haben sie die Insel über Jahre als Bombenziel genutzt. Wir haben auf dem Oberland immer noch tiefe Krater und hin und wieder werden auch Blindgänger gefunden. Unser Tourismusbüro lässt die Krater jetzt mit Schutt und Geröll auffüllen, damit kein Tourist gefährdet wird.»

«Über siebzig Jahre nach dem Krieg?», fragte Samson kopfschüttelnd.

«Wir haben erst vor einigen Jahren begonnen», erläuterte der Museumsdirektor. «Wieso fragen Sie nach den Baggern?»

«Nur so, mir ist nur ihre große Anzahl aufgefallen», antwortete Mitch und ging nachdenklich weiter.

Am späten Nachmittag hob der Hubschrauber zu seinem ersten Flug ab. Mit vierzig Kilometern die Stunde und in einer Höhe von fünfzehn Metern folgte Samson dem Wanderweg vom Leuchtturm zur Langen Anna. Der SFR war dabei die ganze Zeit eingeschaltet. Über GPS wurde die Route in kurze Einzelabschnitte aufgeteilt. An der Langen Anna angekommen wechselte er die Frequenzen des Bodenradars und flog die gleiche Strecke zurück. Er musste sich beeilen, da ihm nur ein Flugfenster von zwei Stunden bewilligt worden war.

Dank Wechtermanns Einfluss auf die Inselverwaltung hatte das ODYSSEE-Team zwar die notwendige Genehmigung bekommen, aber das Fremdenverkehrsbüro bestand wegen der vielen Touristen, die tagsüber die Insel besuchten, auf einer zeitlichen Beschränkung. Die ODYSSEE durfte ihre Forschungsflüge nur am frühen Vormittag und am späten Nachmittag unternehmen.

Samson war das nicht ganz unrecht. Hatte er doch dadurch ausreichend Zeit, die Daten auszuwerten und die Einstellungen für den nächsten Flug anzupassen.

Nur Mitch wurde zunehmend nervös. Er wusste, die Anwesenheit der ODYSSEE-Bergungsgesellschaft auf Helgoland würde sich schnell herumsprechen und die Hubschrauberflüge zusätzliche Aufmerksamkeit auf sie lenken. Es war also nur eine Frage der Zeit, bis ihre Feinde die Spur wieder aufgenommen hätten.

Ungeduldig sah er auf die Monitore, die den Untergrund der Helgoländer Westküste zweidimensional abbildeten. Ihm sagten die grünen, verschwommenen Linien überhaupt nichts, während Rajesh und Samson scheinbar in ihnen wie in einer Karte lasen.

«Hier ist etwas», sagte Samson plötzlich und deutete auf einen der Bildschirme. Bevor Mitch reagieren konnte, war Rajesh schon aufgesprungen und musterte hinter Samson stehend dessen Entdeckung.

«Ja tatsächlich», sagte er. «Und sie ist ziemlich groß.»

«Wie groß, wie tief und wie weit von der *Grünen Hölle* weg?», fragte

Mitch aufgeregt und versuchte, irgendetwas auf dem Monitor zu erkennen.

«Etwa zwanzig Meter in direkter Linie zu ihr», erwiderte Samson und blickte Rajesh dabei fragend an. Als der zustimmend nickte, fuhr er fort: «Sie ist groß, etwa dreißig Quadratmeter und gut fünfzehn Meter hoch, sie erstreckt sich von fünf Meter über Meereshöhe bis auf zehn Meter unter die Oberfläche.»

«Gibt es irgendeinen Zugang?», fragte Mitch aufgeregt.

Rajesh beugte sich tief über den Monitor. Dann schüttelte er bedauernd den Kopf. «Leider nichts zu erkennen. Ich sehe nur Gestein ringsum. Was aber nicht heißt, dass es keinen Zugang gab. Aber der ist augenscheinlich eingebrochen und mit Geröll verstopft.»

«Können wir ihn finden und wieder gangbar machen?»

«Da bräuchten wir ein professionelles Bergbauunternehmen und einige Monate Zeit.»

«Wir haben weder ein Bergbauunternehmen noch haben wir Zeit», murmelte Mitch nachdenklich.

Dann sprang er plötzlich auf. «Wo ist Wechtermann?», rief er. «Ich brauche ihn dringend.»

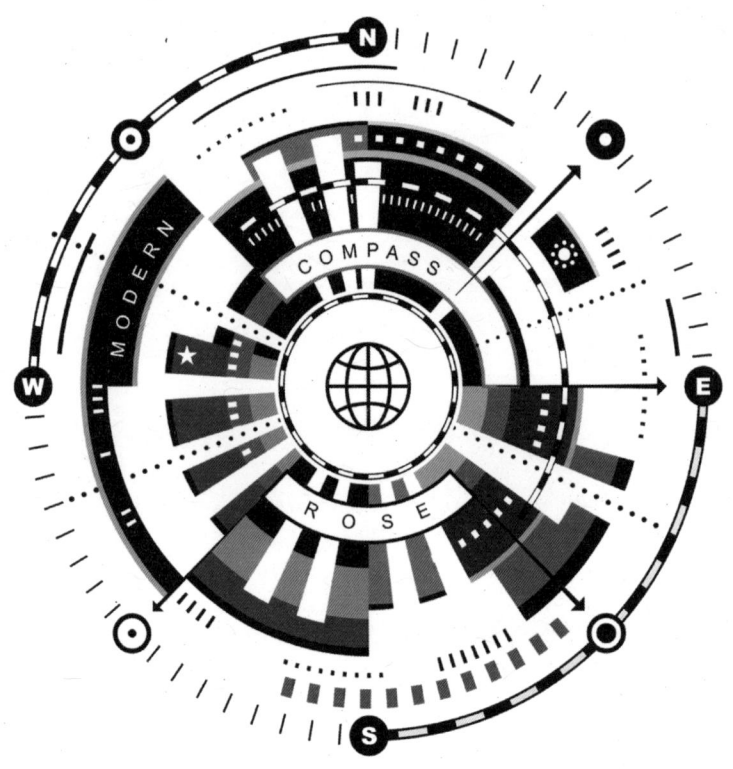

18. DIE SPRENGUNG

Am nächsten Morgen, die Sonne warf ihre ersten Morgenstrahlen auf das Meer, dröhnten auf dem Oberland bereits die Baggermotoren. Samson hatte mit Absperrband eine etwa dreißig Quadratmeter große Fläche markiert, unter der sich laut GPS die Höhle befand. Das Bauunternehmen, das Mitch gestern Abend noch mit sehr viel Geld überzeugt hatte, ab sofort für die ODYSSEE zu arbeiten, begann, mit ihren Baggern auf einer Seite die erste Schicht Geröll beiseitezuräumen.

Danach würden die Arbeiter mit den vorhandenen Spezialvorsätzen das darunterliegende Gestein bis zur Höhlendecke zertrümmern. Sicherheitshalber waren die Bagger mit schweren Drahtseilen gegen ein unkontrolliertes Durchbrechen fixiert.

Wechtermann befand sich immer noch im Dauermeeting mit der Inselverwaltung. Gestern Abend hatten er und Mitch aber bereits eine mündliche Freigabe für die archäologische Arbeit bekommen. Schließlich ging es um eine Touristenattraktion ersten Ranges für Helgoland.

Die Suche nach Störtebekers Schatz war nun offiziell. Mitch hatte keinen anderen Weg gesehen, als den Verantwortlichen reinen Wein einzuschenken.

Die Geschichte der Schatzkammer des legendären Piraten auf Helgoland hatte alle fasziniert. Nur den eigentlichen Grund der Suche, die Bruderkette und ihren verborgenen Hinweis auf die *Seele der Templer*, hatte Mitch für sich behalten.

Irgendeine Begründung würde ihm später schon einfallen, um die Bruderkette für die ODYSSEE zu sichern. Jetzt galt es erst einmal, den Schatz überhaupt zu finden.

Gegen Mittag hatten sich die Bagger bereits bis auf wenige Meter an die Höhlendecke herangegraben. Ringförmig arbeiteten die Baumaschinen um den Rand der Grube verteilt und hatten inzwischen schon alle Mühe, mit den weit ausgefahrenen Baggerschaufeln den Grund der Mulde zu erreichen.

Als die ersten Bagger abzurutschen drohten, stoppte Mitch die Arbeiten. Gemeinsam mit Samson besichtigte er die mittlerweile bereits gut sieben Meter tiefe Grube.

Samson wiegte bedenklich den Kopf. Zur Sicherheit entschloss er sich, mit dem Georadar die verbliebene Felsdicke zu untersuchen.

Während er mit dem Helikopter mehrfach die Grube überflog, ruhten die Arbeiten.

Mitch hatte sich entschlossen, die Baustelle vorerst zu schließen.

Mit den Bauarbeitern hatten auch Johanna und Thomas die Baustelle verlassen. Sie wollten die Zeit nutzen, um auf der LONGIMANUS die Dokumente aus der Freimaurerzentrale in London durchzusehen. Rajesh hatte sowieso seinen geliebten Computerplatz auf dem Forschungsschiff nicht verlassen, sodass nur Francis und der Professor zurückblieben. Dazu kamen noch drei bewaffnete Securitymitarbeiter, die Mitch zur Sicherheit mitgenommen hatte.

Nach nur fünf Überflügen wollte Samson landen. Er musste jedoch mehrfach den Landeanflug unterbrechen, weil neugierige Touristen die Absperrung der Baustelle durchbrochen hatten, um den Hubschrauber zu fotografieren. Erst als die Wachleute die Schaulustigen energisch zurückschoben, konnte er in der Nähe der Grube endlich aufsetzen.

Beim Aussteigen beobachtete er besorgt die Menschenmenge, die sich hinter der Absperrung drängte. Die Baggerarbeiten und vor allem die Hubschrauberflüge hatten sie zu Dutzenden angelockt. Mitch telefonierte bereits mit dem Schiff, um weitere Wachleute anzufordern. Auch benötigten sie eine stabilere Absperrung als die dünnen Absperrbänder. Darum musste sich das Bauunternehmen kümmern.

Während Mitch telefonierte, übermittelte Samson die gesammelten Daten an den Zentralrechner an Bord der LONGIMANUS. Dort wurden sie über die Software zu einem einzigen Diagramm zusammengeführt.

Als Samson das Ergebnis bekam, reichte er es mit einem besorgten Blick an Mitch weiter.

Auf dem Diagramm erkannte Mitch deutlich das Problem. Die Felsdecke an dieser Stelle betrug nur noch knappe zwei Meter. Nach einer kurzen Diskussion mit seinem Freund winkte Mitch, Francis und den Professor heran, die beide gespannt abgewartet hatten.

«Wir können die Maschinen nicht mehr nutzen», erklärte er ihnen das Problem. «Das Risiko, dass die gesamte Höhlendecke durch die Wucht der Baggerwerkzeuge einstürzt, ist einfach zu groß.»

«Und wie geht`s weiter?», fragte der Professor.

«Bumm!», erklärte Samson lakonisch. «Wir werden den Rest gezielt sprengen.»

«Aber auch da kann die Höhle doch einbrechen?»

«Nicht wenn wir vorsichtig sind», sagte Samson und blickte auf seine Armbanduhr.

«Okay, dann lasst uns mit dem Bus zur LONGIMANUS zurückkehren. Bis zum Abend ist noch einiges vorzubereiten», ergänzte Mitch.

«Wieso Abend?», fragte der Professor verständnislos. «Wollen wir nicht gleich weitermachen?»

«Mitch meint wohl, dass wir mit der Sprengung warten müssen, bis die Touristenboote gegen Abend wieder weg sind», beantwortete Francis die Frage und wies auf die Menge der Schaulustigen.

«Ich brauche vor allem einen dicken Hydraulikmeißel», rief Samson, der schon vorgegangen war. «Einer, der nicht gleich kaputtgeht, wenn ich damit arbeite.»

«Das sollte unser kleinstes Problem sein», antwortete Mitch grinsend und folgte seinem Freund. «Vor allem benötigen wir einen Generator, Lampen und eine Kletterausrüstung.»

«Und Sprengstoff», sagte Francis und zog den Professor mit sich, der ihm kopfschüttelnd folgte.

Mit einem lang gezogenen Tuten verließ der Katamaran als letzte der Helgoland-Fähren den Vorhafen.

Mitch schaute auf seine Armbanduhr. «Und los geht`s», sagte er und sprang auf.

Der Elektrobus des Museumsdirektors wartete schon auf dem Pier. Wechtermann stand eine Zigarre rauchend daneben und beobachtete, wie der HALUNDER JET, der größte und modernste Katamaran, die offene See erreichte. Mitch wusste, um nichts in der Welt hätte Wechtermann sich den letzten Akt der Suche entgehen lassen. Neben ihm wartete Jochen Sänger, der Bürgermeister, und Thorsten Nachtigall, der Chef des Touristenbüros. Alle wollten sie dabei sein.

Der kleine Lkw des Bauunternehmens stand direkt daneben. Der Fahrer war schon den halben Nachmittag zwischen Hafen und Grube unterwegs gewesen, um die benötigten Geräte zu transportieren. Jetzt wartete er mit einer kleinen Kiste Sprengstoff auf der Ladefläche nur noch auf die Ausrüstung, die Samson zwischenzeitlich aus Beständen der LONGIMANUS zusammengestellt hatte.

«Wir müssen uns beeilen», rief Mitch seinem Team zu und deutete auf den Himmel. «In drei Stunden geht die Sonne unter.»

Nachdem sich alle bis auf Samson in den Elektrobus Wechtermanns gedrängt hatten, fuhr der auch sofort los.

Das Auto der Inselverwaltung und der Lkw mit Samson als Fahrgast folgten direkt.

Zwanzig Minuten später erreichten sie die Grube. Noch am Nachmittag hatten Arbeiter die Baustelle mit stabilen Metallgittern abgesperrt. Bewacht wurde die Grube von den Wachleuten der LONGIMANUS.

«Ablösung», rief ihnen Mitch zur Begrüßung zu. Die Securitymitarbeiter hatten einen stressigen Tag unter praller Sonne verbracht und waren jetzt bestimmt heilfroh, die Baustelle endlich verlassen zu können.

Eine weitere Bewachung schien aktuell nicht mehr nötig. Die Tagestouristen befanden sich mit den Fähren auf dem Rückweg zum Festland und die wenigen Übernachtungsgäste und Einwohner der Insel saßen jetzt lieber in gemütlichen Kneipen, als sich von der abendlich auffrischenden Brise durchblasen zu lassen. Auch von ihren Feinden drohte ihnen momentan keine Gefahr, denn ungesehen käme niemand zu Wasser oder Luft zur Insel. Trotzdem hatte Mitch die Inselverwaltung gebeten, sicherheitshalber den Fahrstuhl und die Treppe zum Oberland zu sperren.

Soweit Mitch das Oberland überblicken konnte, waren sie alleine hier oben. Die Touristenströme würden erst morgen Mittag nach dem Einlaufen der ersten Fähren wieder einsetzen. Das wäre auch die früheste Zeit, in der ihre Feinde über das Wasser auf der Insel eintreffen könnten.

«Bis dahin sind wir hoffentlich längst weg», murmelte Mitch halblaut vor sich hin, während er Samson beobachtete, der gerade seinen selbst gefertigten Klettergurt schloss. An einem der schweren Bagger, die nun in sicherer Entfernung standen, hatte er zuvor einen Seilzug mit einem langen Sicherungsseil befestigt. Das eine Ende hakte er jetzt mit einem großen Karabiner an seinem Klettergurt ein, das andere Ende hielt Mitch in den Händen. Mit wenig Kraft konnte er so seinen Freund sichern, falls dieser einbrechen würde.

«Lass uns mal einen Test machen», rief Samson und rannte plötzlich los, mitten auf die Grube zu. Das Seil schnurrte nur so durch

Mitchs Hände, so überrascht war er. Aber ein kurzer Ruck genügte und das Seil spannte sich. Durch die Zugkraftverstärkung wurde Samsons Lauf abrupt gestoppt und mit einem Schrei fiel er auf seinen Hintern.

«Test bestanden», rief Mitch und grinste, als er die Flüche seines Freundes hörte.

Immer noch fluchend stellte Samson den Generator an, steckte den Stecker der langen Kabelrolle ein, legte sie auf die Schubkarre mit den schweren Werkzeugen, die das Bauunternehmen bereitgestellt hatte, und schob sie bis zur Mitte der Grube. Dort zog er zunächst das GPS-Diagramm des Georadars zurate und platzierte die Schubkarre dann dicht neben der errechneten Stelle.

Mitch achtete die ganze Zeit darauf, dass das Sicherungsseil unter Spannung stand. Sollte die Höhlendecke jetzt schon unter dem Gewicht seines Freundes brechen, war er seine einzige Lebensversicherung.

Samson hob aus der Schubkarre zunächst einen kompakten Hilti Meißelhammer heraus. Nachdem er das Elektrowerkzeug an die Kabelrolle angeschlossen hatte, drückte er auf den Startknopf und das Werkzeug ratterte los. Der rote Sandstein splitterte nur so unter den wuchtigen Schlägen. Zentimeter für Zentimeter drang die Meißelspitze in das Gestein ein.

Als Samson eine schmale Mulde von etwa fünfzig Zentimetern freigelegt hatte, hielt er an und wechselte den Vorsatz. Der neu eingesetzte Spitzmeißel fraß sich wie Butter in das weiche Gestein. Mit einem langen Metallstab reinigte Samson zwischendurch immer wieder das Bohrloch. Dabei maß er gleichzeitig die Tiefe des Lochs und zeigte sie Francis an, der neben Mitch alles genau beobachtete.

Mitch konnte nur zusehen und sich auf Francis' Einschätzung verlassen. Schließlich hatte der in seiner Zeit bei den britischen Special Forces eine militärische Ausbildung zum Sprengstoffexperten durchlaufen. Solide Kenntnisse über Sprengmittel und ihre Wirkung, die jetzt Mitch und seinem Team der ODYSSEE zugutekamen.

Als Samson mit den Bohrarbeiten des ersten Sprenglochs fertig war, sicherte sich Francis und markierte nach einigem Überlegen zwei weitere Stellen. An Samsons Stelle übernahm er dann auch die Meißelarbeiten für das zweite Loch. Danach wechselten sie nochmals. Nach gut zwei Stunden Arbeit waren die drei Sprenglöcher schließlich fertig.

Während Samson die Werkzeugkarre zurück zum Rand der Grube schob, übernahm Francis dessen Sicherungsleine, die Mitch nach wie vor in den Händen hielt. So gesichert holte er aus seinem Rucksack, den er die ganze Zeit nicht aus den Augen gelassen hatte, eine pinkfarbene Sprengpatrone sowie einen Booster mit Zünder und eine Rolle Zünddraht. Die Sprengausrüstung stammte aus dem Bestand des Bauunternehmers, der die Sprengpatronen für Gesteinszertrümmerungen verwendete. Zwar waren nur noch wenige Patronen im Lager gewesen, aber für das, was sie vorhatten, müsste es ausreichen.

Mit seiner Ausrüstung ging er vorsichtig zum Loch. Dort angelangt trennte er die Sprengpatrone in drei Teile. In jedes Teil drückte er eine Boosterladung und verband die drei Sprengpäckchen mit der Zündvorrichtung. So tief es ging, schob er die kleinen Pakete dann in die vorbereiteten Sprenglöcher. Samson hatte in der Zwischenzeit die Schubkarre mit großen Gesteinsbrocken beladen und wartete am Rand der Grube, bis Francis die Karre übernahm. Wieder an den Sprenglöchern angelangt kippte er die Schubkarre aus und häufte die Steine über die Öffnungen im Stein.

Dann ging er langsam zu Mitch. Vorsichtig spulte er dabei die Rolle mit dem Zünddraht ab, immer darauf bedacht, dass der Draht nicht unter Spannung stand und sich die Verbindung eventuell lockern konnte.

«Meinst du, die Ladungen reichen aus?», fragte Mitch, als Francis bei ihm angelangt war.

«Es geht nicht um die Menge, sondern um die Anwendung», sagte sein Freund. «Wenn meine Berechnungen stimmen, wird das Ammoniumnitrat mit etwas Glück nur ein relativ kleines Dreieck in die Höhlendecke sprengen.»

«Mit etwas Glück?», fragte Mitch besorgt nach.

«Ja. Mit etwas Glück. Ich habe keine Ahnung, wie die Statik der Höhlendecke wirklich reagiert. Nach der Sprengung wissen wir mehr.»

«Alle mal herhören», rief Mitch und, erst als er die ungeteilte Aufmerksamkeit seines Teams und der Helgoländer Honoratioren hatte, fuhr er fort: «Jetzt wird es hier gleich brandgefährlich. Ich schlage deshalb vor, dass nur Samson, Francis und ich bei der Sprengung bleiben. Alle anderen gehen bitte zur LONGIMANUS zurück und warten dort. Sobald die Gefahr vorbei ist, gebe ich über Handy Entwarnung.»

Es dauerte eine ziemliche Weile, bis sich die Baustelle geleert hatte. Besonders Tiefenbach und Professor Wechtermann hatten mehrfach darum gebeten, bleiben zu dürfen, aber Mitch hatte vehement abgelehnt. Die Risiken waren einfach zu groß. Dazu kam, dass er, um die Bruderkette für die ODYSSEE zu sichern, zunächst alleine den Schatz sichten musste. Vorausgesetzt natürlich, dort unten wartete tatsächlich Störtebekers Schatzkammer auf sie.

Eines war aber jetzt schon klar. Den Schatz würden sie auf jeden Fall im Dunkeln suchen müssen. Mitch warf einen langen Blick auf das Meer, das den Schein der letzten Sonnenstrahlen blutrot widerspiegelte, dann legte er sich flach unter einen der Bagger. Francis hatte ihnen diese Position zur Sicherheit empfohlen.

«Dabei kann dir nichts auf den Kopf fallen und vor allen Splittern von vorne schützt dich die Baggerschaufel», hatte er gesagt und etwas gegrinst, als er die besorgten Gesichter seiner Freunde sah.

«Alle in Deckung», rief er jetzt. Auch er lag unter einem der Bagger. Neben sich sein Rucksack mit den Sprengutensilien. Er zog die Zündspule heraus und schloss die Drähte an. Nach einer kurzen Überprüfung zählte er laut von zehn auf null herunter.

Er drückte die Sprengtaste.

Ein dumpfes Krachen ertönte. Die schweren Steine, die über dem Sprengloch gehäuft lagen, wurden in die Luft geschleudert, aber, wie es Francis geplant hatte, ging der Großteil der Sprengwirkung nach unten.

Gebannt starrte Mitch aus seinem Versteck auf die Grube.

Es begann mit einem geräuschvollen Knirschen. Wenige Sekunden später senkte sich der Boden auf einer Fläche von zwei Quadratmetern ab. Nach einem nochmaligen lauten Knacken sackte die Platte einfach nach unten weg. Der Aufschlag auf dem Boden der Höhle hörte sich an wie fernes Donnern.

«Volltreffer», sagte Francis und klopfte sich selbst anerkennend auf die Schulter.

«Ist der Boden stabil?» Auch Samson hatte sich jetzt aus seiner Deckung hervorgewagt und blickte gespannt auf das Loch im Boden.

«Das wissen, wenn wir es probiert haben.» Francis hakte das Sicherungsseil ein und wartete, bis Mitch wieder das andere Ende gepackt hatte. Mit vorsichtigen Schritten ging er auf die Öffnung zu. Man sah ihm an, dass er jede Sekunde mit einem weiteren Bruch des Bodens rechnete. Aber nichts geschah. Ohne Probleme erreichte er den Rand des Abbruchs und wagte einen Blick in die Höhle.

«Und?», fragte Mitch gespannt.

«Dunkel», antwortete Francis lakonisch. «Wir müssen runter, wenn wir die Höhle untersuchen wollen.»

«Okay, dann sollten wir loslegen, bevor es Nacht ist.»

Samson hatte sich für den geplanten Abstieg zur Höhle eine besondere Vorrichtung ausgedacht. Dafür fuhr er zunächst den Arm eines der großen Hydraulikbagger aus. An der Schaufel befestigte er eine stabile Seilrolle aus den Beständen der LONGIMANUS. Dann zog er einige Meter Drahtseil von der Seilwinde ab, die an jedem der

Bagger montiert war, und legte das Drahtseil über die Rolle. An dem Karabinerhaken hakte er ein kleines Netz ein, das er von einem der Fischer im Hafen gekauft hatte.

Die Winde war für eine Last von über fünfzig Tonnen konzipiert. Die Vorrichtung, die normalerweise dazu diente, dass sich ein festgefahrener Bagger selbst befreien konnte, wurde dank Samsons Umbau zu einem bequemen Lift in die Tiefe der Höhle. Diesen improvisierten Kran schwenkte er nun neben das Sprengloch und ließ das Transportnetz herunter.

«Bitte einsteigen», rief er.

Mitch ließ sich nicht lange bitten. Er hatte in der Zwischenzeit einen Klettergurt angezogen, eines der Sprechfunkgeräte eingehakt und sich zum Schluss eine der starken Batterielampen gegriffen.

Francis sicherte ihn auf dem ganzen Weg, bis Mitch ins Innere der Netzkugel schlüpfte. Dann zog er das Sicherungsseil zurück und gab Samson das Startsignal.

Dieser hatte im Bagger Platz genommen. Sanft hob er das Netz mit Mitch darin an, der sich wie ein Hummer in der Reuse fühlte, schwenkte den Baggerarm genau über das Loch und ließ das Netz dann langsam hinunter.

«Noch ungefähr fünf Meter», sagte Mitch über das Sprechfunkgerät und Samson reduzierte die Sinkgeschwindigkeit noch weiter.

«Halt, ich bin unten.»

19. DER SCHATZ

Francis war zu Samson in die Fahrerkabine geschlüpft. Zum einen wollte er sich nichts entgehen lassen, zum anderen gab ihm die Kabine Schutz, da mit der letzten Abenddämmerung ein eiskalter Wind über das Plateau wehte.

Ihre Geduld wurde auf eine harte Probe gestellt, bis sich das Walkie-Talkie mit einem Krächzen wieder meldete.

«Mitch an Samson, kommen.»

«Samson an Mitch, kommen.»

«Du kannst das Netz jetzt hochziehen, Ende.»

«Frage. Du kommst wieder hoch? War die Höhle leer? Kommen.»

«Beide Fragen negativ, Ende.»

Samson schaute Francis fragend an. Er zuckte jedoch nur mit den Schultern.

Surrend setzte sich die Seilwinde in Betrieb. Das straff gespannte Seil verriet, dass eine schwere Last hochgezogen wurde.

Francis kniff die Augen zusammen, als Samson die Scheinwerfer des Baggers einschaltete und das Sprengloch plötzlich hell ausleuchtete. Als die ersten Maschen des Transportnetzes auftauchten, verringerte Samson die Fahrt. Langsam zog er das Netz über den Rand.

Francis traute seinen Augen nicht, als er ein Glitzern wahrnahm.

«Ist das Gold?», rief er und deutete fuchtelnd nach vorne.

«Verdammt, du hast recht. Da funkelt was zwischen den Maschen.»

Samson schlug ihm auf die Schulter, bevor er den Arm des Baggers schnell über den Rand der Grube schwenkte und das Netz dann vorsichtig hinunterließ.

Kaum lag das Netz auf dem Boden, sprang Francis aus dem Bagger und Samson hinterher. Gemeinsam liefen sie hinüber.

«Eine Goldkette», flüsterte Samson, während er die Maschen des Netzes entwirrte, um die lange Kette herauszuziehen.

«Nicht irgendeine Kette», erwiderte Francis und ließ einige der Kettenglieder andächtig durch seine Finger gleiten. «Das ist die Templerkette.»

Samson schaute ungläubig auf die Kette vor sich.

«Schau sie dir an», sagte Francis und hob ihm einen Teil der Kette entgegen. «Es ist genau wie die Beschreibung im Kodex. Wappenringe mit dem Reitersymbol des Templerordens und innen der Name eines Tempelritters eingraviert.»

Samson holte tief Luft.

«Mitch an Samson. Frage: Was ist los? Seid ihr eingeschlafen? Kommen».

Samson zog das Sprechfunkgerät aus seinem Gürtel. «Samson an Mitch. Wir sind hellwach aber ziemlich überrascht. Frage: Kommt da noch mehr?»

Statt einer Antwort tönte ein leises Lachen aus dem Walkie-Talkie. «Mitch an Samson. Ich würde dringend ein paar zusätzliche Hände brauchen. Kommen.»

«Samson an Mitch. Frage: Sollen wir Hilfe von der LONGIMANUS anfordern? Kommen.»

«Mitch an Samson. Auf keinen Fall. Wir müssen die Bruderkette erst in Sicherheit bringen. Frage: Kannst du mir Francis herunterschicken? Kommen.»

Francis nickte heftig.

«Samson an Mitch. Francis kommt mit dem Netz. Zuerst bringen wir aber die Kette weg. Ende.»

«Mitch an Samson. Verstaut sie im Hubschrauber. Dort ist der

sicherste Platz, wenn nachher die anderen kommen.»
«Samson an Mitch. Frage: Ist denn dann überhaupt noch etwas da unten, was sich lohnt? Kommen.»
«Mitch an Samson. Du würdest dich wundern. Aber macht jetzt bitte, bevor uns die Zeit wegläuft. Ende.»
Nach wenigen Minuten hatten sie die Templerkette aus den Maschen des Netzes entwirrt und in die Schubkarre gehoben.
«Gut ein Zentner Gold», schnaufte Samson, als sie die Kette auf den freien Platz hinter den vorderen Hubschraubersitzen verstaut hatten.
«Das heißt, wenn Rajeshs Berechnungen stimmen, liegen noch gut zweihundertfünfzig Kilogramm Gold da unten», fasste Francis zusammen. «Dann hat Mitch recht. Wir müssen uns beeilen.» Schnell schnappte er sich seinen Rucksack. Erst wollte er den Inhalt einfach auf den Boden leeren, zuckte jedoch zurück, als er an die restlichen Sprengpatronen dachte. Kurz entschlossen ließ er alles drin an seinem Platz und packte nur eine Ersatzlampe obendrauf. Eine Lampe behielt er in der Hand. Zum Schluss schnappte er sich noch eines der Sprechfunkgeräte und hakte es an seinem Gurt ein. Dann kletterte er in das Transportnetz.
Samson schwang sich wieder in den Bagger. Geschickt schwenkte er den Arm über das Sprengloch und ließ das Netz erneut herunter.
«Francis an Samson. Vorsicht. Ich bin gleich am Boden. Ende.»
Samson bremste die Seilwinde sanft ab, bis das Drahtseil schlaff wurde. Das Transportnetz war wieder unten.

Staunend richtete sich Francis auf und versuchte dabei, das Netz zu entwirren. Mitch hatte seine Lampe auf der herabgestürzten Deckenplatte so geschickt platziert, dass ihr Schein die Höhle gut ausleuchtete. Francis konnte erkennen, dass die Höhle eigentlich aus zwei hintereinanderliegenden Höhlen bestand, die nur durch einen großen Durchbruch miteinander verbunden waren.

«Herzlich willkommen im Heiligtum des Fosete», sagte Mitch und half ihm, sich aus den Maschen des Netzes zu befreien.

Während Francis seine eigene Lampe einschaltete, deutete Mitch auf eine große Statue im Hintergrund der Höhle. «Da hinten steht er persönlich. Fosete – der alte Gott der Insel.»

Die etwa fünf Meter hohe, grob behauene Gottesstatue schaute majestätisch auf die beiden Menschen herab.

«Bleib so mit deiner Leuchte», bat Mitch. «Ich habe zwar schon Fotos gemacht, aber jetzt mit den zwei Lampen wirkt es noch beeindruckender.»

Francis nickte und schnappte nach Luft. Im Licht der Lampen schien der steinerne Gott zu leben. «Wie alt ist diese Statue?» Gänsehaut überzog seinen ganzen Körper.

«Die Bronzezeit reicht von zweitausendzweihundert bis achthundert Jahre vor Christus. Also müsste sie zwischen drei- bis viertausend Jahre alt sein.»

«Und hast du hier auch die heilige Quelle gefunden?»

Statt einer Antwort deutete Mitch auf eine Stelle, die im Schatten der Statue lag. Ein leises Plätschern war von dort zu hören. Als Francis leuchtete, konnte er sehen, dass die Quelle direkt neben dem Sockel entsprang und von dort in einem schmalen Rinnsal in Richtung der anderen Höhle floss.

«Da drüben ist auch die Schatzkammer von Störtebeker», sagte Mitch und deutete in die gleiche Richtung. «Der Wasserlauf versickert dort an der hinteren Wand. Von da aus muss es zu Störtebekers Zeiten einen Weg nach draußen gegeben haben.»

«Wie kommst du darauf?», fragte Francis, der sich noch immer fassungslos umsah.

«Na, irgendwie muss er seine Beute ja in die Höhle gebracht haben», erklärte Mitch. «Dynamit gab es ja damals noch nicht.»

«Samson an Schatzsucher. Frage: Was ist los? Ich warte. Kommen», krächzte das Walkie-Talkie.

Schmunzelnd antwortete Mitch: «Mitch an Samson. Geht gleich los. Ende.» Dann deutete er auf die Nebenhöhle und ging voran.

Francis folgte ihm kopfschüttelnd. Während des ganzen Weges schaute er sich ständig staunend um. Er konnte es immer noch nicht fassen, dass sie auf Anhieb eine uralte Legende ans Tageslicht oder besser gesagt ans Lampenlicht gebracht hatten. Jetzt war er gespannt, was ihn in der zweiten Höhle erwartete. Dort angekommen verschlug es ihm den Atem.

In langen Reihen standen verrottete Fässer an den Wänden. Dazwischen stapelten sich große Stoffbündel und Holzkisten in allen Phasen des Zerfalls.

«Ist das der Schatz?», fragte Francis. Zwar beeindruckte ihn die Menge, doch enttäuschte ihn, weil er mit Gold, Silber und Edelsteinen gefüllte Truhen erwartet hatte.

«Ja», bestätigte Mitch kurz. «Die Beute der Vitalienbrüder bestand zu dieser Zeit aus der normalen Ladung der Handelskoggen. Also hauptsächlich Stoffe aus England und Bier aus Hamburg. Wertvolle Waren, die sie über Hehler verkauften.»

«Und wo ist der Rest der Templerkette?»

«In dieser Höhle herrscht Ordnung», erwiderte Mitch und leuchtete mit seiner Lampe zur gegenüberliegenden Wand. «Hier vorne die Handelswaren, direkt daneben die Waffen und dahinter die wertvollen Teile.»

Francis Lampe schweifte über die verrosteten Waffen, die aufgehäuft auf dem Boden lagen, bis er das gefunden hatte, wegen dem sie gekommen waren. Am hinteren Teil der Höhle standen einige Dutzend geschlossene Truhen und dazwischen vier Fässer, unter deren zerfallenen Dauben es golden schimmerte.

«Die restlichen Teile der Templerkette», bestätigte Mitch und zog eine der Ketten heraus. Dabei zerbröselte das ehemalige Transportfass in tausend modrige Einzelteile. «Auf geht`s», sagte Mitch energisch. «Samson wartet schon.»

Nach einer knappen Stunde hatten sie es geschafft. Die einzelnen Teile der Templerkette waren geborgen und sicher im Hubschrauber untergebracht. Samson würde sie später zur LONGIMANUS fliegen. Dort wäre die Kette in Sicherheit und die Fachleute der ODYSSEE könnten die Ringe in aller Ruhe auf die entscheidende Spur zur *Seele* untersuchen.

Francis und Mitch hatten sich noch einmal von Samson in die Höhle absenken lassen und räumten gründlich auf. Wenn Wechtermann später als Verantwortlicher die Höhlen mit dem Heiligtum und der Schatzkammer übernahm, sollte nichts mehr an die Templerketten erinnern. Etwaige Reste der Fässer würden sie mit der Auswirkung der Sprengung erklären.

Zurückgeblieben waren die ganzen Handelswaren, die Waffen und die Truhen. Genug für eine ausgemachte Touristensensation. Wechtermann würde begeistert sein. Francis schmunzelte, als er sich das Gesicht des Museumsdirektors vorstellte. Und auch der Professor würde vor Freude tanzen, wenn er die Schatzkammer sähe. Ohne sein Palimpsest wäre der Schatz Störtebekers wohl auf ewig unentdeckt geblieben.

Während Mitch als Erster nach oben schwebte, ging Francis noch einmal durch die Höhle. Vor den geschlossenen Truhen verharrte Francis unschlüssig. Er hätte zu gerne gewusst, was sich darin befand. Das lag in seiner Natur. Zu Hause auf Jersey hatten in seit jeher die Geheimnisse der zahlreichen Wracks fasziniert und von jedem seiner Tauchgänge hatte er sich ein kleines Andenken mitgebracht. Welche Kostbarkeiten verbargen sich in diesen Truhen?

Mit der Antwort würde er wohl warten müssen, bis die archäologischen Untersuchungen abgeschlossen waren. Und das konnte Jahre dauern. Er vergewisserte sich, dass ihm noch etwas Zeit blieb, bis der Netzlift auch ihn abholen würde. Kurz entschlossen kniete er sich nieder und öffnete den ersten Truhendeckel.

Doch statt der erwarteten Gold- und Silbermünzen lagen darin nur mehrere dicke Päckchen. Eine der Verpackungen war auf einer Seite aufgerissen und durch den Spalt konnte er den Inhalt erkennen.

Ein Buch! Die ganze Truhe war mit Büchern gefüllt! Francis schüttelte ungläubig den Kopf, bis ihm einfiel, dass im Mittelalter Bücher so wertvoll wie Gold gewesen waren. Er grinste. Durch Zufall hatte er Störtebekers Bibliothek entdeckt. So würde das Konvolut der Bücher wohl später im Museum genannt werden. Schnell öffnete er noch einige der anderen Truhen. Die waren wie erwartet mit Hacksilber und Münzen gefüllt.

«Mitch an Francis. Dringend! Kommen», das Krächzen des Sprechfunkgerätes, das er in seinen Rucksack gesteckt hatte, schreckte ihn auf.

Er beeilte sich, zu antworten.

«Francis an Mitch. Kommen.»

«Wir haben ein Problem. Johanna hat sich gemeldet. Eine schwer bewaffnete Gruppe hat gerade versucht, die LONGIMANUS zu überfallen.»

Die Aufregung ließ Mitch offensichtlich alle Sprechfunkregeln vergessen und auch Francis waren sie in diesem Moment vollkommen egal.

«Wie geht es ihnen?», rief er voller Besorgnis.

«Die Security konnte den Angriff abwehren und hat die Polizei auf dem Festland verständigt», kam die Antwort von oben. «Zurzeit ist dort alles ruhig.»

«Holt mich sofort hoch.»

«Lift kommt», antwortete Mitch. Dann nach einer kurzen Pause: «Wir sehen Lichter auf uns zukommen.»

«Macht schon», rief Francis nervös. «Und seid vorsichtig. Es kann sich dabei nur um die Leute handeln, die das Schiff überfallen wollten.»

Das leise Surren kündigte an, dass das Transportnetz sich endlich in Bewegung gesetzt hatte.

Doch dann schreckte Francis auf. Das dumpfe Knattern von Maschinenpistolen war unverkennbar.

«Mitch, Samson?», schrie er in das Walkie-Talkie. «Was ist los da oben?»

Aber von seinen Freunden antwortete keiner.

«Mitch, Samson?», versuchte er es noch einmal.

«Schrei nicht so», erklang es da über ihm. «Und geh uns lieber aus dem Weg.»

Ungläubig sah Francis, wie Mitch und Samson nach unten schweben. Sie hingen außen am Transportnetz.

Etwa zwei Meter über dem Boden stoppte die Seilwinde plötzlich. Das Netz mit den beiden Freunden pendelte langsam hin und her.

«Sofort runter», befahl Francis, der die ganze Zeit das Sprengloch hoch über ihnen im Auge behalten hatte.

Mitch und Samson zögerten keinen Moment und ließen los. Als sie sich wieder aufgerappelt hatten, rannten sie Francis hinterher und warfen sich mit ihm hinter die massive Statue. Gerade rechtzeitig. Ihre Feinde hatten sich bis zur Öffnung der Höhlendecke herangeschlichen und fingen nun an, blind in die Höhle unter ihnen zu schießen. Die drei drückten sich eng auf den Boden, während über ihnen Querschläger durch die Höhle zischten. Es war ein Wunder, dass keiner verletzt wurde.

Dann ließ das Feuer nach. Ihre Feinde mussten wohl nachladen. Samson richtete sich sofort auf und deutete besorgt zur Decke. Francis verstand augenblicklich, was er meinte, als er nach oben sah. Auch das Knirschen war nicht zu überhören.

«Schnell zur Störtebeker-Höhle, bevor alles runterkommt», rief Mitch.

Ihre Feinde hatten die Gefahr offensichtlich ebenfalls erkannt und beeilten sich, die einbruchgefährdete Zone zu verlassen. Das verschaffte Francis, Mitch und Samson genügend Zeit, um die Höhle ungefährdet zu durchqueren.

Aufatmend kamen sie in der Schatzkammer an. Aber sie wussten, dass es nur eine Sicherheit auf Zeit war.

«Was jetzt?», fragte Samson.

«Erst einmal die LONGIMANUS mit dem Rest des Teams in Sicherheit bringen», antwortete Mitch und holte sein Handy heraus.

Er wollte dem Kapitän befehlen, aus dem Hafen auszulaufen und abzuwarten, bis die alarmierte Polizei vom Festland eintreffen würde, aber sein Handy funktionierte nicht. Aus dem Lautsprecher kam nur die inzwischen vertraute Tonfolge für ein fehlendes Funknetz.

«Wahrscheinlich gibt es hier unten keine Verbindung», sagte Samson, der Mitchs besorgtes Gesicht sah.

«Doch, ich habe vorhin, als ich den ersten Kettenteil gefunden habe, schon kurz mit Johanna telefoniert», widersprach Mitch. «Ich glaube viel eher, dass die Angreifer die Funkverbindung gestört haben. Es klingt, wie bei dem Überfall auf die Villa. Ich kann jedenfalls nicht telefonieren.»

«Egal, in spätestens zwei Stunden wimmelt es da oben von Polizei», sagte Samson. «Bis dahin müssen wir versuchen, zu überleben.»

«Ich glaube nicht, dass wir hier unten in Gefahr sind», sagte Francis. «Die haben doch alles, was sie wollen. Sicher haben sie die Templerkette schon im Hubschrauber gefunden. Ich denke, im Moment sind sie dabei, umzuladen und zu verschwinden.»

«Von der Kette wissen nur Stewart und seine Kumpane von der *Strikten Observanz*», erwiderte Mitch. «Und die haben noch eine Rechnung mit uns offen. Wir sind Zeugen der Anklage gegen ihn. Solange wir leben, wird er keine Ruhe haben. Das weiß er. Deshalb wird er uns beseitigen wollen.»

Wie zur Bestätigung meldete sich ihr Walkie-Talkie.

«Thromberg», krächzte es aus dem Lautsprecher. «Ich weiß, dass Sie da unten sind.»

«Du hattest recht. Das ist Stewart», sagte Francis. «Ich frage mich nur, wie sie uns hier auf Helgoland so schnell gefunden haben.»

«Fragen wir ihn doch», entgegnete Mitch. «Jede Minute Zeit, die wir gewinnen, zählt.»

«Thromberg an Stewart. Kommen.»

«Ach Sie wissen, wer Sie hier in die Klemme gebracht hat. Das ist gut. Sogar sehr gut.»

«Frage: Woher wussten Sie so schnell, dass wir auf Helgoland sind?»

«Sterbenden soll man ihren letzten Wunsch erfüllen. Deshalb werde ich Ihnen diese eine Frage beantworten. Erinnern Sie sich noch an das Medaillon, das ihre Freundin trug? Ich fragte mich natürlich, weshalb Sie Abygail so rasch gefunden haben. Für unsere Techniker war es nicht schwer, die Funktion des Medaillons festzustellen, und dann haben wir den Spieß umgedreht und sie gesucht. Jemand von ihnen da unten hat das Templerkreuz die ganze Zeit getragen und uns damit direkt hierhergebracht.»

Mitch griff sich erschrocken an den Hals und zerrte das Medaillon an der Goldkette heraus. Mit einem verlegenen Blick warf er das Kreuz auf den Boden. Eine Sekunde später folgte Samson seinem Beispiel.

Francis schaute schuldbewusst nach unten. «Sorry, das ist mein Fehler», sagte er. «Ich hätte daran denken müssen.»

«Egal», zischte Samson. «Passiert ist passiert. Jetzt sollten wir uns um unser Überleben kümmern. Ich glaube, Stewart wird gleich einige Killer herunterschicken.»

Tatsächlich schwebte das Transportnetz gerade mit einem leisen Summen nach oben.

«Dann werden wir eben versuchen müssen, sie aufzuhalten», meinte Francis trocken und nahm seinen Rucksack ab. «Wollen wir doch einmal sehen, was wir alles dabei haben.»

«Ich nehme mir auf jeden Fall eine richtige Nahkampfwaffe», sagte Samson und versuchte, ein großes Kampfbeil aus der verrosteten Waffensammlung zu zerren.

Verblüfft ließ er es aber sofort wieder fallen. Der Holzgriff zerbröselte einfach in seiner Hand.

«Wenn sie hier herunterkommen, haben wir gegen ihre Maschinenpistolen keine Chance. Also müssen wir das verhindern», sagte Francis und zog die letzten Sprengpatronen aus seinem Rucksack.

«Leider nur noch zwei.» Er schloss den Booster mit Zünder an, gab Mitch die Rolle in die Hand und ging unter langsamem Abrollen in die Höhle des Fosete. Er wollte den Sprengstoff an der Stelle ablegen, an der das Transportnetz wieder aufkommen würde.

Doch er kam nicht weit. Kaum hatte er die ersten Schritte gemacht, flogen ihm die ersten Kugeln um die Ohren. Stewart hatte einige Wachposten am Rande des Sprenglochs postiert, die sofort das Feuer eröffneten.

Nur mit einem gewagten Sprung konnte sich Francis wieder in die Störtebeker-Höhle retten.

«Was nun?», fragte Samson.

«Dann werfen wir den Sprengstoff eben», erwiderte Francis. Er wusste jedoch, wie aussichtslos eine solche Aktion war.

«Wir könnten auch versuchen, den Hinterausgang zu nehmen», sagte Mitch nachdenklich.

Als ihn Francis und Samson verblüfft anschauten, deutete er auf die Rückwand der Höhle, wo das schmale Rinnsal der Quelle unter einem Geröllhaufen versickerte.

«Ihr erinnert euch? Das Süßwasser tritt in der *Grünen Hölle* aus. Dort muss sich der verschüttete Zugang befinden, durch den die frühen Siedler ihr Wasser geholt haben und durch den Störtebeker seine Beute schleppte. Ich denke, unser Sprengstoff wäre dort am besten eingesetzt.»

Francis schüttelte zweifelnd den Kopf. «Das Risiko ist verdammt hoch», sagte er. «Wenn wir den Gang nicht freisprengen können, sind wir unseren Feinden völlig hilflos ausgeliefert.»

«Hast du eine bessere Idee?», fragte Mitch.

Nach kurzem Zögern schüttelte Francis den Kopf. Es war entschieden.

Während Mitch Wache hielt, grub er mit Samson zwei Löcher in den Geröllhaufen. Die größeren Steine legten sie zur Seite, um die Öffnungen später abdecken zu können. Dann schob Francis die vorbereiteten Pakete tief in die Höhlungen.

Kurz danach hatten sie die Öffnungen mit Gesteinsbrocken blockiert, sodass die Sprengwirkung nicht nach hinten verpuffen konnte. Es war keine Sekunde zu spät.

«Sie kommen», rief Mitch vom Durchbruch her. Um Zeit zu gewinnen, drückte er die Taste seines Walkie-Talkie.

«Hallo Stewart», meldete er sich.

«Thromberg? Haben Sie noch einen letzten Wunsch?»

«Ich warne Sie», sagte Mitch.«Wir haben Waffen und werden Ihre Leute abschießen wie Tontauben.»

Statt einer Antwort wurden nach einigen Minuten Steine heruntergeworfen.

«In Deckung», schrie Francis, der als Erster erkannt hatte, dass es sich bei den Steinen um Handgranaten handelte.

Sekunden später explodierten die Granaten. Noch im Fallen zündete Francis die vorbereitete Sprengung an der Rückwand ihrer Höhle, sodass sich die Geräusche der Explosionen zu einem gewaltigen Krachen mischten.

Eine Staubwolke ließ ihn und die beiden anderen nach Atem ringen und laut husten. Durch den dichten Staub konnten sie nicht erkennen, ob ihre Sprengung Erfolg gezeigt hatte. Bevor sie nachsehen konnten, meldete sich das Walkie-Talkie.

«Leben Sie immer noch, Thromberg?», fragte Stewart und lachte höhnisch. «Genießen Sie die Zeit, Sie werden bald ausgehustet haben.»

Die Geräusche in der Höhle des Fosete verrieten, dass Stewart wieder Granaten werfen ließ. Und dieses Mal hatte er nicht an der

Menge gespart. Die Erschütterungen der gleichzeitigen Explosionen brachten das Gestein zum Erzittern.

«Die Decke bricht ein», rief Mitch alarmiert, als erste Gesteinsbrocken in der Fosete-Höhle nach unten fielen.

«Schnell zur Rückwand», schrie Francis, um den Lärm des berstenden Gesteins zu übertönen. «Da sind wir am sichersten.» Hoffte er, das Ergebnis seiner Sprengung ließ sich bisher nicht erkennen. Zu dicht waberten noch die Staubwolken.

Während sie sich durch die Staubwand tasteten, brach hinter dem Durchgang die Hölle los. Als Erstes krachte in der Fosete-Höhle ein Teil der Decke hinunter. Die schwere Gesteinsplatte verfehlte die uralte Götterstatue nur um wenige Meter. Die Wucht der weiteren Explosionen ließ das Gestein in seinen Grundfesten beben. Die Trennwand zur Störtebeker-Höhle riss in ihrer Struktur. Mit einem lauten Krachen stürzte der gesamte Durchgang in sich zusammen. Fassungslos sah Francis auf das Geröll. Sollte seine Sprengung der Rückwand ohne Effekt verpufft sein, wären sie eingeschlossen.

***

Mitch spürte den frischen Luftzug als Erster. «Hierher zu mir», hustete er und zog gierig die kühle Seeluft in seine staubigen Lungen.

Die Brise von draußen wehte die Staubwolke für einige Sekunden auseinander, sodass er Samson und Francis sehen konnte.

«Wenigstens ersticken wir nicht gleich», stöhnte Francis und blickte entsetzt auf den ehemaligen Durchgang zur Haupthöhle, wo jetzt Geröll und riesige Gesteinsbrocken den Weg versperrten.

«Dann lass uns den Notausgang nehmen», erwiderte Mitch und deutete auf einen schmalen Riss in der Rückwand. «Deine Sprengung hatte Erfolg.» Er klopfte ihm aufmunternd auf die Schulter.

Nachdem Mitch einige Geröllbrocken beiseite gestemmt hatte, kroch er voran, dicht gefolgt von Francis. «Gibt es keinen Durchgang in meiner Größe?», fluchte Samson, während er sich als Letzter hindurchzwängte.

«Leise», mahnte Mitch und deutete auf den Eingang der *Gröön Hell*, der nur wenige Meter vor ihnen lag. Im Moment herrschte Flut und die Wellen schwappten weit in die Brandungshöhle hinein. Vorsichtig wateten sie durch das eiskalte Seewasser. Am Eingang gab Francis das Stoppzeichen und schob sich langsam nach vorne, bis er den Rand des Steilhangs hoch über ihnen überblicken konnte.

Inzwischen war es stockdunkle Nacht. Selbst der Mond versteckte sich hinter schwarzen Wolken. Nur die Lampen der Baustelle leuchteten über die Klippen.

Trotz des Rauschens der Brandung konnte Mitch von dort oben laute Rufe hören. Scheinbar hatte der teilweise Zusammenbruch der Höhle für helle Aufregung unter Stewarts Leuten gesorgt.

«Lasst uns verschwinden», flüsterte Samson und deutete auf den schmalen Küstenstreifen unterhalb der Steilwand.

«Nein, noch nicht», widersprach Mitch. «Die Templerkette ist da oben. Vielleicht können wir den Abtransport irgendwie verhindern.» Er kletterte auf einen Vorsprung. Von dort suchte er bereits nach dem nächsten Griff.

Francis und Samson schauten sich kopfschüttelnd an. Dann folgten sie ihm.

Es ging leichter als gedacht. Die zerklüftete Felswand bot ausreichend Halt. Schon wenige Minuten später waren sie oben angelangt und lugten vorsichtig über den Rand.

Auf der Baustelle herrschte im Licht der Baggerscheinwerfer rege Betriebsamkeit. Gerade wurde das Transportnetz hochgezogen. Kaum hatte der Bagger das Netz aufgesetzt, kletterten zwei bewaffnete Männer heraus und liefen zu Stewart.

Die Gruppe war zu weit weg, um Einzelheiten des Gesprächs zu verstehen, aber aus ihren Gesten entnahm Mitch, dass Stewart die beiden als Kundschafter nach unten geschickt hatte. Kopfschüttelnd stand Stewart vor den zwei Männern, die wild auf ihn einredeten. Er schob sie beiseite, ging vorsichtig einige Schritte vor, und versuchte einen Blick in die halb eingebrochene Höhle zu werfen. Scheinbar war ihm das Gestein jedoch zu unsicher. Schnell trat er wieder zurück und wandte sich den beiden Kundschaftern zu.

In diesem Moment krachte ein Schuss und einer der Kundschafter brach mit einem Schrei zusammen.

Mitch schlug sich erschrocken die Hand vor den Mund und auch Francis und Samson starrten sprachlos auf die Szene.

Weitere gezielte Schüsse trafen Stewarts Männer und sie starben, bevor sie sich zur Wehr setzen konnten. Dann reagierten die Freimaurer endlich. Die erste Maschinenpistole ratterte los und verschaffte den wenigen Überlebenden genügend Zeit, um sich hinter die Bagger in Deckung zu werfen.

Doch nicht für lange. Ungläubig sah Mitch, wie eine Granate aus dem Dunkel des Oberlandes abgeschossen wurde und einen der Bagger traf. Die Wucht der Explosion hob das zwanzig Tonnen schwere Gerät wie ein Spielzeug hoch und ließ es einige Meter weiter wieder zu Boden krachen.

Nach der Explosion herrschte zunächst ein Sekundenbruchteil gespenstischer Stille. Umso lauter klangen dann die Schreie der Verletzten und Überlebenden. Eine einzelne Maschinenpistole spie einen Kugelhagel ins Dunkel des Oberlandes, der von den Angreifern sofort beantwortet wurde.

Wie wütende Hornissen pfiffen die Kugeln über die Baustelle. Mitch duckte sich tief hinter die Steine der Klippen und zog Francis und Samson mit sich.

«Verdammt», flüsterte Francis. «Gehören in Deutschland Panzer-Granaten zur Ausrüstung der Polizei?»

«Das ist keine Polizei», erwiderte Mitch ebenso leise. «Es gab keine Warnung. Die haben sofort geschossen.»

«Die Wächter?»

«Wer sonst?»

Samson hob vorsichtig den Kopf und lugte zwischen zwei Steinen hindurch. Aufgeregt zog er Mitch am Arm.

«Stewart will fliehen. Er ist gerade in den Helikopter eingestiegen.»

Bevor Mitch reagieren konnte, begann die Schießerei erneut. Doch dieses Mal hatten sich die überlebenden Freimaurer anscheinend für einen Angriff entschieden. Die Salven ihrer Maschinenpistolen zwangen die Angreifer in Deckung.

Als die Rotoren des Hubschraubers zum Leben erwachten, rannten einige Freimaurer unter der Deckung des Maschinenpistolenfeuers nach vorne und warfen Handgranaten in Richtung der unsichtbaren Angreifer.

Während die Granaten explodierten, hob der Helikopter ab. In wenigen Metern Höhe drehte er zur offenen See und beschleunigte mit Höchstwerten.

Das Feuer der Angreifer flackerte wieder auf und konzentrierte sich auf den Hubschrauber.

Als der Helikopter dicht über ihrem Versteck flog, sah Mitch deutlich, wie einzelne Kugeln in das Blech einschlugen.

Schnell entfernte sich der Hubschrauber. Bevor er jedoch von der Schwärze der Nacht verschluckt wurde, flammte es erneut aus den Reihen der Angreifer auf.

Die Panzergranate raste über den Klippenrand direkt auf den Helikopter zu. Der Pilot wollte offensichtlich in letzter Sekunde noch ausweichen.

Durch das überhastete Flugmanöver verlor er jedoch die Kontrolle. Während die Granate vorbeiflog und irgendwo weit draußen im Meer versank, begann sich der Hubschrauber immer schneller um die eigene Achse zu drehen. Taumelnd stürzte er der Wasseroberfläche entgegen. Beim Aufprall schoss eine Flammensäule aus der Kanzel und beleuchtete einige Sekunden flackernd die Klippen, bevor der Helikopter wie ein Stein im Meer versank.

«Zwei Uhr vom Eingang der *Gröön Hell* und rund dreihundert Meter», flüsterte Mitch, der versuchte, sich die Absturzstelle zu merken.

«Wir sollten schleunigst verschwinden», raunte Francis, der mit einem Auge das Geschehen auf dem Plateau beobachtete. «Die Nephilim greifen jetzt frontal an.»

Mitch stemmte sich hoch und sah, dass Francis recht hatte. Dunkelgekleidete Männer stürmten von allen Seiten die Baustelle. Ohne ihren Anführer ergaben sich die Freimaurer nach kurzer Gegenwehr. Danach trieben die Angreifer ihre Gefangenen zusammen.

Den Moment nutzte Mitch und gab Samson und Francis das Zeichen zur Flucht. Schnell rutschten sie nacheinander den Steilhang hinunter und tasteten sich in den Schutz der *Gröön Hell* zurück. Auf dem Weg nach unten erwarteten sie jede Sekunde, von den Nephilim entdeckt zu werden. Aber die hatten im Moment wohl andere Sorgen. Ihr Angriff war zwar erfolgreich gewesen, aber ihre Beute lag jetzt im Meer.

Mitch sah ungeduldig auf seine Armbanduhr. Die von der LONGIMANUS angeforderte Polizei müsste eigentlich längst vom Festland eingetroffen sein. Mit einem Schnellboot oder gar einem Katamaran war die Strecke Cuxhaven/Helgoland in weniger als einer Stunde zu überwinden. Rechnete er dazu etwa eine Stunde Vorbereitungszeit, also Alarmierung eines SEK, Ausrüstung und Absicherung, müsste die Polizei gerade in den Hafen einlaufen.

«Vorsicht. Da kommen zwei Männer den Steilhang herunter», zischte Francis, der Wache gestanden hatte.

Eilig wateten sie tiefer in das Dunkel der Brandungshöhle und suchten Deckung hinter großen Felsen.

In letzter Minute.

Schon tasteten die Kegel von zwei Lampen durch die Höhle.

Entschlossen, sich bis zum Letzten zu verteidigen, griff sich Mitch einen der Geröllbrocken und wartete auf seine Chance.

Das aufgeregte Krächzen eines Sprechfunkgerätes unterbrach jedoch die Suche der Angreifer. Mitch hörte, wie sie eilig wieder zurück zum Ausgang wateten. Das Licht der Lampen erlosch.

Er wartete sicherheitshalber noch einige Minuten, bevor er die Deckung des Felsen verließ.

Am Höhleneingang angekommen, zeigte ein vorsichtiger Blick nach oben ebenfalls tiefe Dunkelheit. Alle Lampen auf der Baustelle waren ausgeschaltet und außer dem Rauschen der Brandung war kein Laut zu hören.

Mitch gab Entwarnung.

«Soll ich nachschauen, ob sie weg sind?», fragte Samson und fasste den Stein fester, den er ebenfalls zur Verteidigung aufgehoben hatte.

«Warte noch», sagte Francis. «Gegen Maschinenpistolen hast du mit dem Stein keine Chance.»

«Besser ein Stein als gar nichts in der Hand. Oder hast du hier unten sonst etwas bemerkt, mit dem ich werfen könnte?»

«Na klar. Jede Menge. In der Höhle findest du Unmengen von verrosteten Klingen, Münzen oder Bücher», scherzte Francis.

«Bücher?» Mitch horchte auf.

«Ja, eine ganze Truhe voll. Direkt bei dem Gold. Heh, was hast du vor?»

Mitch war schon unterwegs. «Haltet Wache. Ich bin gleich zurück», rief er über seine Schulter und zwängte sich durch den Spalt in die Störtebeker-Höhle. Der Staub der Explosionen hatte sich inzwischen gelegt. Im Licht seiner Taschenlampe hatte Mitch schnell die betreffende Truhe gefunden. Aus dem Inhalt wählte er nur die Pakete aus, die in Größe und Umfang den Kincaid-Tagebüchern ähnelten, die ihnen Abygail präsentiert hatte. Vorsichtig wickelte er eines nach dem anderen aus ihren brüchigen Lederumschlägen. Beim dritten Paket atmete er tief durch. Er hatte das gefunden, was er sich erhofft hatte.

Der Rucksack von Francis stand immer noch da, wo dieser ihn bei ihrer überstürzten Flucht vergessen hatte. Mitch schüttete den Inhalt kurzerhand auf den Boden und legte seine Beute hinein. Dann robbte er wieder zurück in die Brandungshöhle. Samson wollte ihm auf dem letzten Meter helfen, aber Mitch schob ihm stattdessen den Rucksack zu. Während sich Mitch aufrichtete, blickte Samson verdutzt zwischen ihm und dem Stoffsack hin und her: «Hattest du was vergessen, oder was war los?»

«Nur Lesestoff zum Einschlafen», erwiderte Mitch trocken und warf sich den Rucksack über die Schultern. «Und nun sollten wir versuchen, hier abzuhauen.»

Doch kaum wollten sie die Brandungshöhle verlassen, zwangen sie laute Rufe über ihnen wieder in Deckung.

Nur Francis blieb als Wache am Eingang. Aufmerksam lauschte er den Rufen. Bevor ihn Mitch oder Samson zurückhalten konnten, sprang er plötzlich aus der Höhle und begann laut um Hilfe zu rufen.

«Ist er jetzt wahnsinnig geworden?», rief Samson und blickte irritiert zu Mitch, der ihn breit angrinste.

Sie verstanden sich ohne Worte.

«Die Polizei», stellte Samson fest und, als Mitch nickte, gab es auch für ihn kein Halten mehr.

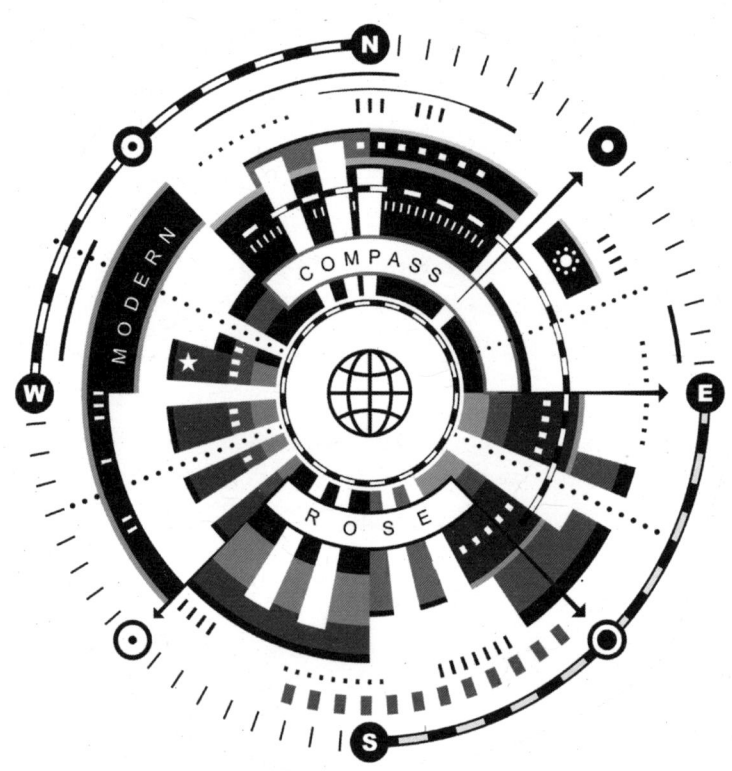

20. DIE BERGUNG

Nach einer für alle kurzen Nacht saßen sie gemeinsam in der Schiffsmesse. Mitch trank mittlerweile seinen dritten Kaffee.
«Insgesamt dreizehn Tote hat die Polizei geborgen», sagte Rajesh. «Nicht gerechnet, die Insassen des Hubschraubers. Also Stewart und der Pilot. Die Leichen liegen immer noch auf dem Meeresgrund und warten auf ihre Bergung.»
«Wann sollen die Polizeitaucher eintreffen?», fragte Mitch dazwischen.
«Morgen am Vormittag. Sie rüsten gerade das Schiff aus.»
«Und über dem Wrack liegt ein Polizeiboot?»
«Die ganze Zeit. Keine Chance, die Templerkette zu bergen», antwortete Rajesh und beobachtete kopfschüttelnd, wie Mitch sich Notizen machte.
«Gibt es eine Spur der anderen Truppe?», fragte Samson. «Ich meine, wir sind auf einer Insel. Da kann man doch nicht einfach kommen und gehen, wie man will.»
«Laut den Ermittlungen hat gestern gegen neunzehn Uhr ein großes Tragflächenboot im Fischereihafen angelegt. Von dort sind es nur wenige Meter bis zur Großen Treppe. Ein Trupp von zwanzig vermummten Männern hat von da aus das Oberland betreten und ist, laut Zeugenaussagen, in militärischer Formation über die Kirchstraße, am Leuchtturm vorbei in Richtung Baustelle marschiert.»
«Wieso haben diese Zeugen das nicht gleich gemeldet?», fragte Johanna. «Außerdem müssen um diese Zeit doch auch noch andere

Leute auf den Straßen unterwegs gewesen sein. Und die Truppe wirkte alles andere als normal.»

«Kurz nach dem Eintreffen des Bootes waren alle Kommunikationsverbindungen auf der Insel gestört», erklärte Francis an Rajeshs Stelle. «Und niemand wollte sich wohl mit einem schwer bewaffneten Trupp anlegen. Laut Zeugenaussagen hatte einer der Soldaten sogar einen Granatwerfer dabei.»

«Das haben wir bemerkt», murmelte Samson mit sarkastischem Unterton. «Die Teile des gesprengten Baggers sind uns um die Ohren geflogen.»

«Und wie sind die Männer entkommen?», fragte Johanna weiter. «Das muss doch kurz vor dem Eintreffen des SEK gewesen sein.»

«Laut Zeugenaussagen sind sie mitsamt einiger Verwundeter zurück auf ihr Tragflächenboot gestürmt und, während die Schnellboote der Polizei an der Landungsbrücke anlegten, haben sie unbemerkt den Nordosthafen verlassen.»

«Klingt wie ein schlechter Roman», warf Thomas ein, der bisher schweigend zugehört hatte. «Und wieso sind sie überhaupt entkommen? Selbst das Tragflächenboot braucht knapp eine Stunde bis zum nächsten Hafen. Da bleibt doch Zeit genug, die Gangster unterwegs abzufangen, oder?»

«Theoretisch richtig», erwiderte Rajesh ruhig. «Ein Polizeiboot hat es vor Cuxhaven versucht, wurde jedoch bei dem Versuch mit einer Granate beschossen und versenkt. Acht Polizisten wurden dabei getötet. Kurze Zeit später verschwand das Tragflächenboot vom Radar. Wahrscheinlich haben die Nephilim-Leute es selbst versenkt und sind mit kleinen Schlauchbooten, die das Radar nicht erfassen kann, irgendwo an Land gekommen.»

«Gut, lasst uns kurz zusammenfassen, was wir wissen», beendete Mitch die Diskussion. «Also zunächst wurden wir von Stewart und seinen Freimaurerleuten überfallen. Erst versuchten sie, die LONGIMANUS in ihren Besitz zu bringen, und als das nicht klappte, kamen sie zur Höhle.»

«Gut, dass du die Security komplett zum Schiff geschickt hast», warf Samson ein. «So konnten sie als volle Einheit den Angriff abwehren. Ansonsten hätten die Freimaurer sicher sowohl das Schiff als auch die wenigen Wachen an der Höhle überwältigt.»

Mitch nickte kurz, ließ sich aber in seiner Zusammenfassung nicht stören. «Stewart wollte uns ermorden. Er und seine Helfer wurden dann jedoch ihrerseits von den Nephilim angegriffen und bis auf den letzten Mann getötet.»

«Damit haben wir zumindest von der Seite ab jetzt Ruhe», grollte Samson, aber Mitch gebot ihm mit einer kurzen Geste Einhalt.

«Fakt ist, dass die Nephilim immer noch im Rennen sind. Und sie sind gefährlich wie eine Kobra. Dass Stewart uns gefunden hat, haben wir uns selbst zuzuschreiben. Doch wie die Nephilim unseren Aufenthaltsort so schnell ermittelt haben, bleibt ein Rätsel. Dazu kommt ihre absolute Erbarmungslosigkeit, denn sie haben die überlebenden Freimaurer ermordet, obwohl diese sich ergeben hatten. Dann der Granatwerfer und ihr perfektes Verschwinden nach dem Überfall. Wie gesagt, für mich sind die Nephilim die gefährlichsten Gegner. Wie ein Schatten tauchen sie auf und sind einfach nicht zu greifen.»

«Hat deine Mutter etwas bei dem israelischen Ministerpräsidenten erreicht?», fragte Rajesh.

Mitch schüttelte nur mit dem Kopf. Er hatte, kurz nachdem er zurück auf dem Schiff gewesen war, seine Mutter angerufen. Die hatte ihn vertröstet. Scheinbar hatte der direkte Weg aber nichts gebracht. Die Nephilim waren immer noch eine tödliche Bedrohung.

«Ist der Professor schon zurück?», versuchte Johanna, abzulenken.

Sofort musste Mitch schmunzeln. «Den kriegen wir so schnell nicht wieder aus der Höhle heraus. Und Wechtermann wohl auch nicht. Die beiden sind wie Pech und Schwefel und seit dem Morgengrauen in der Höhle verschwunden.»

«Welche Höhle meinst du?», fragte Johanna nach. «Die von dem bronzezeitlichen Gott oder Störtebekers Schatzhöhle?»

«Beide», erwiderte Mitch. «Der Museumsdirektor als verantwortlicher Projektleiter hat sofort das Bauunternehmen verpflichtet, die einsturzgefährdete Decke abzusichern und den Durchgang der beiden Höhlen wieder zu öffnen. Und seit die Höhlen sicher sind, pendeln unsere beiden Professoren zwischen ihnen hin und her. Zwischenzeitlich ist sogar Verstärkung vom Archäologischen Landesamt Schleswig Holstein eingetroffen und macht das Chaos dort unten perfekt. Und ich vermute, der Leiter des Fremdenverkehrsamtes und der Bürgermeister arbeiten schon an der Touristenwerbung.»

«Gut, dass die Templerkette dort aus der Höhle weg ist», sagte Thomas.

«Und das Buch», ergänzte Mitch und hielt Thomas den Rucksack hin. «Das könntest du mit Johanna gleich einmal durchschauen, ob darin noch wichtige Informationen für unsere weitere Suche verborgen sind.»

Thomas nickte und winkte seiner Frau zu, ihn zu begleiten. Beide Wissenschaftler verließen den Raum.

«Und wir holen uns jetzt die Templerkette», sagte Mitch zu Francis und Samson. «Und zwar so, dass niemand etwas davon mitkriegt.»

Als beide ihn verdutzt anschauten, winkte er ihnen, ihm zu folgen. In der innen liegenden Flutkammer des Forschungsschiffes wurde auf Mitchs Anweisung gerade die LITTLE TURTLE vorbereitet.

Es handelte sich dabei um ein leistungsfähiges Zweimann-U-Boot, das speziell für die Schatzsuche unter Wasser entwickelt worden war. Schon bei der Suche nach dem Quetzalcoatl-Kodex hatte es unschätzbare Dienste geleistet.

Die Flutkammer fungierte im Grunde als eine Art wasserdichte Garage für das U-Boot. Von oben hielt ein Teleskoparm das Boot. Sobald die Besatzung an Bord war, konnte die Kammer vollständig geflutet werden. Danach öffnete sich die Bodenklappe und das U-Boot wurde durch den Teleskoparm nach unten abgesenkt. Ein Tastendruck entriegelte die Befestigungsklammern und das U-Boot war frei.

Mitch hatte die Einrichtung vor einiger Zeit installieren lassen, um das U-Boot unabhängig von Sturm und Wellen zu wassern und wieder an Bord holen zu können. Für den Zweck, den er jetzt dafür geplant hatte, war es mehr als perfekt.

«Ich werde den ersten Tauchgang zusammen mit Samson machen», sagte Mitch zu Francis. «Und du meldest dich bitte bei Abygail. Frag sie, ob sie dabei sein will, wenn wir die Templerkette analysieren.»

Francis nickte, nicht ohne jedoch einen neidischen Blick auf das Klein-U-Boot zu werfen.

«Keine Sorge», sagte Mitch grinsend. «Je nach Lage und Zustand des Hubschrauberwracks gibt es garantiert jede Menge Arbeit und voraussichtlich mehrere Tauchgänge. Ich werde mich dabei mit Samson als Pilot abwechseln aber du kannst die Tauchfahrten als Beifahrer begleiten. Natürlich nur, wenn du willst.»

Francis wollte. Das war deutlich zu sehen.

Bevor er ging, strich er fast zärtlich über die Außenhaut des Bootes.

Mitch wandte sich ab, damit er nicht sein breites Grinsen sah. Er hatte ihn richtig eingeschätzt.

Nach einem letzten wehmütigen Blick öffnete Francis die Tür des Flutraums und ging zum Oberdeck.

Mitch kletterte durch die Einstiegsluke des U-Bootes. Mit der Übung unzähliger Tauchgänge faltete er seine 1,80 Meter auf dem Pilotensessel zusammen und begann mit dem Routine-Check. Nach und nach erwachten die Instrumente und Armaturen zum Leben.

«Willst du da draußen Wurzeln schlagen?»

«Bin schon unterwegs.»

Das Klein-U-Boot war nicht für Samsons Größe und Breite gebaut und so dauerte es einige Weile und endlose Flüche, bis er auf dem Co-Piloten-Sitz angekommen war.

«Das nächste Mal bestellst du das U-Boot eine Nummer größer», schimpfte er, während er die Sicherheitsgurte anlegte.

Mitch grinste nur und schloss den Check ab.

«Little Turtle an Zentrale. Wir sind bereit. Ihr könnt fluten. Ende.»

Schweigend sahen die beiden durch das große Sichtfenster, wie das hereingepumpte Seewasser stieg.

Als es im U-Boot immer dunkler wurde, schaltete Samson automatisch das Innenlicht an.

«Sofort ausmachen», sagte Mitch. «Du erinnerst dich? Über dem Hubschrauberwrack liegt ein Polizeiboot. Wir müssen völlig unsichtbar sein.»

Samson schlug sich die flache Hand an den Kopf «Klar!» Er schaltete das Licht wieder aus. «Wie viel Zeit haben wir eigentlich für die Bergung?»

«Laut Francis ist der Einsatz der Taucher für morgen früh angesetzt. Uns bleiben also ein halber Nachmittag und die ganze Nacht, um die Templerkette zu bergen.»

«Seit wann hast du den Einsatz des U-Bootes geplant?», fragte Samson überrascht. «Ich dachte vorhin, das wäre nur so ein spontaner Einfall von dir.»

«Gleich, als der Hubschrauber abgestürzt ist», erwiderte Mitch und hob die Hand, um weitere Fragen seines Freundes zu stoppen. Er drückte kurz die Taste der Sprechfunkverbindung. «Little Turtle an Zentrale. Sobald die Kammer geflutet ist, könnt ihr uns ausklinken. Ende.»

«Zentrale an Little Turtle. Frage: Bleibt es dabei, dass wir auf Ultraschall umschalten? Kommen.»

«Little Turtle an Zentrale. Ja. Wir lassen die Sprechfunkboje erst aufsteigen, wenn ein Notfall eintritt. Bis dahin verständigen wir uns über die Ultraschall-Verbindung. Ende», bestätigte Mitch. Er wusste um das Risiko, aber es ging nicht anders. Unter Wasser war eine Bild/Ton-Kommunikation nur über ein Kabel und eine Antennenboje möglich. Beides gab jedoch deutliche Spuren an der Meeresoberfläche. Wenn sie unbemerkt bleiben wollten, blieb ihnen nur die störanfällige Verbindung über Ultraschall. Dazu hatte die LONGIMANUS bereits die Empfangs- und Sendeeinheit dicht neben der Bordwand ins Wasser abgesenkt. Aber das System funktionierte nur, solange die Little Turtle sich in direkter Verbindung befand, das hieß, wenn nicht die halbe Insel zwischen Sender und Empfänger lag. Um das Hubschrauberwrack zu erreichen, war jedoch genau das der Fall. Im Klartext: Sobald sie das Hafenbecken verlassen hätten, wären sie alleine auf sich gestellt.

«Hast du die Koordinaten?», fragte Samson.

«In etwa. Ich habe den ungefähren Absturzort abgemessen und in die Karte eingetragen.»

Eine blinkende, grüne Lampe zeigte die nun komplette Füllung der Flutkammer an.

«Zentrale an Little Turtle. Wir verlassen jetzt das Hafenbecken. Geben das Signal, wenn wir im tiefen Wasser sind. Ende.»

Mitch nahm den Joystick der Steuerung und überprüfte nochmals die automatische Tarierung. Leider konnte das U-Boot hier im Hafen aufgrund des Tiefgangs nicht ausgeklinkt werden. Der Südhafen ließ sich zwar tideunabhängig befahren, hatte jedoch bei Ebbe nur eine Tiefe von knapp fünf Metern. Das reichte zwar für die drei Meter und achtzig Zentimeter der LONGIMANUS, aber nicht, um die Klappe der Flutkammer zu öffnen und das U-Boot auszuklinken. Hierzu erforderte es aus Sicherheitsgründen mindestens eine Wassertiefe von sieben Metern.

Um nicht bis zur Flut warten zu müssen, hatte Mitch angeordnet, dass das Forschungsschiff den Hafen verlassen sollte. Offiziell, um die Motoren zu überprüfen. Die vorgetäuschte Testfahrt sollte dicht an dem Hubschrauberwrack vorbeiführen. Mit dem Kapitän war besprochen, kurz neben dem Polizeiboot zu stoppen, um Proviant und Getränke zu übergeben.

Hier würde das U-Boot ausgeklinkt werden. Mitch hatte für die erste Erkundung des Wracks ein Zeitfenster von sechzig Minuten eingeplant. Auf dem Rückweg vom *Motorentest* wollte sie die LONGIMANUS wieder einsammeln.

Soweit der Plan. Sollte das nicht klappen, müsste Mitch die Little Turtle mit eigener Kraft in den Südhafen zurückfahren. Beim Fluthöchststand reichte die Tiefe im Hafen für eine sichere Rückkehr in die Flutkammer aus. Das würde natürlich Zeit kosten. Zeit, die sie nicht hatten. Deshalb war es wichtig, dass alles klappte.

Das dumpfe Dröhnen der Dieselmotoren zeigte an, dass die LONGIMANUS abgelegt hatte und nun den Hafen verließ. Ihr Kurs führte über die Südwestspitze des Hafenbeckens, immer den Klippen entlang in Richtung Lange Anna.

«Zentrale an Little Turtle. Das Polizeiboot ist zwanzig Meter voraus. Der Helikopter liegt direkt darunter, 23 Grad NO KüG. Wir klinken jetzt aus. Ende.»

Das grüne Blinken auf dem Armaturenboard wechselte in ein hektisches Rot. Summend öffnete sich die Wasserklappe. Parallel senkte sich der Teleskoparm mit dem U-Boot langsam nach unten.

Die Dunkelheit in der Kanzel wich einem flimmernden Grün. Mitch atmete tief durch. Sie waren im Meer. Ein einzelner neugieriger Fisch schwamm vor dem großen Sichtfenster vorbei und verschwand im Dunkelgrün des Meeres.

Mit einem Klacken entriegelte sich die Halterung. Das Klein-U-Boot taumelte einen Moment in der Strömung, bis Mitch das Boot mit dem Elektroantrieb stabilisierte.

«Okay», sagte er. «Dann wollen wir mal sehen, ob wir das Wrack finden.» Er gab die Daten, die ihm die LONGIMANUS übermittelt hatte, in den Kompass ein. Dabei ließ er das U-Boot wie ein Stein in die Tiefe sinken. Die Angabe 23 Grad NO, KüG bedeutete einen Kompasskurs von 23 Grad Nordosten, Kurs über Grund – vom augenblicklichen Standort aus. Und dazu musste er schnell den Boden erreichen, um eine Abdrift zu vermeiden.

Je tiefer das U-Boot sank, umso dunkler wurde es um sie herum. Als sie eine Tiefe von vierzig Metern erreicht hatten, bremste Mitch das Boot ab und ließ es deutlich langsamer sinken.

«Ich sehe den Boden», sagte Samson und deutete in das grüne Halbdunkel der Frontscheibe.

«Noch zwei Meter», präzisierte Mitch nach einem Blick auf die Instrumente. Er stabilisierte das Boot bei einer Tiefe von dreiundfünfzig Metern und steuerte langsam und vorsichtig den übermittelten Kurs. Nach zwanzig Metern stoppte er das Boot und begann die Stelle in einer immer weiter werdenden Spirale zu umrunden.

«Samson, kannst du mit dem Sonar etwas erkennen?»

«Nein, hier sind zu viele Felsbrocken im Wasser. Überall Reflexionen. Um das Wrack zuverlässig zu orten, müssten wir aufsteigen.»

Mitch schüttelte den Kopf. Das würde zu lange dauern.

«Little Turtle an Zentrale. Frage: Seid ihr noch beim Polizeiboot. Kommen.»

«Zentrale an Little Turtle. Wir sind hier fast fertig. Frage: Können wir noch etwas für euch tun? Kommen», klang die abgehackte Stimme des Kapitäns aus dem Empfänger ihrer Ultraschall-Sprecheinrichtung.

«Little Turtle an Zentrale. Ja. Schaltet den Hummingbird ein. Wir brauchen einen neuen Kurs. Kommen.»

Mitch sah regelrecht vor sich, wie der Kapitän jetzt den Hummingbird Seitenscanner einschaltete. Auf dem Monitor des Gerätes würden sich das Hubschrauber-Wrack und das Klein-U-Boot als deutliche Schatten zeigen.

«Zentrale an Little Turtle. Ihr seid etwa zwanzig Meter abgetrieben. Neuer Kurs: KüG 293 Grad. Kommen.»

«Okay, wartet eine Minute», erwiderte Mitch und vergaß für einen Moment die Sprechfunkregeln, so konzentriert steuerte er das U-Boot durch die grüne Dunkelheit.

«Ich sehe den Hubschrauber», rief Samson aufgeregt und deutete nach vorne. Und tatsächlich, direkt vor ihnen lag der zerstörte Rumpf auf dem Meeresboden.

«Little Turtle an Zentrale. Gefunden. Danke. Ende.»

Langsam umrundete Mitch das Wrack. Er konnte ihr Glück kaum fassen. Der Helikopter war so schnell gesunken, dass das Feuer keinen größeren Schaden hatte anrichten können. Bis auf die Stummel der durch den Aufprall auf die Wasseroberfläche abgerissenen Rotorblätter stand der Hubschrauber fast unbeschädigt auf dem flachen Sandboden.

«Übernimmst du die Steuerung?»

Während Samson das Boot stabilisierte, aktivierte Mitch den zweiten Joystick vor ihm. Mit ihm steuerte er den Roboterarm, der zur Spezialausstattung des Bergungs-U-Bootes gehörte. Mit den Klauen konnte er unter Wasser wie mit einer stählernen Hand zufassen und schwere oder sensible Materialien aufsammeln. Für das Verstauen dieser Fundstücke waren am Bug des U-Bootes mehrere elektrisch verschließbare Behälter angebracht sowie ein Sammelnetz für größere Objekte.

«Jetzt so nah ran, wie es geht.»

Samson navigierte das U-Boot dicht an das Wrack des Bordhubschraubers vom Typ Bölkow Bo 105 heran.

Mit einem leisen Summen fuhr der Roboterarm aus. Die Klauen umfassten die Türklinke der Kanzel wie mit einer Zange. Mit einer leichten Drehung öffnete Mitch die vordere linke Tür.

Erschrocken hielt er inne, als er den Toten erkannte, der auf dem Sitz festgeschnallt war.

«Stewart», fluchte Samson, der ebenfalls vor Schreck zusammengezuckt war.

Mitch nickte. Trotz der schweren Verbrennungen war die Leiche deutlich zu erkennen.

Vorsichtig löste Mitch die Klauen und tastete nach der hinteren Tür. Hier hatte Samson nach der Bergung aus der Höhle die Rücksitze ausgebaut und die Templerkette verstaut.

«Hast du die Ketten auf den Boden gelegt?»

«Nein, das war mir bei dem Gewicht zu gefährlich. Ich habe sie in Säcke gepackt, die auf der Baustelle herumlagen und an den Halterungen der Sitze festgebunden.»

«Gut, das macht es viel einfacher», sagte Mitch und öffnete mit einer leichten Drehung die hintere Tür. Doch die klemmte und ließ sich selbst mit der ganzen Kraft des Roboterarms nicht öffnen.

«Andere Seite», gab Mitch schließlich auf.

Samson ließ das U-Boot über das Wrack schweben, drehte um einhundertachtzig Grad und stabilisierte das Boot direkt neben der hinteren rechten Tür.

Dieses Mal ließ sich die Tür öffnen.

«Sieht aus, als ob alles noch an seinem Platz wäre», sagte Samson.

«Etwa fünfzig Kilogramm je Sack», erwiderte Mitch und regulierte die Kraft des Roboterarms. «Du wirst mit der Steuerung aufpassen müssen, wenn ich versuche, das Gewicht zu bewegen.»

«Das wird nicht funktionieren», gab Samson zu bedenken. «Dazu ist die Tarierung zu sensibel. Ich werde das Boot auf den Boden setzen müssen.»

«Gut, mach das.»

Unendlich vorsichtig ließ Samson das Boot sinken. Erst als es mit dem ganzen Rumpf auf dem Meeresboden lag, hob er den Daumen.

Mitch fuhr den Roboterarm aus. Mit einem Tastendruck wechselte er die Zangenklaue an der Spitze gegen eine kleine Kreissäge.

Mit dem rotierenden Sägeblatt trennte er zunächst alle Seile durch, mit denen Samson die Säcke angeleint hatte. Ein rascher Blick auf seine Armbanduhr zeigte, dass ihnen bis zum Treffpunkt mit der LONGIMANUS noch fast vierzig Minuten Arbeitszeit verblieben. Zeit genug, um möglichst viele Säcke zu bergen.

Mit der wieder eingesetzten Klaue hob er einen der Säcke vorsichtig an. Durch das Gewicht kippte das U-Boot zuerst leicht, stabilisierte sich jedoch.

Mutiger geworden, hob Mitch den Sack komplett an und transportierte ihn durch die Tür nach draußen. Geschickt ließ er ihn in einen der Transportkörbe fallen.

«Das geht leichter als gedacht», sagte er und grinste.

«Wir werden nur Probleme mit dem Gewicht bekommen», erwiderte Samson besorgt. «Wenn wir alle Säcke auf einmal mitnehmen, sind das knapp sechs Zentner zusätzlich.»

«Das ist nicht einmal dein Gewicht», scherzte Mitch und lachte. «Lass es uns versuchen. Dadurch, dass wir so einfach an die Säcke kommen, können wir die gesamte Bergung vielleicht mit einem einzigen Tauchgang schaffen.»

Das Bergen der restlichen Goldketten ging leider nicht so problemlos, wie Mitch es gedacht hatte. Das Gewebe von zweien der Säcke riss und die Ketten rutschten heraus. Er konnte die Ketten mit dem Roboterarm jedoch nicht so greifen, um sie in eine der Transportboxen am Bug zu bugsieren. Zwar wollte er noch nicht aufgeben, aber ein nervöser Blick auf seine Armbanduhr zeigte ihm, dass sich ihr Zeitfenster schloss.

Die Ultraschall-Sprechverbindung schaltete sich ein. «Zentrale an Little Turtle. Sind zur Aufnahme bereit. Kommen.»

Mitch und Samson brauchten keine Worte, um sich zu verstehen. Dafür hatten sie schon viel zu lange bei Bergungsprojekten zusammengearbeitet. Sie wussten beide: Es gab nur eine einzige Lösung. Doch die war kompliziert.

Während Mitch weiter vergeblich versuchte, die Ketten mit dem Greifer zu bergen, erläuterte Samson dem Kapitän ihren Plan.

«Little Turtle an Zentrale. Brauchen Hilfe eines Tauchers. Francis soll sich fertigmachen. Halten Position. Ende.»

«Zentrale an Little Turtle. Verstanden. Ende.»

«Bin gespannt, was der Kapitän den Polizisten erzählt, weshalb er nochmals bei ihrem Boot stoppt?», fragte Samson besorgt.

«Mach dir keine Sorgen. Dem fällt sicher etwas ein. Wichtig ist nur, dass Francis schnell reagiert. Eine zu lange Wartezeit könnte die Aufmerksamkeit wecken.»

«Der ist ein erfahrener Taucher. Ich wette, der steht bereits voll angezogen in der Flutkammer.»

«Die Tiefe hier ist aber schon ein Problem. Vierundfünfzig Meter sind auch für einen erfahrenen Taucher kein Pappenstiel. Ihm bleiben hier unten nur wenige Minuten zum Arbeiten und dann muss er wieder nach oben in genau festgelegten Dekompressionsstufen.»

«Das Risiko können wir minimieren», erwiderte Mitch. «Sobald wir fertig sind, hält sich Francis am U-Boot fest und, während wir mit voller Kraft fahren, steigen wir auf seine jeweiligen Dekostufen. So sind wir hoffentlich schon weit vom Polizeiboot entfernt, wenn er auftauchen muss.»

«Na da wünsche ich uns mal Glück.»

«Glück werden wir auf jeden Fall brauchen», sagte Mitch. «Aber ich kriege die verdammten Ketten nicht in die Boxen. Ohne Unterstützung können wir sie nicht bergen. Und morgen sind hier die Polizeitaucher im Wasser. Dann ist der Fund öffentlich und wir kommen nicht mehr dran. Uns bleibt nichts anderes übrig, als auf Francis zu hoffen.»

In dem Moment klopfte es an die Frontscheibe. Erschrocken fuhren sie herum, um im gleichen Augenblick in ein befreites Lachen auszubrechen. Es war Francis, der ihnen von draußen zuwinkte. Er musste in einer Rekordzeit zu ihnen heruntergetaucht sein.

«Er hat keine Vollgesichtsmaske», stellte Samson fest. «Da bleiben uns nur Handzeichen für eine Verständigung.»

Mithilfe von Gesten und Samsons Notizblock machten sie Francis ihren Plan klar. Der erfahrene Taucher hatte das Problem aber schon erkannt. Er hob die beiden Ketten nacheinander in die bereits offene

Transportbox. Dann hakte er sich an einem der Transporthaken ein und gab das OK-Zeichen. Mitch, der wieder die Steuerung übernommen hatte, gab Schub und richtete die Nase des U-Bootes nach oben. Bei fünfzehn Metern stabilisierte er das Boot und sah Francis fragend an. Nach einem Blick auf seinen Tauchcomputer zeigte er die nächste Tauchtiefe und Dekozeit an.

Während das U-Boot unverändert in Richtung Süden fuhr, stieg es gleichzeitig im Rhythmus von Francis' Tauchcomputer immer weiter auf.

Die längste Zeit mussten sie auf der geringsten Tiefe von drei Metern bleiben. Aber zu diesem Zeitpunkt war das kleine U-Boot schon so weit von dem Polizeiboot entfernt, dass der helle Fleck im Wasser nicht auffiel.

Endlich gab Francis das erlösende Signal. Sie konnten auftauchen.

Ein Blick auf den Sonarmonitor zeigte Mitch, dass die LONGIMANUS direkt neben ihnen fuhr und damit auch eine zufällige Sichtung von den Klippen unmöglich machte.

«Little Turtle an Zentrale. Wir kommen jetzt an Bord. Kommen.»

«Zentrale an Little Turtle. Willkommen. Alles bereit. Ende.»

Mitch ließ das Klein-U-Boot auf die notwendige Mindesttiefe von sieben Metern absinken und steuerte per Sicht zu der weit geöffneten Klappe der Flutkammer. Er wartete, bis Francis sich ausgeklinkt hatte und in die Kammer schwebte. Erst als von der LONGIMANUS die Freigabe kam, steuerte er zur Hebeeinrichtung.

Ein lautes Klacken zeigte an, dass der Teleskoparm die Little Turtle fest im Griff hatte. Dann wurde das U-Boot nach oben gezogen. Gleichzeitig nahm das Forschungsschiff wieder langsame Fahrt auf.

Mitch grinste seinem Freund zu. Sie hatten einen vollen Erfolg zu vermelden. Einem zufälligen Zuschauer an Land wäre nur der kurze Stopp des Schiffes aufgefallen, aber dafür gab es auf See immer eine Vielzahl von Gründen. Dank Francis' Eingreifen hatten sie die gesamten Teile der Templerkette geborgen.

21. DIE KETTE DER TEMPLER

«Den versprochenen Tauchgang mit dem U-Boot hatte ich mir völlig anders vorgestellt», begrüßte sie Francis und grinste breit.

Mitch lachte nur. Doch Samson schloss den ehemaligen Soldaten kurz in die Arme.

«Starke Leistung», flüsterte er ihm dabei ins Ohr. «Aber lass es dir nicht zu sehr zu Kopf steigen.»

Der Rhythmus der Schiffsmotoren verriet, dass die LONGIMANUS ihre Fahrt verlangsamte. Bald mussten sie ihren Anlegeplatz im Südhafen erreicht haben.

«Lasst uns nach oben gehen», sagte Mitch. «Ich brauche jetzt einen Kaffee und jede Menge frischer Seeluft.»

«Was machen wir mit dem Inhalt der Boxen?»

«Die verstauen wir im Meetingraum. Da sind sie sicher.»

Schnell hatten sie die insgesamt drei Boxen auf eine Transportkarre verladen, mit der normalerweise volle Pressluftflaschen befördert wurden.

Danach schmeckte der frische Kaffee aus der Messe besonders gut. Durch die Bullaugen konnten sie das Anlegemanöver des Forschungsschiffes gut beobachten.

Am Pier zappelte eine ungeduldige Gestalt und wartete, bis endlich die Gangway ausgefahren war. Dann eilte sie sofort aufs Schiff.

«Bis der Professor uns hier gefunden hat, lasst uns noch kurz einige Dinge besprechen», sagte Mitch ernst.

«Der Professor weiß, dass wir auf der Suche nach der Kette waren.

Aber sonst niemand. Das muss auch so bleiben.»

Seine Freunde nickten nur. Das war selbstverständlich.

Mitch blickte auf seine Uhr und dachte einen Moment nach. «Okay», sagte er schließlich. «Wir treffen uns nach dem Abendessen im Labor. Gebt bitte den anderen Bescheid.»

Dann wandte er sich direkt an Francis. «Hast du Abygail und Claire erreicht?»

Der schüttelte den Kopf. «Nur die Mailbox.»

«Versuch es gleich noch mal. Nach den Vorfällen hier auf Helgoland bin ich sehr nervös. Die Nephilim scheinen uns immer einen Schritt voraus zu sein.»

«Sie können aber nicht wissen, dass Abygail zurzeit auf Jersey ist», warf Samson ein. «Dazu können wir die Freimaurersekte auch sicherlich als Feind vergessen. Mit dem Blutverlust, den sie hier erlitten haben, und dem Tod von Stewart dürften sie nicht mehr handlungsfähig sein.»

«Aber die selbst ernannten Wächter der Nephilim machen mir Sorge», sagte Mitch ernst. «Bisher waren sie immer gewaltbereiter als die Freimaurer und ihre Brutalität und Entschlossenheit haben wir gerade erst zu spüren bekommen.»

«Claire ist auf Jersey zu Hause und dazu noch mit Abygail bei Verwandten untergetaucht», versuchte Francis, die Besorgnis von Mitch zu zerstreuen.

«Und warum können wir sie dann nicht erreichen?», fragte Mitch. «Ich bin erst wieder ruhig, wenn die beiden hier bei uns auf dem Schiff sind.»

Francis nickte. «Okay, ich kümmere mich sofort darum.»

Durch die Tür, die er offengelassen hatte, stürmte wenige Augenblicke später der Professor herein. Seine wenigen Haare standen wirr vom Kopf ab und auch sonst war ihm die Aufregung bei jeder Bewegung anzusehen.

«Unglaublich, was wir in der Höhle gefunden haben», rief er.

«Wir waren vor dir drin», entgegnete Samson und schmunzelte, als der Professor begann, aufgeregt mit den Armen in der Luft zu fuchteln.

«Aber ihr habt die anderen Bücher nicht ausgepackt.»

«Und?»

«Störtebeker hat alle Bücher, die er bei seinen Raubzügen erbeutet hat, sorgfältig in der Truhe verwahrt. Darunter einige Kontorbücher, aber auch eine absolute Sensation.»

«Aha?» Mitch sah ihn auffordernd an.

Der Professor raufte sich die Haare. «Ihr seid alle Banausen! Wechtermann und ich haben die Bücher ausgepackt und in einer Klimabox gelagert. Bei einem Exemplar handelt es sich um eine handgeschriebene Bibel, aus dem Jahr dreihundert nach Christus. Damit dürfte es sich um die älteste Bibel der Welt handeln, älter noch als der weltberühmte Codex Sinaiticus, der von Professor von Tischendorf im Katharinenkloster entdeckt wurde.»

Mitch versuchte, den Professor zu beruhigen, aber es war vergebens. Er verstand Tiefenbach natürlich. Erst vor wenigen Stunden, nach der Statik-Freigabe durch die Baufirma, hatte der Professor zusammen mit Wechtermann die Höhlen betreten dürfen. Für beide Wissenschaftler ging damit sicher ein lebenslanger Traum in Erfüllung. Angefangen von der Statue des Fosete bis zum Störtebeker-Schatz. Beides würden sie als verantwortliche Projektleiter in den Zenit der Wissenschaft erheben. Doch das ODYSSEE-Team hatte eine andere Baustelle und daran galt es, den Professor jetzt zu erinnern.

«Wir haben die Templerkette», sagte er leise. Da der Professor immer weiter von seinem Bibelfund schwärmte, wiederholte er den Satz, aber dieses Mal lauter: «Wir haben die Templerkette.»

Der Professor verstummte. Mit offenem Mund starrte er Mitch an. «Wo ist sie?», stammelte er schließlich.

Als Wissenschaftler wusste Mitch, welchen Zwiespalt der Professor gerade durchlitt. Doch wenn er weiter im Team bleiben wollte, musste er sich entscheiden. Ernst blickte er Gerry deshalb in die Augen.

«So leid es mir tut, Professor. Aber du musst wählen. Bibel oder Kette? Störtebeker oder Templer? Beides geht leider nicht.»

Mitch sah dem Professor an, wie er mit sich rang. Galt es doch eine handfeste, wissenschaftliche Sensation, gegen eine vage Erfolgsaussicht abzuwägen.

Schließlich hielt Mitch den stummen Kampf seines Teammitglieds nicht mehr aus. «Wir werden uns nach dem Abendessen um neun Uhr im Meetingraum treffen. Wenn du kommst, bist du weiterhin dabei. Ansonsten wünsche ich dir viel Erfolg bei allen weiteren Störtebeker-Forschungen.»

Beim Hinausgehen legte er eine Hand auf die Schulter des am Boden zerstörten Professors. «Wäge gut ab, was du für dich erreichen willst. Wie auch immer du entscheidest, wir werden es akzeptieren und es wird nichts an unserem persönlichen Verhältnis ändern.»

Samson brachte es mit einem abgefälschten Hamlet-Zitat auf den Punkt: «Ruhm oder Abenteuer. Das ist hier die Frage.»

Dann gingen beide und ließen den Professor mit einem aufwühlenden Gewissensentscheid alleine zurück.

Auf dem Oberdeck angekommen, atmete Mitch erst einmal tief durch. Das leicht nach Tang riechende Aroma der Seeluft war für ihn das reinste Aphrodisiakum. Manches Mal hatte er das Gefühl, ohne das Meer nur ein Nichts zu sein. Er fühlte sich wohl auf dem Ozean und pudelwohl unter Wasser. Wenn auch alles seine Zeit hatte, wie er nach einigen Stunden Tauchfahrt zugeben musste.

Dass Samson neben ihn trat, nahm er in seiner augenblicklichen Stimmung kaum wahr.

Seinen Freund drückte eine Frage: «Was meinst du, wie sich der Professor entscheidet?»

«Für das Abenteuer und letztendlich auch für den Ruhm», entgegnete Mitch nach kurzem Nachdenken. «Die Entscheidung hat er im Grunde schon im Hamburger Archiv getroffen. Er wollte aus dem Alltagstrott raus und, wenn wir Erfolg haben, schlägt das den Störtebeker-Schatz um Längen.»

«Wo ist eigentlich Rajesh abgeblieben?»

«Ich habe ihn vorhin nur kurz gesehen. Er ist in der Kommunikationszentrale und versucht, das Internet nach der letzten Attacke wieder in Gang zu setzen», sagte Mitch und grinste. «Danach will er mit dem Professor an irgendeinem Dokument arbeiten, das dieser aus der Vatikanischen Bibliothek angefordert hat.»

Er sah, wie es in Samson arbeitete, aber bevor dieser weiterfragen konnte, klingelte sein Handy.

«Unterdrückte Nummer», bemerkte Mitch überrascht und wollte den Anruf erst blockieren, doch aus einem Bauchgefühl heraus entschied er sich anders und nahm das Gespräch an.

«Claire! Endlich!», rief er freudig aus. «Wir hatten uns schon Sorgen um euch gemacht.»

Beim weiteren Zuhören verflog jedoch seine Freude. «Gut, wartet dort und rührt euch nicht vom Fleck. Ich melde mich wieder.»

«Was ist los», fragte Samson aufgeregt.

Mitch schnaufte laut. «Das war Claire. Sie wurden auf Jersey verfolgt, doch sie haben die Verfolger frühzeitig bemerkt und sind ihnen entkommen. Im Moment haben sie sich bei einer Freundin versteckt und trauen sich nicht aus dem Haus.»

«Wieso die unterdrückte Nummer?»

«Claire vermutet, dass die Verfolger ihre Handys angepeilt hatten. Deshalb haben sie vorsichtshalber ihre Telefone abgeschaltet und ein Prepaid-Handy gekauft.»

«Okay, ich mache mich bereit. Wenn ich vom Festland einen Hubschrauber anfordere, der mich zum Hamburger Flughafen bringt, kann ich in ein paar Stunden auf Jersey sein.»

Mitch nickte zustimmend. «Nimm Francis und einige der Securityleute mit. Du wirst jede Unterstützung brauchen können.»

«Was machen wir dann mit dem Meeting nachher?»

«Verschieben wir, bis ihr zurück seid. Bis dahin werde ich Johanna und Thomas nerven, ob sie schon Ergebnisse des Tagebuches haben, das ich aus der Störtebeker-Höhle mitgebracht habe, und anschließend muss ich dringend meine Mutter anrufen. Ich hoffe, sie hat gute Nachrichten, was die Nephilim betrifft.»

Das nochmalige Klingeln seines Handys unterbrach Mitch. Als er die Anruferkennung sah, drückte er sofort die Blockadetaste.

Samson war stehen geblieben und blickte ihn jetzt neugierig an.

«Der Kardinal», erklärte Mitch. «Als ich von der Tauchfahrt zurückkam, hatte ich schon unzählige Mailbox-Nachrichten von ihm. Er will Informationen über den Störtebeker-Schatz und die Templerkette.»

«Und warum gibst du sie ihm nicht?»

«Ich traue ihm nicht», sagte Mitch ganz offen. «Wenn wir morgen die Kette untersucht haben, wissen wir mehr und dann überlegen wir gemeinsam, was wir davon an die Kirche weitergeben.»

Johanna und Thomas hatten sich im kleinen Labor eingerichtet und arbeiteten konzentriert seit Stunden an der Übersetzung des Tagebuches. Der mittelalterliche Kodex und seine Übersetzung beschäftigten sie so sehr, dass sie von der ganzen Tauchaktion nichts mitbekommen hatten.

Als Mitch eintrat, schreckten beide hoch. «Habt ihr schon was für mich?», fragte er noch vor einer Begrüßung.

«Hallo, erst mal.» Johanna sah ihn strafend an.

«Sorry, ja. Ihr kennt mich ja.» Mitch zuckte entschuldigend die Schultern. «Also, was habt ihr Spürnasen herausgefunden?»

«Es ist eindeutig das Reisetagebuch von Nial Kincaid», antwortete Johanna.

«Und er beschreibt darin ausführlich seine Reise, die ihn nach Rom führen sollte», ergänzte Thomas.

«Also genau das, was wir uns erhofft haben!» Mitch nickte zufrieden.

«Ja, gut, dass du das Buch gefunden hast, es beantwortet viele offene Fragen», fügte Johanna hinzu.

«Habt ihr schon einen Teil der Übersetzung fertig?»

Thomas hob sein Tablet hoch. «Wie viel Zeit hast du mitgebracht?»

«So viel ihr braucht. Notfalls verzichten wir aufs Abendessen. Ich bin allein. Francis und Samson sind unterwegs nach Jersey und der Professor grübelt in seiner Kabine. Also, was gibt es Neues?»

«Moment, Moment», unterbrach ihn Thomas. «Was ist mit der Templerkette?»

Mitch stutzte. Dann schüttelte er über sich selbst den Kopf. «Sorry Leute, es ist einfach so viel passiert in den letzten Stunden und ihr wart ja hier im Labor abseits des Geschehens. Ich habe schlichtweg vergessen, euch zu informieren.»

«Siehst du», wandte sich Johanna an Thomas. «Ich habe dir gesagt, das kann nicht nur eine Motorentestfahrt gewesen sein.»

Thomas blickte Mitch vorwurfsvoll an. «Wenn uns auch keiner Bescheid gibt. Was geht es mich an, ob die Schiffsmotoren brummen oder nicht.»

Beschwichtigend hob Mitch die Hände, um den Proteststurm der beiden zu beruhigen. Er berichtete ausführlich von der Bergung, zuletzt blieb ihm aber nichts anderes übrig, als mit ihnen den Meetingraum mit den geborgenen Ketten aufzusuchen.

Ehrfurchtsvoll berührte Johanna die goldenen Ringe. «Die Vorstellung, dass diese Kette fast zweihundert Jahre Templergeschichte beinhaltet, ist zum Gänsehautkriegen.»

«Und irgendwo unter all diesen Ringen ist der Schlüssel zur *Seele der Templer* versteckt», ergänzte Thomas und hob prüfend einige Glieder der Kette hoch.

«Vielleicht gibt es aber auch im Tagebuch schon entscheidende Hinweise», brachte Mitch das Gespräch wieder zum Ausgangspunkt zurück. «Alles andere werden wir besprechen, wenn alle zurück sind.»

«Guter Übergang», erwiderte Johanna und legte die Kette zurück. «Was ist mit Claire und Abygail? Wieso müssen sie abgeholt werden?»

«Die Nephilim waren ihnen auf der Spur. Zurzeit sind sie untergetaucht und warten auf Francis und Samson. Ich hoffe, morgen sind wir alle wieder zusammen auf der LONGIMANUS.»

«Aber sind wir hier sicher?», fragte Thomas und schaute seine Frau besorgt an. «Das Schiff wurde doch schon zwei Mal überfallen.»

«Da waren wir jeweils vor Anker», antwortete Mitch. «Sobald das Team vollständig ist, legen wir ab. Wenn wir auf See unterwegs sind, wird ein erneuter Angriff unmöglich.»

«Und wohin fahren wir?»

«Das besprechen wir alles morgen», sagte Mitch. «Aber jetzt bin ich erst einmal dran mit meinen Fragen. Also, was gibt es von dem Reisetagebuch zu berichten?»

Anstatt einer Antwort rückte sich Thomas einen Stuhl heran und schaltete sein Tabletbook ein. Mitch und Johanna setzten sich im gegenüber.

«Lasst mich kurz noch einmal rekapitulieren», begann Thomas. «Die Tagebücher, die Abygail in der Bibliothek von Dòmhnall Castle gefunden hat, endeten damit, dass Nial Kincaid, der Urenkel des entflohenen Tempelritters, im Juni des Jahres 1400 zu einer Reise nach Rom aufbrechen wollte. Hier war ein Treffen mit dem amtierenden Papst von Rom, Bonifatius IX, geplant. Mit dabei hatte er die Templerkette, als Legitimation, im Auftrag des Ordens verhandeln zu können.»

Mitch nickte nachdenklich. Seit der Übergabe der Tagebücher durch Abygail war so viel passiert, dass es ihm wie eine kleine Ewigkeit erschien.

Thomas wollte gerade fortfahren, als er durch ein lautes Klopfen unterbrochen wurde.

«Mitch, bist du hier drin? Ich muss kurz mit dir sprechen.»
«Der Professor», seufzte Mitch und stand auf, um die Tür zu öffnen.
«Oh, du bist nicht allein?», sagte der Professor. «Dann sollte ich wohl besser später wiederkommen.»
«Hallo Gerry, komm rein», bat Mitch und öffnete die Tür. «Ich habe keine Geheimnisse vor Johanna und Thomas.»

Der Professor trat unschlüssig von einem Bein auf das andere. Doch dann entdeckte er den goldenen Schimmer in den offenen Transportboxen. Mit vor Staunen geweiteten Augen eilte er an Mitch vorbei und kniete sich stumm vor die Boxen nieder. Überwältigt strich er über die Kettenglieder.

«Hast du dich entschieden?», unterbrach Mitch die Andacht des Wissenschaftlers.

Der nickte nur geistesabwesend. Während er langsam aufstand, konnte er seine Augen kaum von der Templerkette lösen.

«Ja, natürlich bin ich weiter dabei», sagte er und blickte hoch. «Die weitere Suche nach der *Seele* werde ich mir auf keinen Fall entgehen lassen.»

Ohne auf die fragenden Blicke von Johanna und Thomas zu achten, rückte Mitch noch einen Stuhl heran. «Dann bleib am besten gleich hier. Thomas gibt gerade einen kurzen Überblick über den Inhalt des Reisetagebuches von Nial Kincaid.»

Gespannt setzte sich der Professor. Doch noch immer irrte sein Blick zu den geöffneten Transportboxen, bis Thomas das Wort ergriff.

«Ich hatte gerade nochmals die Vorgeschichte kurz zusammengefasst», begann Thomas. «Also, Nial Kincaid war unterwegs nach Rom. Mit dabei hatte er die Templerkette. Das war eine Forderung des Papstes, mit der der Laird seine Berechtigung als Verhandlungspartner nachweisen sollte.»

«Das ist falsch», rief der Professor plötzlich. «Und das kann ich beweisen. Kleinen Augenblick, ich bin sofort wieder da.»

Und schon war er aufgesprungen und hatte den Raum verlassen. Verständnislos sahen sich die drei Zurückgebliebenen an.

Wenige Minuten später kam der Professor zurück. Er hatte Rajesh gleich mitgebracht, der seinen unvermeidlichen Laptop in der Hand hielt.

«Oh, geht das Internet wieder?» Mitch schmunzelte.

Doch der Professor achtete nicht auf den Scherz. Aufgeregt deutete er auf den Monitor. «Die Kirche wollte Nial betrügen», rief er dabei. «Und hier ist der Beweis.»

Rajesh drehte den Monitor herum, sodass alle mitlesen konnten. «Das ist eines der Dokumente, die ich vom Vatikan erhalten habe», sagte er. «Ihr erinnert euch? Kardinal Mandoli hatte uneingeschränkte Unterstützung und Hilfe zugesagt und der Professor hat einfach alle Papiere aus dem Privatarchiv von Bonifatius IX angefordert. Ich habe sie eingescannt, datiert und geordnet.»

«Und Kardinal Mandoli hat sein Versprechen wirklich gehalten?» Mitch schüttelte den Kopf. So hatte er die Kirche nicht eingeschätzt. Eigentlich hätte er erwartet, nur Dokumente zu bekommen, die vom Vatikan als ungefährlich und nicht geheim eingestuft würden. Aber so, wie es aussah, meinte es Mandoli wirklich ernst mit dem uneingeschränkten Zugang.

«Und das ist nicht alles, ich habe auch geheime Unterlagen erhalten, die beweisen, dass die ganze Anklage gegen den Templerorden eine reine Farce war.»

Rajesh klickte bei den Worten des Professors ein weiteres Dokument auf dem Monitor an. Der Cursor zeigte auf eine bestimmte Stelle im Text.

«Gut, das ist wichtig», unterbrach ihn Mitch ungeduldig. «Aber kannst du uns nicht eine kurze Zusammenfassung geben, bevor wir uns weiter mit dem Tagebuch beschäftigen?»

Der Professor nickte. «Also, aus den Unterlagen geht eindeutig hervor, dass die Anklage gegen die Templer nur auf Lügen aufgebaut war. Im Privatarchiv des damaligen Papstes Clemens V habe ich ein Protokoll einer Verhandlung zwischen dem Papst und dem französischen König Philipp dem Schönen gefunden, in denen sie schon im Jahr 1306, also über ein Jahr vor der Verhaftungswelle, die Anklagepunkte miteinander abstimmten und die Schätze der Templer unter sich aufteilten. Der Papst hat sich den ersten Zugriff gesichert. Hier ging es ihm wohl weniger um Gold als um die *Seele* beziehungsweise die Reliquien, die die Templer im Besitz haben. Zumindest sind sie in der Vereinbarung als Vorrecht der Kirche aufgeführt.»

«Ein derart belastendes Dokument für die Kirche hat Mandoli geschickt?» Mitch konnte es kaum glauben. Welche Beweggründe hatten die Verantwortlichen, solche geheimen Unterlagen offenzulegen? Waren sie wirklich so panisch bezüglich der Bedeutung der *Seele* oder handelte es sich um eine Taktik, die er bisher nur noch nicht durchschaut hatte?

«Nicht nur das. Hier ist auch ein Briefverkehr, in dem dem Philipp der Schöne sich beim Papst beschwert, weil der Schatz nicht gefunden wurde. Er verlangt deswegen von Clemens V eine Art Schadensersatz für seinen Aufwand. Clemens lehnt das ab und antwortet, dass er de Molay und die übrigen gefangenen Templer foltern lassen soll, um das Versteck des Schatzes zu finden.»

«Ist der Name Olaf Kincaid irgendwo erwähnt? Als ehemaliger Großkomtur des Ordens müsste er doch eigentlich ganz oben auf ihrer Verdächtigenliste stehen», meldete sich Johanna zu Wort.

Rajesh suchte in den Daten, bis er ein bestimmtes Dokument gefunden hatte.

«Ja, hier ist eine Anweisung des Papstes, den Laird of Dòmhnall permanent überwachen zu lassen. Und das scheint auch passiert zu sein. Zumindest haben wir im Privatarchiv von Clemens V einen ausführlichen Bericht eines gewissen Alain Delémont gefunden, seines Zeichens Diener bei Olaf Kincaid, der von der Kirche eingeschleust wurde. Nach weiteren Unterlagen habe ich nicht gesucht. Das dürfte auch sehr mühselig werden. Aber es ist davon auszugehen, dass die amtierenden Lairds regelmäßig bespitzelt wurden.»

«Dòmhnall Castle muss von Spitzeln durchsetzt gewesen sein», meinte Mitch. «Auf der einen Seite die Kirche und auf der anderen Seite der König von Schottland beziehungsweise später die Stewarts. Alle waren sie hinter dem Schatz her.»

«Ja, davon ist auszugehen.»

«Du hast eben erwähnt, dass Nial Kincaid bei seinem Besuch in Rom betrogen werden sollte?»

«Das Dokument habe ich im Privatarchiv von Bonifatius gefunden. Es ist einfach unglaublich.» Der Professor konnte sich kaum beruhigen.

«Erkläre es uns.»

«Im Jahr 1400 gab es zwei amtierende Päpste. Seit langer Zeit wieder einen Papst in Rom, den eben schon erwähnten Bonifatius IX, und einen Gegenpapst in Avignon, Benedikt XIII. Bei dem Dokument handelt sich um einen geheimen Briefverkehr, in dem sich die beiden konkurrierenden Päpste über den Templerschatz abstimmen, zu dem Nial Kincaid den Zugang eröffnen wollte. Beide Päpste hatten vor, den Schatz für die Finanzierung eines weiteren Kreuzzuges gegen die Osmanen verwenden und mithilfe der heiligen Reliquien der Templer auch die Trennung der Kirche überwinden.»

«Das heißt, Nials Reise hätte zu einem Erfolg geführt? Die Ehre der Templer wäre wiederhergestellt worden?» Mitch beugte sich gespannt vor.

«Nein im Gegenteil», widersprach der Professor. «Zu dieser Zeit galten die Templer noch als Götzenanbeter und somit im Sinne der Kirche als Heiden. Für eine Ehrsprechung der Heiden wären die Päpste wohl selbst auf den Scheiterhaufen gekommen. Sie waren sich deshalb darin einig, Nial hinzuhalten und notfalls foltern lassen, um an den Schatz zu kommen. Als Trostpflaster hätten sie immerhin die Templerkette in ihren Händen gehabt. Allein der Goldwert der Templerkette wird von Bonifatius auf dreißigtausend Gulden geschätzt, ein unermessliches Vermögen in dieser Zeit.»

«Und warum diese Vereinbarung zwischen den beiden Päpsten?»

«Ich denke, das kann ich erklären», unterbrach Rajesh und klickte auf eine weitere Datei. «Aus den Unterlagen, die Mitch aus dem Büro der Freimaurer mitgebracht hat, geht hervor, dass Nial mit beiden Päpsten Kontakt hatte und auch mit beiden verhandeln wollte.»

«Wann habt ihr denn die ganzen Dokumente übersetzt und gelesen? Das muss doch eine unheimliche Arbeit gewesen sein?» Johanna war offensichtlich mehr als beeindruckt von der Leistung.

Der Professor deutete zu Rajesh, der aber verlegen abwinkte. «Halb so schlimm. Nachdem wir alle Schriftstücke datiert hatten, mussten wir sie nur noch sortieren. Ich habe eine Software eingesetzt, die die Dokumente automatisch übersetzte. Das hat gut funktioniert. Der Professor musste nur bei einigen Papieren korrigieren. Das hat uns viel Zeit gespart.»

Grinsend fügte der Professor hinzu: «Und so eine Gelegenheit, Papiere aus den geheimen Archiven des Vatikans zu lesen, bekomme ich wohl niemals wieder. Das war Anreiz genug.»

«Kompliment!» Mitch konnte nicht anders, als den beiden Männern die Hand zu geben. «So eine immense Arbeit quasi nebenbei zu erledigen, hat meine höchste Anerkennung.»

Verlegen winkte der Professor ab. «Alte Dokumente lesen, ist das, was ich kann. In der Zwischenzeit habt ihr die Templerkette geborgen. Alles zusammen nennt man wohl Teamarbeit.»

«Die Templerkette?», fragte Rajesh erstaunt. «Was habe ich noch alles versäumt?»

«Erzähle ich dir nachher bei einem Whisky», wiegelte Mitch die Fragen Rajeshs ab. «Jetzt wollen wir endlich Thomas zu Wort kommen lassen und hören, was es an neuen Informationen im Tagebuch gibt.»

«Im Grunde bestätigt es die Ergebnisse von Gerry und Rajesh», sagte Thomas. «Aber am besten lese ich den ersten Abschnitt vor, damit ihr euch ein direktes Bild machen könnt.»

Dòmhnall Castle, 17. Juni, im Jahre des Herrn 1400

Morgen früh beginne ich endlich meine lang ersehnte Reise nach Rom. Bonifatius IX hat sich bereit erklärt, mit mir als offiziellem Abgesandten des Templerordens zu verhandeln. Die Mission meines Ahnen steht damit kurz vor der Vollendung.

Ich werde aber wohl die Zusage beider Päpste unter der Vereinbarung benötigen. Deshalb werde ich auch nach Avignon reisen, wo mich ein Gespräch mit Benedikt XIII erwartet.

Beide Päpste haben sich in ihren Briefen sehr zuversichtlich über den Erfolg der Verhandlungen geäußert. Ich weiß jedoch, es geht ihnen in erster Linie um die Seele und die heiligen Reliquien. Mit ihrer Hilfe wollen sie die Kirche wieder einen. Es geht ihnen nicht um den Templerorden.

Wenn ich aber damit erreichen kann, dass die Templer ihre Ehre zurückerlangen, bin ich gerne bereit, die Heiligtümer des Ordens an die Kirche zu übergeben.

Die Päpste erwarten auch, nach der Ehrsprechung über den Schatz der Templer verfügen zu können. Sie wissen nicht, dass ein großer Teil von den Zähnen des Drachen gefressen wurde. Aber es ist noch genügend übrig, was sie befriedigen kann. Ich werde deshalb die Templerkette mit auf die Reise nehmen. Zum einen, um ihnen ein Stück des Schatzes gleich nach Abschluss unseres Vertrages übergeben zu können, und zum anderen, um ihren Appetit auf den Rest des Schatzes zu wecken. Zum Schutz vor Räubern habe ich zwanzig Söldner angeheuert, die mich auf dieser Reise begleiten.

Ich weiß, dass ich mich auf eine gefährliche Reise begebe. Entgegen der ausdrücklichen Weisung meines Ahnherren habe ich den direkten

Weg zur Kontaktaufnahme gewählt. Das war notwendig, nachdem einer meiner Dienstboten als Spitzel der Stewarts enttarnt wurde. Unter der Folter gestand er alles. Ich war entsetzt, wie lange uns diese verfluchte Sippe schon ausspioniert hat. Sie ahnen etwas und sie sind mächtig genug, auch die Mauern meiner Burg zu bezwingen. Meine Familie und damit die Reliquien sind nicht mehr sicher.
Der einzige Weg zur Rettung meiner Familie ist die Kirche. Und die Zeit ist gut dafür, denn nach langer Zeit herrscht wieder ein Papst in Rom. Aber ich muss auf Sicherheit gehen. Deshalb habe ich auch den Gegenpapst in Avignon angeschrieben. Sie wissen nun, dass sie mithilfe des Templererbes die Kirche wieder einen können.
Sie wissen aber jetzt auch, dass der amtierende Laird of Dòmhnall der Hüter des Templerschatzes ist, und ich werde damit der Letzte meines Geschlechtes sein, der unter der Last der geheimen Mission leidet.
Es wird mit mir enden.
Ich habe deshalb darauf verzichtet, vor der Reise meinen Sohn in alles einzuweihen. Er soll ohne die Last seiner Vorfahren aufwachsen. Sollte meine Reise vergeblich sein, sollte ich sterben oder die Päpste mich verraten, wird damit alles enden.
Das Erbe der Templer wird auf ewig verschollen sein.

Nial Kincaid
Laird of Dòmhnall

Tiefe Stille herrschte, nachdem Thomas geendet hatte. Der Professor fand als Erster seine Sprache wieder. «Ist das alles, oder steht noch mehr im Tagebuch?»

«Der Rest beschreibt nur die Reise. Interessant wird es erst beim letzten Eintrag.» Thomas räusperte sich und las weiter vor.

3. Juli, im Jahr des Herrn 1400

...vor einigen Stunden hat der Ausguck ein Freibeuterschiff gemeldet. Nun hat es uns fast erreicht und die Besatzung unserer Kogge macht sich kampfbereit. Auch ich gürte mich.
Ich bin nicht besorgt.
Gott wird mit uns sein.
Die heilige Geschichte der Templer wird nicht unter dem Schwert schmutziger Piraten enden.
Da bin ich mir sicher.

«Er hatte recht. Die Geschichte der Templer geht weiter. Mit uns!», flüsterte der Professor ergriffen.

Mitch schluckte. Auch ihn hatte der letzte Absatz des Tagebuches mehr als beeindruckt. Wenn er sich umschaute, galt das nicht nur für ihn alleine. Johanna wischte sich eine Träne aus dem Auge, Thomas strich sich nachdenklich über die Haare und selbst Rajesh schien davon bewegt.

Die Geschichte ihrer Suche nach der *Seele* war in eine entscheidende Phase getreten. Viele Rätsel waren gelöst, aber ebenso viele warteten noch auf ihre Antwort.

Mitchs Blick schweifte über die immer noch geöffneten Transportboxen mit den Einzelteilen der Templerkette. Irgendwo da drinnen verbarg sich ihre nächste Spur.

Da klingelte sein Handy.

Wieder eine anonyme Nummer.

Nervös nahm er das Gespräch an. Er presste seine Kiefer fest zusammen, während er zuhörte. «Okay, dann bleibt da und rührt euch nicht vom Fleck. Das Flugzeug ist bereits zu euch unterwegs.»

Er legte auf und sah in die Runde. «Die Nephilim haben den Unterschlupf von Claire und Abygail aufgespürt», erklärte er. «Claire hat Schüsse gehört und sie sind sofort durch das Fenster geflohen.

Gerade noch rechtzeitig. So wie es Claire geschildert hat, haben die Nephilim keine Gnade gezeigt. Alle von Claires Bekannten, die noch im Haus waren, wurden getötet.»

«Und wo sind die beiden jetzt?», fragte Rajesh bestürzt.

«Auf dem Flughafen unter dem Schutz von schwer bewaffneten Sicherheitskräften», erklärte Mitch. «Francis hat vor dem Abflug noch eine Truppe seines alten Bataillons, die auf Guernsey stationiert sind, um Hilfe gebeten und Claire hat ihre Kontakte auf der Insel spielen lassen, um deren Einsatz zu sanktionieren. Zwar kamen sie zu spät, um den Überfall zu verhindern. Aber jetzt sind Claire und Abygail unter ihrem Schutz sicher, bis Francis und Samson bei ihnen sind.»

«Ich habe Angst vor diesen Menschen», flüsterte Thomas. «Sie sind wie lautlose Schatten, die überraschend zuschlagen. Sie töten, wie es ihnen gefällt und wo es ihnen gefällt. Wir können nur reagieren und sind völlig hilflos.»

Mitch nickte. Auch er war mehr als besorgt. Wenn sie der Spur der *Seele* weiter folgen wollten, mussten sie einen neuen Weg gehen. Und er hatte da auch schon eine Idee.

Er beendete das kurze Meeting und wollte die Tür zum Meetingraum gerade wieder zuschließen, als er bemerkte, dass der Professor und Rajesh wartend im Gang standen.

«Können wir noch etwas bleiben?», fragte der Professor. Seine sehnsuchtsvollen Blicke zu den geöffneten Boxen waren nicht zu übersehen.

Mitch überlegte einen kurzen Augenblick, dann gab er ihnen den Schlüssel zum Raum.

«So lange ihr wollt. Ihr habt es euch heute mehr als verdient. Schließt aber vorsichtshalber nach mir ab. Irgendwo in einer der Boxen liegt der Schlüssel zum Templerschatz.»

Der Professor nickte dankbar. Er konnte es offensichtlich kaum abwarten, bis er mit Rajesh allein war.

22. DIE SPUR

Francis und Samson waren mit den beiden Frauen gegen Mittag angekommen, weil sie Jersey erst am frühen Morgen wieder hatten verlassen können. Mitch hatte ihnen den Treffpunkt als GPS-Koordinaten durchgegeben, da das Forschungsschiff schon am gestrigen Abend ausgelaufen war und sich inzwischen auf offener See befand.

Samson hatte den Miethubschrauber direkt nach der Landung des Business-Jets in Hamburg übernommen und war sofort mit Claire, Abygail und Francis zur LONGIMANUS weitergeflogen.

An Bord herrschte erstmals eine fast unbeschwerte Atmosphäre, nachdem Mitch Abygail und Claire kurz auf den neuesten Stand gebracht hatte. Staunend waren sie seinen Ausführungen über die Bergung der Templerkette und seinem Kurzüberblick über den Inhalt der Dokumente gefolgt. Es war jetzt klar. Die Freimaurer mitsamt Stewart gehörten der Vergangenheit an. Dazu kam, dass, sollten die Nephilim nicht über Spione an Bord oder eine militärische Radaranlage verfügen, das ODYSSEE-Team erstmals seit Beginn der Suche außer Gefahr sein dürfte.

Ob das am Ziel ihrer Reise auch so sein würde, da hatte Mitch seine Bedenken. Doch ihnen blieb keine andere Wahl. Alle Spuren führten dahin. Dafür hatten der Professor und Rajesh in der letzten Nacht gesorgt.

Mitch musste schmunzeln, als er daran dachte, wie er die beiden am Vormittag im Meetingraum vorgefunden hatte. Übernächtigt und nach Kaffee lechzend. Augenscheinlich hatten sie die ganze Nacht damit verbracht, die einzelnen Ringe der Templerkette genauestens zu untersuchen und passende Hinweise in den Dokumenten zu suchen.

«Mit Erfolg», wie der Professor triumphierend vermeldete. Doch Genaueres wollte er erst in einem Meeting mit allen Teammitgliedern berichten. Mitch gönnte den beiden diesen Erfolg. Aber er war auch sehr gespannt. Auf dem Weg zum Meetingraum beeilte er sich, um nicht als Letzter anzukommen. Das Gespräch mit dem Kapitän über den weiteren Kurs hatte ihn doch länger aufgehalten, als geplant.

Das Team erwartete ihn schon. Es herrschte eine ausgelassene Stimmung. Selbst Claire und Abygail, die am Mittag noch etwas angegriffen ausgesehen hatten, lachten inzwischen wieder.

Der Grund der Heiterkeit lag in langen Schlingen ausgebreitet auf dem Boden und bedeckte fast die gesamte Fläche des Meetingraums.

Die störenden Tische und Stühle standen übereinandergestapelt an der Rückwand. Davor hatten Rajesh und der Professor eine einzelne Reihe Stühle gestellt.

Mitch hatte sich schon am Morgen angesehen, was die beiden während der Nacht vorbereitet hatten, und registrierte nun die ungläubigen Blicke des Teams mit einem versteckten Schmunzeln.

«Da jetzt endlich alle da sind, darf ich euch bitten, Platz zu nehmen», ertönte die Stimme des Professors. Der Stolz, der darin mitschwang, glänzte fast genauso wie die goldenen Kettenglieder auf dem Boden.

«Und bitte Vorsicht. Die Klebenotizen sollten am besten nicht bewegt werden.»

Erst jetzt bemerkte Mitch die bunten gelben Klebepfeile auf dem Boden, die jeweils auf ein bestimmtes Kettenglied hinwiesen. Die waren heute Morgen noch nicht da gewesen.

Gespannt setzte er sich auf einen der Stühle.

«Was ihr hier seht, sind die fünf voneinander getrennten Teile der

Templerkette», begann der Professor und blickte auffordernd zu Rajesh.

Nach einem kurzen Blick in seinen Laptop erläuterte er: «Die Kette ist exakt 321 Meter, 48 Zentimeter und 7 Millimeter lang und besteht aus genau 17.321 Ringen.»

Ein aufgeregtes Gemurmel füllte den Raum.

Der Professor hob die Hand und, als es wieder ruhig wurde, fuhr er fort: «Ein Ring besteht aus dem Templerwappen auf der Vorderseite und einer Gravur auf der Innenseite mit Namen und Datum. Alle Ringe sind in etwa gleich groß und schwer.»

Rajesh nickte. «Das machte die Arbeit für uns schwierig. Weder nach Größe noch nach Gewicht konnten wir die gesamte Anzahl der Ringe ermitteln. Wir mussten sie im Endeffekt einzeln zählen und die Länge der Ketten abmessen.»

«Ich fasse es nicht. Rajesh arbeitet analog! Gab es dafür keine digitale Lösung?» Samson konnte sich nicht verkneifen, seinen Freund zu necken.

Der hob nur lächelnd den Daumen.

«Wenn ihr euch noch an den Text in Abygails Kodex erinnert», fuhr der Professor unbeirrt fort. «Ihr Ahnherr hat geschrieben, dass einer der Ringe der Schlüssel zum Versteck des Schatzes ist. Ein Schlüssel, den man nur mithilfe des Alten Volkes nutzen kann. Wenn wir das wörtlich nehmen, haben wir zwei Anhaltspunkte.»

«Zum einen muss die Lösung auf der Innenseite eines der Ringe verborgen sein. Wahrscheinlich eine zweite Gravur», ergänzte Rajesh. «Zum anderen bleibt jedoch die Frage, was Olaf Kincaid mit der Bemerkung gemeint hat, dass nur einer des Alten Volkes das Rätsel lösen kann.»

«Vielleicht eine besondere Gravur? Ein Runenzeichen oder etwas Ähnliches», warf Johanna ein, die gespannt zuhörte.

«Eine gute Idee», bemerkte der Professor und streifte die Wissenschaftlerin mit einem wohlwollenden Blick. «Es blieb jedoch die

Frage, wie wir 17.321 Ringe auf eine solche auffallende Gravur untersuchen sollten. Wenn wir optimistisch eine Minute pro Ring rechnen, wären das über zehn Tage Arbeit.»

«Exakt zwölf Tage und einundvierzig Minuten», ergänzte Rajesh nach einem Blick in seinen Laptop.

«Und genau hier kam Rajeshs Genie zum Tragen», fuhr der Professor unbeirrt fort. «Er hatte die Idee, das Problem mit einem Software-Programm zu lösen.»

«Und natürlich mithilfe unseres neuen 3-D-Hochleistungsscanners, den wir für das Labor angeschafft haben», warf Rajesh ein.

«Wartet mal. Stopp!», rief Mitch ungläubig. «Ihr wollt uns allen Ernstes erzählen, dass ihr in der Nacht von allen Kettengliedern einen 3-D-Scan gemacht und danach über ein Programm ausgewertet habt?»

Rajesh blickte den Professor an. Beide grinsten über das ganze Gesicht.

«Wie gesagt, es war eine Idee», sagte der Professor und lachte.

«Aber sie hat leider nicht funktioniert», ergänzte Rajesh mit bekümmerter Miene. «Der 3-D-Scanner war einfach zu langsam.»

«Künstliche Intelligenz hat versagt, deshalb haben wir mit natürlicher Intelligenz weitergemacht.» Der Professor grinste über das ganze Gesicht.

Alle aus dem ODYSSEE-Team sahen sich kopfschüttelnd an.

«Das ist der Beginn einer schrecklichen Freundschaft zwischen zwei schrecklichen Scherzbolden», stöhnte Samson gespielt auf.

«Okay, okay. Genug Spaß gehabt. Habt ihr nun ein Ergebnis für uns, oder nicht?», unterbrach Mitch ungeduldig die heitere Stimmung.

«Ja, haben wir», entgegnete der Professor ernst werdend und blickte zu Rajesh.

«Die Kettenglieder sind nach Datum aneinandergereiht. Wir mussten also zunächst nur die passenden Enden der Ketten finden und zeitlich ordnen. Dann haben wir die Ketten in der richtigen

Reihenfolge ausgelegt. Geordnet nach den Jahreszahlen der Ringe.» Rajesh zeigte auf die fortlaufenden Schlingen der Templerkette, die den ganzen Boden bedeckten.

Der Professor nickte. «Dann haben wir uns überlegt, wo Olaf die Markierung versteckt haben könnte. Irgendwo inmitten der Kettenglieder? Wahllos dazwischen? Das machte keinen Sinn, denn wenn er oder einer seiner Nachkommen den Schlüssel brauchte, wäre es viel logischer, den Ring an einer einfach zu findenden Stelle anzubringen. Also entweder bei einem bestimmten Datum oder bei einem ganz bestimmten Namen.»

«Genau so sind wir vorgegangen.»

«Beginnend bei den neun Gründern des Ordens.»

Der Professor hob triumphierend einen Finger in die Höhe. «Dabei haben wir so ganz nebenbei das Rätsel um das exakte Gründungsjahr des Templerordens gelöst. Es war nicht 1118 oder 1119 nach Christus, wie es in vielen Quellen beschrieben wird, sondern das Datum neben dem Namen des ersten Tempelritters Hugo von Payns und das ist 1120 nach Christus.»

Rajesh bückte sich und zeigte auf einen der Notizzettel ziemlich am Ende der Kette. «Einer der nächsten Punkte in unserer Suchliste war dann der Name des letzten Großmeisters. Jacques de Molay. Da das Datum seiner Ritterwerdung nicht bekannt ist, mussten wir dafür die Ringe einiger Jahrzehnte durchschauen. Im September, des Jahres 1291 wurden wir endlich fündig.»

«Doch leider auch keine besondere Gravur», warf der Professor ein.

Mitch reichte es. Er hob die Hand. «Entschuldigt Leute, Kompliment für eure Arbeit, aber für eine minutiöse Präsentation der Fehlschläge habe ich keine Geduld. Könntet ihr jetzt bitte zum Punkt kommen.»

Rajesh tippte auf sein Tablet, bis er ein bestimmtes Dokument gefunden hatte. Per Bluetooth aktivierte er die Verbindung zu dem großen TV-Bildschirm an der Wand des Meetingraums. «Da sind wir jetzt auch schon. Denn nachdem die Namen bekannter Templer, inklusive Olaf Kincaid, nichts brachten, beschlossen wir, aufzugeben und die Suche mit dem ganzen Team fortzusetzen.»

Der Professor bückte sich und hob eine der Kettenschlingen leicht an. «Dazu wollten wir die Ketten wieder in die Boxen zurücklegen und dabei fanden wir es.»

Mitch schnaubte ungeduldig.

Der Professor schaute irritiert hoch, fuhr dann aber unbeeindruckt mit seinem Vortrag fort. «Durch Zufall stellten wir beim Hochheben fest, dass sich tatsächlich bei einem der Ringe die Gravurplatte unterschied. Wo die anderen das Templerwappen hatten, sah dieser anders aus. Den sahen wir uns natürlich genauer an.»

«Und dabei nutzten wir jetzt tatsächlich den 3-D-Scanner», sagte Rajesh schmunzelnd und präsentierte einen neuen Chart.

Auf dem Wandbildschirm tauchte zunächst der Wappenteil des Ringes auf. Anstelle des Templerwappens war auf die Goldplatte die einander verschlungene Abbildung eines Fabeltiers eingraviert.

«Soll das ein Pferd mit einem Fischschwanz darstellen?», fragte Abygail, die sich atemlos nach vorne beugte.

Rajesh nickte nur. Dabei fuhr er die Linien mit einem Laserstift nach.

«Ein solches Symbol findet sich auf dem großen Piktenstein im Hof von Dòmhnall Castle», flüsterte Abygail.

Die Spannung im Raum wuchs ins Unermessliche.

«Da würde sich auch der Kreis schließen, mit dem Hinweis im Kodex, dass nur einer des Alten Volkes den Schatz finden kann», sagte Mitch nachdenklich.

Erregt sprang er auf.

«Moment noch», stoppte ihn der Professor. «Wir sind noch nicht fertig. Rajesh zeige bitte auch die gegenüberliegende Gravur.»

Rajesh klickte auf das nächste Bild. Die innere Rundumansicht des

Ringes tauchte auf dem großen Bildschirm auf. Mit einem Fingertipp drehte Rajesh den Ring so, dass alle die Gravur auf der Innenseite sehen konnten. Deutlich ließen sich auf der Innenseite eine lange Reihe von merkwürdigen Zeichen erkennen. Aus einer dickeren, in der Mitte angebrachten Gravurlinie, die über gut drei viertel der Ringinnenseite reichte, wuchsen kurze Striche heraus. Abwechselnd nach oben und unten und nach vorne und hinten geneigt, erinnerte die Gravur entfernt an Strichzählungen, wie man sie von Gefängniswänden kannte.

«Was bedeutet das?», fragte Mitch an den Professor gewandt.

«Keine Ahnung», antwortete der ungewohnt verwirrt. «Die Abbildung auf dem Wappenschild erinnert an nordische oder keltische Symbole und die Ritzgravur an die Ogham-Schrift der Kelten und Pikten. Aber bis jetzt konnten wir das Rätsel noch nicht lösen.»

«Das werden wir sicher noch. Doch bis dahin ...», erwiderte Mitch und klatschte laut Beifall. Nach einem kurzen Augenblick fiel das ganze restliche Team mit ein. Rajesh und der Professor wussten nicht, wohin sie vor lauter Verlegenheit schauen sollten.

Mitch nutzte die Pause, um Champagner für alle zu ordern. Schließlich hatten sie etwas zu feiern.

Als alle versorgt waren, hob er sein Glas.

«Auf nach Dòmhnall Castle!»

23. DÒMHNALL CASTLE

Als die grasbewachsenen Klippen Aberdeens am frühen Nachmittag des übernächsten Tages am Horizont auftauchten, hatte die LONGIMANUS vierhundertfünfundzwanzig Seemeilen ab Helgoland zurückgelegt.

«Können Sie uns direkt in die Bucht von Dòmhnall bringen?», fragte Mitch, der es nicht abwarten konnte, das Ziel ihrer Reise vom Steuerhaus her als Erster zu sehen. Zu gespannt war er auf Abygails Burg und natürlich auf das Geheimnis des Piktensteins.

«Nein, leider nicht. Die Einfahrt zur Bucht ist mit scharfen Unterwasserklippen gespickt, die nur bei Flut zu passieren sind. Nichts für den Tiefgang der LONGIMANUS. Ich bringe das ganze Team nach Manhaven, auf der anderen Seite des Berges. Dort ist das Hafenbecken tief genug für uns.»

«Schade, ich hätte die Burg gerne vom Wasser aus das erste Mal gesehen.»

«Kein Problem», erwiderte der Kapitän und zeigte auf eine bestimmte Stelle der Klifflandschaft, die sich langsam aus dem Horizont schälte. «Da ist sie. Ich fahre so nahe heran, wie ich es vertreten kann.»

Mitch trat auf das Deck und hob sein Fernglas, um die Landschaft genauer zu betrachten.

«Die Klippen sind die Grabmäler vieler Schiffe und Fischerboote, die hier bei Sturm oder starkem ablandigen Wind aufgelaufen sind», sagte Abygail, die unbemerkt hinter ihn getreten war.

Mitch drehte sich überrascht um.

«Viele der Ertrunkenen wurden nie gefunden, da die Strömungen die Leichen aufs offene Meer treiben. Deshalb gibt es hier in der Gegend die Sage, dass die Kelpies die Toten mitgenommen haben und diese jetzt im Reich von Manannan auf ihre Auferstehung warten.»

«Kelpies? Manannan?»

«Kelpies sind Wassergeister und Manannan der piktische Meeresgott. Gewöhne dich besser gleich daran. In Schottland ist der Glauben an Naturgeister noch immer lebendig. Hier gibt es viele Tage und Feste, die den alten Göttern gewidmet sind, und noch immer sprechen über sechzigtausend Schotten fast ausschließlich das alte Gälisch.»

«Ich dachte bisher, Gälisch wäre eine tote Sprache?»

«Nein, beileibe nicht. Es gibt in Schottland sogar Straßenschilder in gälischer Sprache. Und die Kultur der Pikten ist Teil unseres Alltags. Sie hat uns den Kilt, den Sporran, den Dudelsack, die Highland Games und den Whisky hinterlassen. Du siehst also, das Alte Volk lebt noch mitten unter uns mit allen seinen Geistern und Göttern. Viele Menschen in Dòmhnall und Umgebung sprechen nur Gälisch.»

«Verstehst du die Sprache?»

Abygail schüttelte den Kopf. «Nur wenige Worte, wenn es um Probleme mit dem Gut oder der Brennerei geht, muss Colin übersetzen.»

«Colin?»

«Colin Branagh, mein Verwalter.»

«Ist er auch aus der Gegend?»

«Seine Familie dient meiner seit vielen Hundert Jahren. Ich kenne noch seinen Vater, der meinem Vater ebenfalls als Gutsverwalter gedient hat. Die Branaghs haben einen besonderen Ruf in der Gemeinde. Man erzählt sich, sie könnten mit den alten Göttern sprechen.»

Mitch schüttelte ungläubig den Kopf.

Doch bevor er nachfragen konnte, wurde er unterbrochen. Der Kapitän hatte die LONGIMANUS vor den gefährlichen Unterwasserklippen gestoppt.

Abygail deutete auf das schäumende Wasser vor ihnen. «Bei Flut sind die Unterwasserhindernisse nicht zu erkennen. Schiffe, die bei Flut ankommen, sehen nur den vermeintlich sicheren Sandstrand der Bucht. Weht jedoch ein stark ablandiger Wind, reicht der Wasserstand nicht aus und die Bootsrümpfe zerreißen wie Papier. Im Mittelalter waren diese Klippen der beste Schutz gegen die Raubzüge der Wikinger.»

«Mussten deine Vorfahren sich überhaupt Sorgen wegen Überfällen machen?», fragte Mitch und deutete auf Dòmhnall Castle, dessen Mauern vor dem Forschungsschiff hoch in den Himmel ragten.

Das Schiff nahm langsam wieder Fahrt auf, sodass Mitch sich die Burg und ihre Umgebung in aller Ruhe anschauen konnte. Die mittelalterliche Burg mit dem hohen Turm in der Mitte stand auf der Spitze eines kleinen von der Hauptinsel abgeschnittenen Inselplateaus. Die hohen Mauern und ihre Lage inmitten der Untiefen machten sie von Land und Wasser her nahezu unangreifbar. Der einzige Weg führte über eine hölzerne Brücke zu einer vorgelagerten steil aufragenden Klippe. Das letzte Wegstück über die tobende Brandung war nur zu überwinden, wenn die Verteidiger der Burg die Zugbrücke herunterließen.

Kein Wunder, dass Dòmhnall Castle als unüberwindbar galt. Kein Angreifer in den letzten sechshundert Jahren hatte die Mauern bezwingen können.

«Wie groß ist Dòmhnall Castle?», fragte Mitch, der von dem Anblick fasziniert war.

«Groß genug für uns alle.» Abygail lachte. «Wenn das deine Sorge ist?»

«Nein, so habe ich das nicht gemeint», erwiderte Mitch. «Aber von hier unten wirkt die Burg doch recht klein.»

«Das täuscht. Im Mittelalter lebten und arbeiteten rund einhundertfünfzig Menschen in der Burg. Heute sind es mit allen Angestellten immerhin noch fünfzig.»

«Fünfzig Angestellte?», fragte Mitch erstaunt.

«Na ja, da ist die Verwaltung des Gutes, da sind die Dienstboten und last but not least, die Mitarbeiter der Whiskybrennerei.»

«Brennerei? Du brennst deinen eigenen Whisky?»

Abygail lächelte und zog die kleine silberne Trinkflasche heraus, die sie immer bei sich trug. «Was denkst du, trinke ich, wenn ich aufgeregt bin?»

Mitch schmunzelte, wurde dann aber schnell wieder ernst. Seit Abygail zurück auf der LONGIMANUS war, hatte es bisher keine Möglichkeit gegeben, ungestört miteinander über die Ereignisse zu sprechen. Er nutzte jetzt die Gelegenheit.

«Wie fühlst du dich eigentlich nach der ganzen Aufregung? Erst die Entführung in London und dann die Verfolgungsjagd auf Jersey?»

Abygail schluckte und warf einen letzten Blick auf die Burg, die jetzt langsam aus ihrem Blickfeld verschwand. Sie drehte sich zu Mitch und wischte sich eine Träne aus dem Auge. «Was soll ich sagen? Wie fühlt man sich nach solchen Erlebnissen? Verletzlich. Es wird einem klar, wie schnell das vorbei sein kann.»

Mitch konnte nicht anders. Er nahm die junge Frau fest in seine Arme. Einen Moment lang schmiegte sich Abygail an ihn, doch dann drückte sie Mitch mit beiden Händen weg.

Als er sie verständnislos ansah, gab sie sich einen Ruck. «Ich muss mit dir über die Zukunft sprechen», flüsterte sie. «Dringend!»

«Dann lass uns jetzt reden», erwiderte Mitch und sah sie forschend an. «Wir haben noch einige Minuten Zeit, bis das Schiff in Manhaven einläuft.»

«Nein, nicht jetzt», sagte Abygail wieder mit fester Stimme. «Das,

was ich dir sagen muss, benötigt etwas mehr Zeit und Ruhe.»
Bevor Mitch antworten konnte, kamen Francis und Samson an Deck und diskutierten lautstark über die mögliche Bedeutung der Ringgravur.
«Okay», flüsterte Mitch zu Abygail gewandt. «Dann später.»
Abygail nickte nur.

Im Hafen von Manhaven wurde das ODYSSEE-Team schon erwartet. Ein kleiner Reisebus und ein Lastwagen für das Gepäck standen am Pier.
Mitch machte das Team lächelnd auf die Werbebeschriftung der Fahrzeuge aufmerksam. «*Dòmhnall Castle. Whisky for Alba*» stand groß auf den Seitenflächen.
«Ich hoffe, Abygail hat den Whisky nicht wirklich nur für Schotten destilliert», sagte er, «So ein, zwei Gläschen könnte ich nach all der Aufregung gut vertragen.»
Als er einsteigen wollte, hielt ihn der Professor an der Schulter zurück. «Ich habe noch ein Geschenk für dich.» Er rückte Mitch ein kleines, in Geschenkpapier eingewickeltes Päckchen in die Hand.
«Upps, womit habe ich das verdient?» Überrascht drehte Mitch das Päckchen in seinen Händen.
«Auspacken, nicht fragen.» Grinsend drängte sich der Professor an ihm vorbei in den Bus.
Natürlich konnte Mitch nicht warten. Völlig verblüfft betrachtete er danach den goldenen Wappenring mit dem Fabeltier. Ein Blick auf die Innenseite des Rings zeigte die Strichgravur, über die das ganze Team noch immer rätselte.
Eilig stieg er in den Reisebus ein und setzte sich neben den Professor. Er konnte seine Verärgerung nicht verstecken. «Wie kommst du dazu, den Ring einfach aus der Kette zu lösen?»
«Ich dachte, es wäre besser, den Ring dabeizuhaben, als ihn auf dem Schiff zurückzulassen», erwiderte der Professor. «Und da die

Kettenglieder alle nicht geschlossen sind, war es leicht, das einzelne Glied ohne Beschädigung herauszulösen, genauso einfach, wie den Ring später wieder an die alte Stelle einzufügen.»

Mitch schüttelte den Kopf, konnte aber der Logik des Professors nichts entgegensetzen. Sie hatten während der Suche bereits so viele eherne Grundsätze der archäologischen Arbeit gebrochen, dass es darauf auch nicht mehr ankam.

Nachdenklich verstaute er das Etui sorgfältig in der Brusttasche seiner Jacke. Er war gespannt, wohin das Rätsel des Ringes sie führen würde.

Eine schmale Straße führte in Serpentinen über den dicht bewachsenen Berg und wand sich auf der anderen Seite wieder endlos hinab. Während der Fahrt nach unten bot sich ein atemberaubender Blick auf den schmalen Sandstrand der Bucht von Dòmhnall und die im Meer zwischen Steilklippen eingekeilte mittelalterliche Burg.

Auf einem kleinen Parkplatz direkt vor den steilen Klippen endete die Straße. Von hier aus ging es zu Fuß über die erste schmale, hölzerne Brücke, bevor die zweite mit der Zugbrücke folgte, die zur Burg hinüberführte. Dienstboten mit Schubkarren hatten sie auf dem Parkplatz erwartet und folgten ihnen jetzt mit dem Gepäck.

Vor der Zugbrücke blockierte eine Sicherheitssperre mit bewaffneten Wachen den Weg. Die Securitymitarbeiter, die Francis nach den Londoner Vorkommnissen hierher beordert hatte, hatten ihre Aufgabe sehr ernst genommen und auf der Burg eine Reihe Sicherheitsmaßnahmen eingeführt. Jetzt beeilten sie sich, die Sperre zu öffnen und ihre Auftraggeber in den Innenhof der Burg zu geleiten.

Wie aus einer alten englischen Fernsehserie entlehnt, erwartete sie vor der breiten Treppe eine Doppelreihe Dienstboten, angeführt von der einschüchternden Gestalt des Verwalters. Um gut zwei Köpfe überragte er alle um sich herum. Aber, auch wenn er kleiner wäre und nicht die Figur eines Herkules hätte, wäre er in jeder

Menschenmenge sofort aufgefallen. Bekleidet war er mit einem dunkelblau karierten Kilt, weißen Kniestrümpfen und einem weißen Hemd. Über seinen breiten Schultern trug er lässig einen passenden Plaid. Seine blauen Augen funkelten voller Freude, als er Abygail entdeckte.

«Colin, schön Sie zu sehen», rief Abygail und reichte ihm freudestrahlend die Hand.

«Schön auch Sie wiederzusehen, Mylady», antwortete Colin Branagh auf Englisch. Dann verbeugte er sich leicht in Richtung des ODYSSEE-Teams. «Fàilte! Thig a-steach!»

Mitch schaute fragend zu Abygail.

«Herzlich willkommen. Kommen Sie herein!», übersetzte sie. Verlegen drehte sie sich zum Team um. «Das sollte eigentlich ich sagen. Also, nochmals für alle. Herzlich willkommen auf Dòmhnall Castle.»

Die Dienstboten klatschten zu ihren Worten. Dann bückten sie sich und hoben die Tabletts hoch, die vor ihnen auf dem Boden standen. Die Gläser waren gefüllt mit einer bernsteinfarben schimmernden Flüssigkeit.

«Das Gold von Dòmhnall Castle», erklärte Colin Branagh. «Unser bester Whisky.»

Alle nahmen sich ein Glas. Bevor das Team mit Abygail anstoßen konnte, ließ ein Aufschrei des Professors alle herumfahren.

Fassungslos stand der Wissenschaftler vor einem übermannsgroßen, schwarzen Stein, der im hinteren Teil des Burghofes aus dem Boden ragte. Mit den Fingern tastete er über die Oberfläche des Steins und konnte sich nicht beruhigen.

«Schaut, da ist die Abbildung des fischschwänzigen Pferdes», jubelte er und deutete auf eine der Seiten des vierkantig zugehauenen Steins. Dann tanzte er auf die andere Seite. «Und hier sind Ogham-Zeichen, sehr viele Zeichen. Ich muss sie sofort übersetzen.»

Mitch und die anderen gingen zu ihm.

Hektisch zog der Professor sein Notizbuch heraus und begann, die

Zeichen abzumalen.

Colin Branagh war dem ODYSSEE-Team langsam gefolgt. Jetzt trat er neben den Professor. «Das haben vor Ihnen schon viele Wissenschaftler aus Aberdeen und Edinburgh versucht», sagte er und fuhr mit seinen langen Fingern ehrfurchtsvoll die Symbole im Stein nach. «Aber die Zeichen entsprechen keiner bekannten Ogham-Schrift. Bisher konnte noch niemand lesen, was hier geschrieben ist.»

«Wie kommt ein uralter Piktenstein in den Hof einer mittelalterlichen Burg?», wandte sich Mitch an Colin.

«Der war schon an diesem Platz, lange bevor Dòmhnall Castle erbaut wurde», entgegnete Colin leise.

«Vielleicht sollten wir ihn ausgraben und nachschauen, ob eine alte Götzenstatue darunter verborgen liegt?», murmelte Samson und schmunzelte über seinen eigenen Scherz.

Colin Branaghs Kopf ruckte hoch. Seine Augen funkelten. «Fàg a´ chlach!», zischte er. Dann drehte er sich ohne ein weiteres Wort um und ging ins Gebäude.

«Was meinte er?», fragte Mitch irritiert.

Abygail hörte jedoch nicht zu. Fassungslos schaute sie ihrem Verwalter hinterher. Offensichtlich hatte sie sein rüdes Verhalten überrascht.

«So kenne ich ihn gar nicht», entschuldigte sie sich bei ihren Freunden. «Entschuldigt bitte den Auftritt, lasst uns ein Glas zur Begrüßung trinken und dann schaut euch eure Zimmer an. Ich werde später mit Colin reden.»

***

Mitch blickte aus seinem Zimmer direkt auf die Bucht mit ihrem schmalen Sandstrand. Dahinter brach sich die Brandung an den Klippen, die jetzt bei Ebbe dicht unter der Wasseroberfläche lagen. Er überlegte, was die Worte von Colin wohl zu bedeuten hatten. «Vag an schlach», wiederholte er die Laute, so wie er sie in Erinnerung behalten hatte.

Nach kurzem Überlegen verließ er sein Zimmer, um Rajesh zu suchen. Der hörte sich Mitchs Idee an, nickte und vertiefte sich danach sofort in seinen Laptop.

Nachdenklich ging Mitch wieder in sein Zimmer zurück. Auf dem Gang begegnete ihm Abygail, die ihn scheinbar gesucht hatte.

«Können wir jetzt reden?», fragte sie.

Mitch nickte voll gespannter Erwartung.

Abygail führte ihn in die Bibliothek. «Hier sind wir zu dieser Zeit ungestört.»

Staunend sah sich Mitch in dem riesigen Raum um. Die eher kargen Gästezimmer hatten ihn nicht auf diesen Anblick vorbereitet. Die Mengen an Büchern ringsum erschlugen ihn fast. Deckenhoch erstreckten sich die Regale an den Wänden entlang. Dicke Läufer in der Mitte des Zimmers führten in gerader Linie zu einem hohen Kamin am anderen Ende, in dem ein loderndes Feuer brannte. Davor luden gemütliche Sessel mit kunstvoll geschnitzten Lehnen zum Sitzen ein.

«Das war früher der große Rittersaal», erklärte Abygail, die lächelnd sein Erstaunen zur Kenntnis nahm. «Die Bibliothek meiner Vorfahren war sehr viel kleiner und ist im unteren Saal untergebracht. Als ich einzog, habe die Räume einfach getauscht.»

Dann verfinsterte sich ihr Gesicht. «Beim Umbau des Saals habe ich durch Zufall die Tagebücher entdeckt und so die ganze verfluchte Lawine in Gang gesetzt.»

«Die verfluchte Lawine? Meinst du damit unsere Suche nach der *Seele*?»

«Ja. Verflucht wegen der vielen Toten, die diese Suche bisher gekostet hat und all der Menschen, die dadurch gefährdet wurden. Hätte ich die Bücher damals weggeworfen, hätte ich das allen erspart.»

Mitch nahm sie mitleidig in die Arme. Inzwischen schluchzte sie haltlos und dicke Tränen liefen ihr über die Wangen.

«Es ist doch nicht deine Schuld», tröstete er sie. «Ein solch unermesslicher Schatz bringt alle schlechten Eigenschaften des Menschen an die Oberfläche. Kein einziger der Toten geht auf deine Verantwortung.»

«Das sehe ich anders», seufzte Abygail und löste sich aus seiner Umarmung. «Denk nur an George Balliol. Er war ein enger Freund und hat mich trotzdem von Anfang an hintergangen und ausspioniert. Das ist nur eines von vielen Beispielen. Das Erbe meiner Vorfahren bringt mir und allen Menschen um mich herum kein Glück. Deshalb habe ich einen Entschluss gefasst.»

Sie fasste Mitch an der Hand und zog ihn zu den Sesseln am Kamin. Auf einem niedrigen Tisch lagen einige Papiere.

Als sie saßen, nahm Abygail die Dokumente und übergab sie Mitch.

«Lies selbst», sagte sie. «Dann kann ich mir die Worte sparen.»

Mitch blickte sie irritiert an. Anschließend begann er, zu lesen. Schon nach kurzer Zeit schaute er fassungslos auf.

«Du übergibst mir sämtliche Eigentumsrechte an dem Templerschatz?»

«Ja, ich möchte nichts mehr damit zu tun haben.»

«Und ich soll alleine bestimmen dürfen, was mit der *Seele* und den anderen Reliquien geschieht?»

«So steht es da. Ich habe lange mit Claire darüber diskutiert und wir sind beide der Meinung, dass das Geheimnis der Templer bei dir in den besten Händen ist.»

«Claire?»

«Ja, sie ist nicht nur meine beste Freundin, sondern auch meine Anwältin und wir hatten viel Zeit auf Jersey, um über alles zu diskutieren.»

«Wenn wir die *Seele* wirklich finden, je nachdem, um was es dabei eigentlich geht, wird entweder die britische Krone, der Vatikan oder

der Staat Israel das Eigentum beanspruchen. Du kannst nicht verschenken, was dir gar nicht gehört.»

«Das ist falsch. Gemäß dem schottischen Landrecht gehören alle historischen und archäologischen Artefakte, die auf dem Land von Dòmhnall Castle gefunden werden, ausschließlich dem Laird of Dòmhnall, also mir. Claire hat das alles durch ihre Kanzlei recherchieren lassen. Die Eigentumsübertragung ist deshalb rechtens und nicht anfechtbar.»

Mitch sprang aus dem Sessel auf. «Ich kann das nicht annehmen», rief er aufgeregt. «Bei der *Seele* könnte es sich um einen unbezahlbaren archäologischen Schatz handeln. Es ist viel zu wertvoll, um nur einem zu gehören.»

«Deshalb habe ich es in deine Verantwortung gegeben», sagte Abygail ruhig. «Ich habe dich und das ODYSSEE-Team gut kennenlernen dürfen. Ich weiß, es geht euch nicht um Geld. Falls wir die *Seele* finden, wirst du die richtige Entscheidung treffen. Da bin ich mir sicher.»

«Und du willst gar nichts davon abhaben? Alleine mit dem Wert der Templerkette könntest du Dòmhnall Castle komplett renovieren lassen.»

«Ich habe alles, was ich brauche, und ohne die Verantwortung kann ich jetzt sogar wieder ruhig schlafen», sagte Abygail mit einem kleinen Lächeln.

«Aber jetzt genug davon. Nimm die Papiere. Sie sind bereits von einem Notar auf Jersey beglaubigt. Es fehlt nur deine Unterschrift, mit der du annimmst, und ab dann bist du ganz alleine für die Verwendung des Templerschatzes verantwortlich. Es gibt nur eine Bedingung: Ich möchte dabei sein, wenn der Schatz gefunden wird.»

Mitch wusste nicht, was er sagen sollte. Gut, dass auf dem Tisch auch eine Flasche von Abygails Whisky mit zwei Gläsern stand.

Er konnte jetzt einen tüchtigen Schluck vertragen.

24. DER DRUIDE

«Hast du einen Moment Zeit?», fragte Rajesh. Ohne anzuklopfen, war er in Mitchs Zimmer gestürmt. Seinen offenen Laptop trug er wie eine Waffe vor sich.

Mitch schaute erschrocken hoch. Er hatte gerade nochmals Abygails Dokumente durchgelesen und war immer noch in der für ihn absurden Situation gefangen, dass er jetzt ganz alleine für das Geheimnis der Templer verantwortlich war.

«Störe ich?» Rajesh verharrte an der Tür.

«Nein, nein – komm ruhig rein. Was kann ich für dich tun?»

«Ich habe die Übersetzung gefunden», sagte Rajesh und hielt triumphierend seinen Laptop hoch. «Es war eigentlich ganz leicht.»

«Na so einfach kann es nicht gewesen sein», antwortete Mitch lächelnd. «Sonst hättest du nicht so lange gebraucht.»

Jetzt lächelte auch Rajesh. «Na ja», sagte er. «Total simpel, wenn man die Audiodateien eines altgälischen Wörterbuchs mit einer Worterkennungs-Software koppelt.»

Mitch schüttelte nur den Kopf. Er musste nicht alles verstehen.

«Wenn ich die Lautsprache in gälische Worte zurückübersetze, hat Colin gesagt: Fàg a´chlach!. Das bedeutet sinngemäß: Der Stein geht euch nichts an!»

«Wie kommt er darauf?», fragte Mitch nachdenklich. «Er benimmt sich ja so, als ob er einen Anspruch auf den Piktenstein hätte.»

«Stimmt, das fiel mir auch dazu ein. Ich habe deshalb versucht, das Zimmermädchen über Colin auszuhorchen», sagte Rajesh.

Mitch horchte auf.

«Sie war sehr zugeknöpft», wehrte Rajesh ab. «Aber ich habe zumindest erfahren, dass Colin Branagh hier in der Gegend als heiliger Mann gilt. Er wohnt auch nicht im Schloss, wie alle anderen Bediensteten, sondern hat ein eigenes Haus am Berghang. Dann schwieg sie. Erst als ich ihr zusätzlich einen großen Geldschein in die Hand drückte, sagte sie noch etwas Merkwürdiges auf Gälisch. ´S e an draoidh!´ Anschließend rannte sie aus dem Zimmer.»

«Und was heißt das?»

«Er ist der Druide!», las Rajesh von seinem Laptop ab.

Mitch hielt es nicht mehr in seinem Stuhl.

«Ein Druide», rief er aufgeregt. «Was für eine unglaubliche Geschichte. Aber das passt hier in die Gegend und es würde auch einiges erklären.»

Er zog das Päckchen heraus, das ihm der Professor am Bus gegeben hatte, öffnete es und hielt den Ring prüfend ins Licht. «Vielleicht kann er uns bei dem Rätsel des Rings helfen?»

«Einen Versuch wäre es wert», antwortete Rajesh. «Aber nach dem Vorfall vorhin bin ich nicht mal sicher, ob er uns beim Abendessen Gesellschaft leistet.»

Mitch schob sich gedankenverloren den Ring über den Finger. «Ich werde versuchen, noch heute Abend mit ihm zu sprechen und wenn ich ihn in seinem Haus aufsuchen muss.»

Tatsächlich ließ sich Colin Branagh beim Abendessen entschuldigen. Zum Ende, als Abygail die obligatorischen Whiskys servieren ließ, nutzte Mitch die Gelegenheit, um unbemerkt die Burg zu verlassen.

Eine der Wachen an der Zugbrücke wies ihm den Weg zu dem Verwalterhaus, das in der Nähe der Straße in den Berghang gebaut war. Licht hinter den Fenstern zeigte, dass Colin zu Hause sein musste.

Mitch klopfte an. Colin Branagh öffnete und starrte ihn verblüfft an. «Ich empfange in meinem Haus keine Besucher», sagte er barsch.

Dann fiel sein Blick jedoch auf den Ring, den Mitch über einen Finger gestreift hatte. «Wie kommen Sie an diesen Ring?», fragte er und rang sichtbar nach Fassung.

Mitch blickte ihn irritiert an. «Eigentlich wollte ich Sie etwas darüber fragen.»

«Würden Sie mir den Ring einmal in die Hand geben», flüsterte Colin.

Mitch zog den Ring von seinem Finger und übergab ihn dem Verwalter. Andächtig drehte der ihn in seinen Händen. Als er die Gravur auf der Innenseite des Rings bemerkte, entrang sich seiner Brust ein tiefes Stöhnen.

«Was ist los mit Ihnen?», fragte Mitch perplex. «Kennen Sie den Ring?»

Colin gab sich einen Ruck. Zögernd reichte er Mitch den Ring zurück.

«Das ist der Ring Manannans», flüsterte er aufgewühlt. «Nach sechs Jahrhunderten ist er wieder zurückgekehrt an den Ort seiner Geburt.»

«Können Sie mir das nicht etwas genauer erklären?», erwiderte Mitch und steckte sich den Ring wieder an den Finger.

Colin trat einen Schritt zurück und öffnet dabei weit die Tür zu seinem Haus. «Thig a-steach!», sagte er. «Kommen Sie herein!»

Mitch ging an ihm vorbei und betrat ein Zimmer, in dem die Zeit stehen geblieben schien.

Auf groben Bodenplanken, die scheinbar von Schiffsrümpfen stammten, standen rohgezimmerte Möbel aus dem gleichen Holz. Es gab weder Teppiche noch irgendwelchen Schmuck an den Wänden. Ein großer Kamin aus gebrochenen Steinen ragte in den Raum hinein. Von der Decke hingen getrocknete Pflanzenbündel und verbreiteten einen aromatischen Duft. An der Seite öffnete sich eine weitere Tür. Mitch konnte inmitten dieses zweiten Raumes schemenhaft eine große Liege ausmachen.

«Mein Behandlungszimmer», sagte Colin und lächelte, als er Mitchs Erstaunen bemerkte.

«Sind Sie wirklich ein Druide?», fragte Mitch. «Für mich war die Existenz der Keltenpriester bis in unsere Zeit immer nur eine Legende.»

Colin sah ihn kurz an. «Das Siezen irritiert mich, wenn wir über solche Dinge reden.»

Mitch lächelte. «Wir können uns gerne duzen.»

«Gut, dann leg deinen Ring auf den Tisch und warte eine Minute.» Colin ging in das benachbarte Zimmer und Mitch hörte ihn eine Kiste öffnen.

Kurz darauf kam er zurück. Er schob Mitchs Ring etwas zur Seite und legte einen zweiten goldenen Ring daneben.

«Sie sind vollkommen identisch», kam er Mitchs Frage zuvor. «Zwei Ringe, gefertigt im Jahr 1307 von einem Schmied des Alten Volkes. Gemeinsam sind sie die Beschützer des Schatzes der Tempelherren.»

Mitch starrte ihn fragend an.

«Olaf Kincaid, wurde Laird of Dòmhnall zu der Zeit, als mein Ahnherr Caleb Branagh der Druide des Tempels von Manannan war. Der Laird beschützte ihn und die Nachfahren des Alten Volkes, die rings um das Heiligtum lebten, damals vor der Inquisition. Als Dank half ihm Caleb, den Schatz der Tempelherren zu verstecken. Beide schlossen einen Pakt, der auch ihre Erben mit einbezog. Der Laird versprach dem Alten Volk, sie vor Verfolgung zu schützen, wir Pikten gaben unser Wort, dass der Schatz einen sicheren Platz im verborgenen Tempel des Manannan finden würde. Die Ringe waren das Unterpfand dieses Schwurs. Jede Seite bekam einen. Und nur, wenn der Ringträger seinen Ring dem Druiden von Manannan vorwiese, würde der Schatz wieder das Licht der Sonne erblicken. Er ist also eine Art Schlüssel.»

«Das heißt, du weißt, wo der Templerschatz ist?» Gespannt beugte sich Mitch vor.

«Ja und ich kann dich gleich hinführen, damit du siehst, welche mächtigen Dinge im Tempel verborgen sind.»

«Mächtige Dinge?»

«Warte, bis du ihre Macht gefühlt hast.» Colin stand auf und holte eine Lampe aus dem Nebenzimmer, da es draußen inzwischen dunkel geworden war.

«Ist es weit von hier?», fragte Mitch. Seine Stimme zitterte dabei vor Aufregung.

«Nicht weit, aber auch nicht nah», antwortete Colin orakelhaft.

«Ich muss mich kurz bei meinen Freunden melden», sagte Mitch und nahm sein Handy aus der Tasche. Dann zögerte er und sah Colin fragend an. «Ich hätte meine Freunde auch gerne dabei, wenn wir den Schatz das erste Mal sehen. Ist das okay?»

«Du bist der Ringträger. Du kannst es bestimmen», antwortete Colin.

«Dann rufe ich jetzt an.» Während Mitch die Nummer von Abygail eintippte, überlegte er, welch verrückten Verlauf die Suche nach der *Seele* genommen hatte. Durch einen reinen Zufall hatten sie die entscheidende Spur gefunden. Und die reichte weit zurück, bis in die Tempel der Pikten.

Statt eines Ruftons hörte Mitch jedoch nur den Alarm für ein fehlendes Funknetz. Eine Tonfolge, die ihm inzwischen sehr bekannt vorkam.

«Wir müssen sofort zur Burg», rief er Colin zu. «Wir werden gleich angegriffen.»

Beide schnappten sich ihre Ringe. Während Colin das Licht im Haus löschte, öffnete Mitch vorsichtig die Tür und spähte in die Nacht.

«Noch nichts zu sehen», flüsterte er. «Wie kommen wir auf dem schnellsten Weg in die Burg?»

«Was ist eigentlich los?», fragte Colin mit gedämpfter Stimme.

«Ich habe das jetzt mehrmals erlebt», erklärte Mitch leise. «Eine Truppe ultraorthodoxer Juden ist ebenfalls hinter dem Schatz her. Sie vermuten ihre heilige Bundeslade unter den Reliquien der Templer. Die Nephilim, wie sie sich nennen, sind ein brutaler Feind. Schon drei Mal stand ich in ihrem Fadenkreuz und bin immer nur durch Glück entkommen. Und jedes Mal benutzten sie einen Störsender, um das Funknetz auszuschalten. Das ist der Alarmton, den ich eben gehört habe.»

Colin rieb sich überlegend über den Kopf. «Wenn sie die Bundeslade suchen, dann haben sie sie jetzt wohl gefunden», flüsterte er und schob sich aus der Tür.

Mitch blickte ihm sprachlos hinterher. Hatte er das eben richtig verstanden?

Danach beeilte er sich, dem Verwalter in die Nacht zu folgen.

Colin leitete ihn zu einem schmalen Trampelpfad, der dicht an den Steilklippen vorbeiführte. Kurz vor dem Parkplatz endete er. Colin ging hinter einem Busch in die Hocke und sondierte die Umgebung.

«Dort oben kommen Männer», sagte er nach einer Weile und deutete ins Dunkel des Berghangs. «Und sie werden bald hier sein.»

Mitch wollte loslaufen, doch Colin hielt ihn im letzten Augenblick zurück. «Sie können uns sehen.» Er zeigte auf den hell erleuchteten Weg zur Burg. «Wenn sie so brutal sind, wie du sagst, werden sie uns abschießen wie Tontauben.»

«Dann müssen wir schneller sein», flüsterte Mitch und versuchte, die Strecke bis zur Zugbrücke abzuschätzen.

«Oder wir machen die Lichter aus», erwiderte Colin und zog ein kleines Gerät aus seiner Jacke.

Mitch schaute ihn fragend an.

«Die Fernbedienung für die Burgbeleuchtung», sagte Colin und kicherte leise. «Es hat seine Vorteile, Verwalter zu sein. Besonders in solch einer Situation.»

«Also los.» Mitch machte sich sprungbereit. Als die Burgbeleuchtung erlosch, rannte er los und folgte Colin über den hölzernen Steg.

Dann eröffneten die Nephilim das Feuer. Sie mussten Gewehre mit

Nachtsichtvisieren und Schalldämpfer benutzen, denn, obwohl kein Schuss zu hören war, zersplitterten die Kugeln die Holzplanken rings um Mitch und dem vor ihm rennenden Colin. Spitze Bruchstücke sirrten um sie herum.

«Schneller», rief Colin. «Hinter den Mauern sind wir in Sicherheit.»

«Verdammt!» Ein langer Holzsplitter hatte sich tief in Mitchs Oberschenkel gebohrt. Er hielt sich das Bein.

«Was ist los?» Colin eilte geduckt zu ihm zurück.

Mitch kauerte sich hinter einen dicken Holzpfosten der Brücke und deutete stöhnend auf den Splitter in seinem Oberschenkel.

Colin zögerte nicht lange. Er duckte sich ebenfalls in den Schutz des Pfostens und riss mit einem Ruck den Holzspan aus Mitchs Bein. Erschrocken fuhr er zurück, als ihm ein Blutschwall entgegenfloss.

«Verdammt, eine Ader ist verletzt!», rief er und presste seine Hand fest auf die Wunde.

«Abbinden», befahl Mitch. Der Schmerz nahm ihm fast die Luft und er kniff kurz die Augen zusammen.

Ohne den Druck seiner Hand zu verringern, öffnete Colin mit der anderen Hand den Gürtel seines Kilts und schlang ihn um Mitchs Oberschenkel. Er zog mit aller Kraft zu, bis das Blut nur noch tröpfelte. «Okay, und jetzt weiter zur Burg», sagte er und versuchte, Mitch hochzuheben.

Innerhalb Sekunden wog Mitch die Optionen ab. «So haben wir beide keine Chance», flüsterte er mit schmerzverzerrter Miene. «Du musst alleine los und die anderen warnen. Die Wachen an der Zugbrücke sind wahrscheinlich schon tot, sonst hätten sie längst Alarm gegeben. Ohne Warnung sind alle, die in der Burg sind, in höchster Gefahr.»

«Ich kann dich doch hier nicht so einfach zurücklassen», sagte Colin und versuchte nochmals, Mitch hochzuziehen. Kaum hatte er dabei den Schutz der Deckung verlassen, sirrten sofort weitere Kugeln über ihn hinweg. Schnell duckte er sich wieder.

Mitch schaute Colin ernst an. «In der Burg sind viele Menschen. Die sind jetzt wichtiger als ich. Du musst sie warnen, sonst werden sie von den Nephilim einfach abgeschlachtet.»

Colin zögerte noch.

«Mach dir um mich keine Sorgen. Ich versuche, mich unter der Brücke zu verstecken, bis die Nephilim wieder weg sind. Renn jetzt!», sagte Mitch drängend. «Ich glaube, sie kommen schon über die Brücke.»

Ein schneller Blick überzeugte Colin, dass Mitch recht hatte. Trotzdem zögerte er und sah erneut auf Mitchs Bein.

«Warte», stöhnte Mitch und zog den Wappenring vom Finger. «Nimm den mit und gib ihn Abygail. Sag ihr, ich konnte den Vertrag nicht mehr unterschreiben. Sie ist damit der Erbe. Und jetzt los, bevor es zu spät ist.»

Nach einem letzten bedauernden Blick reagierte Colin endlich. Tief geduckt rannte er los. Sofort begannen die Nephilim wieder, zu schießen. Sie waren mittlerweile deutlich näher, wie Mitch an dem Einschlagwinkel der Schüsse erkannte. Er wunderte sich gerade, auf welche merkwürdigen Dinge er in seinem Zustand achtete, als es schwarz um ihn wurde. Der Blutverlust ließ ihn ohnmächtig werden.

***

«Thromberg, aufwachen!», hörte er, als sich seine Sinne allmählich wieder klärten. Mitch versuchte, sich zu konzentrieren. Der Boden schwankte unter ihm und es dauerte einen Moment, bis ihm bewusst wurde, dass er sich auf einem Boot befand, das in der Dünung dümpelte. Langsam öffnete er die Augen, um sie sofort erschrocken zu wieder zu schließen, weil ihn das Licht von Taschenlampen blendete.

«Er ist aufgewacht. Gute Arbeit», hörte er einen der schwarz gekleideten Männer sagen, die rings um seine Trage standen.

Als Mitch eine Berührung an seinem Oberschenkel fühlte, öffnete er wieder die Augen. Er musste wissen, wo er war. Mühsam hob er seinen Kopf, um die Ursache der Berührung zu sehen. Sein Blick fiel dabei einen dicken Verband um sein Bein. Irgendjemand hatte seine Wunde fachmännisch versorgt.

«Der Verband hält und sein Zustand ist stabil. Er ist transportfähig.»

«Dann sollten wir machen, dass wir wegkommen», sagte eine andere Stimme, der man anhörte, nicht zum ersten Mal Befehle erteilt zu haben. «Ruft die Männer zurück. Danach fahren wir los.»

«Moment», flüsterte Mitch. «Wer sind Sie überhaupt?»

«Deine schlimmsten Feinde», erwiderte eine kalte Stimme. «Und bald wirst du uns alles erzählen, was du weißt.»

«Was ist mit meinem Team?», fragte Mitch, der langsam wieder klarer im Kopf wurde.

«Keine Ahnung, sie haben sich in der Burg eingeschlossen und wir haben leider unsere Belagerungsmaschinen vergessen.» Der Mann lachte hämisch. «Aber dafür haben wir dich, das Hauptziel unserer Aktionen.»

«Wieso ich?»

«Du bist der Kopf. Wenn wir dich in unserer Gewalt haben, bestimmen wir über die ODYSSEE und über die Bundeslade. Niemand deiner Leute wird riskieren, dass wir dich töten. Solange du in unseren Händen bist, werden sie tun, was wir wollen.»

«Das heißt, Sie waren die ganze Zeit nur hinter mir her?»

«Gut erkannt. Du oder deine Mutter waren unsere Primärziele, von Anfang an. Das perfekte Druckmittel.»

«Und das alles wegen einer Legende?»

Einer der Schatten beugte sich zu ihm hinunter. «Die Bundeslade ist keine Legende. Die Templer haben sie vor tausend Jahren gestohlen und wir, die Wächter der Lade, werden sie endlich wieder nach Hause bringen.»

«Ich weiß nicht, wo der Templerschatz ist.»

«Lüg nicht. Wir wissen, dass ihr die Templerkette habt und damit auch den Schlüssel zum Schatz.»

Der Anführer der Nephilim drehte sich zu Mitchs Oberschenkel und schlug brutal mit der Faust auf die Wunde. Als Mitch vor Schmerzen aufschrie, lachte er nur. «Du wirst reden, das garantiere ich dir.»

Plötzlich gellten Schreie vom Strand her. Sofort kam Unruhe auf dem Boot auf. Die Nephilim hoben ihre Waffen. Mit dem Finger am Abzug spähten sie in die Nacht.

«Läuft wohl nicht so, wie Sie es sich vorgestellt haben?», fragte Mitch mit Hohn in der Stimme.

Ein weiterer brutaler Schlag auf die Oberschenkelwunde ließ ihn aufschreien. Er versuchte, sich zu verteidigen, aber das musste er nicht.

Der Kopf des Anführers, der ihn gerade geschlagen hatte, platzte plötzlich. Blut und Gehirnmasse spritzten über das ganze Boot. Bevor einer der überraschten Nephilim seine eigene Waffe abdrücken konnte, trafen auch sie tödliche Schüsse. Wenige Sekunden später herrschte die Ruhe eines Friedhofs. Alle Nephilim waren tot. Einige, die versucht hatten, ins Meer zu entkommen, hingen halb über der Bordwand, zwei andere lagen zusammengesunken auf Mitch.

Mitch wälzte die Toten von sich herunter und wollte sich gerade aufrichten, als er im Licht der Sterne die schwarz gekleidete Truppe sah, die jetzt aus dem Wald vor dem Berghang strömte. Er duckte sich sofort hinter der Bordwand und griff nach einer der herumliegenden Waffen.

«Doktor Thromberg. Sind Sie gesund? Ist Ihnen etwas passiert?» Der Ruf ließ ihn innehalten.

«Ja, ich lebe noch», rief er zurück. Nach einer kurzen Überlegung richtete er sich stöhnend auf. Sein Bein schmerzte, aber er wollte seine unbekannten Befreier nicht liegend erwarten.

Während einige Männer das Boot auf den Sandstrand zogen, kletterte einer mit einer gewandten Bewegung ins Boot und untersuchte die Nephilim mit vorgehaltenem Gewehr auf ein Lebenszeichen. Dann klappte er sein Nachtsichtgerät nach oben und gab mit seiner Taschenlampe ein Zeichen zum Ufer hin.

Sofort flammten überall Lampen auf. Mitch sah, dass die Männer wie Elitesoldaten gekleidet und ausgerüstet waren. Erleichtert atmete er auf.

«Vielen Dank für Ihre Hilfe», sagte er. «Mit einem Kommando des SAS habe ich nicht gerechnet.»

«Wir sind auch nicht vom SAS», erwiderte der Mann, der ins Boot geklettert war. «Ich darf mich Ihnen vorstellen. Mein Name ist Major Aaron Silberberg, ich bin Führer einer *Kidon*-Einheit des Mossad. Wir sind hier, um die Eiterbeule der Nephilim ein für alle Mal auszustechen.»

Mitch starrte ihn sprachlos an.

Der Major gab einige Kommandos auf Hebräisch, mit der er seine Soldaten wahrscheinlich zur Eile aufforderte, denn sofort begannen einige, die Leichen der Nephilim vom Strand aufzusammeln und zu den anderen Toten ins Boot zu werfen.

Der Major half Mitch, aus dem Boot zu klettern. Immer mehr Tote schleppten die Soldaten über den Strand heran. Stumm sah Mitch zu, wie sich das Boot mit Leichen füllte.

«Darf ich Sie bitten, noch eine halbe Stunde zu warten, bis Sie Kontakt zu Ihren Freunden aufnehmen?», bat der Major. «Solange brauchen wir, um alle unsere Spuren und die der Nephilim zu verwischen.»

«Aber warum? Ohne Sie und Ihre Männer wäre ich wahrscheinlich schon gefoltert und ermordet. Warum wollen Sie jetzt so heimlich verschwinden?»

«Die Mission ist nicht abgestimmt und, falls wir verhaftet werden, wird unsere Regierung jede Beteiligung leugnen. Unser Auftrag war, Sie und das ODYSSEE-Team zu schützen und die Nephilim verschwinden zu lassen.»

Der Major gab wieder einige Kommandos. Dann drehte er sich nochmals zu Mitch. Mit kundigen Griffen untersuchte er den Verband um dessen Oberschenkel.

«Zumindest Ihre Wunde haben die Nephilim gut versorgt», sagte er mit einem leichten Grinsen. «Das wird ausreichen, bis Sie auf der Burg ärztliche Versorgung erhalten.»

«Erklären Sie mir, wer Ihnen einen solchen Auftrag gegeben hat und warum? Wieso unterstützt uns der Mossad?»

Der Major blickte sich rasch um, ob einer seiner Männer in der Nähe war. Dann beugte er sich zu Mitch herüber. «Ich bin eigentlich nicht befugt, Ihnen diese Frage zu beantworten, doch in Anbetracht der Tatsache, dass wir durch unser zu spätes Eingreifen an Ihrer Entführung mitschuldig sind, mache ich eine Ausnahme. Aber Sie werden es bereuen, sollten Sie diese Information publik machen.»

«Lieber Major, ich bin heute so oft bedroht worden, dass mir eine weitere Drohung keine Angst macht. Seien Sie jedoch versichert, ich kann schweigen.»

«Gut – also, der Auftrag kommt von ganz oben. Von Doktor Levi und Katz. Schuld daran ist ein Anruf Ihrer Mutter bei unserem Ministerpräsidenten.»

Mitch schluckte.

«Ihr Anruf brachte das Fass zum Überlaufen, wie es so schön heißt. Wir beobachten die staatsfeindlichen Aktivitäten der Nephilim schon seit vielen Jahren und jetzt haben die Verantwortlichen endlich reagiert. Nach der Zerschlagung ihrer Eingreiftruppe hier durch uns werden in den nächsten Tagen alle Führer der Nephilim tödliche Unfälle erleiden. Unsere *Kidon*-Schwadronen stehen bereit.»

«Warum so drastische Maßnahmen?», fragte Mitch, dem es fast die Sprache verschlagen hatte.

«Die Sekte ist politisch so verknotet und verflochten, dass nur die Alexander-Lösung hilft, das heißt: Einfach alle Stricke zerschlagen.»

Ein Ruf ließ den Major innehalten.

«Ihre Kavallerie kommt», sagte er und fügte erklärend hinzu. «Nachdem wir den Störsender vernichtet haben, konnten Ihre Leute einen Notruf absetzen. Zeit für uns, zu verschwinden.»

Damit schwang er sich wieder ins Boot. Während einige der Soldaten das Boot ins Meer schoben, startete er den Motor.

«Warten Sie», rief Mitch.

Der Major stoppte den Außenborder und blickte ihn fragend an.

«Interessiert es Sie nicht, dass es bei der ganzen Angelegenheit um die Suche nach der Bundeslade geht?»

Der Major sah ihm lange in die Augen, bevor er antwortete. «Doktor Thromberg, ich bin Soldat und glaube nicht an Märchen. Die Bundeslade ist vor vielen Tausend Jahren in Jerusalem verschollen. Ich kann nicht glauben, dass sie jetzt hier in Schottland wieder auftaucht. Nach meiner Meinung sind die Nephilim einem abstrusen Traum hinterhergejagt.»

«Danke», sagte Mitch. «Danke, dass Sie mich trotzdem gerettet haben.»

«Gern geschehen. Bedanken Sie sich bei Gelegenheit bei Ihrer Frau Mutter.»

Mit dem Zeigefinger tippte der Major grüßend an seine Stirn. Dann startete er den Motor und verschwand im Dunkeln.

Von der Straße, die vom Berg zur Burg hinunterführte, sah Mitch das Flackern von Blaulicht. Der Major hatte recht. Die Kavallerie war da. Aber ohne das Eingreifen des Mossad wären die Polizisten in einen tödlichen Kugelhagel geraten.

Obwohl es Mitch schwerfiel, wartete er noch, wie der Major ihn gebeten hatte. Mittlerweile müsste auf der Burg die Lage geklärt sein und es würde nicht mehr lange dauern, bis die Polizei ringsum alles nach ihm absuchte.

Ein Blick auf seine Uhr zeigte ihm, dass er aufbrechen konnte.

Humpelnd machte er sich auf den Weg zu der wieder hell beleuchteten Burg. Unterwegs überlegte er sich, wie er der Polizei den

Überfall erklären könnte. Nicht ganz einfach, wenn alle Beteiligten verschwunden waren.

Er konnte sich jedoch nicht so recht konzentrieren. Ein Gedanke überlagerte seine Überlegungen. Hatte der Major recht und die Bundeslade war nur ein Märchen? Was hatte dann aber die Bemerkung von Colin zu bedeuten, die Lade wäre hier als Teil des Templerschatzes?

Könnte es wirklich sein, dass eines der heiligsten Artefakte der Welt zum Greifen nahe war?

25. DIE BUNDESLADE

Sein Team empfing ihn mit Freudenschreien, als er die Burg erreichte. Nach der sofortigen Behandlung durch den Notarzt musste Mitch ungezählte Umarmungen über sich ergehen lassen. Besonders Colin drückte ihn fest. Dass er Mitch allein gelassen hatte, habe die ganze Zeit an ihm genagt, wie er unermüdlich beteuerte. Abygail konnte sich gar nicht mehr beruhigen. Die Sorge um ihn und die Last der Verantwortung waren für ihren geschwächten Zustand fast zu viel gewesen.

Als Allererstes steckte sie Mitch den Ring wieder an den Finger. Dann umarmte sie ihn voller Erleichterung.

Ihre Umarmung wurde jedoch rüde von dem Polizeichef unterbrochen, der dringend Auskunft über die letzten Stunden wollte. Mitch gab nur das preis, was er verantworten konnte, und verwies ansonsten auf seine Ohnmacht.

«Verstehe», sagte der Polizeichef kopfschüttelnd. Dann wandte er sich mit mürrischem Gesicht an Colin: «Aber Sie müssen doch alles mitbekommen haben.»

Colin warf einen kurzen Blick zu Mitch bevor er antwortete: «Aber Sie müssen doch alles mitbekommen haben.»

«Ich kann auch nur vermuten. Ich war mit Mitch spazieren und plötzlich wurde auf uns geschossen. Die Täter konnte ich nicht erkennen. Dann wurde Mitch von diesem Holzstück am Bein verletzt, ich musste ihn zurücklassen und bin zur Zugbrücke gerannt. Dort habe ich die beiden bedauernswerten Wachleute schwer verwundet gefunden, habe sie in den Burginnenhof geschleppt und die Zugbrücke hochgezogen.»

«Einen Moment.» Der Polizeichef machte sich Notizen. «Und dann?»

«Die Securitymitarbeiter sicherten die Mauern und wehrten die erste Angriffswelle ab. Daraufhin zogen sich die Gangster zurück und verschwanden. Als die Handys wieder funktionierten, habe ich sofort den Notruf abgesetzt und ging mit zwei bewaffneten Securityleuten nach draußen, um nach Mitch zu suchen. Danach waren Sie selbst hier und kennen den Rest.»

Unbefriedigt schüttelte der Polizeichef den Kopf. Offensichtlich schmeckte ihm die ganze Angelegenheit nicht.

Mitch reichte es. Für das, was er vorhatte, konnte er keine Polizeipräsenz auf der Burg oder in seiner Nähe gebrauchen. Er nickte Claire, die die Befragung bisher aufmerksam verfolgt hatte, auffordernd zu.

Sie verstand sofort und packte ihre geballte anwaltliche Kompetenz aus.

Wenige Minuten später räumten die Polizisten ihre Sachen zusammen und der Polizeichef verzichtete sogar auf die Polizisten, die er als zusätzliche Wache zurücklassen wollte.

Eine halbe Stunde später, als alles ruhig war, lud Mitch sein Team zur Besprechung in die Bibliothek ein. Die Security hatte einige Wachen auf der Burgmauer postiert, obwohl nach Mitchs Meinung keine Gefahr mehr bestand. Woher auch? Ihre Feinde existierten nicht mehr.

Abygail brachte mithilfe von Colin noch einige Flaschen ihres besten Whiskys. Dann schloss sie die Tür und ließ sich auf einem der Sessel nieder. Mitch begann zu erzählen. Die ganze Geschichte. Angefangen bei seinem Besuch bei Colin, seiner Vermutung, um was es sich bei der *Seele der Templer* halten könnte, bis zu seiner Befreiung. Nur die Identität seiner Befreier verschwieg er. Hier galt sein Versprechen dem Major gegenüber. Nebulös verwies er bei diesem Punkt auf den Einfluss seiner Mutter.

Als er geendet hatte, herrschte andächtiges Schweigen im Raum. Besonders der Hinweis auf den Verbleib der Bundeslade hatte alle umgehauen. Es war ein Ding, darüber zu spekulieren und ein anderes, plötzlich eine konkrete Spur zu haben.

«Colin, woher weißt du, dass es die Bundeslade ist?», fragte Johanna, die als Erste ihre Sprache wiedergefunden hatte.

«Ich bin nur der Wächter. Es ist mir verboten, die Heiligtümer zu berühren, wenn ich nicht von Manannan und dem zweiten Ringträger die Erlaubnis dazu habe. Aber die Behältnisse sind zerbrochen und ich konnte es sehen.»

«Was hast du gesehen?», flüsterte Mitch.

«Zwei Cherubim aus purem Gold, verzierte Goldplatten, genug, um eine Truhe damit innen und außen zu verzieren, und vier goldene Ringe sowie zwei goldüberzogene Hülsen für Tragestangen. Ich denke, das reicht als Beweis», zählte Colin auf.

«Ist da noch mehr?», fragte Johanna leise nach.

«Mehr konnte ich nicht erkennen. Aber nach der Ladeliste gehören Tontafeln dazu und ein kleines Goldgefäß.»

«Welche Ladeliste?», warf Mitch aufgeregt ein.

Colin wandte sich direkt an Mitch. «Die Liste ist Teil des Schatzes. Sie stammt von den Templern und beschreibt jedes Teil. Aber bevor ihr mir hier Löcher in den Bauch fragt, warum gehen wir nicht los und ihr schaut es euch selbst an?» Er blickte zu Mitch. «Sofern du als Ringträger einverstanden bist. Alle Entscheidung liegt ab jetzt bei dir, denn meine Wächteraufgabe endet nun.»

Die plötzliche Stille im Raum sagte mehr als tausend Worte.

«Natürlich bin ich einverstanden, doch es ist gegen alle archäologischen Grundsätze», sagte Mitch nach einer längeren Überlegungspause. «Aber ich denke, es wäre zu viel von uns allen verlangt, bis morgen früh zu warten.»

Trotz des pochenden Schmerzens in seinem Bein drückte er sich aus seinem Sessel hoch. Das Jagdfieber hatte ihn gepackt.

«So schnell geht es leider nicht», wehrte Colin ab. Als ihn alle entsetzt ansahen, fügte er hinzu: «Wir brauchen erst die richtige Ausrüstung. Vor allem benötigen wir Lampen für alle.»

«Wir haben mehrere starke Taschenlampen in unserer Ausrüstung», sagte Francis.

«Gut, dann hol sie und nimm Samson zur Hilfe mit», erwiderte Mitch und wandte sich wieder Colin zu. «Sonst noch etwas außer Lampen?»

«Nein, aber die werden wir brauchen.»

Nachdem Francis und Samson das Zimmer verlassen hatten, begann eine aufgeregte Unterhaltung. Schließlich ging es um nicht weniger als einen der größten ideellen Schätze der Menschheit. Die Bundeslade war Ursprung des israelitischen wie auch des christlichen Glaubens. Ein Wiederauftauchen des verschollen geglaubten Kultgegenstandes wäre eine archäologische Sensation ersten Ranges.

«Und du bist wirklich ein Druide?», wandte sich Abygail an Colin. Mitchs Erzählung hatte ihr eine völlig neue Seite ihres Verwalters aufgezeigt.

Colin nickte ernst. «Ja – und ich denke, es ist an der Zeit, offen dazu zu stehen. Seit Jahrhunderten mussten wir Druiden im Geheimen leben, immer in Angst vor Verfolgung und Verbannung. Unsere Götter galten als Götzen und wir als Hexer. Doch wir leben heute in einer anderen Zeit. Die Rückkehr des Ringes ist ein Zeichen, die Lasten der alten Zeit abzuschütteln.»

«Deine Vorfahren waren alle ebenfalls Druiden und ihr standet immer in unseren Diensten?»

Colin nickte bestätigend. «Seitdem deine Vorfahren ihre Burg auf dem Tempelberg des Manannan erbaut haben, stehen die Priester des Meeresgottes auch in ihren Diensten. Das ist nicht gegen deine Familie gerichtet – ganz im Gegenteil. Dein Vorfahre Olaf Kincaid hat meinen Urahnen vor der Inquisition gerettet. Das hat einen Bund zwischen unseren Familien begründet, bis heute.»

Abygail rieb sich die Stirn. «Gibt es noch mehr Druiden wie dich?»

«Überall dort, wo die Piktensteine stehen. Jeder dieser Steine ist das Symbol für eines unserer Heiligtümer. Der Stein in Dòmhnall Castle steht für Manannan, den mächtigen Meeresgott. In seinem Tempel ruht die Lade.»

Die Ankunft von Francis und Samson unterbrach die Unterhaltung. Jeder der beiden Männer trug einen Rucksack voller Taschenlampen und weiterer Ausrüstungsteile aus dem ODYSSEE-Expeditionsgepäck.

«Wir haben eingepackt, was uns nützlich erschien», sagte Francis, leerte die Rucksäcke und verteilte die Ausrüstung an die Anwesenden.

Nachdem Colin die Lampe geprüft hatte, wandte er sich nochmals an Mitch. «Du bist dir sicher, dass keiner der Nephilim uns draußen auflauert?», fragte er.

Mitch zuckte unschlüssig mit den Schultern. «Im Grunde ja. Aber wer kann sich nach all den Vorfällen da noch sicher sein», antwortete er ernst.

«Gut, dann sollten wir vorbereitet sein», sagte Colin und öffnete eine Schranktür in einer der Bücherwände. Sauber aufgereiht standen da mehrere Schrotgewehre und Jagdflinten nebeneinander. Colin lud die Gewehre mit wenigen Handgriffen und verstaute eine tüchtige Ladung Munition in einem der jetzt leeren Rucksäcke. Schnell waren die Waffen unter allen aufgeteilt. Colin warf sich seinen Rucksack über die Schulter. An der Tür stoppte er noch einmal. Mit ernstem Gesicht wandte er sich an das ODYSSEE-Team.

«Bevor wir gehen, muss ich euch ermahnen. Der Tempel des Manannan ist heilig und das Betreten eigentlich nur seinen Priestern, den Druiden, erlaubt. Wir können also nicht einfach dort hineinspazieren. Ich werde deshalb mit dem Ringträger vorgehen und Manannan erst um Erlaubnis bitten. Sollte er sie mir nicht gewähren, ist der Tempel für alle tabu. Wer nicht bereit ist, sich dem zu unterwerfen, der sollte besser gleich hierbleiben.»

«Übertreibst du nicht ein wenig mit deinem Aberglauben?», warf Francis in die fassungslose Stille ein, die nach Colins Worten herrschte.

Colin sah ihm fest in die Augen. «Manannan ist kein Aberglaube», sagte er leise und wandte sich auch an die anderen Mitglieder des Teams. «Er existiert seit vielen Jahrtausenden und ihr werdet seine Macht spüren, wenn wir den Tempel erreichen. Die Bedingungen sind nicht verhandelbar. Habe ich jetzt euer Versprechen oder nicht?»

Nach einem kurzen Blick auf Mitch, der zustimmend nickte, gaben alle ihr Wort.

Colin hob die Hand als Zeichen zum Aufbruch und ging stumm voran. Der Weg führte aus der Burg heraus, direkt zu seinem Verwalterhaus.

«Wir brauchen zwei Wachen davor», sagte Colin, als sie an seinem Haus angelangt waren.

Mitch bestimmte Francis und Samson, die nach kurzer Diskussion, mit ihren Waffen neben der Tür Aufstellung nahmen. Colin übergab ihnen den Rucksack mit der Munition. Er bat die anderen, zu warten, und öffnete die Tür. Auffordernd hielt er sie für Mitch auf.

«Wir holen euch bei nächster Gelegenheit nach», sagte Mitch, als er in die enttäuschten Gesichter seines Teams sah. Dann folgte er humpelnd Colin ins Haus und in dessen Behandlungszimmer.

Colin zog den massiv wirkenden Schrank von der Rückwand der Kammer weg. Ein schmaler, etwa mannshoher Stollen wurde dahinter sichtbar.

Mitch leuchte hinein, aber das Licht seiner Lampe verlor sich in der Dunkelheit. Der Stollen musste endlos weit in den Berg hineinführen.

Als er sich wieder Colin zuwandte, sah er fassungslos, dass dieser sich sämtlicher Kleidungsstücke entledigte. Nackt, wie sein Gott ihn geschaffen hatte, stand er schließlich im Licht von Mitchs Lampe. Er schritt zu einer Truhe und zog ein weißes, langes Gewand heraus, das er sich geschickt über den Kopf streifte.

Ein ebenfalls weißer Ledergürtel mit einer goldenen Gürtelschließe vervollständigte sein Druidengewand. Im Lampenschein erkannte Mitch deutlich das Symbol des Fabeltiers.

Ohne weitere Erklärung schaltete Colin seine Lampe an und schritt in den Stollen. Mitch folgte ihm schweigend. Ein Gefühl der Beklommenheit überkam ihn, je weiter sie in den Berg eindrangen. Totenstille herrschte um sie herum, nur das Geräusch ihrer Schritte brach sich an den grob behauenen Wänden.

Mitch drehte sich immer wieder um und leuchtete den Gang hinter ihnen aus. Er wurde das Gefühl nicht los, beobachtet zu werden. Erleichtert atmete er auf, als sich der Gang endlich weitete. Im Licht ihrer Lampen schälte sich eine hohe, aus dem Felsen gemeißelte Kammer aus dem Dunkeln. Genau in der Mitte ragte ein etwa ein Meter hoher, ringsum gravierter Piktenstein aus dem Boden. Das Gefühl, beobachtet zu werden, war jetzt so stark, dass Mitch nervös alle Wände ableuchtete. Dabei entdeckte er zwei Stollenöffnungen auf der Rückseite der Kammer. Doch bevor er Colin fragen konnte, richtete der das Licht seiner Taschenlampe auf den Piktenstein. Im Lichtschein schienen sich die feinen Gravuren auf dem geglätteten Stein zu bewegen.

«Sind das nicht die gleichen Symbole und Zeichen wie auf dem Stein in der Burg?», fragte Mitch nervös.

«Die Schrift der Druiden», antwortete Colin leise. «Und da ist das Symbol für Manannan.» Er deutete auf die schon bekannte Abbildung des Fabelwesens mit dem Fischschwanz, das ebenfalls in den Piktenstein eingraviert war.

«Und was jetzt?»

«Jetzt fragen wir Manannan», antwortete Colin. Als er einen schmalen Dolch aus dem Gürtel zog, wich Mitch erschrocken zurück. Doch der Druide kümmerte sich nicht um ihn. Mit einer schnellen

Bewegung schnitt er sich in den Handballen. Die Hand hielt er über den Stein und ließ einige Tropfen Blut den Stein herunterrinnen.

Dann reichte er auffordernd den Dolch an Mitch. Nach einigem Zaudern machte er es dem Druiden nach. Sobald Mitchs erste Blutstropfen auf den Stein fielen, begann Colin mit geschlossenen Augen, seinen Gott anzurufen.

Die jahrtausendealten Beschwörungen in den kehligen Lauten der Piktensprache ließen Mitch bis ins Innerste frösteln. Er war nicht abergläubisch und im Allgemeinen fürchtete er sich als Wissenschaftler nur vor realen Dingen, doch die ganze Situation hatte etwas so Absonderliches, weshalb er sich immer wieder beklommen umsah.

Erleichtert atmete er auf, als Colin schließlich seine Beschwörungen beendete. Inzwischen war er schon wieder so weit zu sich gekommen, dass er über seine Ängste innerlich grinsen konnte.

Aber dann bebte plötzlich der Berg. Nur ganz kurz, aber deutlich wahrzunehmen.

Erschrocken blickte Mitch nach oben, als knirschend einige kleine Gesteinsbrocken aus der Decke der Kammer brachen.

«Wir müssen schnell raus», rief er Colin zu und wollte schon zurück in den Gang humpeln, aus dem sie gekommen waren, als der Druide ihn an der Schulter zurückhielt.

«Warte. Manannan ist einverstanden, möchte aber, dass du den Schatz zuerst siehst, bevor wir das Team dazu holen.»

Mitch schaute ihn ungläubig an. Colin wies stumm auf den rechten Gang, der von der Kammer abzweigte, und ging voran. Nach kurzem Zögern folgte ihm Mitch.

Als er an dem linken Gang vorbeischritt, leuchtete er hinein. Überrascht stoppte er. Die Wände dieses Stollens waren alle geglättet und mit Gravuren übersät, so weit er hineinsehen konnte. Als er neugierig einen Schritt in den Gang machen wollte, drängte sich Colin an ihm vorbei und versperrte den Gang mit erhobenen Händen. «Sguir an-dràsta! Bleib sofort stehen!», zischte er. «Das ist der falsche Weg. Gehe ihn niemals ohne Erlaubnis.»

Mitch zögerte, gehorchte dann jedoch der Anweisung. Colin ließ ihn jetzt vorausgehen. Je weiter sie in den Berg eindrangen, umso mehr verschwand die dunkle Beklommenheit, die Mitch beim Betreten der Kammer empfunden hatte. Brennende Neugierde nahm ihren Platz ein. In wenigen Augenblicken würde er das Ziel seiner Begierde das erste Mal erblicken. Der Schatz der Templer war zum Greifen nahe.

«Warte, bis ich dich rufe», erklang Colins Stimme aus dem Gang hinter ihm. Mitch verhielt seinen Schritt und ließ ihn an sich vorbei. Das Licht von Colins Lampe verriet, dass er einige Meter entfernt stoppte. Dann erlosch die Lampe plötzlich.

Wenige Augenblicke später trat ein bekanntes Flackern an ihre Stelle. Der Druide hatte Fackeln angezündet. Immer heller wurde es im Gang, je mehr Colin entzündete. Brennend vor Ungeduld zwang sich Mitch, zu warten. Endlich war es so weit. Colin rief nach ihm.

Langsam schritt Mitch auf den Fackelschein zu. Am Ende des Ganges öffnete sich eine große Grotte, die jetzt ringsum von Fackeln beleuchtet war. Mit offenem Mund blickte Mitch um sich.

Die ganze Grotte glitzerte golden. Ein Berg aus goldenen Gegenständen erhob sich in der Mitte der Höhle. Kruzifixe, Statuen und goldene Kerzenständer standen und lagen wirr ineinander verschachtelt. Den Boden ringsherum bedeckte ein dichter Teppich von Goldmünzen und weiteren goldenen Gegenständen.

Mitch konnte seinen Blick nicht von dem unermesslichen Schatz lösen. Fassungslos langte er sich an die Stirn. Dann fiel sein Blick auf Colin. Sein weißes Gewand reflektierte den Glanz des Goldes, sodass er selbst wie eine goldene Statue wirkte. Eine solche hob er jetzt auch hoch, wie Mitch erkennen konnte.

Beim Näherkommen bemerkte Mitch, dass es sich um einen etwa armlangen, goldenen Cherub handelte, dessen Flügel weit nach vorne ausgebreitet waren, so als würden sie etwas abwehren oder schützen.

Die Figur war aus massivem Gold gearbeitet, wie das angestrengte Gesicht Colins verriet, der die sichtlich schwere Statue hochhielt.

Mitch wusste sofort, um was es sich bei dieser Figur handelte. Gänsehaut überzog seinen Körper und ihm wurde heiß und kalt gleichzeitig. Colin hielt tatsächlich einen der Cherubim in seinen Händen, einen der Engel, die den Sitz Gottes auf der Bundeslade bewachten und eine der heiligsten Reliquien der Christenheit.

«Um Gotteswillen, sei bitte vorsichtig!» Ehrfürchtig nahm er Colin die Last aus den Händen und legte den Cherub behutsam wieder auf dem Boden ab.

Jetzt sah er auch die Überreste der Transportfässer, von denen Colin gesprochen hatte. Zwischen dem verrotteten Holz glänzte es golden auf. Das mussten die Platten aus getriebenem Gold sein, mit denen die Akazientruhe der Bundeslade nach der Überlieferung innen und außen überzogen war. Und daneben in den Überresten eines anderen Fasses bemerkte er den zweiten Cherub. Was darunter lag, konnte er nicht erkennen.

Ohne darüber nachzudenken, sank Mitch, sonst überzeugter Atheist, auf die Knie. Den Schmerz im Bein spürte er nicht mehr.

Sie waren am Ziel. Sie hatten tatsächlich die Bundeslade gefunden. Den wahrscheinlich größten archäologischen Fund aller Zeiten.

«Ich gehe die anderen holen», hörte er Colin sagen, aber es interessierte Mitch nicht. Der Augenblick war so stark, dass er Tränen vergoss.

In diesem Moment knirschte es erneut im Berg. Das Beben dauerte dieses Mal etwas länger. Mitch drückte sich erschrocken hoch. Wenn die Bundeslade zu Schaden käme, würde er sich das nie verzeihen können.

Laut rief er nach Colin. Als der zurückgerannt kam, gab er ihm einen der Cherubim, packte den anderen und rannte voraus. Mitch folgte ihm, so schnell es ihm mit dem lädierten Bein möglich war.

Völlig außer Atem kamen sie in Colins Haus an, wo sie schon von dem durch die Minibeben alarmierten Team erwartet wurden. Gerade hatten diese entschieden, auch ohne Erlaubnis den Stollen zu betreten, um nach ihren ihm und Colin zu suchen, wie Samson ihm mitteilte.

Fassungslos starrten alle die Mitbringsel der beiden an.

Mitch instruierte hastig seine Freunde. Dann begann die Bergung der Lade. Die einzelnen Teile waren so schwer, dass jedes Teammitglied nur wenige Goldplatten tragen konnte. Immer wieder wurde die Bergung durch ein Zittern des Berges unterbrochen. Das Gestein über ihnen knisterte vernehmlich.

«Schneller, wir müssen uns beeilen», drängte Mitch sein Team. Er überholte gerade den Professor, der ganz alleine eine kleine, massiv goldene Truhe schleppte, als ein plötzlich ein längeres Beben den Berg erschütterte. Ein großer Gesteinsbrocken löste sich aus der Decke und versperrte hinter ihnen halb den Gang.

«Helft uns», hörte Mitch rufen. Sofort ließ er die ziselierte Goldplatte fallen, die er getragen hatte, und humpelte zu dem blockierten Durchgang zurück. Er packte den Arm, der sich ihm entgegenstreckte, und half Abygail aus dem Spalt heraus. Doch, ohne ihm zu danken, griff sie in den Durchgang hinter sich und ließ sich eine Tontafel reichen. Dann noch eine und immer weiter, bis sich ein Stapel von zwölf Tontafeln auf dem Boden türmte.

«Okay, wir kommen jetzt.»

Johanna, Claire und Rajesh kletterten aus dem Spalt. Ohne innezuhalten, schnappten sie sich einige der Tontafeln und eilten dem Ausgang entgegen.

«Du solltest den Mund schließen und machen, dass du hier rauskommst», sagte Abygail zu Mitch und deutete auffordernd in Richtung Ausgang.

«Enthalten die Tontafeln das, was ich vermute?» Mitch war noch immer fassungslos.

«Wenn du die Zehn Gebote meinst, dann ja und jetzt los.»

Mitch griff sich das schwere Stück Goldblech und hinkte hinter Abygail her. «Ich dachte immer, die Zehn Gebote wären auf zwei Steintafeln niedergeschrieben», keuchte er.

«Falsch gedacht. Erstens sind es dreizehn Gebote, wenn man es richtig zählt, und zweitens, glaubt man der Bibel, hat Gott seinem Volk damals viele Gebote und Verbote gegeben. Auf jeden Fall mehr als zehn. Und drittens hat Moses die Steintafeln zerstört und die Gebote auf Tontafeln nachgeschrieben.»

Mitch schüttelte den Kopf. Er nahm sich vor, sich heute Abend ausführlich über die Bundeslade zu informieren.

Der Berg schien sich beruhigt zu haben, als sie endlich alle wieder im Freien standen. Aber im Moment traute sich niemand des ODYSSEE-Teams in den Stollen. Die Gefahr, dass der gesamte Berg zusammenbrach, war zu groß.

«Haben wir die ganze Lade gerettet?», fragte Mitch nervös. «Oder liegen noch Teile drin?»

«Keine Sorge, ich war beim letzten Team», antwortete Johanna. «Und da waren nur noch die Tontafeln. Alles andere, was zur Lade gehört, hattet ihr schon rausgeschafft.»

«Wo ist Colin?», fragte Mitch, der sein Team durchgezählt hatte.

«Hier», erklang es aus der Hütte und der Druide wankte als Letzter aus dem Stollen. In seiner Hand trug er zwei dicke Kodizes aus Pergament. «Ich dachte, die Ladeliste und die Aufzeichnungen von Olaf könnten euch noch interessieren.»

Der Professor nahm die Kodizes sofort an sich und legte sie auf die goldene Truhe, die er den ganzen Weg geschleppt hatte.

«Was ist mit dem Berg?», fragte Mitch. «Besteht die Gefahr, dass er tatsächlich in sich zusammenfällt? Der gesamte restliche Schatz ist noch in der Höhle.»

Colin hob unsicher die Hände. «Ich kann es nicht sagen. Das ist seit

Tausenden von Jahren das erste Mal, dass Manannan so reagiert.»

«Dein Gott hin oder her», rief Samson. «Wir sollten zusehen, die Bundeslade in die Burg zu bekommen. Morgen können wir dann entscheiden, ob wir es riskieren können, den restlichen Schatz auch noch zu bergen.»

«Am besten nehmen wir die Gepäckkarren vom Parkplatz», sagte Abygail. «Sonst schleppen wir uns zu Tode.»

26. DIE SEELE DER TEMPLER

Drei Stunden später lagen alle Einzelteile der Bundeslade auf dem Boden der Bibliothek ausgebreitet.

Johanna hatte sich die Ladeliste der Templer vorgenommen und verglich die einzelnen Teile mit den geborgenen Artefakten.

«Vier Ringe für die Tragestangen – vorhanden», zählte sie. «Zwei Cherubim und insgesamt ... einhundertzwölf Platten aus Goldblech – vorhanden.»

«Nicht zu vergessen, die zwei Goldabdeckungen der Tragestangen», vervollständigte Rajesh die Zählung.

Mitch betrachtete verzückt eine der Goldplatten im Licht einer Lampe. Die Beschreibungen der Bibel hatten ihn nicht vorbereitet auf die Kunstfertigkeit der Arbeiten. Jeder Quadratzentimeter des Goldes war mit Abbildungen und Symbolen übersät.

«Das sieht aus wie eine ägyptische Arbeit», murmelte er. «Die Feinheit der Goldarbeit und die Symbolik. Wenn ich es nicht anders wüsste, würde ich vermuten, dass diese Goldplatte aus einem ägyptischen Pharaonengrab stammt. Aber es ist unwahrscheinlich, dass zwei einfache israelitische Arbeiter diese Goldarbeiten alleine in der Wüste angefertigt haben, wie es in der Bibel steht.»

«Auf jeden Fall wurde die Lade in einer verborgenen Kammer unter dem Tempelberg gefunden», warf der Professor ein, der sich in anderen Kodex vertieft hatte.

«Steht das so in den Dokumenten?», fragte Samson.

«Sonst würde ich es nicht wissen, oder?», antwortete der Professor geistesabwesend. Als ihm anscheinend der rüde Ton seiner Antwort bewusst wurde, hob er entschuldigend die Hände. «Sorry, aber dieser Kodex ist einfach unglaublich. Er ist entgegen der Aussage von Colin nicht von Olaf Kincaid. Der Verfasser ist niemand Geringeres als Hugo von Payns, der Gründer des Ordens. Ich habe noch nicht alles lesen können, doch er beschreibt darin, was sie alles in verschütteten Katakomben unter dem Tempelberg gefunden haben. Die Bundeslade ist nur ein Teil davon.»

«Aber wohl der wesentliche Teil», sagte Samson, noch immer beleidigt.

«Das werden wir noch sehen», flüsterte der Professor fast unhörbar und vertiefte sich wieder in den Kodex.

«Damit hätten wir zwei entscheidende Eckpunkte für eine wissenschaftliche Bestimmung», sagte Thomas. «Wir haben eine historische Beschreibung des Fundes und die Artefakte selbst, die so kunstvoll gearbeitet sind, dass sie niemand für eine Fälschung halten kann.»

«Nicht zu vergessen, die Gebote und Verbote, die Gott seinem Volk auferlegt hat, und die auf den zwölf Tontafeln verewigt sind», vervollständigte Johanna die Argumente ihres Mannes und hob bestätigend die Ladeliste der Templer hoch.

«Und die wir als die Zehn Gebote kennen», fügte Thomas andächtig hinzu.

«Dazu der Goldtopf, in dem das Manna aufbewahrt wurde», sagte Rajesh und deutete auf den zierlichen goldenen Krug. «Da sind sogar noch Reste darin. Mit etwas Glück kann eine biochemische Analyse das Geheimnis des Mannas lösen.»

«Und was ist in der kleinen Goldtruhe, die der Professor mitgebracht hat?», fragte Francis.

Alle Augen richteten sich auf die Truhe.

«Sicher ein Teil des Schatzes», sagte Johanna. «Bei den Teilen der Bundeslade ist jedenfalls keine Truhe vermerkt.»

«Gut, dann stellen wir das zurück», sagte Mitch abschließend. Trotz der Aufregung aller sah er in müde Augen ringsum. So erschöpft ließen sich keine wissenschaftlichen Erkenntnisse gewinnen. So schwer es ihm und sicher auch allen anderen fiel, mussten sie es aufschieben. Er warf einen Blick auf seine Armbanduhr. «Es ist verdammt spät oder verdammt früh, ganz wie ihr wollt, und ich denke, es ist an der Zeit, zu Bett zu gehen. Wir brauchen alle einen frischen Geist. Lasst uns noch einen Whisky nehmen, damit wir nach der ganzen Aufregung schlafen können, und dann treffen wir uns hier morgen nach dem Frühstück, um zu besprechen, wie wir weiter vorgehen.»

«Eine Frage hätte ich noch», sagte Rajesh nachdenklich. «Wieso konnten die Templer die Kirche mit der Bundeslade erpressen?»

«Vielleicht denken wir falsch», erwiderte Mitch nach einer Weile. «Und es ging nicht um Erpressung, sondern um eine Belohnung. Aber Genaueres werden wir heute nicht mehr herausfinden. Lasst uns das auf morgen verschieben.»

***

Am nächsten Morgen musste Mitch eine Schmerztablette nehmen. Die Wunde an seinem Bein pochte schmerzhaft. Vorsichtig untersuchte er den Verband. Da kein Blut zu sehen war, entschloss er sich, auf die eigentlich für heute geplante Nachuntersuchung zu verzichten. Der Notarzt hatte ihm zwar dringend dazu geraten, aber andere Dinge waren im Moment wichtiger. Das Bein musste warten. Vorsichtshalber steckte er sich noch zwei weitere Schmerztabletten ein, bevor er zu den anderen ging.

Beim Frühstück fehlte der Professor. Mitch schickte einen der Dienstboten zu seinem Zimmer, um ihn zu wecken. Doch der kam unverrichteter Dinge zurück. Der Professor war dort nicht.

«Nicht schon wieder», murmelte Mitch, der an die nächtliche Analyse der Templerkette durch den Professor und Rajesh denken musste. Es kam ihm vor, als wären seitdem Wochen vergangen und nicht nur wenige Tage. Mit einem Schlüssel, den ihm Abygail überlassen hatte, schloss er die Tür zur Bibliothek auf und tatsächlich fand er den Professor friedlich schlafend in einem der Sessel vor.

«Warst du wieder die ganze Nacht auf?», fragte er, als der Professor endlich durch sein Rütteln wach wurde.

«Ja», antwortete der knapp und gähnte herzhaft. «Und wie immer hat es sich gelohnt. Wärst du so nett, das Team sofort zusammenzutrommeln. Ich habe etwas mitzuteilen.»

«Nicht schon wieder», flüsterte Mitch nochmals, ging aber los, den Wunsch des Professors oder besser dessen Befehl, wie er sich grinsend eingestand, zu erfüllen.

«Während alle tief und fest geschlafen haben, habe ich die *Seele der Templer* gefunden», begann der Professor und erntete sofort heftigen Widerspruch.

Abwehrend hob er beide Hände. «Lasst mich ausreden. Die letzte Bemerkung Rajeshs gestern Abend machte mich nachdenklich. Er fragte, wie die Templer die Bundeslade als Erpressungsgrund gegenüber der Kirche verwenden konnten. Und er hatte recht. Dazu taugte die Lade nicht. Gehen wir aber weiter von einer Erpressung aus, war etwas anderes dafür nötig. Nämlich die *Seele der Templer*. Etwas, was die ganze Kirche zerstören könnte, wenn es offenbart würde.»

Aufgeregte Zwischenrufe unterbrachen ihn.

Mitch, der den Wissenschaftler inzwischen ziemlich gut einschätzen konnte, bat um Ruhe. Dann gab er dem Professor einen Wink, fortzufahren.

«Und dabei kommt die Goldtruhe ins Spiel, die bei der Bundeslade lag, ohne ein Teil von ihr zu sein. Könnte Zufall sein oder irgendjemand hat die wertvollsten Teile des Schatzes an eine Stelle gelegt.»

Mit diesen Worten hob er die Truhe auf einen der Tische und öffnete den Deckel. Oben darauf lagen zwei Kodizes aus Pergament. Der Professor zog sich erst weiße Baumwollhandschuhe über. Dann nahm er die beiden Bücher vorsichtig heraus und legte sie auf einen vorbereiteten Tisch. Danach griff er nochmals in die Truhe und holte drei lange Rollen aus ringsum verlötetem Goldblech heraus und platzierte sie fast zärtlich neben den Kodizes.

«Übersetzung und Original», erklärte er.

Die Spannung im Raum war förmlich mit den Händen zu greifen.

Er deutete mit dem Finger auf den einen der Kodizes. «Dies hier», sagte er langsam und feierlich. «Ist ein antiker Spionagebericht, den Kajaphas, der Hohepriester von Jerusalem über einen Aufrührer mit Namen Joshua anfertigen ließ.»

Man hätte eine Nadel fallen hören können. Mit offenem Mund lauschten alle den Worten des Professors.

Unbeeindruckt fuhr der fort: «Der Hohepriester ließ diesen Joshua über viele Jahre überwachen. In diesem Dokument sind einige der Wunder beschrieben, die Joshua, oder Jesus, wie wir ihn nennen, im Laufe dieser Jahre bewirkt hat.»

«Der erste Beweis, dass Jesus tatsächlich gelebt hat», seufzte Johanna andächtig. «Und damit streng genommen das erste Evangelium.»

«Nicht nur das», sagte der Professor und lächelte triumphierend. «Im zweiten Kodex ist der Gerichtsprozess gegen Joshua ausführlich beschrieben. Und hier wird es erst richtig spannend.»

Jetzt hielt es ihn nicht mehr auf seinem Platz. Wie in seinem Lehrsaal begann er, mit kurzen Schritten auf und ab zu wandern. Er holte noch einmal tief Luft, bevor er die Sensation verkündete: «Gemäß diesen Gerichtsakten ist Joshua nicht von Pontius Pilatus als Revolutionär gekreuzigt worden, wie es die Kirche predigt, sondern er wurde durch ein Gerichtsurteil des Hohen Rates von Jerusalem als Gotteslästerer gesteinigt und seine Leiche in der Wüste verbrannt.»

Schockierte Stille im Raum.

Francis schien als Einziger völlig unbeeindruckt. «Okay, ein anderer Schluss als in der Bibel, aber ist das etwas, mit dem die Kirche erpressbar ist?», sagte er.

«Und ob», murmelte Johanna aufgelöst. «Die Glaubenssäulen der christlichen Religion sind die Kreuzigung und die Wiederauferstehung. Beides ist ad absurdum geführt, wenn Jesus gesteinigt und seine Leiche verbrannt wurde.»

«Dafür ist seine Existenz über die gleichen Papiere bestätigt und, wenn ich es richtig verstanden habe, sind darin auch seine Wunder dokumentiert.»

«Das ist die gute Seite der Medaille», gab Mitch zu. «Aber ich bin mir nicht sicher, ob das die schlechte Seite aufwiegt.»

«Moment, Moment», unterbrach Claire die aufkommende Diskussion. Als Juristin war sie es gewohnt, auf jedes Wort zu achten. Sie wandte sich direkt an den Professor. «Du hattest gesagt, Übersetzung und Original?»

«Ja», antwortete der Professor. «Aus dem Bericht von Hugo von Payns wissen wir, dass die Ritter viele Jahre unter dem Tempelberg gegraben und gesucht haben. Die Dokumente wurden aus einer anderen Kammer geborgen. Sie enthielt die Gerichtsakten und Berichte der israelitischen Hohepriester. Sauber auf Papyrus geschrieben. Diese Papyri wurden von den ersten Tempelrittern übersetzt, auf Pergament übertragen und die Originale in den goldenen Rollen verwahrt.»

«Von den über zweitausend Jahre alten Papyri sind heute wahrscheinlich nur noch Bioreste übrig», stellte Thomas fest. «Das heißt, es gibt keinen originalen Beweis für dieses Gerichtsurteil.»

«Ich bin mir nicht sicher», widersprach der Professor. «Zunächst einmal ist festzustellen, dass die Papyri über tausend Jahre im optimalen Klima Israels verwahrt waren, bis die Templer sie fanden und übersetzten. Dann haben sie die Papyri in einer verlöteten Goldrolle eingepackt. Diese mittelalterliche Methode, in der wertvolle Dokumente in luftdicht verlötete Metallrollen verpackt wurden, zeigt manches Mal erstaunliche Ergebnisse, wie uns Funde gelehrt haben. Einige Kollegen meinen, dass solche Metallrollen vorher erhitzt wurden, sodass einerseits Bakterien getötet wurden und andererseits nach dem Erkalten ein Niederdruck entstand, insgesamt auch heute noch angewandte Methoden um Papier vor Verwesung zu schützen.»

«Du meinst wirklich, die originalen Dokumente des Kajaphas könnten sich in den Goldrollen noch erhalten haben?», fragte Thomas und warf einen skeptischen Blick auf die Rollen, die auf dem Tisch lagen.

«Traust du dir mit Johanna zu, sie im Labor der LONGIMANUS zu prüfen?» Mitch war zu einer Entscheidung gekommen. Wenn der Inhalt bereits zerstört wäre, machte es auch nichts mehr, die Rollen zu öffnen. Im anderen Falle würden sie die Papyri im Labor fachgerecht konservieren können.

Als Thomas zögernd nickte, stand Mitch auf und legte die Rollen vorsichtig zurück in die Truhe. «Sie hat die Rollen über Jahrhunderte geschützt. Damit kannst du sie sicher in Labor transportieren.»

Auch der Professor klappte den Kodex, aus dem er gelesen hatte, vorsichtig zu und reichte ihn an Johanna. «Den könnt ihr auch gleich mitnehmen», sagte er. «Die Seiten habe ich heute Nacht schon fotografiert. Mit den Ausdrucken kann ich weiterarbeiten.»

Johanna zog sich erst Handschuhe über, dann nahm sie das lederne Buch vorsichtig entgegen und verließ mit ihrem Mann die Bibliothek.

«Wartet», rief Rajesh ihnen nach, und als sie stoppten, fügte er hinzu: «Könnt ihr dem Schiffszimmermann bitte ausrichten, er möchte einmal in seinen Mailaccount schauen. Ich habe ihm etwas geschickt.»

Ohne auf die fragenden Gesichter des restlichen Teams zu achten, setzte er sich danach wieder auf seinen Platz.

«Was machen wir mit den Gebotstafeln?», fragte Claire und warf einen ehrfürchtigen Blick auf den Stapel der Tontafeln, die sie über Nacht in dicke Lagen flauschiger Handtücher gewickelt hatten.

«Wenn die Bibel recht hat, haben sie unbeschadet bisher dreitausend Jahre überstanden», sagte der Professor. «Im Moment liegen sie hier sicher.»

«Das war nicht meine Frage. Ich würde gerne wissen, was wir mit der Bundeslade und den Gebotstafeln vorhaben? Wenn sie echt sind, sind beide Teile unschätzbar wertvoll, vor allem in ideeller Hinsicht.»

Mitch schaute Claire nachdenklich an. Sie hatte natürlich recht. Mit der Logik einer Frau hatte sie das Problem auf den Punkt gebracht. Die Dimension ihres Fundes überstieg alles, was er sich jemals hätte vorstellen können. Die Bundeslade mit den Gebotstafeln war nicht nur eine archäologische Sensation und der Traum jedes Wissenschaftlers, nein – sie war auch hochexplosiv, politischer Sprengstoff, besonders in der aktuell so angespannten Lage im Nahen Osten. Für die Israelis war die Lade das sichtbare Zeichen ihres Bundes mit Gott, der Beweis, dass sie das auserwählte Volk Gottes waren. Für die Christen waren die Bundeslade, das Alte Testament und die Zehn Gebote die Basis ihres Glaubens.

Wem sollte er die Bundeslade übergeben? Der israelischen Regierung, dem Vatikan oder einem neutralen Museum? Es war ihm klar: Um ihren Besitz würden Kriege ausbrechen, wenn er einen politischen Fehler machte. Aber bei einem derart begehrten Gegenstand konnte er eigentlich nur Fehler machen.

Dazu kam seine Vereinbarung mit Kardinal Mandoli und dem Vatikan und auf der anderen Seite seine Dankbarkeit gegenüber der israelischen Regierung, die sein Team von der Bedrohung durch die Nephilim befreit hatte.

«Ich weiß es noch nicht», antwortete er deshalb auf Claires Frage.

Claire nickte zögernd. Es war ihr anzusehen, dass sie Mitchs Antwort nicht befriedigte.

«Wo ist eigentlich Colin?», fragte Abygail, die erst jetzt das Fehlen ihres Verwalters bemerkt hatte.

«Er hat mir gestern Abend noch gesagt, er wolle die Stabilität der

Stollen prüfen, bevor wir ihn wieder betreten», sagte Mitch, der dankbar für die Ablenkung war. «Wenn wir den Schatz bergen wollen, müssen wir zunächst den Gang freiräumen und da sollten wir uns sicher sein, dass er nicht einstürzt.»

«Wieso hat der Berg eigentlich gebebt? Ich bin hier aufgewachsen und das ist das erste Mal, das ich das erlebt habe.»

Mitch schaute zu Rajesh, der mit den Achseln zuckte. «Es gibt keine Erklärung. Weder bricht hier ein neuer Vulkan aus noch gab es ein Erdbeben. Ich habe heute Morgen extra nochmals mit der britischen Geologiebehörde geskypt. Auch denen ist es ein Rätsel.»

«Auf jeden Fall müssen wir vorsichtig sein», sagte Mitch. «Wir haben gestern erlebt, wie brüchig die Stollen sind.»

«Sollten wir nicht nach Colin sehen?», fragte Samson. «So alleine in einem einsturzgefährdeten Stollen, das ist mehr als unvorsichtig.»

«Er wollte alleine sein», antwortete Mitch leise. «Und ich denke, wir alle verstehen, warum.»

Samson nickte. «Wenn er in seinem weißen Nachthemd seinen Meeresgott besuchen will, ist das sicherlich seine Sache, aber wir sollten trotzdem einmal nachschauen, ob alles okay ist.»

«Gut», entschied Mitch. «Aber dann in einer kleinen Gruppe. Francis, begleitest du Samson und mich?»

Wenige Minuten später betraten sie zu dritt das Nebenzimmer in Colins Haus. Die Regalabdeckung zum Zugang in den Stollen stand sperrangelweit auf. Von Colin war weit und breit nichts zu sehen. Nur seine normale Kleidung, die achtlos auf dem Boden verstreut lag, verriet, dass er hier gewesen war und seine Kleider offensichtlich wieder gegen das weiße Druidengewand gewechselt hatte.

Aus ihrer Ausrüstung, die sie in der Nacht zurückgelassen hatten, suchten sie sich Taschenlampen. Bevor sie den Stollen betraten, tauschten sie vorsichtshalber die Batterien gegen neue aus und steckten sich einen Satz Ersatzbatterien ein. Mitch nahm sich noch eine der kleinen Kameras, die sie zur Dokumentation benutzten, und verstaute sie in seiner Jackentasche.

«Colin?» Mehrmals rief er laut in den Stollen hinein. Als keine Antwort kam, beriet er sich kurz mit seinen Freunden.

Francis erklärte sich bereit, als Wache zurückzubleiben. Sollten Mitch und Samson nicht innerhalb einer Stunde zurück sein, würde er Hilfe holen.

Samson und Mitch nickten sich ernst zu. Dann betraten sie den Gang. Vorsichtig tasteten sie sich voran, immer bereit, beim leisesten Knirschen über ihnen sofort den Rückzug anzutreten. Mitch trat sachte auf. Doch jeder falsche Tritt schickte heftige Schmerzsignale in sein Gehirn. Er nahm sich vor: Sobald sie Colin gefunden hatten, würde er den Arzt aufsuchen. Aber zuerst galt es, ihn zu finden.

Immer wieder riefen sie dabei laut nach Colin. Ohne Ergebnis. Sollte er hier unten sein, müsste er ihre Rufe hören. Da eine Antwort ausblieb, befürchtete Mitch das Schlimmste.

Nach einigen Minuten erreichten sie die Kammer mit dem Piktenstein in der Mitte, auf dem Colin das Blut geopfert hatte. Nur wenige dunkle Stellen an der Seite des Steins erinnerten noch daran.

Mitch ging zu den beiden Stolleneingängen auf der Rückseite der Kammer und rief mehrmals laut nach Colin.

Als wieder keine Antwort kam, wies er zögernd auf den Gang zur Schatzkammer. Er wollte bis zu der Stelle gehen, an der der Stollen eingestürzt war. Sollten sie Colin da nicht finden, würde er den Gang zu Manannans Tempel untersuchen. Aber nur, wenn es sich nicht vermeiden ließe. Zu deutlich hatte er die Warnungen des Druiden noch im Bewusstsein.

Da sie sich jetzt der Stelle näherten, an der die Decke des Stollens teilweise eingestürzt war, tasteten sie sich noch vorsichtiger vorwärts.

Mitch entwich ein erstaunter Ausruf, als er die nächste Biegung des Stollens erreichte. Der ganze Boden war mit goldenen Artefakten bedeckt, die das Lampenlicht gleißend reflektierten.

«Der Schatz der Templer», flüsterte er. «Zumindest ein kleiner Teil davon. Colin muss den Schatz bis hierher geschafft haben.»

Samson drängte sich an ihm vorbei und schaute ebenfalls fassungslos auf die goldenen Artefakte, die sich vor ihnen stapelten.

In der folgenden Stille war das leise Schaben, das aus einem schmalen Spalt an der Stollenwand drang, überdeutlich zu hören.

Nach einem kurzen Blick auf seinen Freund leuchtete Mitch mit seiner Lampe hinein.

«Kann mir einer von euch das abnehmen?», klang ihm Colins Stimme entgegen.

Dann schob sich die Spitze eines Kerzenleuchters durch den engen Spalt. Golden gleißte das Metall im Schein der Lampe. Samson packte zu und zerrte den schweren Leuchter komplett heraus. Danach tauchte der Kopf Colins aus dem Spalt auf. Hinter sich her zog er einen Rucksack, den er von ihrer Ausrüstung entlehnt hatte.

«Bist du wahnsinnig, das hier alleine durchzuziehen», rief Mitch wütend, weil ihm jedes Verständnis fehlte, warum Colin ein solches Risiko eingegangen war. «Der Berg hätte jeden Moment über dir zusammenbrechen können.»

«Chan e mo dhia-sa a sgriosas!», entgegnete Colin und stellte den Rucksack zu den anderen Sachen, die er gerettet hatte. «Es ist nicht mein Gott, der zerstört!»

«Was meinst du damit?»

«Ganz einfach. Das Beben des Berges hat nichts mit Manannan zu tun», erwiderte er leise. «Das hat er mir heute Morgen mitgeteilt. Es war der Gott der Lade. Er ist viel mächtiger als Manannan und er war zornig, weil ihr seine Ruhe gestört habt.»

Mitch schaute Colin aufmerksam an, konnte aber in der Dunkelheit nicht genau erkennen, ob der Druide seine Bemerkung wirklich ernst gemeint hatte.

«Und warum das hier?», fragte er leise und deutete auf die goldenen Artefakte auf dem Boden.

«Der Gang wird bald einstürzen. Ich wollte für euch retten, was zu retten ist.»

«Wieso meinst du, dass der Stollen einstürzt?»

Colin deutete nur stumm auf das Manannan-Symbol auf seinem Wappenring.

Samson konnte ein leichtes Schmunzeln nicht unterdrücken. Der Aberglaube des Druiden amüsierte ihn offensichtlich, denn er war gewohnt, nur harte Fakten zuzulassen und nicht an irgendwelche mystischen Gottheiten zu glauben.

Mitch dagegen wurde nervös. «Reicht es noch für eine Fotodokumentation des Schatzes?», fragte er und nestelte die Kamera aus seiner Jacke.

Statt einer Antwort nahm Colin den Apparat und zwängte sich wieder in den Spalt.

«Hilf mir», sagte Mitch und machte sich mit vollgepacktem Rucksack und Kerzenleuchter auf den Weg zurück zur Kammer des Piktensteines. Bei jedem Tritt flammte brennender Schmerz durch sein Bein, aber Colins Befürchtung, der Stollen könne einbrechen und den Schatz verschlucken, verlieh ihm wieder neue Kräfte. Samson sah ihm besorgt hinterher, dann packte er ebenfalls so viele goldene Artefakte, wie er tragen konnte, und folgte ihm.

Mehrere Male machten sie den Weg, bevor Colin zurückkam. Nachdem er durch den Spalt geschlüpft war, reichte er Mitch die Kamera und half anschließend beim Transport.

Als Mitch gerade eines der letzten Stücke holte, einen kleinen goldenen Kasten mit einer Gravur auf dem Deckel, bebte der Berg erneut. Ein lautes Knirschen drang aus der Decke über ihm. Das Kästchen unter einen Arm geklemmt, hastete Mitch, so gut es sein Bein zuließ, zurück zum Ausgang. Aber er schaffte es nicht. Als er die Abzweigung zur Manannan-Höhle erreichte, grollte es laut hinter ihm und eine dichte, gelbe Staubwolke wälzte sich aus dem Gang und verschluckte das Licht der Lampe. Von einem Moment auf den anderen fühlte sich Mitch allein auf der Welt. Hustend hielt er sich einen Jackenärmel vor das Gesicht.

Da spürte er eine Bewegung am Arm. Jemand hatte ihn gepackt und zog ihn an der Jacke mit sich. Stolpernd und mit geschlossenen Augen wegen des feinen Staubes folgte Mitch. Am Atmen merkte er, wie die Luft, Meter für Meter wieder klarer wurde.

Als er die Augen öffnete, verschlug es ihm den Atem. Er stand in einer mit Fackeln beleuchteten Höhle, die in etwa die gleiche Größe hatte, wie die Schatzkammer der Templer, aber damit war die Ähnlichkeit auch zu Ende. Die Wände waren verputzt oder glatt geschliffen. Sie glänzten in einem tiefen Schwarz und waren über und über bemalt wie in dem Gang, in den Mitch beim ersten Besuch nur kurz hineingeleuchtet hatte, weil Colin ihm den Zugang verweigert hatte. Mitch erkannte die Ogham-Zeichen und dazwischen viele keltische Symbole, darunter auch die Abbildung des fischschwänzigen Fabeltiers, das für den Meeresgott Manannan stand. Eine riesige, aufgestellte Felsplatte in der Mitte des Höhlentempels, machte ihm endgültig klar, wo er sich befand. Das Symbol Manannans war großflächig in den Stein geschlagen. Staunend musterte er die Szenerie.

«Nicht den Stein anschauen», gellte der Warnruf Colins in seinen Ohren.

Erschrocken wandte er sich um. Dabei bemerkte er Colin und Samson, die mit tief gesenktem Kopf neben dem Eingang standen.

Bevor Mitch reagieren konnte, spürte er, wie ihn eine eisige Kälte umklammerte. Seine Brust wurde zusammengedrückt. Entsetzt wollte er zurückweichen, war jedoch wie gelähmt. Das Atmen fiel ihm mit jedem Zug schwerer. Er drohte, in der Kälte zu ersticken. Da glühte plötzlich das goldene Kästchen auf, das er noch immer an sich gepresst hielt. Schlagartig wich die Kälte aus seinen Gliedern. Ausgehend von der kleinen, goldenen Truhe durchglühte die Hitze seinen ganzen Körper, besonders sein verwundetes Bein schien regelrecht zu brennen. Mitch spürte deutlich, wie zwei Mächte in der Höhle miteinander rangen. Eine davon war auf seiner Seite. Er merkte, wie die Lähmung langsam von ihm wich.

«Was ist mit dir?», fragte Samson, der das merkwürdige Gebaren von Mitch wohl bemerkt hatte und ihn besorgt musterte.

Mitch wollte antworten, bekam jedoch keinen Laut heraus. Merkwürdigerweise schien Samson von dem Kampf, der in der Höhle tobte, nichts zu bemerken.

«Lasst uns sofort rückwärts bis zum Ausgang gehen», flüsterte Colin, trat auf Mitch zu und zog ihn am Jackenärmel. «Und schaut nicht auf den Stein, wenn euch euer Leben etwas wert ist.»

Ohne den kräftigen Zug, den Colin auf Mitch ausübte, hätte er keinen Schritt allein machen können.

Im Gang angekommen, erloschen hinter ihnen auf einen Schlag alle Fackeln. Gleichzeitig wich die Hitze, die von dem Kästchen ausging und mit ihr auch die Lähmung, die Mitch gefangen hielt.

Erleichtert stellte er die kleine Truhe auf dem Boden ab und ging vorsichtig ein paar Schritte von ihr weg.

«Du humpelst gar nicht mehr?!», fragte Samson erstaunt.

Schockiert starrte Mitch sein Bein an. Tatsächlich waren die Schmerzen verschwunden.

Hektisch krempelte er sein Hosenbein hoch, wickelte den Verband ab und blickte stumm auf die Wunde, die sich auf unerklärliche Weise geschlossen hatte.

«Was ist hier passiert?», fragte Samson fassungslos.

«Ich habe eben ein verdammt gutes Wundfleisch», erwiderte Mitch, der sich langsam wieder gefangen hatte.

«Hauptsache, du kannst damit laufen. Wir müssen nämlich schnellstens hier raus», zischte Colin und schaltete seine Lampe ein.

«Einen Moment noch.» Zögernd bückte sich Mitch und nahm die kleine, goldene Truhe vorsichtig vom Boden auf. Er knipste seine Taschenlampe an und betrachtete aufmerksam die Gravur auf dem Deckel.

«Eine Vase?», mutmaßte Samson, der dicht neben ihm stand.

«Eher ein Trinkbecher mit Strahlenkranz», sagte Colin ungeduldig. «Das sollte uns im Moment egal sein, wir müssen jetzt schnellstens die Reste des Schatzes und uns selbst hier herausschaffen.»

«Dann los», stimmte Mitch zu und klemmte die kleine Truhe unter den Arm. «Aber die lasse ich auf keinen Fall hier.»

In der Kammer mit dem Piktenstein packten sie von dem Schatz, so viel sie tragen konnten, und machten sich sofort auf den Rückweg.

«Schneller», drängte Colin. «Francis hat bestimmt schon die Kavallerie alarmiert.»

Tatsächlich hörten sie nach wenigen Metern, dass ihnen Menschen entgegenkamen.

Als der Schein ihrer Lampen zu sehen war, blinkte Mitch mit seiner Taschenlampe. «Alles okay bei uns!», rief er laut.

Ein erleichterter Aufschrei antwortete ihm. Wenige Augenblicke später sahen sie, wie sich die zuvor in der Burg verbliebenen Teammitglieder unter Führung von Francis aus dem Dunkel des Stollens schälten.

«Gott sei Dank», rief Francis zur Begrüßung. «Ich habe mir die größten Sorgen gemacht, als die Staubwolke aus dem Stollen drang.»

«Und uns alle unnötig von unserer Arbeit weggeholt», beschwerte sich der Professor. Die Erleichterung war ihm jedoch an der Nasenspitze anzusehen.

Abygail drängte sich durch und warf sich Mitch in die Arme. «Mach so etwas nie wieder», rief sie. Dabei stieß sie sich den Kopf an der Goldtruhe, die sich Mitch immer noch unter den Arm geklemmt hatte.

«Aua», rief sie und trat erschrocken einen Schritt zurück. «Das wird sicher eine tüchtige Beule.»

«Alles okay, Leute. Beruhigt euch», sagte Mitch und drückte dabei Abygail den goldenen Übeltäter in die Hände. «Achte gut darauf!», bat er leise. «Ich weiß nicht, was drin ist, aber es muss was ganz Besonderes sein.»

Dann wandte er sich an die anderen: «Gut, dass ihr alle hier seid. Wir müssen nämlich die Gepäckwagen von der Burg holen. Es gibt wieder etwas abzutransportieren und dazu brauchen wir alle Hände.»

27. DIE ENTSCHEIDUNG

Wieder hatten sich alle in der großen Bibliothek der Burg versammelt. Neben den Einzelteilen der Bundeslade lagen nun auch die geretteten Artefakte des Templerschatzes auf dem Boden und tauchten den gesamten Raum in ein goldenes Licht.

Allein die schiere Menge an Gold überstieg alle Vorstellungen. Nicht gerechnet der ideelle Wert, allein der Bundeslade und ihres Inhaltes.

«Die gesamte Schatzhöhle ist zusammengebrochen», sagte Samson, der noch gestern Nachmittag mit dem Hubschrauber und einem in Aberdeen gemieteten Georadar-System die Hohlräume im Berg untersucht hatte. «Das System ist zwar nicht mit dem Stepped-Frequency-Radarsystem zu vergleichen, das wir in Helgoland eingesetzt haben, aber das Ergebnis ist doch eindeutig.»

«Das heißt, der restliche Templerschatz ist auf ewig verloren?»

«Wenn wir nicht den ganzen Berg über Jahre hinweg mit schwerem Gerät abtragen, dann ja», antwortete Samson lakonisch.

«Gut», sagte Mitch ergeben. «Dann ist das eben so. Wir haben immer noch die Fotos der Schatzhöhle, einen Teil des Schatzes und natürlich die Bundeslade.»

«Nicht zu vergessen, die Goldrollen mit den Papyri und ihre Übersetzung», ergänzte Johanna.

«Habt ihr die Rollen schon geöffnet?», fragte Mitch gespannt.

Johanna lachte nur. «Glaubst du wirklich, wir hätten damit warten können?»

«Und?»

«Wie der Professor vermutet hat, waren die Goldrollen ein optimaler Aufbewahrungsort für die empfindlichen Papyri. Nur wenige Stellen sind angegriffen und unleserlich. In Verbindung mit der Übersetzung ist aber der originale Status unverkennbar und hält jeder wissenschaftlichen Überprüfung stand.»

Mitch atmete erleichtert aus.

Ihm war klar, dass sich das gesamte ODYSSEE-Team nach dieser Entdeckung einer weltweiten Kritik stellen musste. Jeder Handgriff würde von eifersüchtigen Kollegen unter die Lupe genommen werden.

Umso wichtiger, alles ordnungsgemäß zu dokumentieren.

Dabei waren die Original-Papyri unersetzlich.

«Und bevor du fragst», sagte Johanna lächelnd. «Natürlich sind die Papyrusrollen fotografiert und in einer Klimakammer sicher verwahrt.»

«Eine Sorge weniger», seufzte Mitch erleichtert auf. «Ich wäre froh, wenn ich das auch von der Bundeslade sagen könnte.»

«Bist du deswegen zu einer Entscheidung gekommen?», fragte Johanna vorsichtig nach.

«Ja», antwortete Mitch kurz angebunden. «Bevor wir jedoch die Öffentlichkeit informieren, sollten wir erst unsere Hausaufgaben machen und eine Liste aller geretteten Artefakte anlegen. Wie ich sehe, sind Gerry und Rajesh schon mitten dabei.»

Als der Professor seinen Namen hörte, sah er nur kurz irritiert auf. In seinen Händen hielt er die kleine Goldtruhe, die Mitch gerettet hatte, und starrte fassungslos abwechselnd auf den Deckel und die Ladeliste, die ihm Rajesh ebenso sprachlos entgegenhielt.

Sein merkwürdiges Verhalten fiel allen auf.

«Was ist los mit dem kleinen Ofen?», fragte Mitch und ging zu den beiden hinüber.

«Wieso Ofen?» Johanna starrte Mitch verwundert an.

Als er die Geschichte erzählte, musste er natürlich allen sofort seine Wunde zeigen.

Fassungslos blickte Johanna auf. «Sie ist komplett geschlossen. Man sieht kaum noch die Wundränder. Das ist unerklärlich.»

«Nein ist es nicht. Ich glaube, ich kann es erklären», sagte der Professor. Er reichte Mitch die Goldtruhe und deutete auf die Gravur des Deckels.

Achselzuckend drehte Mitch die Truhe in seinen Händen.

«Mach sie vorsichtig auf», flüsterte der Professor. «Aber bitte wirklich ganz vorsichtig.»

Verwirrt schaute Mitch ihn an, doch der Professor deutete nur stumm auf den Deckel. Aber das war nicht leicht. Nur mithilfe einer Messerklinge konnte Mitch endlich den dicht schließenden Deckel aufstemmen. Darunter kam ein einfacher Trinkpokal aus braunem Ton zum Vorschein.

Konsterniert betrachtete Mitch den Inhalt der Truhe. «Was soll das?», fragte er, als der Professor bei dem Anblick des Bechers andächtig auf seine Knie sank.

«Ich glaube zwar nicht daran», flüsterte der Professor mit einem scheuen Blick auf den Pokal. «Aber wenn die Tempelritter diesen Becher als Heiligen Gral bezeichnen, ist vielleicht doch etwas dran.»

«Heiliger Gral!» Mitch und alle Anwesenden stöhnten kollektiv auf. Noch ein weiteres, legendäres Heiligtum der Christenheit vor sich zu sehen, war mehr, als sie fassen konnten.

Nachdem sich Mitch wieder gesammelt hatte, schloss er den Deckel und stellte die Goldtruhe andächtig zurück auf den Boden.

Er war zwar überzeugter Atheist, aber die Erlebnisse in der Höhle konnte er nicht von der Hand weisen. Irgendetwas Merkwürdiges war dort geschehen.

«Sind da noch weitere Überraschungen verborgen?», fragte Johanna leise und zeigte auf die anderen Artefakte.

«Mehr als die Bundeslade, den Heiligen Gral, einen Spionagebericht über Jesu Wirken und das Protokoll seiner Gerichtsverhandlung?», entgegnete der Professor ungläubig.

Als Johanna nickte, nahm der Professor die Ladeliste der Templer und drückte sie ihr einfach in die Hand.

«Da sind noch viele andere Dinge aufgeführt. So zum Beispiel Splitter vom Kreuz Christi, Knochen von Maria und vieles mehr, was die Tempelritter an angeblichen Reliquien gesammelt haben. Aber, wie wir inzwischen wissen, gab es kein Kreuz, an dem Jesus gestorben, ist und die meisten der anderen Dinge liegen unter Tausenden Tonnen Gestein oder sind auf dem Transport im Meer versunken. Wenn wir mal den ganzen Aberglauben beiseitelassen und ausschließlich nach dem tatsächlich Möglichen schauen, denke ich, dass wir nur die Lade und die Jesus-Dokumente zählen sollten. Hier lässt sich erklären, weshalb diese Dinge unter dem Tempel versteckt wurden. Da Jesus jedoch als Aufrührer galt und von den Priestern gehasst wurde, hätten sie sicherlich keine Erinnerungen an ihn ausgerechnet im Tempel verborgen.»

«Oder jemand hat genau deshalb die Dinge dort verwahrt. Da hat sie bestimmt niemand von Jesus Feinden gesucht», wandte Johanna ein.

«Wie auch immer», sagte Mitch. «Auf der anderen Seite hat der Becher mit der ganzen Templergeschichte drum herum, eine extreme Glaubwürdigkeit bei den Leuten, die daran glauben wollen.»

Johanna gab nicht auf. «Dem Heiligen Gral wird auch nachgesagt, dass er Kranke heilen kann. Denk nur an deine Wunde.»

Nachdenklich blickte Mitch das goldene Kästchen an.

«Und was jetzt?», fragte Claire, die bei der ganzen Diskussion offensichtlich auf den Blick auf die juristische Situation lenken wollte.

Mitch löste sich aus seiner Erstarrung. «Jetzt machen wir Verträge», antwortete er. «Und das nicht zu knapp. Ich muss dringend Kardinal Mandoli und meine Mutter anrufen und wir sollten uns überlegen, unter welchen Voraussetzungen wir unseren Fund übergeben.»

«Für die Präsentation hätte ich da noch eine Idee», warf Rajesh ein. Mitch wandte sich ihm gespannt zu. Die Vorschläge ihres Computergenies waren normalerweise immer für eine Überraschung gut. So auch dieses Mal.

28. «SLAOD AIR FIACAIL AN DHRÀGOIN» DEM DRACHEN DIE ZÄHNE ZIEHEN

Nach einer genauen Skizze von Rajesh hatte der Schiffszimmerer der LONGIMANUS mithilfe des örtlichen Schreiners eine Nachbildung des hölzernen Kerns der Bundeslade gebaut. Selbst die langen Tragestangen hatte er exakt nach den vorgegebenen Maßen gearbeitet.

Rajesh hatte die originale Größe der Lade aus der Bibel als Vorlage genommen, danach die Goldbleche und Verzierungen des Beschlags vermessen und alle Teile über ein 3-D-Programm zusammengefügt. Notwendige Korrekturen der alttestamentarischen Maße hatte das Programm automatisch korrigiert und für die Holzarbeiten eine passende Teile- und Montageskizze ausgedruckt.

Entstanden war ein Holzkorpus mit einer Länge von einhundertfünfunddreißig, einer Höhe von fünfundachtzig und einer Breite von achtzig Zentimetern. Die einzige Ausnahme war das Material. Der Schiffszimmerer hatte Eichenholz verwendet, da Akazienholz in Schottland schwer zu beschaffen war.

Zusammen mit dem Professor hatte Rajesh sich dann darangemacht, den hölzernen Korpus innen und außen mit den Goldplatten aus der Schatzkammer der Templer zu verzieren. Der Kapporet, der sogenannte Versöhnungsdeckel konnte abgenommen werden. Auf ihm thronten vorne und hinten die beiden goldenen Cherubim, die ihre Flügel in einem dramatischen Winkel beschützend über das Mittelteil des Deckels reckten. Die Goldplatten zwischen den Cherubim trugen eine tiefe Gravur mit dem hebräischen Schriftzug *JHWH*, für den Namen Gottes. An den Seiten montierten sie die vier Goldringe für die ebenfalls mit Goldblech überzogenen Tragestangen.

Aus all diesen Teilen war die Bundeslade wieder auferstanden. Auf jeder Goldplatte der Umhüllung, reich mit Symbolen und Ornamenten verziert, brachen sich die Lichter der Bibliothek mehrfach.

Der Gesamteindruck war atemberaubend. Die mystische Legende, eingefasst in gleißendes Gold verwandelte den Saal in eine Kathedrale aus goldenem Licht.

Die Bundeslade sollte nun nach Wochen der Vorbereitung der Mittelpunkt einer Presseveranstaltung der Superlative werden. Für den heutigen Abend hatte die ODYSSEE zweihundert internationale Pressevertreter eingeladen und alle hatten zugesagt.

Für die Pressekonferenz hatte das PR-Team der Thromberg AG alle Register gezogen und ein großes Präsentationszelt mit einer über acht Meter breiten Leinwand aufgebaut und bestuhlt. Licht- und Kamerasysteme für die angemeldeten Fernsehsender waren vorbereitet und dazu eine Liveübertragung ins Internet. Ein international berühmter Koch bereitete für die geladenen Gäste eine außergewöhnliche Gourmetüberraschung vor und die zwei riesigen Bars im Zelt fassten kaum die Menge an Getränken. Im nahe gelegenen Aberdeen hatten die PR-Experten sämtliche Hotelzimmer gebucht und für den Abend Transferbusse nach Dòmhnall Castle eingerichtet.

Aber zuvor erwartete Mitch noch ganz besondere Gäste. Solche, ohne deren Zustimmung der Fund des Templerschatzes und aller Reliquien nur ein halber Erfolg wäre.

Bald würden die Ersten eintreffen. Doch noch herrschte Ruhe. Mitch stand mit seiner Mutter alleine in der Bibliothek. Stumm betrachteten sie die Pracht, die sich vor ihnen entfaltete.

«Darf ich sie berühren?», fragte sie nach einer Weile.

«Im Grunde schon», antwortete Mitch schmunzelnd. «Aber wenn man den Überlieferungen glaubt, stirbst du danach einen schrecklichen Tod.»

Erschrocken zog seine Mutter ihre bereits ausgestreckte Hand zurück.

Mitch lachte. «Das ist nur eine Legende. Rajesh und der Professor haben die Lade aus den Einzelteilen wieder aufgebaut und leben immer noch. Ich denke also, du kannst es ruhig wagen.»

In dem Moment, in dem sie die Truhe berühren wollte, klopfte es jedoch laut an die Tür.

«Die Hubschrauber sind im Anflug», meldete Colin, der heute ausnahmsweise seinen Kilt trug. Ansonsten war sein weißes Druidengewand inzwischen ein gewohnter Anblick.

«Dann werde ich ihn mal empfangen», sagte seine Mutter. Bevor sie ging, verharrte sie jedoch noch einige Sekunden vor der Bundeslade Nach kurzem Zögern strich andächtig mit der Hand über den Golddeckel.

Mitch trat zu ihr und legte seine Hand auf ihre.

«Sind meine Forderungen zu naiv?», fragte er leise.

Seine Mutter überlegte eine Sekunde, suchte anscheinend nach den richtigen Worten. Auch ihr war bewusst, es ging um zu viel, um dabei ruhig zu bleiben.

«Was ist in diesem Zusammenhang naiv?», entgegnete sie. «Du bist schließlich kein kindlicher Tollpatsch, der unreflektiert durch die Gegend seinen Ideen hinterherrennt. Naiv wird eine außergewöhnliche Idee hinterher nur genannt, wenn sie scheitert! Und das hast du ja nicht vor, oder?»

Mitch verzog den Mund zu einem nervösen Lächeln.

Im Hinausgehen streichelte seine Mutter leicht mit der Hand über den Deckel der Lade. Mitch atmete instinktiv auf, als nichts geschah. Obwohl ihm jeder Aberglaube oder Glaube fremd war, irritierten ihn immer noch die unerklärliche Heilung seiner Wunde und das Beben des Berges, das Colin mit seinem Druidenwissen der Macht der Lade zugeschrieben hatte.

Er zwang sich zur Ruhe und legte sich noch einmal jedes Wort zurecht. Schon das erste Treffen würde hochexplosiv. Er war gespannt, ob sein Vorschlag auf offene Ohren stoßen würde. Dabei dachte er nochmals an die erregten Diskussionen mit seinem Team in den letzten Tagen. Er hatte sich vorwerfen lassen müssen, er sei mit seinem Vorhaben nicht besser als die Tempelritter, die Erpressung als politisches Mittel perfektioniert hatten. Aber das stimmte nicht. Es gab einen gewaltigen Unterschied. Der Tempelorden hatte die Päpste erpresst, um für sich selbst größere Freiheiten zu erlangen. Mitch wollte dadurch jedoch keinen Vorteil für sich, sondern für andere. Alleine das machte den Unterschied und rechtfertigte sein Vorgehen.

Es klopfte. Gleich darauf wurde die Tür geöffnet und bewaffnete Securitykräfte betraten die Bibliothek. Forschend schauten sie sich im ganzen Raum um, konnten dabei aber ihre Blicke kaum von der goldglänzenden Bundeslade und dem aufgebauten Templerschatz lösen.

Nachdem sie sich vergewissert hatten, dass ihrem Schutzbefohlenen in der Bibliothek keine Gefahr drohte, gingen sie wieder nach draußen und gaben den Raum frei.

Mitch wappnete sich.

Zuerst betrat seine Mutter den Raum. Der Gast hatte ihr höflich den Vortritt gegeben.

«Darf ich vorstellen: Mein Sohn Doktor Michel Thromberg», sagte seine Mutter und drehte sich zu dem weißhaarigen Mann um, der nach ihr den Raum betreten hatte. «Und das ist Doktor Gideon Levi, der Ministerpräsident des Staates Israel. Ein alter und guter Freund.»

«Herzlich willkommen Herr Ministerpräsident», sagte Mitch, aber Doktor Levi hatte nur Augen für die Bundeslade.

«Sagen Sie mir, dass ich träume», stammelte er und sank vor der Lade auf die Knie. «Das kann doch nicht wirklich wahr sein?»

«Doch, Sie stehen beziehungsweise knien tatsächlich vor der Lade. Sie ist das Symbol für Gottes Gegenwart inmitten des Volkes Israel», antwortete Mitch leise.

«Könnten Sie mich eine Weile mit dem Heiligsten meines Volkes alleine lassen?», bat der Ministerpräsident. «Ich brauche Zeit, um das alles zu begreifen.»

Mitch und seine Mutter taten ihm gerne den Gefallen. Beide verstanden die Spannung, unter der Doktor Levi stand. Dreißig Minuten später betraten sie wieder die Bibliothek.

Der Ministerpräsident stand aufrecht vor der Lade. Seine Aktentasche lag aufgeklappt vor ihm auf dem Boden und er trug neben einer Kippa, Gebetsriemen und Tallit. Mit dem Oberkörper schaukelte er unaufhörlich vor und zurück und murmelte dabei leise Gebete.

Mitch ließ ihm noch einige Minuten der Andacht, aber dann musste er das Gebet leider unterbrechen. Sein anderer Gast befand sich schon im Anflug.

Doktor Levi sank erschöpft in einen der Sessel. Er wandte sich direkt an Mitch. «Ich habe die Berichte meiner Experten gelesen, die die Lade die letzten Wochen mit ihrer Erlaubnis untersuchen durften, und ich habe ihre Bilder und Dokumente, die ich von ihnen erhalten habe, x-fach studiert, aber nichts hat mich wirklich auf den Anblick der Bundeslade vorbereitet. Ich bin überwältigt. Lassen Sie uns jetzt zu dem Geschäftlichen kommen, damit die Lade schnellstens wieder nach Hause, nach Jerusalem kommt.»

Er ergriff die offene Aktentasche und zog eine dicke Mappe heraus. Mit einem Lächeln übergab er sie Mitch.

«Es ist alles vorbereitet. Sogar unterschrieben habe ich schon, zusammen mit meinen wichtigsten Ministern. Sie können das Dokument jetzt gerne prüfen lassen.»

Mitch, der mit einer langen Diskussion gerechnet hatte, schaute seine Mutter irritiert an. Sie hob nur die Augenbrauen. «Du hast alle Punkte aufmerksam gelesen?», fragte sie Doktor Levi vorsichtig.

«Ja, ein einseitiges Angebot Israels an unsere arabischen Nachbarn mit den Inhalten: Rückzug aus den von uns besetzten Gebieten, Jerusalem als eine für alle offene Stadt und ein eigener Staat für die Palästinenser. Ziel ist es, umgehend Frieden zu schaffen, indem Israel in den wichtigsten Punkten nachgibt. Richtig?»

«Richtig!», sagte Mitch überrascht. «Aber wie können Sie das so schnell zusagen? Seit vielen Jahren scheitern alle Verhandlungen zwischen Ihnen und den Palästinensern an genau diesen Punkten.»

«Ganz einfach. Sie rennen mit Ihren Forderungen bei mir und den meisten meiner Kabinettskollegen offene Türen ein. Wir wissen sehr wohl, dass das die einzige Lösung ist, um wirklich und dauerhaft Frieden für Israel und seine Bevölkerung zu schaffen. Aber dagegen stehen zum einen die mächtigen, orthodoxen Gruppierungen in unserem Land, von denen sie eine ja schon kennengelernt haben, und zum anderen der permanente Alarmzustand, in dem wir leben. In diesem Zustand ist eine Friedenslösung auf demokratischem Weg politisch nicht durchsetzbar.»

«Und was ist jetzt anders?»

«Alles», antwortete Doktor Levi leise. «Mit dem Wiederauftauchen der Bundeslade ist alles anders geworden. Mit ihr kann ich alles bei meinem Volk durchsetzen. Vergessen Sie nicht, dass Gott durch die Bundeslade zu uns, seinem auserwählten Volk spricht. Niemand wird meine Entscheidungen infrage stellen. Und wenn die Opposition irgendwann auf die Idee kommt, werden wir Fakten geschaffen haben und unsere politischen Gegner der Gotteslästerung bezichtigen.»

Mitch schaute seine Mutter an und, als die nickte, stimmte auch er zu. «Okay, wenn Sie einverstanden sind, bitte ich Sie, den Vorschlag heute Abend bei der Pressekonferenz als Überraschung vorzustellen. Quasi als politischen Dank für die Rückkehr der Bundeslade.» Doktor Levi nickte. «Den Ablauf hatten Sie ja bereits im Vertragsentwurf skizziert und so werden wir es machen.» Er zögerte kurz. «Aber Sie wissen schon, was Sie von mir persönlich damit verlangen? Denn genau genommen kommt der Vorschlag ja nicht von uns und das dürfen unsere politischen Gegner nie erfahren. Sie haben deshalb nicht nur die Zukunft des Staates Israel in Ihrer Hand, sondern auch meine.»

Mitch nickte.

«Ich möchte ehrlich zu Ihnen sein», sagte Doktor Levi und legte Mitch eine Hand auf die Schulter. «Meine Experten haben zwar die Echtheit der Lade bestätigt, und ich weiß, welche einmalige Chance die Rückkehr der Bundeslade bedeutet. Aber, würde ich Ihre Frau Mutter nicht persönlich kennen, wäre eine so schnelle Erfüllung Ihrer doch recht drastischen Forderungen nicht möglich gewesen. Es waren unzählige Sitzungen notwendig und viele meiner Kollegen hegen immer noch Ängste, dass es sich bei allem um einen riesengroßen Bluff handelt. Nur der gute Ruf der ODYSSEE hat diese Zweifler etwas in Zaum gehalten. Ich hoffe, Sie nehmen mir meine Offenheit nicht persönlich.»

Mitch zögerte kurz, bevor er antwortete: «Wir fordern nichts, was unlösbar für die israelische Regierung wäre. Für die Öffentlichkeit wird es außerdem keine Forderung von uns sein. Es wird offiziell eine großzügige Geste der israelischen Regierung sein, die von der ganzen Welt gefeiert wird. Und dafür bekommen Sie etwas Einmaliges. Wie Sie schon gesagt haben, ist die Echtheit der Bundeslade von allen Ihren Experten bestätigt. Wir selbst haben in den letzten Wochen alle Artefakte ebenfalls nochmals wissenschaftlich sauber untersucht und datiert. Deshalb sind wir sicher: Es ist die Original-Bundeslade. Und gestatten Sie mir, Doktor Levi, wenn wir nur Schatzjäger wären, wie einige Ihrer Kollegen meinen, dann hätten wir Ihnen die Lade verkauft und nicht geschenkt.»

Doktor Levi hob besänftigend die Hände. «Lassen Sie uns den Augenblick nicht zerstören. Sie haben recht. Ich wollte Sie und Ihr Team auch nicht angreifen. Persönlich bin ich Ihnen unendlich dankbar für das, was Sie getan haben. Ihr Geschenk an unser Volk ist mehr, als Sie sich vorstellen können.»

Er zögerte kurz: «Dürfte ich Sie bitten, dass ich mit all meinen Kabinettskollegen, die ich mitgebracht habe, noch eine kurze Zeit an der Lade beten kann?»

«Natürlich», sagte Mitch. «Doch wie Sie wissen, haben wir die Holzteile der Lade neu bauen müssen. Die Templer hatten nur die Goldplatten aufbewahrt.»

«Ich weiß, aber das schmälert nicht die Heiligkeit der Lade.»

«Was wir uns nicht getraut haben», fuhr Mitch unbeeindruckt fort, «ist, die Lade wieder mit den Gegenständen zu füllen, die laut der Bibellegende dazugehören.»

Er wies auf eine Reihe Kunststoffkoffer direkt neben der Bundeslade.

Doktor Levi schaute ihn fragend an.

Mitch öffnete vorsichtig einen der Koffer. Komplett in Schaumstoff eingefasst, lagen darin die Tontafeln der Zehn Gebote. «Das sind Moses' Abschriften der Gebote, die er auf dem Berg Sinai von Gott empfangen hat. Und in dem letzten Koffer ist das kleine Goldgefäß. Hierbei handelt es sich um den legendären Mannakrug. Ich denke, bevor Sie Ihre Kollegen zum Gebet bitten, sollten Sie die Artefakte persönlich in die Lade geben und die Bundeslade damit wieder zum Sitz Ihres Gottes machen.»

Doktor Levis Blick haftete wie magnetisiert auf dem aufgeklappten Koffer. Es dauerte eine Weile, bis er seine Sprache wiedergefunden hatte. «Danke für diese Möglichkeit», flüsterte er dann. «Doch wenn die Gebote wirklich echt sind, ist das die Aufgabe unseres Oberrabbiners.»

«Die Tafeln sind echt», antwortete Mitch.

«Im Bericht meiner Experten ist die Echtheit der Tontafeln nicht zu einhundert Prozent bestätigt. Was macht Sie so sicher, dass es sich dabei um die Originale handelt?», wandte Doktor Levi ein.

«Die Authentizität von antiken Tontafeln wird über mehrere Indikatoren bestimmt. Einer der wichtigsten Punkte ist die Glaubwürdigkeit der Fundstätte. Ich denke, das können wir als gegeben annehmen. Ein zweiter Punkt ist die eingeritzte Schrift. Ist sie zeitlich richtig einzuordnen und stimmig? Auch hier ist das Ergebnis eindeutig. Die Tafeln sind in Althebräisch geschrieben, was ihre Entstehung weit vor dem Babylonischen Exil bestätigt, denn danach war das Hebräisch mit vielen aramäischen Ausdrücken durchsetzt. Also zwei Faktoren, die auch von Ihren Experten attestiert wurden. Sie hatten nur nicht genügend Zeit, um zusätzlich eine C14-Altersbestimmung und Materialbestimmung durchzuführen. Deshalb der Zweifel. Wir hingegen hatten diese Zeit.»

Doktor Levi starrte Mitch fragend an.

«Sie erhalten zu jedem der Artefakte ein Echtheitszertifikat, auf der Grundlage mehrerer wissenschaftlich einwandfreier Tests, der die Entstehung eindeutig um etwa 1500 vor Christi Geburt festlegt. Der Ton stammt zweifelsfrei aus dem Gebiet um den Berg Sinai. Wenn wir alle diese Fakten zusammennehmen, bekommt der Bibelbericht über die Wanderung des Volkes Israel durch die Sinai eine verifizierte Grundlage.»

Doktor Levi hob ehrfürchtig den Koffer mit beiden Händen hoch und stellte ihn neben die Lade. Dann legte er stumm seine Gebetsutensilien wieder an.

Bevor Mitch und seine Mutter den Ministerpräsidenten verließen, suchte Mitch aus dem Templerschatz ein kleines Goldkästchen, das er für eine besondere Überraschung vorgesehen hatte. Er packte es in den Trolley, den er bereits am Vormittag für ihren zweiten Besucher vorbereitet hatte. Dann verließen sie den Saal.

Vereinbarungsgemäß sagten sie den Securityleuten an der Eingangstür Bescheid, die daraufhin die mitgereisten Mitglieder der Regierung in die Bibliothek einließen. Mit vor Aufregung blassen Gesichtern betraten sie den Raum.

Angespannt wandte sich Mitch an seine Mutter. «Wollen wir Kardinal Mandoli abholen? Er wartet bestimmt schon in der Halle.»

Seine Mutter nickte und nestelte an ihrer Jacke. Was sie gleich ihrem alten Freund anbieten musste, ging ihr anscheinend auch nicht so leicht von der Hand.

Vor der Tür zum kleinen Rittersaal standen vier Securityleute. Gut zu erkennen an den Ausbeulungen im Jackett und den Funkgeräten im Ohr.

«Seit wann hat Mandoli Leibwächter?», flüsterte Mitch seiner Mutter zu.

Sie zuckte nur mit den Achseln.

Einer der Leibwächter kündigte ihr Kommen an und öffnete zuvorkommend die Tür.

Kardinal Mandoli stand an der Rückwand des Saals und bewunderte gerade die mittelalterliche Waffensammlung.

Als sie eintraten, wandte er sich um. Er konnte jedoch seine Augen nicht stillhalten. Immer wieder zuckte sein Blick nervös durch den Raum, als würde er etwas suchen.

«Eure Eminenz?», fragte Mitch schließlich und stellte den Trolley ab.

«Ich bin nicht alleine gekommen», antwortete der Kardinal und deutete auf eine Stelle seitlich neben der Eingangstür.

Neugierig drehte sich Mitch herum. Fassungslos starrte er den zweiten Besucher an. Aus dem Augenwinkel stellte er fest, dass es seiner Mutter ebenso ging.

«Heiliger Vater», flüsterte sie schließlich und beugte ehrfürchtig ihr Knie. Mitch blieb nichts anderes übrig, als es ihr nachzumachen.

Als jedoch der Papst ihnen beiden den Fischerring zum traditionellen Kuss entgegenhielt, verweigerte sich Mitch. Es widersprach all seinen Überzeugungen.

Der Papst lächelte nur und zog seine Hand wieder zurück, nachdem Mitchs Mutter den Ring geküsst hatte. «Sie sind überrascht?», fragte er schmunzelnd.

«Wir hatten Ihren Besuch nicht erwartet», antwortete Mitch, der langsam seine Fassung wiederfand.

«Sie finden das älteste Jesu-Evangelium der Welt und ein antikes Gerichtsprotokoll, das die Kreuzigung und die Wiederauferstehung verleugnet, und erwarten, dass der Papst in Rom bleibt?», stellte der Papst eine rhetorische Frage und schaute Mitch tief in die Augen.

Mitch blieb nichts anderes übrig, als den Blick zu senken. Die geistige Präsenz des Papstes erfüllte den Saal bis in den letzten Winkel.

«Und nun genug der Vorrede. Zeigen Sie mir die Dokumente!», befahl der Papst und ließ sich in einen der Sessel sinken.

Kardinal Mandoli stand neben Mitch, während er die beiden ledergebunden Kodizes sowie einen dicken Stapel Kopien aus dem Rollkoffer holte und auf einem der Tische vor dem Papst ablegte. «Die Original-Papyri sind in einer Klimakammer gesichert und stehen dort zu Ihrer Verfügung», sagte er.

«Und Sie sind absolut sicher, dass es sich um keine Fälschungen handelt?», fragte der Papst und nahm den Stapel Fotokopien an sich.

«So sicher, wie sich ein Wissenschaftler sein kann», antwortete Mitch ruhig. «Zusammen mit den Experten, die uns Kardinal Mandoli geschickt hat, haben wir sowohl die Kodizes als auch ein winziges Stück von jedem Papyrus einer C14-Analyse unterzogen. Es sind ohne Zweifel Originale.»

«Das bestätigen unsere Wissenschaftler», warf der Kardinal ein.

«Das Kajaphas-Evangelium wird den christlichen Glauben neu

beleben», flüsterte der Papst andächtig.

«So wie das Gerichtsprotokoll im zweiten Kodex ihn zerstören kann», wandte der Kardinal ein.

Der Papst blickte ihn milde an. «Aber nur, wenn es öffentlich wird», sagte er. Dann schaute er Mitch an. «Das ist doch der Sinn Ihrer Erpressung, oder?»

Mitch schluckte. «Eure Heiligkeit, es geht nicht um Erpressung. Es geht um die späte Wiedergutmachung eines Unrechts, das vor sechshundert Jahren begangen wurde.»

Die Stimme des Papstes wurde schärfer. «Meinen Sie damit, dass die jahrhundertelange Erpressung der Kirche durch den Templerorden rechtens war?»

«Nein, das war es nicht.»

«Was also meinen Sie?»

Mitch holte tief Luft. Nun kam es auf jedes Wort an. «Der Templerorden wurde wegen ganz anderer Dinge vor Gericht gezerrt. Wie wir heute wissen, ging es den damals Herrschenden nicht um Gerechtigkeit, sondern um Gier und Neid. Gier nach dem Besitz der Templer und Neid um ihre wirtschaftliche und politische Stellung.»

«Gut», sagte der Papst etwas milder. «Habe ich Sie also richtig verstanden: Als Gegenleistung, dass die ODYSSEE dem Vatikan die gesamten Dokumente überlässt, wollen Sie ein Eingeständnis, dass Clemens V damals unrecht getan hat und die Templer aufgrund einer Intrige fälschlich beschuldigt wurden?»

«Ja», antwortete Mitch und warf einen schnellen Blick auf ein Porträt von Olaf Kincaid, das neben anderen Ahnenbildern die Wand des Rittersaals schmückte.

«Sie wissen aber, dass – entgegen der allgemeinen Meinung - die Kirche die Templer nie wegen Häresie oder Ketzertums angeklagt hat und Clemens V den eingekerkerten Tempelherrn persönlich die Absolution erteilt hat?»

«Ich weiß», erwiderte Mitch. «Doch offensichtlich handelt es sich dabei nur um ein Zugeständnis an die Freunde der Templer innerhalb der Kirche. Nichts als ein politisches Manöver. Auf Anordnung von Papst Clemens wurden die eingekerkerten Tempelherren sogar einer verschärften Folter unterzogen, um endlich Geständnisse zu den insgesamt einhundertachtundzwanzig Anklagepunkten zu erzwingen. Und als die Templer dann auf dem Scheiterhaufen brannten, war der damalige Papst der Erste, der ihren Besitz an sich riss.»

Der Papst nickte nachdenklich. «Sie kennen sich gut aus, Doktor Thromberg. Ja, die Verhaftung und die Folterung der Tempelritter war unrecht in der Fassung der Anklage. Aber betrachten wir einmal die andere Seite. Fakt ist, dass die Kirche damals schlecht die Erpressung durch die Templer als Anklagepunkt angeben konnte, ohne das Geheimnis vor aller Welt auszubreiten. Sie verlangen jetzt von mir, ein Unrecht damit gutzumachen, indem ich eine Erpressung unter den Tisch fallen lasse?»

«Ja», sagte Mitch einfach. «Aber das verlange ich nicht, darum bitte ich Sie – im Namen Ihres Gottes und des damaligen Großkomturs des Ordens, Olaf Kincaid, dem späteren Laird of Dòmhnall.»

«Im Namen meines Gottes?»

«Heißt es nicht in der Bibel, man soll Unrecht nicht mit Unrecht vergelten?»

Der Papst wandte sich an den Kardinal: «Da es den Templerorden seit sechshundert Jahren nicht mehr gibt, handelt es sich im Grunde nur um einen Federstrich, oder? Ohne irgendwelche Auswirkungen?»

«So ist es. Außer, dass die Kirche erstmals, seit ihrem Bestehen einen Fehler zugibt, entsteht kein Schaden», antwortete der Kardinal mit einem leichten Lächeln auf den Lippen.

«Und im Gegenzug erneuern wir unsere Kirche mit dem Kajaphas-Evangelium, das die Wunder unseres Herrn durch einen Zeitgenossen beschreibt?», sagte der Papst und erwiderte das Lächeln des Kardinals.

Der Kardinal nickte. «Auch das ist richtig.»

«Und bedeutet Führung der Kirche nicht auch den Einsatz von multinationalem Marketing?»

Der Kardinal schmunzelte nun offen.

«Das heißt, wir sind uns einig?», fragte Mitch gespannt und warf einen schnellen Seitenblick zu seiner Mutter.

«Lassen Sie es mich so ausdrücken», sagte der Papst. «Ihre Erpressung war erfolgreich!»

Mitch wollte aufbrausen, ließ es aber, als seine Mutter ihn heimlich in die Seite boxte. «Gut», sagte er nach einer Pause, in der er sich wieder beruhigte. Eine kleine Spitze konnte er sich jedoch nicht verkneifen. «Eure Heiligkeit hat sicher den Vertrag dabei, oder?»

Statt einer Antwort griff der Kardinal in seine Aktentasche und holte ein Dokument heraus, das mit dem Zeichen des Heiligen Stuhls gesiegelt war. Er legte es neben die Kodizes auf dem Tisch.

«Und heute Abend auf der Pressekonferenz werden Sie es offiziell verkünden?»

«Ich denke, das wäre doch zu viel verlangt, junger Mann», erwiderte der Papst kühl. «Es wird wohl genügen, wenn Sie es mit den Presseunterlagen verteilen.»

«Schade», sagte Mitch und lächelte den Papst an. «Dann werde ich Eurer Heiligkeit wohl eine weitere Marketingidee vorenthalten müssen, denn die hätte ich Ihnen heute Abend als Überraschung überreicht.»

Fragend sahen ihn der Papst und sein Kardinal an.

Mitch griff in den Rollkoffer und holte die kleine goldene Truhe heraus. Schweigend stellte er sie auf den Tisch.

Der Papst beugte sich neugierig vor und nahm die Truhe in die Hand. Aufmerksam musterte er die Gravur auf dem Deckel.

Mit großen Augen sah er danach zu Mitch auf. «Darf ich sie öffnen?»

Auf Mitchs einladende Geste öffnete der Papst den Deckel und starrte andächtig den Pokal an.

«Ist es das, was ich vermute?»

«Der Ton ist aus der Zeit Jesu und auch aus der Gegend des See Genezareth, das beweisen die Analysen. Ob es sich dabei jedoch wirklich um den Trinkbecher Jesu handelt, wissen wohl nur diejenigen, die den Trinkpokal in einer Kammer unter dem Tempel von Jerusalem versteckt haben. Die Tempelritter haben jedenfalls fest an den Gral geglaubt. Aber ist das im Grunde bei einer Marketingmaßnahme nicht egal?»

Der Papst nickte nachdenklich. Dann gab er die offene Truhe an Kardinal Mandoli weiter, der sie andächtig in seinen Händen drehte.

Mitch sah, wie es in dem Führer der katholischen Kirche arbeitete. Er verstand sehr gut, was in ihm vorging. Um die Kirche zu erneuern, musste er gegen die Gebote seines Gottes verstoßen. Er musste lügen oder zumindest die Wahrheit verschweigen, um die Legende der Kreuzigung zu erhalten. Und dazu eventuell noch betrügen, um den Heiligen Gral als Marketinginstrument einzusetzen.

Kurz entschlossen öffnete Mitch seinen Gürtel und zog schweigend die Hose aus.

«Doktor Thromberg?»

Als die nur noch leicht rot geränderte Wunde sichtbar wurde, begann Mitch zu erzählen. Die ganze Geschichte.

Nachdem er geendet hatte, sank Kardinal Mandoli auf die Knie. Er stellte die Truhe auf den Boden und versank im Gebet. Der Papst erhob sich aus seinem Sessel und tat es ihm nach.

Mitch musste schlucken, als er gewahr wurde, dass der Papst weinte. Dicke Tränen liefen ihm über die Wangen.

Es dauerte eine ganze Weile, bis sich die beiden Kirchenfürsten wieder etwas gefangen hatten.

Der Papst stand auf und ließ sich vom Kardinal die Truhe reichen. Voller Andacht betrachtete er erneut den schlichten Trinkpokal.

«Eure Heiligkeit?», unterbrach Mitch den Moment. Ihn drängte die Zeit.

Der Papst klappte den Deckel zu und reichte die Truhe vorsichtig an Kardinal Mandoli zurück.

Mit ernstem Gesicht wandte er sich dann an Mitch. Er blickte ihm tief in die Augen. «Glauben Sie an Jesus Christus und an all die Dinge, die über ihn erzählt werden?», fragte er leise.

«Ich bin Wissenschaftler. Ich glaube nur an Fakten», antwortete Mitch kurz angebunden.

«Und was ist mit den Fakten, die Sie gefunden haben?», hakte der Papst noch einmal nach. «Glauben Sie daran?»

Mitch zögerte mit seiner Antwort.

Befriedigt schmunzelte der Papst. Dann wurde er wieder ernst. «Wir sind uns einig, dass das Gerichtsprotokoll ab sofort aus allen Ihren Unterlagen verschwunden ist und von niemandem Ihres Teams jemals darüber gesprochen wird?», stellte er die entscheidende Frage.

Mitch nickte noch einmal.

Der Papst steckte Mitch seine Hand entgegen. Der Fischerring glitzerte an seinem Finger.

«Dann haben wir wohl einen Deal, wie es der Präsident der Vereinigten Staaten ausdrücken würde.»

Dieses Mal wollte Mitch den Ring küssen, aber als er sich über die Hand des Papstes beugen wollte, geschah etwas Überraschendes. Der Papst packte Mitchs Hand und drückte sie unerwartet kräftig. Dann zog er ihn mit einer herzlichen Umarmung an seine Brust. Leise raunte er ihm dabei ins Ohr. «Ich bin sicher. Bald werden Sie glauben. Doch bis dahin haben Sie allen Gläubigen der Welt etwas ganz Besonderes geschenkt. Dafür möchte ich mich bei Ihnen bedanken und werde deshalb heute Abend auf Ihrer Pressekonferenz dabei sein.»

Dann hielt er ihn an beiden Schultern. Tief sah er ihm in die Augen. «Und nun, junger Mann, zeigen Sie mir das Heiligtum, das Sie uns verschwiegen haben. Schon als kleiner Junge träumte ich davon, einmal die Bundeslade mit den Zehn Geboten zu sehen.»

«Woher wissen Sie das?», stammelte Mitch überrascht.

Der Papst lachte nur. «Gehen Sie vor», bat er.

Mitch zögerte: «Und Sie, Eure Heiligkeit, sind nicht böse, dass wir die Bundeslade an die israelische Regierung und nicht an den Vatikan übergeben?»

«Natürlich bin ich Ihnen böse», entgegnete der Papst ernst. «Aber Jesu lehrte uns Bescheidenheit und mit dem zufrieden zu sein, was wir bekommen können. Und mit Doktor Levi bin ich einig, dass die Bundeslade mit ihrem Inhalt baldmöglichst in einer Sonderausstellung des Vatikanischen Museums gezeigt wird. So wie wir das Kajaphas-Evangelium auch im Israel-Museum präsentieren werden. Schließlich ist Jesus dank der ODYSSEE jetzt eine historische Figur der israelitischen Geschichte und bei den Muslimen gilt er sogar als Prophet Gottes.»

Mitchs Blick irrte total verwirrt zwischen dem Papst und dem Kardinal hin und her.

«Darf ich Eure Heiligkeit zur Lade führen», mischte sich Mitchs Mutter resolut ein.

Der Papst verließ zusammen mit dem Kardinal jedoch erst den Saal, nachdem er persönlich seine Leibwächter zum Schutz der Kodizes und des Heiligen Grals eingeteilt hatte.

Mitch starrte ihnen eine Weile hinterher. In seinem Kopf jagten die Gedanken. Woher hatte der Papst von der Bundeslade gewusst? Er hatte dem Kardinal diese Information bewusst verschwiegen, um einen Machtkampf um dieses Heiligtum zu vermeiden. Und nun hatten der israelische Ministerpräsident und der Papst sogar einen Austausch vereinbart. Und das alles, ohne dass er etwas davon ahnte.

Doch allmählich nahm die Freude über den Erfolg der beiden Besprechungen in ihm überhand.

Die Pressekonferenz heute Abend bekam immer mehr eine historische Bedeutung. Wie hatte seine Mutter vorhin gesagt: *Naiv wird eine außergewöhnliche Idee hinterher nur genannt, wenn sie scheitert!* Und gescheitert war er damit auf keinen Fall.

Beschwingt ging er in die Burgküche, wo sein Team voller Spannung auf das Ergebnis der Besprechungen wartete.

Als er eintrat, wurde er mit großem Hallo begrüßt. Seinem Gesicht war wohl der Erfolg ihrer Mission deutlich abzulesen.

Seit Wochen hatten sie gemeinsam diesen Tag vorbereitet und immer wieder waren ihnen Zweifel gekommen. Doch das alles war jetzt vorbei. Als Mitch von den Ergebnissen der Besprechungen erzählte, wurde er mehrfach mit Beifall unterbrochen.

Colin brachte es mit einer Bemerkung auf den Punkt: «Thug thu a-mach fiacail an dhràgoin!», sagte er. «Du hast den Drachen die Zähne gezogen.»

Das stimmte wohl. Sowohl die israelische Regierung als auch der Vatikan waren auf die doch zum Teil sehr drastischen Forderungen der ODYSSEE eingegangen.

«Heißt das, wir sind als Ehrengäste bei der Rückkehr der Bundeslade nach Israel dabei?», fragte Johanna, die sich vor Vorfreude kaum einkriegen konnte.

«Ich wollte schon immer mal vom Papst empfangen werden», sagte Claire strahlend. «Und dann noch als VIP. Nicht zu fassen.»

«Lasst euch alle überraschen», antwortete Mitch und konnte ein Grinsen nicht zurückhalten, als er sich die Gesichter seines Teams vorstellte, wenn sie später auf den unverhofften Besucher treffen würden.

«Und die Mission meiner Ahnen ist erfüllt?», fragte Abygail leise.

«Mit dem Siegel des Papstes», erwiderte Mitch und erntete dafür ein strahlendes Lächeln von ihr.

«Dürfen wir eigentlich als Belohnung das Geheimarchiv des Vatikans weiter nutzen?», wollte natürlich der Professor wissen.

«Du kannst ihn selbst nachher fragen», bemerkte Mitch trocken und missachtete die fragenden Blicke des Teams.

«Schade nur, dass wir nur einen kleinen Teil des Schatzes bergen konnten», warf Francis ein und brachte damit einen Hauch von Unzufriedenheit in die Festtagsstimmung.

«Nun, es ist noch genug vorhanden. Nimm alleine mal den Wert der Templerkette, die auf der LONGIMANUS ist», verteidigte Samson ihren Fund.

Doch Francis ließ nicht locker. «Es geht mir nicht um den Wert, aber welche unglaublichen Geheimnisse mögen wohl damit verschwunden sein. Denk doch nur mal an die Teile, die im Berg verschüttet sind. Und das alles ist noch nicht einmal ein Drittel des gesamten Schatzes. Zwei Drittel sind leider auf See verschollen.»

«Genau genommen sind die zwei Templerschiffe auf die *Fiacail dhràgoin* aufgelaufen, wenn man dem Tagebuch von Olaf Kincaid glaubt», warf der Professor ein.

Colin horchte überrascht auf. «Hast du gerade die *Fiacail dhràgoin* erwähnt?», fragte er leise.

«Kennst du etwa diese Untiefe?», hakte Mitch nach, der ebenso wie das ganze Team, jetzt voller Spannung auf den Verwalter starrte.

Colin nickte, ging die paar Schritte zu Mitch hinüber und flüsterte ihm etwas ins Ohr.

Mitch starrte ihn fassungslos an. Dann begann er, zu lachen, und konnte gar nicht mehr aufhören. Entgeistert blickten die Teammitglieder ihn an. Als Mitch ihre Gesichter sah, überkam ihn wieder ein Lachanfall.

«Das reicht jetzt!», sagte Abygail nach einer Weile und kippte Mitch entschlossen ein Glas Wasser über den Kopf.

Mitch prustete nochmals los, wehrte dann aber das zweite Glas ab, bevor sie ihn erneut übergoss.

«Die *Fiacail dhràgoin*», sagte er lachend. «Die Klippen, an denen die zwei Templerschiffe mit dem restlichen Schatz gestrandet sind ...» Wieder überkam ihn ein kurzer Lachanfall. «Ist der piktische Name für *Drachenzähne* und so werden die Klippen vor Dòmhnall Castle genannt.»

Die Stille in der Küche war mit Händen zu greifen.

«Das heißt, der restliche Schatz liegt direkt vor meiner Haustür?», flüsterte Abygail. «Ich sollte wirklich endlich das alte Gälisch lernen.»

«Ja und nach dem schottischen Land- und Seerecht ist er allein dein Eigentum», antwortete Mitch und rubbelte sich mit einem Handtuch über die nassen Haare. «Wir müssen nur danach tauchen.»

«Es ist unser gemeinsamer Schatz», berichtigte Abygail und schaute ernst in die Runde. «Der Erlös steht uns allen zu.»

Als alle sie mit großen Augen anstarrten, wiederholte sie ihr mehr als großzügiges Angebot.

«Dann sind wir jetzt alle Multimillionäre», flüsterte der Professor. Ein breites Grinsen überzog sein Gesicht. «Nie wieder unwillige Studenten und muffige Studiersäle.»

«Wir müssen den Schatz erst einmal haben», versuchte Mitch, die ausgelassene Stimmung zu beruhigen.

«Unser Bergungs-U-Boot liegt im Nachbarhafen.» Francis strahlte in die Runde. «So komme ich doch noch zu meinen Tauchgängen.» Jetzt konnte auch er das Lachen nicht mehr unterdrücken.

So ging es aber nicht nur ihm. Bald schallte die ganze Küche von dem ausgelassenen Gelächter des Teams wieder.

Es dauerte eine Weile, bis sie das laute Klopfen an der Tür zur Kenntnis nahmen.

«Die ersten Journalisten sind bereits angekommen», meldete einer der Dienstboten. «Und die Herren in der Bibliothek erwarten vorher noch einmal das ganze Team zu einer Besprechung.»

«Wir kommen», erwiderte Mitch. Bevor er die Küche verließ, griff er nach der Hand von Abygail. Er wusste, ihre Geschichte hatte gerade erst begonnen.

WAHR? UNWAHR? ERFUNDEN?

Im vorliegenden Roman sind eine Menge Themen und Ereignisse integriert. Und nicht immer kann man sich als Leser sicher sein, ob das nun stimmt oder vom Autor, also von mir, einfach nur erfunden wurde.

Das zeigte sich schon in der Testleserphase und ich bin sicher, auch Sie haben hinter den einen oder anderen Punkt im Roman ein dickes Fragezeichen gesetzt.

Ein Roman ist zwar immer eine fiktive Geschichte, sonst wäre es kein Roman, aber die Ereignisse sollten möglich sein. Zumindest ist das mein Anspruch. Als Mahnung habe ich mir den Roman eines Autorenkollegen aufbewahrt, bei dem zum Schluss der Held, eingeschlossen in einen Panzer aus einem Flugzeug abstürzt, sich befreit und sich kurz über dem Boden durch die Flugfähigkeit einer neu entwickelten, schusssicheren Schutzweste rettet. (Das ist kein Witz, sondern realer Romaninhalt!) Die riesigen Jaguare, die seit Jahrhunderten in den verschütteten Gängen einer vergessenen Pyramide hausen, sind dabei nur schmückendes Beiwerk.

Kurzum – so nicht. Es muss möglich sein. Natürlich ist die Handlung in meinem Roman frei erfunden. Ähnlichkeiten mit lebenden Personen, real existierenden Organisationen oder aktuellen Geschehnissen sind absolut nicht gewollt und rein zufällig. Aber klar haben mich aktuelle Geschehnisse beeinflusst und die Story bewusst oder unbewusst verändert.

Für alle, die mehr über die Entstehungsgeschichte dieses Romans wissen wollen und die erfahren möchten, was wahr ist, was komplett von mir erfunden wurde oder was zumindest so ungefähr hätte passieren können, ist dieses letzte Kapitel gedacht.

Viel Spaß damit

Gerhard Wegner

Frage an den Autor:
Ist die Templerkette eine Erfindung?

Antwort:
Leider ja.
Inspiriert hat mich dazu eine der zahllosen Legende um Klaus Störtebeker. Eine ganz besondere, in der er verspricht, der Stadt Hamburg als Lösegeld eine Goldkette zu überlassen, die einmal um den Hamburger Dom oder je nach Auslegung, einmal um Hamburg reichen und mehrere Hundert Kilogramm schwer sein sollte.
Eigentlich war das der Initialfunken für das ganze Buch.
In der ersten Fassung meines Romans war Klaus Störtebeker nämlich noch gar nicht vorhanden. Wie auch? Trieb er sein Unwesen doch erst knapp einhundert Jahre nach dem Ende des Templerordens.
Aber aus irgendeinem Grund elektrisierte mich die Legende. Ich stellte mir vor, dass die Templer in ihrer über zweihundertjährigen Geschichte für jeden Ritter einen Ring fertigten und alle diese Ringe dann zu einer Kette zusammenfügten, die ihre Verbundenheit untereinander und mit dem Orden symbolisieren sollte. Aus irgendeinem Grund, den ich sicherlich noch finden würde, wäre diese Kette dann Beute des Piraten Störtebeker geworden.
Eine absolute Hammeridee, die mich jedoch monatelang beschäftigten sollte, bis sie einigermaßen schlüssig wurde.

Frage an den Autor:
Wie kommst Du auf die Anzahl der Ringe bzw. der Tempelritter? Woher hast Du diese Zahl?

Antwort:

Tja, wie soll ich es ausdrücken? Die Grundlage waren keine historischen Daten der Templerorganisation, sondern ganz profane Dinge. Ich fragte mich: Wie lang müsste eine Kette sein, die einmal um den Hamburger Dom (1401 n.Chr.) reichen würde? Wie viele Ringe wären darin verarbeitet? Wie schwer wäre eine solche Kette? Wäre sie überhaupt zu transportieren?

Aus den Antworten leitete ich dann über den Daumen eine Zahl ab. Zitat von Rajesh aus dem Roman: «*Die Kette ist genau 321 Meter 48 Zentimeter und 7 Millimeter lang und besteht aus genau 17.321 Ringen.*»

Mir war klar, das ist viel zu wenig für die wahrscheinliche Gesamtanzahl der Tempelritter in der Zeit von 1118 bis 1312 n.Chr. In einer angenommenen Generation von zwanzig Jahren wären das nur jeweils nur grob gerechnet eintausendfünfhundert Ritter gewesen. Sehr unrealistisch, denn alleine in Frankreich gab es im Jahr 1300 über eintausend Komtureien des Templerordens.

Also habe ich getrickst und die Ringe nur für die Führungskräfte der Tempelritter anfertigen lassen. Das war schlau, denn darüber gibt es keine Zahlen. Ich konnte also beruhigt weiterfabulieren.

Frage an den Autor:
Existiert Dòmhnall Castle wirklich?

Antwort:
Leider nicht. Für den Roman habe ich jedoch eine berühmte schottische Burg als Vorbild genommen. Nämlich Dunnottar Castle an der schottischen Ostküste, nahe Aberdeen. Hier lebten einst auch Pikten und mystische Legenden um diese Burg gibt es zuhauf. Ein echter Lottogewinn für einen Romanautor. :-)

Frage an den Autor:
Was ist mit Klaus Störtebeker? Ist die Existenz des legendären Piraten verbrieft?

Antwort:
Zunächst ein wohlwollendes *Vielleicht*, aber im Grunde doch ein klares Nein. Vor allem für die legendäre Hinrichtung auf dem Hamburger Grasbrock bei der Störtebeker mit abgeschlagenem Kopf noch elf seiner Männer berührt haben soll, gibt es nur die Legende. Dazu natürlich Lieder, Theaterstücke und vieles andere mehr, was zu einer guten Legende gehört.
Zeitgenössische Beweise gibt es jedoch nicht. Oder fast nicht. In englischen Akten über Piratenüberfälle zwischen 1394-1399 taucht der Name Störtebeker tatsächlich auf. Und im sogenannten *Verfestungsbuch* der Wismar wird ein Nikolaus Störtebeker als Opfer einer Wirtshausschlägerei aufgeführt.
Ob es sich dabei um die gleichen Personen handelt, weiß man nicht, aber das ist bei einer Legende egal. Ich habe das alles ein wenig *aufgebrezelt* und historisch verbrämt oder besser gesagt, an die Logik meines Romans *angepasst*. Das wohlwollende *Vielleicht* gibt es von mir nur, weil ich selbst gerne daran glauben möchte.

Frage an den Autor:
Gab es den Templerschatz wirklich?

Antwort:
Tja? Beweiskräftige Quellen darüber gibt es nicht. Aber es ist anzunehmen, dass der Templerorden über ein riesiges flüssiges und fest angelegtes Vermögen verfügte. Jedoch aufgeteilt auf die großen Komtureien, die im Mittelalter auch als Bankfilialen dienten. In der Großkomturei in Paris war unter anderem zeitweise der französische Staatsschatz untergebracht. Auch das spricht für das Vorhandensein eines Templerschatzes in den gleichen Tresorkammern.

Fakt ist jedoch, dass der französische König und der damalige Papst nach der Verhaftung der Templer deren Schatzkammern leer fanden. Geplündert oder rechtzeitig in Sicherheit gebracht? Wenn man das genau wüsste, gäbe es keine Legenden. Und die gibt es um den verschollenen Schatz der Templer zur Genüge. Ob amerikanische Schatzsucher das kanadische Oak Island durchwühlen oder andere den Spuren der achtzehn Schiffe folgen, die am Vorabend der Verhaftungswelle mit unbekanntem Ziel ausgelaufen sind oder wieder andere den Schatz in der schottischen Roslyn-Kapelle bei Edinburgh suchen – sie alle folgen einer Legende.

Wenn es einen Schatz gab, dann war er auf jeden Fall bis zu dem sensationellen Fund bei Dòmhnall Castle spurlos verschwunden.

Frage an den Autor:
Gab es tatsächlich so etwas wie die *Seele der Templer*, also ein besonderes Heiligtum oder eine Reliquie, mit der die Templer die Kirche erpressen konnten?

Antwort:
Verdammt gute Frage. :-) Auch hier gibt es nur Legenden. Die erzählen von einem sprechenden Kopf, den Baphomet, der die Zukunft voraussagen konnte. Andere Legenden berichten von der Bundeslade, die von den ersten Tempelherren unter den Fundamenten des Jerusalemer Tempels gefunden wurde, andere vermuten, dass sich der Heilige Gral im Besitz der Templer befand.
Wie gesagt – alles Legenden. Aber konnte man damit den Papst erpressen, den Tempelrittern die ungeheuren Zugeständnisse zu machen, die sie zum mächtigsten und reichsten Ritterorden des Mittelalters machten?
Fraglich.

Fakt ist, dass der Templerorden einen ungeheuren Aufschwung nahm, nachdem der damalige Papst ihnen in jedem Land der Christenheit absolute Steuerfreiheit gewährte und sogar das Recht, eigene Steuern zu erheben.
Aber das ist nicht der alleinige Grund ihres Erfolges. Die Tempelritter waren die Superstars des Mittelalters. Das weiße Gewand mit dem Tatzenkreuz vergleichbar mit dem Umhang von SUPERMAN. Dazuzugehören, einer der ihren zu sein, war Adligen ein Vermögen wert. Es gab sogar Ritter, die dafür zahlten, dass sie nach ihrem Tod in den Orden aufgenommen wurden, da sie vorher nicht auf Keuschheit und Genügsamkeit schwören wollten und auch keine Lust auf Kämpfe hatten. Der Orden erhielt Land- und Geldschenke in ungeheurer Zahl und legte sein Vermögen gewinnbringend an.
Unter der Führung außergewöhnlich geschickter Großmeister

entwickelte sich der Orden nicht nur zur einzigen stehenden Kriegstruppe des Mittelalters, was alleine schon eine ungeheure Macht darstellte, sondern auch zum größten Bankhaus des Kontinents. Wer Kredite brauchte oder Geld quer durch Europa transferieren wollte, kam an den Templern nicht vorbei.

Dazu gehörten auch Könige und Päpste, die sich zum Teil bis über den Kopf bei den Templern verschuldeten. Kein Wunder, dass sie irgendwann sauer auf ihre einstigen Lieblinge wurden.

Die Verhaftungswelle, ausgelöst durch den französischen König und seinen kirchlichen Vasallen, Papst Clemens V, wäre nicht möglich gewesen, wenn nicht zuvor einst mächtige Krieger im Laufe von nicht mal zwei Jahrhunderten zu raffgierigen Kaufleuten mutiert wären, die mit List und Geld die europäischen Fürsten manipulierten.

Um auf die Frage zurückzukommen: Außer Kreditschulden glaube ich nicht an einen mystischen Erpressungsgrund.

Warum ich trotzdem in meinem Roman damit fabuliert habe?

Ganz einfach: Weil es viel spannender ist als Zinsschulden.

Frage an den Autor:
War es im Mittelalter tatsächlich üblich, beschriebene Pergamente auszuradieren und neu zu beschriften?

Antwort:
Eindeutig ja. Der Grund dafür waren zum einen der herrschende Mangel an neuem Schreibmaterial und dann natürlich die Kosten. Also hat man einfach alte, überflüssige Dokumente auf diese Art recycelt.

Mithilfe modernster Technik können heute viele der weggewaschenen bzw. abgeschabten alten Texte wieder lesbar gemacht werden. Diese sogenannten Palimpseste sind immer für eine Überraschung gut. Ein bisschen Glück gehört natürlich dazu. Bei den alten Texten

kann es sich entweder um eine unbedeutende Quittung handeln oder um antike Bibeltexte, wie bei einem der berühmtesten Palimpseste, dem Codex Ephraemi Rescriptus.
Leider sind die alten Texte meist unvollständig, da nicht alles wiederhergestellt werden kann. Bei der US-Technologie in meinem Roman, die modernste Computertechnik mit bestehenden Palimpsest-Techniken mixt, handelt es sich leider um reine Fantasie. Zumindest noch zurzeit.

Frage an den Autor:
Ist die Georadar-Technologie eine Ausgeburt Deiner Fantasie?

Antwort:
Klares Nein. Die Technologie gibt es und sie wird sogar von einer deutschen Firma aus Sachsen angeboten. Als mobile Einheit oder vom Hubschrauber aus. Genauso wie ich es in meinem Roman beschrieben habe.

Frage an den Autor:
Wie kommst Du auf Helgoland als Stützpunkt von Klaus Störtebeker?

Antwort:
Über die Störtebeker-Legenden habe ich bereits geschrieben. Eine davon spielt vor Helgoland, wo eines der Hamburger Friedeschiffe Störtebekers Flaggschiff besiegt haben soll. Von dort wurden die Überlebenden, darunter auch Störtebeker – wieder nach der Legende – direkt nach Hamburg zur Hinrichtung gebracht.
Helgoland soll danach der letzte Stützpunkt der Linkedeeler /

Vitalienbrüder (der Piraten) gewesen sein.
Es lag also nahe, seine persönliche Schatzkammer dorthin zu verlegen.
Nicht ganz einfach im Übrigen, da das heutige Helgoland nicht mehr das ist, was es zu Störtebekers Zeiten war. Kleiner, tiefer im Wasser und teilweise in die Luft gesprengt, wie ich es im Roman beschrieben habe.

Ich bedanke mich an dieser Stelle ausdrücklich bei Michael Bellmann für all die Informationen über Helgoland, die er mir freundlicherweise übermittelt hat. Als Chef der Werbeagentur für Helgoland sitzt er an der Quelle. Er hat mich u.a. dazu gebracht, Deutschlands einzige Hochseeinsel mit meinem piratenbegeisterten Enkel zu besuchen. Nochmals danke für den Tipp. Wir waren begeistert.

Frage an den Autor:
Wie realistisch ist es, dass die Bundeslade unter dem Jerusalemer Tempelberg vergraben ist?

Antwort:
Ziemlich unrealistisch. :-) Aber wie immer, wenn es um Legenden und Geheimnisse geht, ist alles möglich.
Die einzige Quelle über die Bundeslade ist die Bibel. Dort werden ihr Aussehen und alle Ereignisse ausführlich beschrieben. Glaubt man dieser einzigen Quelle, wurde Jerusalem im Jahr 587/88 von Nebukadnezar II erobert. Er verschleppte einen Großteil der Bevölkerung in das Babylonische Asyl und plünderte den Tempel. Seitdem gilt die Bundeslade als verschollen. Ob sie zerstört wurde, rechtzeitig vorher versteckt oder ob es sie nie gab – wird wohl ewig ungeklärt bleiben.
Es gibt aber auch die Legende, dass die ersten Tempelritter jahrelang in den verschütteten Gängen unter dem Tempel nach Schätzen gegraben hätten. Etwas zweifelhaft, dass ein neu gegründeter Ritterorden, der sich eigentlich um den Schutz der Pilger kümmern sollte, lieber

nach Schätzen sucht – aber warum nicht? Und warum sollten sie dabei nicht auch die Bundeslade gefunden haben? Schließlich wäre mein Roman sonst nicht möglich gewesen.

Frage an den Autor:
Gab es die im Roman beschriebenen Sekten, wie die *Strikte Observanz* oder die NEPHILIM wirklich?

Antwort:
Die Freimaurergruppe *Strikte Observanz* gab es tatsächlich und sie ist tatsächlich geheimnisumwittert. Sie betrachtete sich als Nachfolger der Templer und wurde von sogenannten *Geheimen Oberen* geführt. Gegründet wurde die Sekte im Jahr 1751 in Deutschland durch die Reichsfreiherrn Karl Gotthelf von Hund und Altengrotkau. Er behauptete, dass er selbst in Paris von einem geheimen Oberen der Freimaurer, dem Ritter von der Roten Feder, in die Gruppe eingeführt wurde. Dieser unbekannte Obere sollte nach späteren Informationen ein Angehöriger des schottischen Stewart-Clans gewesen sein. Mit dieser abstrusen Story und einem neuen Hierarchiesystem versuchte von Hund, die Freimaurer insgesamt neu zu strukturieren.
Er schaffte es tatsächlich, prominente Zeitgenossen als elitäre Mitglieder zu gewinnen. Um 1772 waren so bereits sechsundzwanzig deutsche Fürsten in der *Strikten Observanz* vertreten.
Dann begann der Niedergang, der mit der Anklage von Hunds wegen Scharlatanerie seinen traurigen Höhepunkt fand.
Heute distanzieren sich alle bestehenden Freimaurerlogen von der These der Templer-Abstammung und dem damaligen Hierarchiesystem.
Ob die Sekte noch im Geheimen existiert?
Natürlich, sonst hätte ich sie ja nicht im Buch erwähnt. :-)
Nun zu den NEPHILIM, den Wächtern der Bundeslade. Bei 1 Mos 6.4

steht die Bezeichnung Nephilim noch für Riesen, Nachkommen einer Vereinigung von Göttern mit Menschenfrauen.

In den Apokryphen, also nachchristlichen Schriften, die nicht in die Bibel aufgenommen wurden, werden die NEPHILIM als Söhne der Wächter, der EGREGOROI bezeichnet.

Von dort war es in meiner Fantasie nicht mehr weit, die NEPHILIM zu einer ultraorthodoxen Sekte zu stigmatisieren, mit der Aufgabe die Bundeslade zu bewachen. Klingt auch richtig unheimlich, oder?

Frage an den Autor:
Kann es so etwas wie das Kajaphas-Evangelium wirklich geben? Einen Spionagebericht über das Leben Jesu?

Antwort:
Drücken wir es so aus. Warum nicht? Jesus oder Joshua war als Revolutionär verschrien und stand sicherlich unter der Beobachtung des Hohen Rates. Warum sollten die Spione also nicht Berichte über ihn und sein Wirken anfertigen und an Kajaphas, den Hohepriester weiterleiten. Es könnte sogar sein, dass Kajaphas seine Dokumente in einem unterirdischen Archiv unter dem Tempel lagerte. Als die Römer dann den Tempel dann im Jahr 70 n.Chr. zerstörten, wurde das Archiv zugeschüttet und vergessen.

Ich fand das eine tolle Idee mit der einzigen Problematik, dass das damals verwendete Papyrusmaterial nicht sehr lange haltbar war.

Also habe ich mehr Gehirnschmalz in die tausendjährige Konservierung bis zur Ausgrabung durch die Templer und die danach weitere Konservierung bis in die Jetztzeit investiert, als es wahrscheinlich notwendig gewesen wäre.

Aber wie schon am Anfang des Kapitels erwähnt, die Ereignisse in meinen Romanen müssen zumindest theoretisch möglich sein.

Frage an den Autor:
Musste das mit dem Leugnen der Kreuzigung und der Wiederauferstehung wirklich sein? Das ist eine Ohrfeige für jeden gläubigen Christen.

Antwort:
Das ist mir bewusst und ich möchte niemanden beleidigen oder in seinem Glauben beeinträchtigen.
Aber mir fiel nichts anderes ein, womit die Templer die Kirche erpressen konnten, als genau diese Stützpfeiler des christlichen Glaubens.
Als Gegenpol habe ich die Templer das Kajaphas-Evangelium finden lassen. Das erste und einzige Dokument, das das Leben und Wirken Jesu bestätigt. Und - nicht zu vergessen, den wundertätigen Heiligen Gral.

Frage an den Autor:
Glaubst Du wirklich, dass die israelische Regierung und der Papst auf solche blauäugigen Marketingdeals wie in Deinem Roman eingehen würden?

Antwort:
Keine Ahnung! Trump würde es sicherlich machen an ihrer Stelle. Er steht auf gute Deals.
Und gute Deals das waren die Vorschläge von Mitch Thromberg auf jeden Fall - sowohl für die Israelis als auch für den Papst.
Ansonsten würde ich die Frage gerne mit einem Zitat von Christa Thromberg aus dem Roman beantworten: «Naiv werden ungewöhnliche Ideen erst, wenn sie gescheitert sind.»
So ähnlich hat sie es ausgedrückt und so ähnlich antworte ich auf diese Frage. Fakt ist: Das Auftauchen des Heiligen Grals und eines

zeitgenössischen Evangeliums über das Leben Jesu wäre ein unermesslicher Gewinn für die christliche Kirche. Ebenso wie das Wiederauftauchen der Bundeslade für das israelische Volk. Und wenn die andere Seite auch nur Vorteile hat, klingt das nach einem verdammt guten Deal, oder?

So genug jetzt, sonst wird der Anhang dicker als das Buch. Wer noch Fragen, Anregungen und Ideen hat, für den gibt es ganz unten eine E-Mail-Adresse. Oder aber, recherchiert einmal selbst. Das macht verdammt viel Spaß. Könnt Ihr mir glauben, ich habe für diesen Roman ein ganzes Jahr investiert und keine Sekunde bereut.

Ich empfehle unter anderem eine ausführliche Recherche zu dem Großen Abendländischen Schisma - dem mittelalterlichen Papstwirrwarr, das hervorragend in meinen Roman passte, aber zu lang und kompliziert war für diesen Anhang.

Ich freue mich auf Eure Kommentare und Fragen.

INFO@GERHARD-WEGNER.DE

DANKE

Zum Schluss eines Buches ist es Zeit für ein Danke, an alle, die daran mitgewirkt haben. Ich mache es kurz und hoffe, ich habe niemanden vergessen.

Mein Dankeschön gilt:

Ute Köhler, für das gewissenhafte Lektorat, das Aufweisen aller logischen Fehler im Ablauf und die vielen Anregungen, während der Entstehung des Romans. Meine Empfehlung für andere Autoren: anfrage@roman-lektorat-korrektorat.com
Hannes Klein, für den Coverentwurf.
Ing. Wolfram Koch, der mir mit seinem Technikverständnis – viele peinliche Fehler erspart hat.
Meinen Kindern, die als Testleser, völlig begeistert waren und mir in einer kritischen Phase des Manuskriptes, den Mut gaben weiterzumachen. :-)
Robert Becker und allen anderen Testlesern, die mir halfen, vor dem Lektorat die schlimmsten Fehler auszumerzen.
Michael Bellmann, der mir mit seinen Helgoland-Kontakten alle Türen auf der Insel aufmachte.
Jörg Andres, vom Museum Helgoland, der auf alle meine Fragen eine Antwort hatte.
Dem lieber unbekannt bleibenden **Piloten von A2B Heli Charters**, London, der mir statt der Sehenswürdigkeiten Londons, die

wahrscheinlichen Standorte der Luftabwehr zeigte.

Dem ebenfalls wahrscheinlich lieber unbekannt bleibenden **Fremdenführer von Freemasons' Hall**, London, den ich während der Führung über die Freimaurer und ihre Geschichte ausfragte. Insbesondere seine Antworten zur Loge der Strikten Observanz waren überaus lehrreich. :-)

Das Internet und besonders **Wikipedia**, für die unschätzbare Recherche-Unterstützung während des Schreibens. Hier habe ich u. a. gelernt, wie man eine Sprengung durchführt und wie man Palimpseste lesbar macht.

Wie nach jedem meiner Romane überweise ich gerne wieder eine Spende zur Erhaltung dieser objektiven und werbefreien Wissensplattform.

Allen Leserinnen und Leser dieses Buches, weil sie dieses Buch nicht nur gekauft, sondern auch bis zum Ende gelesen haben.

Euch allen nochmals:

HERZLICHEN DANK

GERHARD WEGNER

Das Ritual

EIN ODYSSEE ABENTEUER

DAS RITUAL

ODYSSEE-Thriller (1)

Das ODYSSEE-Team entdeckt vor der deutschen Nordseeküste ein Wikingerwrack mit einer sagenhaften Ladung. Ein Codex aus purem Gold. Damit geraten sie in das Visier einer Sekte, die seit tausend Jahren auf der Suche nach dem Geheimnis des Goldbuches sind. Als die Tochter eines der Teammitglieder entführt wird, nehmen die Forscher den Kampf auf. Um das Mädchen vor einem schrecklichen Tod zu retten, müssen sie das Geheimnis des Codex entschlüsseln. Eine gnadenlose Jagd beginnt, die tausend Jahre zurück in die Vergangenheit führt. Hochspannung pur ist garantiert.

ISBN des Taschenbuchs: 978-3-981-6809-2-8
ISBN des E-Books: 978-3-981-6809-0-4

Ein atemberaubender Roman. Eine fesselnde Zeitreise zwischen der Welt unter Wasser, der Gegenwart und den uralten Ritualen Mittelamerikas.

E.M. Ross, Autorin der Angel-Reihe

Sehr gelungene Verknüpfung zwischen Historien-Roman und Gegenwarts-Thriller. Superspannende Unterhaltung.

Leo Ochsenbauer, Journalist und Romanautor

GERHARD WEGNER

18 Das Vermächtnis

EIN ODYSSEE ABENTEUER

18 – DAS VERMÄCHTNIS

ODYSSEE-Thriller (2)

Das ODYSSEE-Team stößt bei einem Tauchgang im Ärmelkanal auf ein deutsches U-Boot-Wrack aus dem Zweiten Weltkrieg. An Bord entdecken sie Nazigold im Wert von vielen Millionen Euro. Nach der ordnungsgemäßen Meldung des Funds sind das U-Boot und sein Schatz auf unerklärliche Weise verschwunden und Mitch und Samson geraten in Erklärungsnot. Nachdem sie von einem Schlägertrupp überfallen wurden, ist bald klar, dass Mitch und sein Archäologen-Team der ODYSSEE von einer nationalsozialistischen Gruppe gejagt werden, die keine Skrupel kennt und deren mächtiger Arm Einfluss auf die Politik Europas nimmt. Ein mörderisches Spiel beginnt.

Der Thriller kennt keine Pausen. Hochaktuelle politische Ereignisse und spannende Abenteuer unter und über Wasser verknüpfen sich zu einer Story voll atemloser Dramatik und überraschender Wendungen.
Folgen Sie dem ODYSSEE-Team (DAS RITUAL) durch ihr neues Abenteuer. Kurze Nächte sind garantiert.

ISBN des Taschenbuchs: 978-3-964-4320-6-3
ISBN des E-Books: 978-3-981-6809-4-2

Geht mir nicht mehr aus dem Kopf …!

Amazon-Rezension

Einfach nur spannend …

Amazon-Rezension